逐梦

2021 年中国海油
发展纪实

本书编写组◎著

中国石化出版社
HTTP://WWW.SINOPEC-PRESS.COM

图书在版编目（CIP）数据

逐梦：2021年中国海油发展纪实 / 本书编写组著
. -- 北京 : 中国石化出版社，2022.5
ISBN 978-7-5114-6603-7

Ⅰ.①逐… Ⅱ.①本… Ⅲ.①新闻报道－作品集－中国－当代 Ⅳ.①I253

中国版本图书馆CIP数据核字（2022）第039345号

中国石化出版社出版发行
地址：北京市朝阳区吉市口路9号
邮编：100020 电话：（010）59964500
发行部电话：（010）59964526
http：//www.sinopec-press.com
E-mail：press@sinopec.com
北京富泰印刷有限责任公司印刷
全国各地新华书店经销
*
710×1000毫米 16开本 21印张 336千字
2022年5月第1版 2022年5月第1次印刷
定价：62.00元

编　委　会

主　　　任：徐可强

副　主　任：刘俊山　张彦甫　林建功

主　　　编：刘俊山　张彦甫

编写组成员：陈柏君　张宗鹭　张光明

　　　　　　郭萌萌　刘　瑶　南　岱

谨以此书献给爱国、担当、奋斗、创新的中国海油人

前　言

在刚刚过去的2021年，中国海油以勇毅的行动与亮丽的成绩，彰显了“加大国内油气勘探开发，保障国家能源安全”的决心、“加快海洋科技创新”的“雄心”、“为如期实现碳达峰、碳中和目标贡献海油力量”的信心。

这一年6月，我国首个自营超深水大气田——“深海一号”顺利投产，标志着我国深水油气田开发能力和深水海洋工程装备建造水平取得重大突破。

这一年8月，我国首个自营深水油田群——流花16-2油田群全面投产。这是我国首个采用全水下开发模式的油田，在其中建造了国内应用水深最深、功能最复杂的浮式生产储卸油装置。

同样是在这一年，我国海上最大的油田——渤海油田年产原油超3000万吨，油气当量上产4000万吨再提速；“新优快”试点项目在垦利16-1油田大获成功，实现提速、提质、提产和提效，探索了可复制可推广的“新优快”模式。

历尽天华成此景，人间万事出艰辛。这些亮丽的成绩，镌刻着中国海油艰辛求索与奋斗的历程，凝聚着厚重而磅礴的石油精神和新时代海油精神。

同怀“国之大者”，在经济领域为党工作。在“两个一百年”奋斗目标交汇的关键历史时期，中国海油紧密团结在以习近平同志为核心的党中央周围，加大国内油气勘探开发力度，发扬新时代海油精神，始终攻坚克难、砥砺前行，不断为保障国家能源安全勇立新功。

时代选择了我们，我们将不辜负这个时代。

目 录

CONTENTS

第1章

落实指示批示，油气再攀高峰

第2章

践行绿色发展，建设“美丽中国”

第3章

改革推陈出新，提升治理效能

第4章

勇担社会责任，书写时代答卷

第5章

永葆奋斗精神，追梦步履不停

第6章

弘扬伟大建党精神，持之以恒强“根”铸“魂”

第 1 章

落实指示批示，油气再攀高峰

在刚刚过去的2021年，中国海油以勇毅的行动与亮丽的成绩，彰显了“加大国内油气勘探开发，保障国家能源安全”的决心、“加快海洋科技创新”的“雄心”、“为如期实现碳达峰、碳中和目标贡献海油力量”的信心。

这一年6月，我国首个自营超深水大气田——“深海一号”顺利投产，标志着我国深水油气田开发能力和深水海洋工程装备建造水平取得重大突破。

这一年8月，我国首个自营深水油田群——流花16-2油田群全面投产。这是我国首个采用全水下开发模式的油田，在其中建造了国内应用水深最深、功能最复杂的浮式生产储卸油装置。

同样是在这一年，我国海上最大的油田——渤海油田年产原油超3000万吨，油气当量上产4000万吨再提速；“新优快”试点项目在垦利16-1油田大获成功，实现提速、提质、提产和提效，探索了可复制可推广的“新优快”模式。

历尽天华成此景，人间万事出艰辛。这些亮丽的成绩，镌刻着中国海油艰辛求索与奋斗的历程，凝聚着厚重而磅礴的石油精神和新时代海油精神。

同怀“国之大者”，在经济领域为党工作。在“两个一百年”奋斗目标交汇的关键历史时期，中国海油紧密团结在以习近平同志为核心的党中央周围，加大国内油气勘探开发力度，发扬新时代海油精神，始终攻坚克难、砥砺前行，不断为保障国家能源安全勇立新功。

时代选择了我们，我们将不辜负这个时代。

第1节
我国首个自营超深水大气田投产

辽阔的南海之上，雄壮巍峨的“深海一号”能源站巍然矗立（图1-1），每年为粤港琼等地供应30亿立方米深海天然气。

2021年6月，我国首个自营超深水大气田——“深海一号”投产，国内外广为关注。

“深海一号”工程规模居世界第四，拥有三项世界首创技术，关键技术装备获重大突破。没有成套的经验可借鉴，没有成熟的标准可参照，海油人通过自主创新、技术创造，破解世界难题、抢占世界尖端，创造了我国海洋石油工业的历史。

图1-1 “深海一号”能源站

我们不能忘记，在铺满图纸的创新案头，科研工作者焚膏继晷、激荡智慧，用1500米级水深半潜式平台的整体方案设计技术和打破专业惯性的创新胆识，让世界同行看到了勇创世界一流的民族志气。

我们不能忘记，在2020年新冠肺炎疫情防控最吃紧的关头，88名党员递上了印满鲜红手印的“请战书”，带领几千名施工人员昼夜赶工，现场过春节，雪夜抢工期，创下了比国际同类项目提前18个月完工的中国速度、中国质量。

我们不能忘记，在夜凉如水的芝罘湾畔，2万吨重的上部组块与20层楼高的船体精准合龙，全球首座十万吨级深水半潜式生产储油平台主体建造完工，展现了中国力量和智慧。

我国海洋石油工业全面进入超深水时代

气阀打开，“气龙”呼啸着，从1500多米水深下4000多米地层中喷涌而出。6月25日，我国海洋石油工业创造了历史：首个自营超深水大气田——“深海一号”成功投产。

这是中国海油能源报国、在经济领域为党工作的又一壮举。我国原油对外依存度高，中国海油大力增储上产，2020年原油增量占国内增量的80%以上，成为国内原油增产主力军。“深海一号”投产后，年产气30亿立方米，可满足粤港澳大湾区四分之一民生用气需求。

“深海一号”位于海南岛东南150千米海域，是我国迄今为止自主发现的平均水深最深、勘探开发难度最大的海上深水气田。与世界同等规模深水气田相比，其开发成本仅为二分之一，开发周期约为三分之二，且实现了3项世界级首创，攻克了10多项行业难题。它的投产，标志着我国超深水油气田开发能力跨入世界先进行列。

这一天，海油人梦寐以求，为之奋战了30多年。

早有壮志思报国。业内将水深超300米海域定义为深水，1500米以上定义为超深水。南海油气资源丰富，70%在深水。此前，深水油气勘探开发关键技术掌握在少数发达国家手中。20世纪末至21世纪初，中外双方两次合作勘探南海莺琼盆地深水区，均“折戟沉沙”。

静心反思，中国海油深刻认识到：合作方“撒大网、快捞鱼”的粗放式勘探水土不服。此后，中国海油自营、精细勘探——斥资打造深水作业装备，开展精细地质研究，摸清莺琼盆地深水区天然气成藏机理。2014年，最终探得储量超千亿立方米的“深海一号”超深水大气田。

勘探难，开发更难。我国首次自主开发深水气田，缺经验、缺技术，业界认为“不可能完成”。中国海油敢想敢试，创新采用“水下生产系统+半潜式生产平台+外输管道”模式开发。其中，采用了具备10万吨储油能力的半潜式生产平台，属全球首创。

该平台重5万余吨，40层楼高，仅下部船体就由24万个零部件组成；30年不回坞，疲劳寿命150年，能抵御百年一遇台风。设计建造极难。中国海油创新攻坚、“滚石上山”——近100名设计工程师在5个月内夜以继日，一点一线绘就“钢铁巨擘”；超5000人24小时轮班作业，赶工建造。疫情防控期间，党员请战，带领施工人员昼夜赶工，在现场过春节。2020年年底，中国海油仅用1年半时间建成该平台，速度、精度创国际同类项目之最。

2021年1月该平台“落户”南海后，海上作业鏖战随即展开——10余艘大型船舶、千余人乘风破浪，高质量完成了水下生产系统、外输管道、钻完井等系列高风险高难度作业，高效开发“深海一号”超深水大气田，将我国海洋石油工业推向超深水时代！

（张光明　要雪峥）

日出：目击“深海一号”超深水大气田投产

6：05，东八区迎来日出时刻。

藕荷色的天空，云以肉眼可见的速度流动，海风将远处的云扯出墨迹似的水平线，初升的太阳，为这一切镶上金边。

一同镀上金光的还有此刻温柔的南海，白头浪在深蓝色海面时隐时现，这是风力在四五级的征兆，昨晚的天气预报显示今天会有雨。

6月25日清晨。海南岛以东150千米海域，一座24万个零件组成的“机器岛”上，记者在离火炬控制盘四五米的位置，正热切期待眼前这根70多米火炬臂在4个半小时后“喷火”的情景——见证我国首个超深水自营大气田——“深海一号”投产。

“德兆德兆，深海一号，帮我看一下风向风速阵风浪高。”

“风向190，偏南风，风速8米/秒，浪高1.5米。”

“收到！”

报房里的何永像往常一样和500米外的守护船“德兆”沟通着实时天气信息，他们的对话常常是清晨叫醒平台所有对讲机的第一声。

这是平台总监雷亚飞的专属“闹钟”。从5月30日上平台到现在，他一刻不敢关掉对讲机，只有一直听着这些对话才能让他“睡得着并随时醒得过来”。

6：30，他已经换上新工服出现在平台甲板的东南角，黑框眼镜里目光扫视着现场，头时不时习惯性地向左歪贴在对讲机上，听着里面各项生产操作流程的动静。

“深海一号”能源站最大投影面积有两个标准足球场那么大，但今天也显得有些小了。甲板东南角唯一一片开阔的空地被通信电缆和庆祝的彩旗圈出200平方米的空间。

维修监督熊小林一边扛着一把椅子，瘦小精干的身影在餐厅和甲板之间来回往返，这是个眼里有活儿的维修监督。两天前，熊小林倒班上平台，包里装满在四川老家加急打印的班组文化建设标语，脑子里装满上平台要先去现场熟悉的事项。一上平台他就跑到现场和对倒的宋金龙检查三甘醇循环泵、干气压缩机等关键设备的运行状况。

倒班那天也是生产监督杨扬参与“深海一号”超深水大气田建设四周年的日子，从前期设计到生产准备，从涠洲12-2油田二期到超深水大气田，这个话不多但嗓门嘹亮的山东汉子从一个深水“门外汉”逐渐成长为独当一面的气田生产监督。

在这里，项目的每个人都有属于自己的纪念日。庆祝，往往藏在心底。今天，他们终于可以在这片海域一起为“深海一号”刻下一个永恒不变的节点。

雷亚飞已经回到中控室，最后一遍核对着生产人员的就位情况，站在杨扬身后一起查看眼前大屏幕上的各项生产参数模块，再有不到半小时，这些数据就“跑”起来了！

直升机不断降落又飞离，高悬的国旗、条幅和沿甲板的彩旗迎风猎猎，鲜绿色的甲板开始升温。洁白的工服折痕犹在，不少人的后背已经被汗水浸湿。

10：00，所有人员就位。国歌声起，响彻上空。

10：30，投产现场总指挥快步走上讲台，声音嘹亮干脆：

“北京北京！目前各项设施调试完毕，各种证照齐全、投产物料充足、生产人员全部到位，三条工作船在周边指定水域守护，水下机器人在水下1500米待命，现已具备全部投产条件！请指示！”

“同意‘深海一号’超深水大气田投产！”

雷亚飞紧握的对讲机立刻响起清晰的指令：“平台总监，请按投产程序执行！”

“中控！水下气井开井！”

“海洋石油287”的ROV（水下机器人）操作员收到杨扬从“深海一号”中控室发去的清晰指令，右手握杆缓缓向前推，ROV逐渐逼近A10井采气树。高清摄像头里，1500米深的海底水深流冷，暗流声在此时打出“咚咚”的鼓声，撞击在北京、南海两地每个人的心跳节拍上。

所有人都盯着屏幕里的转播，连满场跑的摄影记者此刻也停了下来。就位，悬停，ROV机械臂精准果断地钳住水下井口的主阀、E阀，开始逆时针匀速旋转。

中控室大屏上的各项数据开始跳动，井口打开，井口压力正常，流量正常，温度正常，生产阀门打开。

“油气已进入生产处理系统，火炬点火！”

甲板西侧的火炬控制盘旁，收到信号的工艺主操李亚飞快速熟练地扳动送电旋钮，大拇指重重摁下点火键，他盯着头顶上方50多米的高处，伸向蓝天的火炬臂顶端因脚下蓝海的馈赠开始冒出火苗，先是一簇，再是一团，直至熊熊燃烧。

机械主操由云雨看到了头顶燃烧的火炬臂，对讲机里同事们的报告一个接着一个：

“生产分离器运行正常。”

“脱水系统运行正常。”

“水露点合格，烃露点合格。”

只差最后一步！他逐个表盘查看着这位精心调试了十多个日夜之久的老友，摁下干气压缩机的启动按钮。

外输流量计数字稳步攀升，天然气开始外输！

雷亚飞开始汇报参数，沉着的声音从对讲机钻入仪式现场的麦克风，在北京现场实时响起：“报告现场总指挥！生产运行平稳，开井外输，投产程序执行完毕！”

在北京会场，中国海油党组书记、董事长汪东进郑重宣布：“中国海油‘深海一号’超深水大气田投产圆满成功！”全场顿时响起热烈掌声。

鸣笛声从南面海上传来，再次响彻上空——“德兆”“海洋石油661”“海洋石油672”三条工作船成“品”字朝着“深海一号”的方向，各自向两侧45度的高空喷水，像奋力一跃的三条大鱼，很快与旁边的深水多功能水下工程船“海洋石油287”一起融进自己制造的水雾和彩虹里，壮观极了。

欢呼、拥抱、不停握手，挥舞的红旗里，大家把自己交给这专属于海洋石油人的光荣时刻，让心情和头顶的火炬臂一起激情燃烧！

“深海一号”超深水大气田开发项目经理尤学刚站在欢呼的人群中，鼓掌的手高高举过头顶。这是他接手“深海一号”开发项目的第906天，胜利的喜悦如火，但往事并不如烟。1890万多个安全人工时里，太多“深海一号”建设者、奉献者、见证者的汗水与泪水，挣扎与拼搏，他要将这些与此刻一同牢牢刻进记忆里。

后排的安全监督梁晓东和安全助理陈伟顾不得沉浸其中，已然切换成投产后的工作状态，动身前往生产区，巡检进气后设备设施的安全运行状态。投产倒计时清零，安全生产的秒针早已摆动。

这一天，属于中国海洋石油工业的超深水时代到来了！这一天，连接了从北京到南海3000多千米的距离，唤醒了海平面以下1500米水深的油藏气脉，跨越了中国海洋石油工业40年的筚路蓝缕、风雨历程。

（要雪峥　李彦昭）

巨舰沧海入梦来

1月19日凌晨5：00，烟台芝罘湾。

黑沉沉的夜色里，“深海一号”闪着点点微光。这是中国自主研发建造的全球首座10万吨级半潜式生产储油平台，即将服役于中国首个自营深水大气田——陵水17-2气田。

四周一片寂静，咆哮的水龙从36米高空的排海口倾泻而出。昨夜这里还灯火通明，180多人奋战在甲板、机舱和生活楼，奋战在微微的细雪中。

今天是出发的日子。

在拖航总监刘克建眼里，这一天和过去他所经历的10000多个出海的日子没什么不同，沉稳与坚定是37年惊涛骇浪的馈赠。他沿着生活楼狭窄的楼梯踱进报房，点开邮件查看天气。

南风2级，晴，零下7摄氏度。

报房里，坐着同样早起的谢维维。这位惜字如金的拖航现场组长拿着长达820项的销项表反复验看。

在过去一周，每天有近200名工人在20层楼高的平台爬上爬下，将这些销项一一落实。累到极处，有人在滴水成冰的冬日和衣而眠。昨天，外挂楼梯也宣布“销项”，交通工具变成了吊笼。

吊笼下，站着瑟瑟发抖的队伍，等风停、等雪停，等出发前的最后一战。“蜘蛛人”王亮负责给锈点补漆，已经在50米高空工作了3个小时，长长的睫毛挂满雪霜。他僵硬地走向等待的长龙，马上被推到最前面：“谁最冷，谁先下。”

清晨6点，海上飘起了黄色的光点。主甲板上，一身红色工服的许定创注视着4条解缆渔船缓缓靠近。这是他当上拖航船长的第21个年头，可是面对“三驾马车”并驾齐驱、拖航重量6倍于钻井平台、总航程超过1600海里的拖航作业，仍然不敢松懈。

7：07，粉红的冬阳挣出海面。

生活楼防火门“嘭”地打开，门前瞬间腾起白烟。整夜穿着工服、裹着被子取暖的船员们鱼贯而出。生于青岛的“深海一号”是南海之子，大家只能靠电暖气熬过航程的最初10天。

在“深海一号”，吃饭也是一种战斗，只有保持战斗姿态，才能在菜汤冷却前吃完。“战斗”结束，项目副总经理刘孔忠向家里报备了又一个“可能无法回家”的春节，上次探亲还是去年夏天送儿子上大学。

早上8：00，参加首日例会的船员挤满了会议室，温度仍然低得让人忍不住把手缩进棉衣袖口取暖。调试运维组长姬晓东坐在新贴的宣传画下，别在腰间的对讲机响个不停。此时，11个调试工程师正散布在平台各个角落，检查生产管线和生活设施。

除了生活必需品，姬晓东比别人多带了一台无人机记录“深海一号”的航行日志。在他的日志里，烟台是个有故事的起点，素有“京津门户”“渤海锁钥”之称，自明清就是中国的海防重地。甲午海战，作为北洋水师的补给基地，烟台曾亲历“亚洲第一舰队”的荣辱兴衰。白驹过隙，荏苒百年，如今又一艘艨艟巨舰即将出海，驾驶巨舰的勇士同样怀着兴海强国的梦想与誓言。

天光转白，寂静的芝罘湾热闹起来。霜雪覆盖的缆绳松饼一样堆叠着，要用十字镐才能敲开；裹着厚棉大衣的工人在给“蛙人”穿装备，他将跃入冻海辅助解缆。

“胖妞啊！这回真的要走了。”项目总经理尤学刚站在码头，注视着“深海一号”随波沉浮。比起大合龙时，他显得更精神些。这是他亲手养大的“女儿”，被他亲切地称为“胖妞”。他对胖妞的感情有些“爱恨交织”：不听话的时候，恨不得她明天就嫁出去；真到了送嫁的日子，又莫名心酸。

于无人处，总包项目副总经理王会峰默默仰望“深海一号”，就像大合龙时那个寂静的午后一样。只是当时，他满心忐忑，而现在，宁静平和。作为一个“满满正能量”的工程设计人，王会峰对“一号之后”满怀期待：更丰富的开发模式、更积极的国产化尝试……“深水技术要不来、等不来、讨不来，但一定可以干出来！”

“一路顺风！陵水见！”在6条港口拖轮的牵引下，“深海一号”缓缓驶离港口。码头上站满了送别的人，平台主甲板、生产甲板上也挤满了告别的船员。尤学刚站在码头最前沿，目送着越来越小的“深海一号”，他猛地擦了擦眼睛，笑着说：“来！再给我和胖妞合个影！”

是“深海一号”赋予了这些铁骨铮铮的汉子拥抱欢笑、失望痛哭、并肩作战的缘分，让他们有了一个值得骄傲的、共同的名字——陵水人。

农历腊月二十四，祭灶扫尘办年货的日子，陵水人将在陵水气田重聚，把中国人自己建造的巨舰牢牢“钉”入南海。

与“深海一号”3倍于航空母舰的庞大身躯相比，“港拖17”渺小得如同大海中漂浮的落叶（图1-2）。落叶上，站着系泊工程师李清明。刚进项目组时，他的儿子还不到两岁，如今已长成一个小小男子汉。在像李清明这样的深水技术人心里，“深海一号”也是自己的孩子，从蹒跚学步到踏浪探海，她见证了一代人的深水梦。

“准备挂缆！”下午4时许，刘克建在“深海一号”使用高频对讲机指挥拖挂。开阔海域，6条港口拖轮绷直缆绳，从四个方向稳住“深海一号”，主拖轮

图1-2　在港拖的牵引下，“深海一号“离开码头，向南海进发

“海洋石油681”与辅拖轮“德深”“华虎”呈“品”字形启动挂缆作业。橙红的夕阳为“深海一号”勾出青色的剪影。

这是离别的结束，更是出发的序幕。

出生在“黑天鹅”与“灰犀牛”并存的2020年，“深海一号”从来不缺少传奇。如果有人对中国速度和中国创新产生怀疑，不妨听听她的故事。她的故事让我们相信：速度和奇迹的创造者不是一个人，甚至一群人，而是一代人的刻苦与勤勉、执着与坚韧。

在过去的半个多世纪里，“深海一号”的故事是中国石油工业的常态，甚至是中国发展的常态。历史一次又一次地有力证明，靠着自强不息，靠着勇气与智慧，我们可以奋力追赶、拼搏超越，最终闯出一条属于自己的路。

落日掩去最后的天光，“深海一号”发出了第一条日报：

“一切正常！出发！奔赴南海！”

船长仇冬杰在高频对讲机里听到这个消息，“海洋石油681”发出震耳欲聋的轰鸣，甲板灯驱散了海面的黑暗；刘克建在卫星电话里听到这个消息，遥远的北京，女儿替他戴上了又一个他不能赶至现场领的奖章；王会峰在微信群里听到这个消息，烟台的风天雪夜，再也不会令他辗转难眠；深水项目设计团队在北京灯火通明的大厦听到这个消息，“胖妞”的姐妹将诞生在他们手中的图纸上。向南，再向南，在距离三亚市150千米的“蓝鲸一号”钻井平台上，完井总监刁欢听到这个消息。他在热火朝天的主甲板上极目远眺，南海正奔涌咆哮着迎接他的新娘。

出发！出发！

万千的声音在芝罘湾汇聚在一起，在冰冷的航道上汇聚在一起，在温暖的南海汇聚在一起，和大沽炮台不屈的怒吼，和“海一井”前胜利的欢呼，和一切被岁月尘封的记忆叠加在一起。

出发！出发！

声如惊雷。

这是万千中国人的梦想汇聚在一起的声音，是和“嫦娥”探月、“蛟龙”探海一样的声音。

这是中国的声音。是信心满怀的高歌，是厚积薄发的呐喊。

出发！

（张宗鹭　张雨田）

湛蓝使命

青岛黄岛。

一座长、宽各百米，高60米，自重5万吨，排水量10万多吨（相当于3艘中型航空母舰）的“巨舰”正被三艘拖轮徐徐拽出港湾，驶离其生长了17个月的“母港”——亚洲最大的海洋工程建造场地、海洋石油工程（青岛）有限公司。

正欲出海的这一巨舰，是全球首座万吨级深水半潜式生产储油平台。其航向是南海。

巨舰渐渐模糊在天际线。

这个码头几十千米外的地方有一座蓝色营盘，她是中国海军航空兵的摇篮——原海军第一航空学校。30年前，我在那里穿上海军服，开启了一位海军航空兵战士的炽热梦想。

航空母舰，是海军航空兵的当然装备。但这对30年前的中国海军来说是比梦还遥远的痴想。

我接过毕业证书，就踏上了航空母舰的“找寻”之路。

我被分配到一个英雄团队，她是人民海军序列里唯一被国防部授予荣誉称号的团队：曾创下零高度击落敌机等世界空战史上“八个第一”，在万米高空以劣势装备击落击伤11种型号的敌机30多架，涌现出王昆、舒积成等众多“王牌”飞行员和战斗英雄。

“将来，国家造出了航母，一定是这个部队先上。”我这样思忖着来到了海军航空兵某机场。

一到机场心凉了半截：停放的飞机和20世纪六七十年代电影里的差不多——这，能上天打敌机吗?

带我的老同志告诉我，上天是必须的，不过它们确实有点儿“老”。

“多老？”

“差不多比你（年龄）大一倍。”

……

渤海湾，寒风凛冽。

万人期待的中国海上第一口探井——“海1井”正式开钻。众人涌上平台甲板狂欢，如浪涛般沸腾，“那一刻的心情，真是无法形容。”一位亲历者说。

历史留下标注：1966年12月31日23时45分。

接下来，探井喜喷油流：海洋石油人用自己的智慧设计建成的这座海上固定平台日产油35.2吨、日产气1941立方米。“海1井”的成功在激发海洋石油人雄心的同时，也点燃了他们一个大胆的疑问：渤海湾会成为马拉开波湖第二吗？

马拉开波湖位于委内瑞拉的西北部，1917年打出第一口生产井，整个湖区有7000多口油井，年产7000多万吨原油，是世界上最富饶、最集中的产油区之一，有“石油湖”之称。

“大海是什么？不就是陆地加水吗？能把井架在海上立起来就是胜利！”豪迈的海洋石油人为自己打气。

平台上只有一座铁皮房。入夜，许多人蜷缩在冰冷的泥浆槽里睡，早晨起来头发常常冻在铁皮上，鼻、脸颊又冷又疼。

几叶木制机帆船，五一型地震作业，土法上马、自制水泥平台……他们几乎把陆地找油的办法、打井的程序原封不动地搬到了海上。

打木桩造码头的尝试失败了，自制平台、“让水泥疙瘩下海”的试验失败了，试制安装导管架钢桩平台也被海冰撞倒了……在经历了几多挫折，遭遇了冰灾、地震、风浪等自然灾害之后，他们意识到：大海绝不是简单的陆地加水！

在海上平台或船舶狭小逼仄的空间里，要完成同陆地找油一样的复杂工序，不可能搞人海战术。

大海，对第一代中国海洋石油人提出了“苛刻”的要求。

“我们一定要找到大油田！”这种信念振臂一呼，海上铁人们呼啦啦站起一片：只要能找到油，上刀山下火海，决不退缩！

他们，要凭着冲天豪气开始艰难的海上找油之旅。

剑不如敌，剑法胜于敌。

“海空雄鹰”立足现有装备打赢未来战争。

20世纪90年代，在军队建设服从服务于国家经济建设大局的背景下，我的团是另一番景象：大家在陆上机场模拟从航母起飞；请来专家讲对手的装备性能构造，讲设计指标，讲对手的技术、战术……

超视距攻击、不可能“近距离”，那又该怎样不让对手先发现我？

怎样占据最佳攻击位置？

怎样规避对手的攻击?

怎样利用现代高技术对敌实施干扰?

这一个个“怎样”就是要把自己逼到险境、绝境!

要把自己练强，必须先把对手选强!

团党委从理科基础好、反应灵敏、四种气象飞行时间在1000小时以上的一级飞行员“尖子”中，优中选优组建了海军航空兵第一支“蓝军分队”。

飞行员们用二代战机模拟打赢（驾驶）三、四代战机的对手。他们坚持从难、从严、从实战出发，加大海上超低空、夜间复杂气象、战斗特技等一批高难飞行科目训练。

海空雄鹰为“打得赢”苦砺硬翅。

——高强度、高逼真的对抗，为打赢其时的战争，更为航母真正装备的那一天。

筚路蓝缕的海洋石油人，从最初下海的1964年，经17年的艰辛鏖战，到1981年全海域的年产量也仅9万吨原油——这几乎是当时中国海洋石油工业的全部“家当”!

1982年，中国海洋石油全行业对外开放，成为“海上特区”。

国门打开，并非一定是“春风满面”——猝不及防的“卖国主义”“洋奴主义”，再加上与外国人谈合作时，双方实力的差异、语言的障碍，一无资金、二没技术、三缺人才，四是规章匮乏……这一道道阻隔一度成为中国海油无法实现迈越的最基本门槛。

甘当小学生，从最基础的学起，从最基本的干起!

从“打洋工”到“反承包”，中国海油人开始甩掉“拐杖”，逐步实现了导管架平台设计、建造、安装及工程总包等关键技术、工艺和管理的自主突破，资金也渐渐有了积聚。

1985年，傲立于渤海湾深处的埕北油田是中国海上第一座现代化油田，她采用了钢制导管架结构——土法上马、“让水泥疙瘩下海”的历史被中国海洋石油人彻底甩出了中国近海。

当年10月1日，埕北油田第一船原油顺利外输，打开了中国海洋石油工业与国际接轨的第一条通道。

此后，在南海西部、南海东部，一座座海上石油平台如雨后春笋般相继挺立在中国近海。

青春无战事。

北国边陲的哨卡，东海深处的外岛，巡航南沙的战舰都留下了我厚实的印记。也曾随编队出访，见识过“大国海军”——说不清是艳羡还是激励，复杂的情愫每每刺激着一位青年海军军官的巨舰梦。

激荡的脚步有时也会“超越”身处的时代。

15年前的那个春天，我下决心“投身国家经济建设大潮”——和当时小部分青年军官一样脱下军装，转业。

从宣武到朝阳，由东城到海淀，从新闻单位到政府机关、事业单位——偌大北京城，我“试”过的单位不下十多家。

那天，一幢标有“中国海洋石油”的建筑险些与我擦肩而过。恍然间，我抬头看见——那抹深蓝刹那间击中了我的内心。

毕竟，十五年的蓝色军旅，十五年的蓝色情怀，十五年蓝色梦想的追寻，对我来说是最难割舍的。

我捧着厚厚几摞见报作品剪贴和获奖证书从海军总部大院来到中国海油大厦接受众多考官的面试。

完毕，我写下了当天日记的题目：蓝，烙进我生命的颜色。

我来到另一个以赤心蘸海作画的全新平台。

近海侧畔听惊雷。

通过对外合作，消化、吸收、碰撞、磨合、嬗变、升华，终于激发了中国海洋石油人在思想、理念、技术、管理、规则、人才、资金、文化等全方位的系统效应。

那真是一幅海上战宏图。

物探船，钻井船，铺管船，特别是排水量高达30万吨的大型海上储卸油巨轮在中国近海掀起了层层冲天巨浪。

2005年，中国海油斥资185亿美元发起了中国历史上最大一宗海外并购。

2006年，中国海油国内油气产量超4000万吨。

2007年，中国海油入选《财富》“全球500强”。

2009年，1200万吨惠州炼油项目全面投产，中国海油基本建成上、中、下游一体化的综合能源公司。

入选美国《商业周刊》2009年“全球最佳40强”企业，成为我国内地首个、也是唯一一个入选企业。

2010年12月，中国海油宣告建成我国“海上大庆油田”，在国内海域年油气产量突破5000万吨。

年盛夏，我作为新海油人，从北京“飞”到正在海上作业的中国海洋石油工程的“旗舰”——“蓝疆”号起重船，其满载排水量58000吨，可在150米水深实施起重和铺管作业，为当时的亚洲海上“第一吊”。

作为“闯海”十五年的曾经海军军人，这是我见到的工作、生活设施最现代化、排水量最大的巨舰。

船长刘克建把他的船长室腾给我这位“北京客人”。凉爽的空调，精致的淋浴间和其他一应俱全的生活设施，特别是他一句“冷热水随便用”，一下子勾起了我多年前南沙巡航时的经历。那次住的是“舰长室”——彼时，我同样作为“北京客人”随行军事采访，半个多月航程的后半段，我每天只能分到半小桶淡水，用于一切个人生活。

刘克建对我说，像这样排水量的巨舰在中国海油有数十艘，长年活跃在中国近海从事油气勘探开发，且大都是中国造。

“数十艘？中国造？！”

“是的！”

当晚，我在船长室写下了此行的题目：铁甲铸铁魂。

2011年6月，中国海油自行建造的“身高”136米，“体重”3万吨，承重量12.5万吨的“海洋石油981”由上海外高桥船厂码头缓缓驶入深水海域。

除此“旗舰”，这一年，中国海油“五型六船”的深水船队相继下水：

一艘3000米深水铺管起重船——“海洋石油201”。

一艘3000米12缆深水物探船——“海洋石油720”。

一艘3000米深水地质勘察船——“海洋石油708”。

两艘3000米深水，大马力、三用工作船——“海洋石油681”“海洋石油682”！

我坚信，已挺进“深蓝”的蓬勃的国内造船工业一定会振兴我满怀期待的另一巨舰——中国海军。

2012年9月25日，中国第一艘航空母舰“辽宁”舰，正式交付中国人民解放军海军。

11月23日，飞行员戴明盟的“惊天一落”，划出了中国海军的“航母时代”。

戴明盟，他来自我的团。

“航母、航母、航母！”被军事发烧友们网上网下疯传多年的航母，这一天驶进了渤海湾。

我孩子般从沙发上跳起来欢呼！

我抄起电话打给远方的战友，他说我们的团现在装备着最先进的国产战斗机，其各项战斗性能堪与世界头号强国比肩。

2013年5月10日，中央军委批准，中国海军首支舰载航空兵部队在渤海湾畔正式组建，人民海军战斗力建设由此跨入新阶段。

这支部队的大部分飞行员来自我的团。

艨艟巨舰直东指。

2020年年底，新华社播发北京（2020年）12月23日电：“近日，记者从中国海洋石油集团有限公司了解到，2020年，我国海上油气产量突破6500万吨，中国海油原油增量占国内增量的80%。”

6500万吨，是当年“下海”的那代海油人想都不敢想的数字！这是几代中国海洋石油人接续奋斗的硕果！

2020年，中国海油这艘能源巨舰再次入选《财富》“世界500强”，位居64位。这是第14次连续入选。

2020年，中国海油连续第16年被国务院国资委评为业绩A类企业，拥有这一荣誉的中央企业仅8家！

四十正盛年，扬帆更强劲。

迎来成立四十周年的中国海油对建设“中国特色国际一流能源公司”作出系统部署，集团公司党组提出坚持以“1534”总体发展思路为统领，坚定不移推动油气增储上产“七年行动计划”，扎实推进公司治理体系和治理能力现代化，奋力谱写公司高质量发展新篇章，为全面建设社会主义现代化国家贡献中国海油力量。

我为祖国献石油，宛如一条光芒如炬的精神航道。

“老海油”张志诚讲述了自己的经历：他最长的一次出海时间是11个月零7

天，是建造“渤海7号”平台的时候；他最险的一次经历是1977年2月25日深夜，从平台上跳到海里救一个女采油工；他最温暖的记忆是为了防止平台失火关井盖时，天然气流把他像树叶一般冲倒了，一条腿整个儿歪到一边去，骨折了，被送到医院接骨时，医生、护士还给他织了一条毛线裤。

多少次访谈，多少次慨叹，张志诚总是那句话：“腿是我自己的，命是我自己的，石油是国家的！”

疾风烈火，碧血丹心。

“海上铁人”郝振山在“下海如同登天一样难”的海洋石油行业一干就是三十多年，他始终瞄准世界第一，敢于同国际一流石油公司同行比高下，不仅成就“怒海神钻”，还打造了一支驰骋四大洋的海上中国铁军。在他身上凝聚着新时代海洋石油人“爱国，担当，奋斗，创新”的精神底色。

……

正是这一个个在困难面前从未胆寒的“海上铁人”，用炽爱与坚守唤醒了沉睡万年的蓝色国土。他们披星戴月，风餐露宿，执着守望着这片蓝色国土，艰难耕耘着一座座平台，在日光下，也在月光下。

距我脚下的码头二百多千米以外有一个叫刘公岛的地方——那里曾是一百多年前北洋舰队的“母港”。

1950年3月，刚刚赴任的人民海军司令员肖劲光风尘仆仆来到春寒料峭的威海。

随行参谋人员报告，要渡过2.1海里的海面到刘公岛须租借渔民小船。

面色凝重的海军司令对参谋说：“记下，1950年3月17日，海军司令员肖劲光乘渔船视察刘公岛！”

这或许是新中国第一代海军军人最凝重的“结”。

2019年12月17日下午4时许，第一艘国产航空母舰“山东舰”在海南三亚某军港交付中国人民解放军海军。

又一艘航空母舰向人民海军交接入列。

距我现在站立的码头几十千米外，就是中国海军的航母军港，“辽宁舰”仿佛依稀可见。

我身后的海洋石油工程建造场地，工友们正顶风冒雪加紧赶工。今年，中国海油在这里建造的20个海上工程项目要在年底全部建成，它们中的每一个几乎都是海上“巨无霸”。据场地负责人估算，高峰时现场作业的工友将近10万人。

能源报国，正由铿锵誓言变为中国海油这一能源“巨舰”擘画的一幅幅现实图景。

两个一百年，两个十五年。

中国共产党，中国海军，中国海油。

历史巨轮与宏阔大海，时代洪流与沧海一粟。

一支舰队，一艘船，一名水手。

……

大海给挑战者提供了搏击舞台，也赋予了他一份凶险。但，面对再凶险莫测的大海，弄潮儿也要一试身手。

从青春报国的海军到能源报国的海油，于我是“巧合”吗？

眺望徐徐出海的巨舰，脑海中不断浮现出交织、交错的图景：海油，海军，海洋，海疆——青春，职业，专业……三十年前，大海像迎接炽热少年一样容纳了杂糅在我青春里的浮躁与“功利”，她以博大胸怀，用尖利、圆融磨炼我的懵懂和青涩——渐渐使激昂与包容，青春与责任，自我与使命融为一体。

三十年间，海之于我，有时巨浪滔天，有时波平如镜；时而暴风骤雨，时而细语呢喃，是雷霆荡涤，是润物无声。

大海的狂飙，大海的幽蓝，大海的沉静，已哺育我三十年之久——我自视是一位大海之子，我该如何将其深邃而执着、澎湃而开放、坚毅求共赢的基因融进一位曾经的海军军人、而今的新时代中国海油人的行为、思想、血脉？

和大海，是一种缘——对蓝色梦想的企盼和追寻；是一种使命——对蓝色国土的守望与担当。

这，是“蓝”赋予我的又一次职业使命。

（晏朴）

风起琼东南，气润粤港澳

气龙化作火焰，从火炬臂喷薄而出。6月25日，被外国专家誉为“中国第一个完整意义上的巨型深水项目”的“深海一号”大气田正式投产。

“深海一号”大气田位于海南岛东南陵水海域，其自主开发标志着中国海油从装备技术到勘探开发能力全面实现了向1500米超深水的跨越，拉开了建设“南海万亿方大气区”的序幕。

“从保障国家能源安全的层面看，‘深海一号’气田投产后，高峰年产天然气32.5亿立方米，可满足粤港澳大湾区四分之一的民生用气需求，凝析油24.7万立方米，对于保障国家能源安全，特别是用能比较集中的华南、华东地区意义重大。”中国工程院院士周守为表示。

底“气”十足，保障国家能源安全

2020年，中国海油原油增产240万吨，占国内原油增量的80%以上，成为名副其实的国内原油增产主力军。这是海洋石油人全力推进“七年行动计划”，以实际行动践行能源报国的体现。

国内油气增储上产看海上，海上油气增储上产看深水。作为海洋大国，我国海洋油气资源丰富——仅南海便有石油资源量约248亿吨，天然气资源量约42万亿立方米，其中，约一半蕴藏在深海海域。由于总体勘探程度较低，海洋油气资源开发，特别是南海油气资源的开发将是我国长期、大幅增产的重要方向。

记者梳理发现，近10年间，荔湾3-1深水气田、流花16-2深水油田群、陆丰15-1油田群等一系列重大油气发现相继进入工程实施和开发生产阶段。从300米到600米，再到1500米，由“浅”入“深”，身负守卫国家能源安全的使命，海洋石油人将钻头一次次扎进更深更远的蔚蓝大海。

“水深每增加一米，压力、温度、涌流等情况就会完全不同，开发难度呈几何倍数增加。”“深海一号”大气田开发项目总经理尤学刚告诉记者。

尤学刚回忆称，尽管中国海油的浅水石油开采能力已达到世界先进水平，但深水油气田开发在国内“一无技术、二无资源、三无经验”，举步维艰。

“没有先例，我们开创先例；没有标准，我们创建标准。”海洋石油人见识过风浪，更敢把风浪踏平。

2014年，中国海油在琼东南盆地钻探陵水17-2岩性圈闭，取得深水自营勘探历史性突破，让中国深水迈出了真正属于自己的第一步。

7年之后，“深海一号”大气田建成投产。作为我国海洋石油工业领域实现科技自立自强的最新实践和集大成之作，“深海一号”彰显出我国已具备自主开发南海全海域油气资源的实力。

“如果说‘海洋石油981’钻井平台代表了我们在深水钻井技术上跨上了一个新台阶，那么‘深海一号’则代表我们在深水油气开发领域又迈上了一个新台阶，代表着我们已跻身世界深水油气开发阵营，在南海能够自主开发、建设深水油气田。”周守为强调。

7年间，海洋石油人不仅实现了从浅水思维到深水思维的深刻转变，更克服了难以想象的困难，用汗水与拼搏书写了属于开拓者的灿烂诗篇。

“气”脉畅通，助力“双碳”目标实现

据尤学刚介绍，“深海一号”大气田的开发，使环海南岛并辐射香港、广东的海上天然气大管网最终成型，可将陵水、崖城、东方、乐东等一批海上气田串联起来，实现海上天然气向粤港澳大湾区和海南自贸区（港）稳定供应。

推进粤港澳大湾区建设，中国海油责无旁贷。扎根大湾区数十载，中国海油以丰富的天然气供应铺就一道道“能源桥”，将油气全产业链与大湾区经济和民生紧密相连。

1996年，中国海油崖城13-1气田的天然气通过管线在香港屯门登陆，进入香港终端，实现由煤到气的清洁能源替代。这是贯通粤港的第一道“能源桥”。2008年，中国海油的天然气进入澳门，结束了澳门一直使用重油发电的历史。

据统计，截至目前，中国海油累计为香港供气超过470亿立方米，向澳门供气近10亿立方米。

2006年，我国首个引进LNG项目——广东大鹏LNG接收站在深圳建成投产。进口LNG经接收站汽化后，通过海底管线被输送至香港。中国海油在祖国内地与香港之间架起另一座清洁能源“桥梁”。同时，大鹏LNG接收站还为大湾区经济最活跃的深圳、广州、东莞等多个城市提供能源，对大湾区生态环境改善和打赢蓝天保卫战意义显著。

当前，粤港澳大湾区加快高质量发展，中国海油奋力耕耘贡献不断。如今，超过220亿立方米的天然气经过数千千米的管线源源不断到达广州、深圳、佛山及香港、澳门，超地区天然气总消费量的70%以上。优化粤港澳大湾区能源结构和布局，建设清洁低碳、安全高效的现代能源体系，清洁能源从蔚蓝大海走进千家万户，中国海油正在以铿锵步伐向着实现“双碳”目标坚定前行。

肉眼可见的是，一条绿色低碳的可持续发展之路正行稳致远。中国海油不断通过加快“深海一号”等气田勘探开发进程，稳步推进平台建造和海管铺设，将蔚蓝大海的绿色能源串珠成链，让梦想照进现实。

在周守为看来，南海还有更宽的海域、更多超深水的领域等待勘探开发。“‘深海一号’气田开发所建立起来的技术、装备体系，为今后走向深蓝、走向深海，甚至走到全世界的深海都奠定了基础。”

（曲艺）

中国发现的道路自信

“深海一号”超深水大气田投产是中国海油建设“南海万亿方大气区”的重要“落子”。自20世纪80年代起，中国海油不断加大南海天然气勘探开发力度，推进“南海万亿方大气区”建设，琼东南深水区“深海一号”超深水大气田的发现是大气区建设的重要里程碑。

走向深水，步履维艰。历经两轮合作勘探失利，海油人不断反思，创新探索，找到了一条适合自己的勘探新路。自营深水勘探的重大发现，坚定了中国海油深水勘探的道路自信。沿着这条道路，海油人很快又发现陵水25-1、陵水18-1等多个深水气田，“南海万亿方大气区”建设不断提速。

南海勘探，为什么要走自己的路？

随着大气田投产日近，南海西部油田专家孙志鹏总觉得内心有一面鼓，时时发出振奋人心的旋律。“太曲折了！”回想“深海一号”超深水大气田的勘探发现历程，1991年参加工作、曾参与琼东南盆地深水勘探研究的他感慨不已。

20世纪末，饱尝美国墨西哥湾、巴西等深水油气勘探的甜头后，国际石油公司纷纷调转船头，驶向素有“第二个波斯湾”美誉的南海。

“他们首先从盆地的浅水区开始勘探。1995年，一家外国公司在盆地内的陵水凹陷北坡陆架浅水区钻探，仅见少量油气显示。随后又在陵水凹陷西侧的乐东凹陷钻探，尽管个别井钻遇薄气层，但没有经济价值。至于琼东南盆地南部的深水区，外国石油公司更无心涉足。”

莺琼盆地究竟有没有油气？孙志鹏他们始终相信，这是一个巨大的油气宝藏。“当时的研究，首先是要解决烃源、储层两大基础问题。”孙志鹏说。

研究烃源，离不开好的地震资料。1997年，科研人员在琼东南深水区部署了一批长地震测线，获取了地震资料。通过对新资料的研究，基本上落实了琼东南盆地深水区“深、大、厚”的凹陷特征。

随后再找储层。2001年，科研人员在陵水凹陷北部坡折带自营钻探陵水13-1-1井。钻井资料带来新启示：琼东南盆地深水区不同于经典的陆坡峡谷沉积环境，不能照搬国外深水海底扇模式，必须创新认识。

他们再一次采集地震资料，深入研究。新的资料、新的研究成果，再一次吸引了外部石油公司前来合作勘探——2004年6月，南海西部油田与哈斯基能源公司合作钻探长昌12-1-1井。这是琼东南盆地第一口真正意义上的深水井，20多天后该井完钻，没有发现。

投入巨资的哈斯基公司人员很失望，调头勘探南海东部深水区的白云凹陷，2006年一举发现我国首个深水大气田——荔湾3-1气田。

荔湾3-1气田的发现，激起了南海西部油田勘探琼东南盆地深水区更大的决心与动力。2006年，南海西部油田成立深水研究项目组，对南海西部深水区展开系统地质研究。

2010年10月，南海西部油田与外方公司在陵水22-1构造钻探琼东南盆地第一口深水井陵水22-1-1井，钻获气层55.3米，一举实现南海西部深水勘探突破。

他们乘胜追击，2011年，又在峡谷东边水深1908米处钻探，但结果为干井。其他合作者对盆地其他凹陷的勘探，也在2012年遭遇失利。

一些国际石油公司离开前，留下“诊断书”：“储层发育不充分”“难以找到大油气田，不具备商业开采价值”……

外方可以离开，我们必须坚守。深入研究外方公司留下的钻井资料，科研人员发现一个现象：外方钻探的探井中，多口井有油气显示，但他们最终将失利都归结为地质原因。“究竟是因为地层中缺油少气，还是由于没有钻到目的层就草草收兵？”

经过深入研究，科研人员认为，盆地中央峡谷陵水凹陷内的陵水17-2构造最有成藏潜力，并将其作为南海深水自营勘探项目的首选目标，2013年，部署陵水17-2-1井等探井。

挺进深水，自己的路该怎么走？

深水勘探的“蜀道之难”，让中国海油深刻认识到：挺进深海，不仅需要精细的地质油藏研究，还需要装备、技术、管理等各方面跟上时代的脚步。最迫切的是加快建造一批深水装备，特别是深水钻井平台。

21世纪初，外方公司的深水钻井能力已达3000米，装备水平进入第六代；我国深水钻井能力只有500米，装备水平总体处于“二代半”水平。中国海油下定决心：自主建造第六代3000米作业水深半潜式钻井平台——“奋进号”。

从“二代半”到世界领先，困难之大可想而知。在设计建造过程中，中国海油努力克服各种困难。比如，与国内船企、科研机构、高校深入合作，科研课题和工程项目齐头并进，研究成果直接应用于工程项目。2008年4月，投资60亿元重点打造的“奋进号”半潜式钻井平台正式开工建造。

以“奋进号”为核心，中国海油还着力打造以“五型六舰”为主体的“联合舰队”。“舰队”成员包括：我国自主建造的首艘深水物探船“海洋石油720”，全球首艘集钻井、水上工程、勘探功能于一体的3000米深水工程勘探船“海洋石油708”，为“奋进号”量身打造的两艘深水大马力工程船“海洋石油681”“海洋石油682”等。从地球物理勘探、地质勘察、钻井作业，到海底铺管、物资保障，这支“舰队”为我国自营勘探南海深水油气打下坚实基础。

打造深海利器的同时，中国海油还积极组建、培养深水队伍。非洲的尼日利亚，就曾是这支队伍学习深水技术与管理的“课堂”。

2006年1月，中国海油收购尼日利亚某深水区块45%的权益。该区块水深1300米至1450米，在中国海油走向深海的征途中，是一个绝佳“练兵场”。

在尼日利亚，在刚果，在一切可以学习的地方，海油人孜孜以求。特别是外方在南海西部勘探琼东南盆地深水区那几年，中国海油更是派遣技术骨干登上外籍深水钻井平台，学习深水钻井及测试技术。

装备上的进步，人才、技术上的储备，为中国海油再次进军深水奠定了扎实的基础。2012年，外方退出琼东南盆地深水区后，中国海油开始自营勘探。

一钻成名，如何复制“深海一号”之路？

卫星图上，琼东南盆地深水区的陵水凹陷无比秀美，犹如一片跌落在大海的枫叶。而陵水17-2构造，宛若这片枫叶最艳丽的部分。

这个构造距海南岛东南约150千米，平均作业水深1500米。曾经这里是几家国际石油巨头折戟沉沙之地。

这次钻井作业决不能失手！毕竟，陵水17-2-1井的钻完井作业，是中国海油自营深水勘探迈出的关键一步，关系到整个南海西部深水勘探的希望与信心。

不打无准备之仗。钻完井团队中的大多数人，曾经参与过外方平台深水作业，具备一定深水经验。

作业前，时任工程技术作业中心总经理李中，带着大家一起反复研究地质资料，制定详细的技术方案和风险应对预案，并对可能遭遇的不同情况进行沙盘推演。

2014年1月，陵水17-2-1井正式开钻。承钻这口井的钻井平台，正是威名赫赫的“奋进号”。

开钻后，大家如履薄冰。现场负责钻完井工作的技术人员刘和兴向现场人员反复交底。作业关键点是什么，风险控制点有哪些，具体要做什么，谁来做……现场的每一个人，都在脑子里像放电影一样，过了好多遍。在陆地坐镇的李中，每天通过卫星电话、邮件与刘和兴保持联系。

钻完井作业一米一米艰难推进。“成了！”1月底的一天，陆地值班室的电话传来现场作业人员报喜的声音，“打到目的层了！我从没见过这么好的油气显示。”李中他们马上与海上进行视频连线，当看到屏幕上显示出反映井下情况的曲线时，大家脸上都露出灿烂的笑容。

钻遇的储层究竟有多少天然气储量，还必须进行测试作业。如果说深水钻井是一个寻找油气的狩猎过程，那么深水测试则是释放猎物并检测其能力的高危过程。

进行测试作业的，仍是“奋进号”。这是中国海油首次自主进行的深水井测试作业。作业前，中国海油自主研发了测试地面流程模块化设备，购置的高精尖设备——水下测试树，也将首次使用。

2014年8月18日，测试成功。该井创造了中国海油自营气井单层测试日产量最高纪录——日产气160万立方米，日产油78.4立方米。

成功了！海油人在南海深水区捧出了第一个大气田！此后，以琼东南中央峡谷为轴，中国海油不断拓展南海琼东南深水区天然气勘探。

2014年，在盆地中央峡谷西区、水深近千米的乐东凹陷，陵水25-1构造部署探井，获可观油气流，2015年评价成功，一个中型以上深水气田“浮出水面”。2015年，在盆地中央峡谷东区、深水超1500米的超深水区部署探井，成功发现我国首个超深水大气田——陵水18-1气田。2016年，在陵水25-1气田北部实施一口探井，测试获高产气流，使得该气田储量规模扩大。

如今，中国海油在深水区的天然气勘探力度更大，探井作业水深已达2000多米，更多的天然气田还将浮出水面，穿珠成链，“南海万亿方大气区”就在眼前！

（张光明）

第2节
我国首个自营深水油田群全面投产

2021年，我国首个自营深水油田群——流花16-2油田群全面投产，高峰年产量可达420万立方米，能满足400多万辆家用汽车一年的汽油消耗。

这是中国海油在深水油气开发领域取得的又一历史性成就。

流花16-2油田群位于南海珠江口盆地，平均水深410米，创下我国海上油田开发水深最深、水下井口数最多的纪录。

更重要的是，这是中国海油自己勘探开发，“一针一线”做出来的。这是我国首个采用全水下开发模式的油田；油田建造了国内应用水深最深、功能最复杂的FPSO。

流花16-2油田群的全面投产，再一次见证了中国海油破技术壁垒、架创新之桥的毅力、行动与成绩，再一次展现了海油人的自立自强、攻坚克难与勇往直前。

大美“流花”，深水“绽放”

2021年8月2日，中国海油宣布，我国首个自营深水油田群流花16-2油田群全面投产。这是继6月25日我国首个自营超深水大气田“深海一号”投产后，我国在深水油气开发领域取得的又一重大成果。

流花16-2油田群位于南海珠江口盆地，距深圳东南约250千米，包括流花16-2油田、流花20-2油田和流花21-2油田3个油田，平均水深412米，是我国海上开发水深最深的油田群。2020年下半年，前两个油田顺利投产，流花16-2油田群一跃成为我国南海日产量最高的油田群，截至2021年7月底，已累计生产原油超过380万立方米。本次流花21-2油田的投产（图1-3），标志着该油田群全面建成。

“全面投产后，油田群日产原油超过1.4万立方米，约占我国南海东部海域油气总产量的五分之一；油田群高峰年产量超过450万立方米，所产原油可满足400多万辆家用汽车一年的汽油消耗。”中国海油深圳分公司生产作业部经理袁玮介绍说。

由于位于南海深水区，离岸远，海况恶劣，流花16-2油田群开发技术难度和复杂性位居世界前列。中国海油先后攻克了深水钻井、水下智能完井、深水流动安全保障、远距离电潜泵供电技术等多项世界级难题，建成了亚洲规模最大的油田水下生产系统。

图1-3　流花21-2油田投产

为高效开发流花16-2油田群，中国海油采用“全水下开发模式”，即通过水下生产系统开采油气，再回接到水面的“海洋石油119”FPSO（浮式生产储卸油装置），无须建设常规油气田的生产平台，具有技术和经济的综合优势。

“海洋石油119”船体总长约256米，宽约49米，甲板面积相当于两个标准足球场，甲板上集成了14个油气生产功能模块和1个能够容纳150名工作人员的生活楼。该船拥有国内最复杂的海上油气处理工艺流程，每天可以处理原油2.1万立方米、天然气54万立方米，相当于一座占地30万平方米的陆地油气处理厂。

“海洋石油119”不仅拥有国内水深最深、复杂程度和安装精度最高的单点系泊系统，能将FPSO长期系泊于台风频发的南海深水区，保障油气生产的稳定，还装备了首套国内自主设计建造的轻烃回收系统。流花21-2油田投产后，轻烃的日产量将突破300立方米。油田伴生气资源的回收利用，不仅有效减少了气体排放，每年还可增加效益近亿元，为实现碳达峰、碳中和目标探出了一条新路。

2021年以来，我国深水油气勘探开发取得一系列重大突破。“七一”前夕，我国首个自营超深水大气田“深海一号”投产，每年可为粤港琼等地稳定供气30亿立方米。“深海一号”超深水大气田和流花16-2油田群的建成投产，进一步完善了我国具有自主知识产权的深水油气开发工程技术体系，为保障国家能源安全和粤港澳大湾区经济社会发展注入了新动力。

（雷仁超　王德洋）

不以山海远，只为梦前行

2021年8月2日上午，南海东部海域珠江口盆地烟波浩渺。“狮子座”提油船完成第55次原油外输作业，与“海洋石油119”FPSO解脱，缓缓驶离。下午，“海洋石油362”船在忙碌几个小时后顺利完成输气作业，这是流花16-2油田群投产以来第5船LPG（液化石油气）。

也是这一天，牵动南海东部油田无数目光的流花21-2油田投产成功，汩汩原油经海底管道汇入“海洋石油119”。该油田投产后，原油和LPG外输的频次再次增加。

流花21-2油田是我国首个深水自营油田群流花16-2油田群项目的最后一个油田。

目送两艘满载的船在海面上逐渐远去，“海洋石油119”FPSO总监杜圣道和同事们都稍稍松了口气，他们又一次经受住了考验。“总算对得起那张请战书了。”杜圣道心想。

2021年7月17日，杜圣道出海，与陆地办公室保持密切联系，接着以对倒总监的身份做好前线排兵布阵：一方面，带领团队先后配合完成油田机械完工检查、试生产验收、安全环保检查等投产前检查验收工作；另一方面，还要保持节奏，按既定计划清单进行隐患排查和问题确认销项。

年轻成熟，担得重任

这是一群以“90后”为主力的年轻队伍，彼时已历经两个油田的投产，顺利完成50余船油和4船LPG的外输作业，一直保持着良好平稳的安全生产状态。他们绝大多数从投产准备组一起走来，彼此信任，默契非常。

2021年7月18日，距离投产还有20余天，为了表达决心，让党组织和陆上的同事们放心，也为自我激励，“海洋石油119”全体党员向流花作业区党委递交了请战书。

“流花21-2油田投产在即，‘海洋石油119’党支部全体党员组成的‘党员攻坚队’在此请战！”请战书中，全体党员决心齐心协力高质量完成了流花21-2油田启井前的各项准备工作。

作为距离流花16-2油田群最近的一支队伍，也是“海洋石油119”的长期驻守者，他们纷纷在请战书上摁下手印，年轻的胸膛间激荡着责任与担当。

杜圣道说，团队中人人都有精益求精的工作态度，在第三个油田迎来投产时，他们这支团队拧成了一股绳。

“我们这些人90%以上都是从生产准备组来，参与了‘海洋石油119’的建造，对它有很深的感情。”维修监督贺启昌说。

“新油田加入生产，设备需要磨合，我们不能放松。”贺启昌总是这样与身边的队友互相鼓劲。

年纪虽然不大，但是每个人工作起来都透着成熟和专业。“从2019年生产准备组，到2020年流花20-2油田和流花16-2油田先后投产，我们一起克服过很多挑战。”生产监督秦宇谈及自己所在的“海洋石油119”团队时，这样说道。

他们常常因为投入当下的工作而忘记吃饭，有时晚上十点多了还在梳理总结一天的工作，讨论明天的计划，大家脸上看不到忙碌一天的疲惫，精力似乎永远充沛。直到临近子夜时分，他们才各自回到宿舍休息。

他们心里咬定了目标。

如入迷宫，不走捷径

2021年7月3日清晨，天刚刚亮，仪表主操李祖壮就起床一边洗漱，一边盘算着今天的工作。

仪表班组要着手系统检查火气探头和报警按钮了，这是一项技术性不高但工作量巨大的工作。“海洋石油119”有超过1000个这样的火气探头和按钮。早饭后，李祖壮安排一位班组成员处理日常工作，他带着其他两位兄弟开始了这项耗时、耗力的活。

三人中有人手持探照灯、有人持气瓶、有人带着拆卸工具包，开启了忙碌的一天。他们将探照灯对着探头检测探头是否灵验，不疾不徐，一个都不放过。遇到安全按钮则要将其拆开，检查里面的线路，排除异常。他们有条不紊，忙到饭点将过才去吃饭。

“这个工作看起来简单枯燥，但认真完成后就觉得离流花21-2投产更进一步了。”李祖壮说。

这样的日子持续了十几天，所有的探头和按钮完成了详细的检查，清单上的任务少了一项。

“这项工作只要仔细一点就能做好，最难的是系统逻辑测试。”李祖壮说，如今回想依然觉得这件事确实不易，但也确实很锻炼人。

一切要从流花16-2油田群的特殊性和复杂性说起。

流花16-2油田群包括流花16-2油田、流花20-2油田和流花21-2油田3个油田，平均水深412米，采用全水下生产模式，共有26个水下井口，是我国海上油田开发水深最深、水下井口数最多的纪录开创者。在深蓝如墨一望无垠的海面上，只有一个设备，那就是杜圣道和团队兄弟们所在的“海洋石油119”FPSO。

“海洋石油119”是流花16-2油田群开发的核心设施，长约256米，宽约49米，型深约27米，空船质量达51000吨，由下部船体、上部组块及单点三部分组成，是国内首艘自主设计、建造最复杂并用于深水油田的FPSO。

堪称这片深水中旗舰的“海洋石油119”像是这个油田群的中枢，流花

16-2油田、流花20-2油田、流花21-2油田3个油田从这里获得动力、生产与关停的指令，从海底奔流而出的产液与气在这里汇聚、处理进而外输。该FPSO上有14个油气处理模块，其中包含国内首次设计建造的浮式LPG系统设备和SIT（转塔与船体集成）大型内转塔式单点。

维修监督贺启昌给出的几个数据或许更直观："44个子系统，414台（套）设备，其中，关键设备25台套，重要设备150台套，两者占比高达42%。"

道阻且长，行则将至

流花16-2油田群从无到有，走过一条铺满荆棘的崎岖险途。关关难过关关过，没有什么能阻挡海油人砥砺奋进的步伐。

对于"海洋石油119"这群人来说，流花20-2油田和流花16-2油田的投产，让他们有了扎实的基础，可压轴登场的流花21-2油田不可小觑。

"流花21-2油田富含伴生气，最高预估有66%，大家普遍担心会出现段塞流情况，即管道中一段气柱、一段液柱交替出现，这对油气处理工艺的稳定性有着更高的要求，大家都不敢确信当前的工艺系统百分百能承受流花21-2大量的气。"生产监督秦宇说。

确保工艺稳定成为该油田投产的难点和关键点。秦宇和同事们提前讨论应急方案，一遍遍进行应急演练，一遍遍测试工艺稳定性。

贺启昌、李祖壮、秦宇等从"海洋石油119"在青岛开始建造时就在场，全程参与和见证了这庞然大物的诞生，自认为比较了解其复杂性。

"但还是要非常认真才能不被这些复杂的逻辑绕晕。"他们说。

为理清这许多"剪不断理还乱"的逻辑界面，机械、电气、仪表、生产、安全各路人员常常围坐在一起开展一场又一场头脑风暴，探求和整理测试方案。

知己知彼百战不殆。"要提前设想所有可能出现的问题，"李祖壮说，"这叫未雨绸缪，不打无准备之仗。"

经过大量缜密的准备，2021年7月18日，这群年轻人全副武装上阵，一个人做信号旁通，两个不同专业的人在旁严密监视。"每一个试三次，不能犯一丁点错误，慎之又慎。"他们回想当时的情景。从早饭后做到晚饭后，50多个信号旁通完成，没有出现异常。

所有人松口气，离投产又近了一步。

7月26日至27日，秦宇和12个生产相关人员进行了整整两天的水循环测试，最终确认流程逻辑可以应对投产后可能出现的强烈段塞流工况。

“确定能够应对异常工况。”当秦宇语气坚定地说出这短短一句话时，外人无法想象他们背后付出了多少艰辛。

7月29日，第一口井投产在即。秦宇和生产的同事继续针对伴生气可能带来的结果进行测试。

他们要的是排除所有的不确定，对工艺系统饱含信心。

8月1日，“海洋石油119”全体人员早早起床待命，今天是个大日子，第一口井要开启了。除了要开井投产外，还要准备外输提油。船系的兄弟早早就开始准备提油作业了，生产的人员则按部就班地为开启第一口井进行又一次的测试。

8月2日，投产成功！

这支离流花16-2油田群最近的队伍，用高度的团队协作精神和果敢的执行力为国内首个深水自营油田群的全面建成画上了漂亮的句号。

随着流花21-2油田投产，流花16-2油田群的产量将再度攀升，原油日产量将超过1.4万立方米，大约可占当前整个南海东部海域原油日产量的20%。

流花21-2油田的成功“入列”，是完满收官，也是崭新开始。

（刘亚婷）

第3节

渤海油田建成全国第一大原油生产基地

读《康世恩传》，这位首任石油部长反复说，中国未来找油的希望，就在渤海湾和四川盆地。因为根据陆相和海相生油的理论，这两个地方最有可能出现大油田。

如今，这两个地方都崛起了大油田。尤其是渤海油田，不仅多年油气产量超3000万立方米，今年仅原油产量，就超过了3000万立方米。油田正向年产油当量4000万立方米加速迈进。

渤海油田正以蓬勃的生机与焕发的活力，真实地展示它的魅力与未来，更展示出中国海油加大国内油气勘探开发力度、保障国家能源安全的决心与行动。

渤海油田建成我国第一大原油生产基地

这是“蓝色国土”上冉冉升起的“渤海明珠”：截至2021年12月31日，渤海油田全年原油产量达3013.2万吨，油气总产量达3273.16万吨，建成我国第一大原油生产基地。

3000万吨原油年产量的实现，将为海洋石油工业发展史增添浓墨重彩的一笔，挺起了我国海洋石油工业的脊梁，标志着我国近海勘探开发技术达到世界一流水平。

这一刻，距离揭开渤海油田勘探开发序幕的第一口工业油流井——海1井喜喷油流已经过去55年。20世纪80年代初，渤海油田原油累计产量只有96.3万吨。

从响应国家“上山下海、大战平原”的号召到“无资金、无装备、无技术”的艰苦创业，从“合作与自营并举”的对外开放到革故鼎新的高速发展，渤海油田仅用不到10年时间，就跨入千万吨级油田阵营，为建成“海上大庆”奠基，成为中国海油产量最高、规模最大、效益最好的主力油田。

“十三五”以来，渤海油田深入贯彻落实习近平总书记关于能源行业的系列重要指示批示精神，以中国海油“1534”总体发展思路为目标，以国内油气增储上产“七年行动计划”为指引，克服勘探难度加大、开发技术进入深水区、生产作业量趋于饱和等诸多不利因素，全面贯彻新发展理念，持续提升油气勘探开发力度，喜获渤中19-6、垦利10-2等亿吨级油气田发现。

通过连续开展三次“优快钻井”提升行动，中国海油使平均钻井周期从57天下降至10天以内，钻井效率提升了6至7倍。此后，以优快钻完井技术为代表，渤海油田的储层描述技术、地质数模和建模技术、工程建造技术及在生产油田综合调整技术等均达到世界先进或国内领先水平。目前，渤海油田已建成集勘探开发、工程建设、生产运行于一体的综合性油气生产基地，拥有遍布环渤海三省一市的50余个在生产油气田、180余个生产设施。自2010年起，渤海油田油气产量已连续12年保持3000万吨，投产50余年里累计为国家贡献油气4.93亿吨。

3000万吨原油产量，相当于中国海油国内原油年产量的三分之二。

中国海油党组书记、董事长汪东进表示，中国海油将继续发挥渤海油田增储上产“主力军”作用，大力推动“增储上产攻坚工程、科技创新强基工程、绿色发展跨越工程”，持续加大勘探开发投入力度，进一步发挥海上油气增产对于我国油气资源安全稳定供应、降低对外依存度的重要作用，把能源的饭碗牢牢端在自己手里。

（张妍　郝艳军　李佑坤　吴鹏　焦权声）

渤海生明月，原油量夺魁

一部渤海石油史，几代翻天覆地人。从几乎与大庆油田发现同时期下海找油，到2010年建成产能3000万吨，再到今天成为国内第一大原油生产基地，风云近甲子，记录了几代渤海石油人无问西东的刹那芳华；辉煌55年，写不尽改革开放缔造的时代传奇……

吹尽黄沙，渤海见金

渤海升起一轮明月。

2022年1月9日，我们在天涯海角共同仰望——经过50多年的发展，我国最大海上油田渤海油田为保障国家能源安全交出了一份“重量级”成绩单。中国海油宣布，渤海油田2021年原油产量达到3013.2万吨，原油产量位居全国第一,一举登顶成为我国第一大原油生产基地！

正如中国海油天津分公司副总经理张春生所说：“3000万吨原油产量是中国海油落实习近平总书记重要批示指示精神，大力提升国内勘探开发力度，保障国家能源安全，实现勘探开发‘七年行动计划’的重要举措，也是渤海油田的一个梦想。在我国油气对外依存度依旧较高的情况下，渤海油田心中始终坚守‘我为祖国献石油’的使命担当。”

渤海明月，正播撒着朗朗清辉；浩浩乾坤，渤海油田为神州大地加“油”争“气”！

潮起渤海——摸着石头过河

开启3013.2万吨宝藏的第一滴油来自20世纪60年代。

1965年年初，刚刚甩掉“贫油国”帽子的中国人意气风发。原石油部提出

“上山、下海，大战平原”的找油战略，响应号召的石油人从东西南北的陆地油田进军渤海湾。“这一年被认为是渤海油田的‘生命起点’。”中国海油天津分公司宣传思想经理吴鹏说。

当满含激情的石油人期待在渤海上像大庆油田一样大干一番时，迎接他们的是一穷二白的现实。

1965年，渤海石油人以铁人的意志，摇着舢板艰难起航，向大海要石油。没有技术，没有资金，没有装备，依靠简陋的装备和仅有的技术“土法上马”，他们如盖水泥房子一样在大海中建成新中国第一座桩基钢结构固定式钻井平台，1967年6月14日让海1井喜喷原油。这成为新中国海洋石油工业的雏形。

焊工没有资格证书，涂装请职工家属来干，先用砂布把钢管上的锈迹打磨一下，再简单擦擦就刷油漆。出海不久油漆便开始逐渐脱落，无法起到防腐作用……这就是当时中国海上石油工业钻井平台的建造情景：既无国内标准，也无行业标准，更不怎么了解国际规范。相较之下，当时日本建造一座导管架的图纸，就有几米厚。

简单的工艺流程，简陋的设备，这样的钻井平台很难经得起风浪。

1969年2月，渤海上演了历史罕见的大冰封。

天津塘沽新港和大沽锚地的冰层厚度达到了40多厘米，有的地方甚至出现了浮动的冰山。巨大的冰排在洋流和风的作用下，不断撞击着建成两年的1号钻井平台和刚建好的2号钻井平台。据熟悉当年历史的老员工介绍，9级大风携带着几百平方米的巨大冰排凶狠地向两个平台压来，2号平台的生活平台和设备平台先后倒塌，只剩下了1号平台。

渤海石油人的第一次尝试收获惨淡。面对与太空同样难以征服的大海，海洋石油人没有看到春暖花开，尝尽了人间血泪，换来的也仅仅是最高年产约16万吨原油的开采水平，不及挪威一个石油公司一个小时的海上开采量！

他们灰心了吗？没有！1966年至1979年，在渤海湾的中西部，渤海石油人钻了约50口油气井，发现了埕北油田等中小油田，并建成了7个采油平台。

原石油工业部部长王涛无数次感慨：“那时候，海上的石油工人不缺雄心，做梦都想着要像大庆那样在海上拿下大油田，可是由于缺乏技术实力和经济实力，海洋石油的创业过程非常艰难。”

毛泽东、李先念等国家领导人都曾表示，当时的中国海洋石油开采技术和装备十分落后，如果说世界海洋石油工业已进入“航母时代”，那么，中国还徘徊在由苦难、悲壮、英雄主义精神以及落后的技术与装备构成的“小米加步枪”阶段。如果要开发海上油田，中国需要西方国家的先进技术。

义无反顾——在改革开放中淬炼

路虽坎坷，有梦想照亮便义无反顾。

道阻且长，行则将至！

苦难让渤海石油人建成“海上大庆”的信念愈发坚定。

那个时候的中国海洋石油工业既没钱又没装备。怎么办？

海纳百川，兼容并包！海洋是生命的摇篮，在它亘古的环流波动和潮汐中，走出智慧的人类生命的始祖，显示了无与伦比的原始创造力。海洋的禀赋自比和自我激励，使渤海石油人具有海洋一样的开放性、包容度和创造力。

1978年，一涌春潮拍打在渤海石油的海堤畔。在党中央改革开放的宏伟蓝图下，渤海石油人站在了中国工业对外合作的潮头。随着海洋石油勘探局在北京王府井十字路口那栋哥特式小楼里正式办公，“海上特区”——中国海洋石油对外合作的大幕正式拉开。

1980年2月3日，渤海油田迎来了自己的第一个合作伙伴——日本埕北石油开发株式会社。一纸合同，把两个不同意识形态、文化背景的人群，倏然聚集在“蓝色国土”之上。

落后就要学习。1982年开始，埕北油田组织了一次空前绝后的培训，历时三年多的时间，补文化课、学日语、学专业知识、实践操作技术。1984年3月，中方还派出以陶炳全为组长的8人小组，赴日本参加埕北油田的平台监造。真正的学习在实践中开启。

学习的效果很快显现。这一时期，“中海石油（中国海油天津分公司）通过学习合作者先进的管理经验，开发了埕北、渤中28-1，勘探发现了绥中、锦州等一批大中型自营油气田，实施了优快钻完井技术，油田建设效率及油田管理经验不断提升。”中国海油天津分公司发展规划部经理朱高明说。

一时间，东方风来满眼春。好消息接连而来。

1982年2月15日，中国海洋石油总公司挂牌成立，对外合作开发海洋石油获得了国家的肯定。1983年，在海洋石油勘探局的基础上，中国海洋石油总公司渤海石油公司成立。

从稚嫩少年成长为有志青年的渤海油田开启了昂扬向上的青年时代，发出了“渤海四连击”。

第一击：开发埕北油田。这是中国海油第一个对外合作、拥有“国际范儿”的现代化油田。

1985年10月，埕北油田B区开始商业性生产。

第二击：建造“渤海友谊号”。这是我国自主设计建造的第一艘浮式生产储油船。1989年7月，“渤海友谊号”在渤海油田投入使用，成功实现了我国浮式生产储油船建造零的突破。其设计建造达到当时世界先进水平，获得国家科技进步奖一等奖，被视为“十大名船”之一。

第三击：开发渤海28-1油田。这是中方独立承包建设的第一个油田。1990年7月，外方将油田作业权移交中方，跟着外方干，跟着外方学。

第四击：练成“优快钻井”。岐口18-1油田是“优快钻井”的“龙兴之地”。1995年8月，渤海油田正式启动“优快”钻完井工程，3口试验生产井把原来平均57天的钻井周期缩短到18.8天。其中，最快的一口井仅13.3天，大大节约了成本。

惊涛拍岸，卷起千堆雪。

“四连击”后的渤海油田登上了新高度。“一个现代化的近海最大采油基地正在逐渐形成。”朱高明说。

1995年至2000年，渤海陆续发现了秦皇岛32-6油田、南堡35-2油田、渤中25-1南油田、蓬莱19-3油田、曹妃甸11-1油田等近10个大中型油田，收获三级石油地质储量达17亿吨，超亿吨的“大块头”比比皆是。

巨轮起航——油气产量突破3000万吨

不积跬步无以至千里，不积小流无以成江海。

每一步，渤海石油人都走得扎扎实实。

难能可贵的是，海油人并没有一味跟在老师后面依葫芦画瓢，而是清醒地认识到，对外合作绝不是别人干、自己看，更不是简单地让外国人跑来帮我们找油，然后再分我们一杯羹。

时任国务委员康世恩说：“海洋石油必须是对外合作与自营勘探并举，坚持两腿齐步走。”合作开发并不是完全依赖外国人，而是要坚持互惠互利，在合作过程中把先进的技术学到手，逐步建立和完善自己的管理制度，提升自己的综合实力。

1997年，渤海油田开始自主发力。在“总体规划、油气并举、以油为主、分步实施”的指导思想下，“渤海公司对渤海海域油气资源量、已发现油气储量及动用情况、已投产油气田开发潜力、未投产油气田的开发生产规划、油气勘探部署等进行充分论证，得出‘渤海公司原油产量能跃上千万吨大关’的结论，确立了原油产量2005年突破1000万吨的奋斗目标。”中国海油天津分公司开发部副经理杨庆红说。

一路披荆斩棘，到2003年年底，中国海油在渤海海域与外方合作开发了秦皇岛32-6油田、蓬莱19-3油田等大型稠油油田，自营开发了绥中36-1二期、渤西油田群等油气田，在我国海洋石油工程史上写下了浓墨重彩的几笔。

有了这些主力队员加入，渤海油田的产量开始起飞。2004年，渤海油田原油产量超过1000万吨。中国海油天津分公司开发部经理谭吕说：“那年，我们油气产量达到1011万吨，提前一年实现了渤海上产千万吨的规划目标。”

以1000万吨为新的起点，渤海油田上产的脚步越来越快！2009年，渤海油田原油产量超过2000万立方米；2010年，渤海油田油气产量突破3000万吨（图1-4），鼎力中国海油建成“海上大庆油田”！

一串串耀眼的数字，一个个闪光的亮点，一幅幅感人的画面，谱写了一曲气贯长虹的劳动者之歌，铸就了中国海洋石油工业发展史上新的辉煌。

图1-4 渤海油田油气产量突破3000万吨

星辰大海——圆梦国内最大原油生产基地

星辰大海，永不止步！奋勇拼搏的渤海油田人开始了从海上最大原油生产基地到国内最大原油生产基地的追赶。

渤海油田不断解放思想，陆续应用“立体勘探”“集束勘探”“组合勘探”与“价值勘探”理念，探明储量不断攀升。仅2004年到2010年间，便带来油气构造57个，发现石油地质储量10多亿吨、天然气地质储量近900亿立方米，为2021年实现上产3000万吨奠定了重要的储量基础。进入“十三五”后，渤海油田又创新提出“湖盆成气”理论、“汇聚脊”成藏理论，发现了多个亿吨级油气田，为建成我国第一大原油生产基地夯实了储量基础。

在渤海油田稳产上产的过程中，钻完井发扬“优快”精神，开展“优快钻井”提升行动。“这一时期，钻完井环境发生了较大变化，油田综合挖潜调整项目多，注水开发造成地下压力体系复杂；同时，潜山深层开发面临新的挑战。但‘优快’精神促进了新的技术革命和管理提升，通过钻完井提升产能技术，多个老油田重新焕发青春；通过提速新技术‘组合拳’，渤中19-6气田垂深超5000米的开发井平均钻井周期从102天下降至40天，为渤海油田的快速发展打通了关键瓶颈。”中国海油天津公司工程技术部经理许杰说。

技术创新与理论创新齐头并进。地球物理技术、智能分注技术、采油工艺技术、稠油规模热采、岸电、智能油田等新技术应用并取得重要突破。

技术的突破带来产量的上升。2019年，油气增储上产“七年行动计划”全面实施，勘探捷报频频传来。渤海油田连续勘探发现渤中19-6、垦利6-1、垦利10-2和渤中13-2等4个亿吨级油气田，3年共生产原油8535.3万吨、天然气91.5亿立方米，一举助力渤海油田登上国内第一大原油生产基地的高度。

再回首，明月依旧、涛声依旧，距离揭开渤海油田勘探开发序幕已经过去55年。当年参与渤海湾会战的青葱少年已经成为耄耋老人，但是渤海油田永远年轻，逐渐成长成奋发有为的实力派：发现探明石油地质储量超44亿吨、天然气地质储量近5000亿立方米，累计为祖国贡献油气超4.93亿吨；建成遍布环渤海三省一市，集勘探开发、工程建设、生产运行于一体的综合性油气生产基地，为保障国家能源安全和推动经济社会发展做出了重要贡献。

（于洋　宋巍）

3000万吨，渤海丹心

斗转星移，沧海桑田，飞逝的光阴里，蝶变的力量蓬勃奔涌。

渤海石油人在2021年写下3013.2万吨的壮丽诗篇。中国第一，是荣耀更是使命。

50多个在生产油气田，180多个生产设施，365个日日夜夜，3013.2万吨，不是终点，是渤海石油人通向年产4000万吨油气当量的阶梯。

思路一变天地宽

2018年，习近平总书记对能源安全做出批示指示后，渤海油田迅速高质量响应，捷报频频传来：

2019年2月，渤中19-6凝析气田宣布发现，探明地质储量超过1亿吨。

2019年9月30日，垦利10-2油田宣布发现，探明地质储量超过1亿吨。

2020年5月26日，垦利6-1油田宣布发现，探明地质储量超过1亿吨。

2021年2月22日，渤中13-2油田宣布发现，探明地质储量1亿吨。

……

短短3年时间，交出4个亿吨级油气田，这不是易事。中国海油天津分公司勘探总师薛永安介绍说，渤海湾盆地地质构造复杂，就像是一只“金盘子”，掉在地上摔碎了又被踩了几脚，油藏分布十分零散复杂，而且还隔了一层海水，勘探开发难度更高。

“十三五”以来，渤海油田勘探一路的工作者，解放思想，陆续应用“立体勘探”“集束勘探”“组合勘探”与“价值勘探”理念，寻找到了一条适合渤海油田的勘探开发之路。进入“十三五”后，“湖盆成气”理论、“汇聚脊”成藏理论的创新提出，打开了渤海油田勘探的新局面，多个亿吨级油气田从地层深处见了天日，为建成我国第一大原油生产基地夯实了储量基础。

风光的背后是渤海勘探人夜以继日的努力。“以前我们每年交1个亿的探明储量，近三年我们每年上交2.2个亿的原油探明储量。”稳产3000万吨以来，中国海油天津分公司勘探部经理王昕感受到了压力。

经过55年的发展，随着产量的提升，曾经“资质”不错的渤海油田，也面临找油难的问题。达不到开采门槛的暂且不动，生态红线内的能不动就不动，储量油质不好的靠后……一圈下来，王昕和同事们总要“斤斤计较”一番。

中国海油天津分公司开发部副经理刘书强算了这样一笔账：

渤海油田原油产量已达到“3000万吨”，如果要实现稳产，按照10%的产量递减率来算，每年就必须完成300万吨的新建产能来弥补递减。要实现2025年上到4000万吨，那么每年至少要完成500万吨的新建产能。“这相当于两个探明储量亿吨级的大中型整装油田的全年产量。”

这么多的接替储量从哪里找？“在地质学家的脑海里。”

在中国海油天津分公司渤海石油研究院总地质师牛成民的头脑里有一张清晰的渤海油田勘探形势图。每每谈起渤海湾盆地的油气构造，牛成民如数家珍。

随着国家对天然气需求的增加，牛成民和他的同事们开始思考，在渤海油田历年的重大勘探发现中，油田占据了绝大多数，只发现了零星分布、储量较小的天然气田。难道在渤海的滔滔海水之下真的没有大规模的天然气田存在吗？

多年来，他们通过对渤海油田深层大量钻探资料多轮次的详细分析论证，终于让这些冰冷的岩芯、岩屑“道出了”地层深处的“秘密”，得出了渤海海域古潜山具备形成大型天然气藏的论断，创新形成渤海湾盆地深层大型整装凝析气田勘探理论技术，指导了千亿方大气田渤中19-6气田的发现。

“随着勘探程度日趋提高，过去易于识别的较大型、相对完整的构造已经变得越来越少。”薛永安说，“怎么实现稳产和上产，是勘探所面临的严峻问题，必须改变自己过去的传统思路，实现新的理论创新和技术系列。”

近年来，以寻找规模优质油气田为指导，持续加大地震工作量投入，持续加强科技攻关和勘探实践，渤海勘探人创新提出“活动断裂带油气差异富集”“湖盆成气”及“汇聚脊控藏”等多项勘探理论，多层系立体勘探屡获突破。

尤其在“汇聚脊”成藏理论指导下，开启了浅层规模岩性勘探新局面。思路一变天地宽，一系列钻探实践证实了渤海勘探人的大胆假设，昔日一堆一两平方千米的小砂体，连成了一个一百多平方千米的大砂体，亿吨级大油田由此揭开了神秘面纱。

油气并举，一时瑜亮，渤海勘探终于可以迈开双腿，大步前进。“十三五”期间，渤海油田取得了新增原油探明地质储量对照规划超额完成109%、实际新增天然气探明地质储量对照规划超额完成近10倍的突出成果。“这为我国海洋石油工业的可持续发展夯实了储量接替。”王昕说。

“新优快”——提质增效的秘密武器

何为“新优快”？起因就为一个“快”字。

时间回到海洋石油工业肇始的20世纪60年代。匮乏的钻井资源与落后的钻井技术严重制约了产量的转化，钻井成本居高不下，导致油田开发没有效益，解决矛盾的症结都集中在如何提高钻井时效、缩短建井周期上。1968年5月，我国海上第一口斜井开钻，历时两个月。到了1992年绥中36-1油田开钻的时候，钻井效率已经比改革开放前提高了3倍。但按照当时的油价及开发水平，已发现的很多油田开发经济效益仍然处于边际甚至没有效益。

中国海油急于探索快速钻井的出路，当时中国海油原总地质师龚再升提供了一个重要线索：优尼科公司在泰国湾的Erawan气田，只用不到6天时间就钻成了一口3500多米深的井。3500米，6天？这不可能，一定是在开玩笑。百闻不如一见，为了验证自己的推断，渤海石油人一刻不停，组团赶赴泰国湾，现场寻找答案。短短12天里，从码头场地到海上施工现场，他们眼中看到、耳里听到的只有一个“快”字！

一个“快”字，彻底颠覆了考察组的认知。他们开始明白了一件事：海油人被传统钻井观念的定式思维束缚了，尽管设备和技术条件基本相同，但头脑中的管理思路不同、技术观念不同，所产生的效果也会截然不同。而我们就输在了人的思维模式、管理意识与技术应用观念上。这是双方差距的根源，也是渤海石油人“优快”思想的起源。

1995年8月23日，歧口18-1油田开始优快钻井试验。平均井深达到3561米的3口生产井，建井周期由原来的平均57天缩短到18.82天，最短的一口井甚至只有13.31天。优快钻井让渤海石油人尝到了甜头，工期和钻井成本大幅度下降，为绥中36-1油田等大型整装油田的开发注入了勃勃生机。

优快钻井，使得没有开发效益的油田得以开发动用，油田产量快速上产到1000万吨，少井高产的策略解决了钻机资源极度紧张的局面，配合储层保护技术，实现了短时间内上产3000万吨并稳产十年。优快钻井形成的系列技术体系、项目管理模式、大团队协作精神，在渤海油田已经固化为一种企业文化，从1995年到2020年，为渤海油田开发成本管控和产能建设做出了突出贡献。“随着油田开发形势的变化，优快钻井也不断适应新形势新要求，但其‘敢于突破、科学求实、追求卓越’的核心精神内涵没有改变。”天津分公司工程技术部经理许杰说。2020年，面对全球低油价挑战，“优快”模式再次凸显价值，全年钻井完井成本降低19亿元，占渤海油田降本总数的80%以上。

步入“十四五”，渤海油田面临生态保护区、航道区、敏感区等用海矛盾的挑战，同时面临增储上产和生产经营的压力。2021年年初，以渤海垦利16-1油田为试点的“新优快”创新工程正式开启，通过浅层大位移井技术、“井眼瘦身”技术等高难度技术试点，力争突破受限区开发限制，摸索出一套适应渤海当前开发形势的新路子。

“新优快”已经不再局限于某个单项技术，而是针对不同的油田特点要开发不同的技术和管理体系，以针对性解决开发问题。比如之前的针对海上大中型油气田开发井网密度大、碰撞风险高等难题，研发形成丛式井网加密技术，其控制水平已达到世界先进水平。天津分公司工程技术作业中心总经理马英文说：“目前，‘新优快’试点项目已经圆满收官，其形成的可复制、可推广的‘新优快’模式，将在渤海油田上产4000万吨的征程上再次发挥关键作用。”

除了通过“快”来降低成本，通过“优”来提高产能外，许杰认为“优快”的价值还在于围绕“优快”创新衍生出的一系列配套技术体系，进一步带动油田开发生产的提质增效。比如在海上建成移动式钻井废弃物处理绿色工厂，实现了绿色钻井的同时，大幅度降低了废弃物处置成本。

从“七年行动计划”开始的2019年，渤海油田每年钻井都超过480口，占国内海上钻井作业总量的60%~70%，优快钻井集约资源、敢于创新，将进一步赋能渤海油田的勘探开发建设。

“数字化、标准化”助推工程建设提效

2021年，渤海油田12个开发项目较计划累计提前502天实现机械完工，10个项目较计划累计提前495天实现试生产，全年多贡献原油产量131万吨。

在这背后，“数字转型”功不可没。它为每一个工程人带来了前所未有的“思维革命”。作为我国首个按照“智能制造”模式建设的海洋油气装备制造工程项目，渤中29-6项目上部组块陆地建造采用了以“数字化智造”管理系统、生产执行系统、仓储管理系统等为代表的生产管理信息化系统。“这是该系统首次应用于海洋平台建设工程，它打破了传统制造模式下各生产环节的信息孤岛，实现了建造环节的生产可监控、计划可跟踪、质量可追溯，为工程项目数字化转型强

势赋能。”中国海油天津分公司工程建设中心副总经理郝宝齐说。

不仅如此，“数字化”转型带来了更高的效率。板材型材自动切割、甲板片机器人焊接、H型钢智能打磨及组对、工艺管件自动打磨焊接、智能化仓储等一系列智能制造技术，也在渤海工程建设领域遍地开花，大幅提升了产品质量与生产效率，推动了工程项目的高质量建造与高效率生产。

在“数字化”引领的同时，落实“标准化”成为工程建设提质增效的又一利器。“标准化”的前提是工程标准化系列平台设施技术规格、材料部件等的标准统一。渤海工程标准化研究立足渤海油田50年开发实践，组织研究完成了导管架、组块等标准化设计，形成了四大系列标准化成果，为加快产能建设、提高开发效益提供了有力支撑。迄今为止，标准化成果已在17个项目推广应用，5个项目已投产，较常规项目实现提前2~4个月投产。让渤海石油工程人欣喜的是，在2021年度新启动项目中，共9座组块、9座导管架、6座生活楼应用标准化成果。“所有项目均应用通用技术规格书，应用率达到95%以上，为工程建设提质降本增效注入了不竭活力。”中国海油天津分公司工程管理部经理张晓说。其中，渤南区域项目组牢牢抓住“标准化预算”这盘新棋，在旅大4-2油田4-3区块开发项目中，大力推动应用标准化预算，最终项目较原计划提前11个月投产。

张晓形象地称渤海工程标准化建设“就像搭积木一样”。这意味着在可通用的条件下，海上采油平台的相关设施未来可以逐步实现批量生产，并互通互享。“这大大提高了海上采油平台的建设效率，并最终实现了标准化设计、工厂化预制、模块化施工，推动渤海工程标准化建设工作向纵深发展；形成了渤海油田的区域特色，以设计理念创新推动生态文明建设再上新台阶。”张晓说。

除此之外，渤海油田首次岸电示范项目成功投产，也标志着渤海油田开发模式的重大变革。秦皇岛32-6油田、曹妃甸11-1油田群岸电示范项目历时14个月，于2021年9月正式投产，成功建成世界海上油田交流输电电压最高、规模最大项目，为推动生产动力变革、加快绿色、智能、高效开发创造了良好条件。通过集成化、数字化、智能化等技术创新，边际油田开发取得重大突破，渤中26-3扩建、旅大29-1项目节省投资近5亿元，全额桶油成本30美元/桶，为边际油田高效开发提供了有利借鉴。

工程建设提速让现场安全管控工作的难度也随之加大。“现场常常是多家施工单位平行作业，给现场安全带来了挑战。随着《新安全法》的实施，我们的压力更大了。”郝宝齐说。在2021年，工程建设中心持续强化全面风险管理，做好重大风险跟踪和全过程闭环管控，全年累计近1250万人工时未发生安全责任事故。

2021年是渤海油田“十四五”规划的起步之年。为打好“开局战”，渤海工程建设全体成员紧紧围绕中国海油集团公司“1534”总体发展思路，锚定渤海油田“七年行动计划”，促进党建与改革发展、生产经营、安全生产深度融合，推动各项工作实现加速快跑。在2021年已累计投入主作业船23条，总作业船天1876天；投入生活支持船7条，总作业船天819天，为正在全力增油上产的渤海湾营造了火热的开发盛景。

精细管理让油井身强力壮

2021年1月，渤海油田遇到5年来最严重冰情。1月6日，新年第一股强冷空气突袭辽东湾，几乎一夜间，海天相接处冒出一层白色的冰带，环境温度也断崖般骤降至零下25摄氏度。海冰迅速蔓延，短短几日后，位于我国海域最北的油田锦州9-3油田就被一片白色包围。

50多年前曹妃甸大冰封的场景再次上演。不同的是，这次四艘8000马力的破冰船像忠诚的卫士，日夜守护在油田周围。

平台上，多处压力表、变送器、管线发生冻堵，为安全生产带来巨大风险。接到此起彼伏的应急报告，操作班长杨海龙二话不说，抓起工具跑了出去。孤立在海中的平台，没有任何遮挡，呼啸的北风穿堂而过，像一把把无形的刀，割得人脸上生疼。生产人员迅速集结，哪里是风口，哪里的风最大，便冲向哪里。杨海龙手拿蒸汽管线，熟练地挥舞着。上一秒还高温烫手的蒸汽，下一秒就结出一层冰霜，被风裹挟着打在身上……3个小时的紧张忙碌后，现场设备逐渐恢复正常。

“不同于陆地，任何生产中的问题，拿到海上都会被无限放大。”中国海油天津分公司辽东作业公司主任工程师王传军说。每天，渤海油田将近有1万名海上作业人员，在这片海域上精耕细作，“像对待眼睛一样对待每一口井，为渤海油田的持续发展添砖加瓦。”中国海油天津分公司渤西作业公司副总经理王国弘说。

通过“两提一降”“注水年”“控水稳油”等专项工作，大大提高了渤海油田的采收率，将注水油田自然递减率控制至8.2%，累计增油21.8万吨；通过实施“一油田一策”“一油藏一策”开发政策，以及“自检自修”“1+N施工模式”“工期+日费商务模式”等措施严控成本支出，降低了日常作业成本……

“全渤海一盘棋，通过总体统筹规划、合理布局、资源合理应用、严格把控施工节点、交叉批量化等措施，用远超上年的效率降低时间成本；打好技术“组合拳”，为进一步提质增效注入底气。”中国海油天津分公司生产部经理王玉说。

“井维护得好，各方面需要维修的情况就少，费用就降低了。”中国海油天津分公司曹妃甸作业公司油藏经理李丰辉说。

曹妃甸油田群作为渤海油田迄今为止投入开发规模最大的底水油田，经过十余年的开发，综合含水率已经达到了94%，同时受疫情和低油价的影响，开发生产面临诸多挑战。但是，即使面临这样的情况，2021年，曹妃甸仍实现逆势突围，累计产油达到300万吨，为历史最高。

创新引领升级

1987年，储量接近3亿吨的绥中36-1油田被发现，康世恩听到这一特大喜讯后兴奋地说：“我们终于抱上了一个金娃娃！圆了在海上找大油田的梦。”可出乎所有人的预料，这个众望所归的“金娃娃”却因为油太稠，很快变成了令人敬而远之的“愁娃娃”。

绥中36-1油田属于重质稠油油田，地面原油黏度最大可超过10000毫帕·秒。油稠得像糨糊，放在杯子里往外倒，几乎不能流动，有的甚至能像泥土一样捏出各种造型。没有流动性还能叫液体吗？不是液体怎么抽采？陆地油田可以靠加热和注入蒸汽解决这些问题，可海上油田这么干，成本要高出很多。

没有国外公司愿意合作，没有陆地经验可供借鉴，这个当年最大的发现因为稠油油藏海上开发在中国未有先例而面临长埋地下的窘境。“为有效探索海上稠油开发道路，尽量规避开发风险，中国海油没有选择‘一口吃成个胖子’，而是决定先开辟一个试验区，摸清油田特性后再进行整体综合开发。”中国海油天津分公司工程研究院总工程师白健华说。

针对这一设想，各路专家进行了充分研讨，尝试了注水、防砂和机械采油等一系列开发方式，最终决定采用350米井距反九点注采系统，实行面积注水，以电潜泵为主力机械采油方式，并创造性地提出了“小平台与单点系泊浮式生产储卸油装置”相结合的全海式总体工程方案。这套方案采用了独特的稠油处理脱水工艺流程，两级脱水装置可串联、并联，互为备用，加快了原油脱水时间，保证了原油含水率低于1%的标准要求，基本为稠油开发扫清了技术阻碍。

稠油热采让渤海石油人尝到了创新的甜头。

时隔30多年，在2020年召开的首届科技大会上，渤海油田系统总结了“十三五”期间在油气基础理论认识、技术创新、工程示范应用等方面取得的重要突破和重大成果。1000余名来自各个单位、各条战线的科技工作者汇聚一堂，参加了这场以“创新”为名的“英雄大会”，将渤海创新氛围推向高潮。

据中国海油天津分公司科技信息化部经理魏刚介绍，多年来，渤海油田坚持全方位开展科技创新、管理创新与商业模式创新，将创新理念、创新思维、创新举措全面融入勘探开发生产。“在此指导下，渤海油田围绕关键领域坚定不移开展技术攻关，大力推行‘三新三化’，不断加大科技创新与成果转化，形成了一系列核心技术体系，解决了一大批痛点难点问题。”

创新是不竭动力，渤海石油人深谙其中的道理。

依托创新，中国海域第一个完全按照国际规范建设的现代化油田埕北油田在整体设备设施升级改造后成功换“心”，完成了一次世界海洋石油开发史上极为罕见的油田“全科手术”，不但帮助油田返老还童，重返巅峰产量，甚至创造了历史最高产量；旅大21-2油田加大先导试验力度，建成我国海上首个规模化稠油热采示范平台；秦皇岛32-6油田深入推动“智能油田”建设，通过数字化、智能化赋能，实现油藏及注采管理升级。

创新的步履不停。

渤海油田持续推进智能分注技术现场成果转化，注水井智能分注覆盖率接近50%，技术助力实现油田控水稳油。

在发展的同时，渤海油田不忘创新践行绿色承诺。渤海油田坚持贯彻落实习近平生态文明思想，主动投入“渤海综合治理攻坚战”“蓝天保卫战”等国家级行动中，深入推进“环保升级三年行动计划”。

通过加强海洋生态修复、参与湾长制建设、推进海上钻完井废弃物减量处理及天然气回收综合利用等一系列措施，拉动油田开发“颜值”不断提升，持续加大清洁能源供给，用实际行动履行了“在保护中开发，在开发中更好地保护”的理念，为渤海油田绘就了绿色发展底色。

（于洋）

第4节
“新优快”新跨越

钻完井是推动油气勘探开发向高质量发展的坚实基础。2021年，中国海油以渤海垦利16-1油田为试点开启“新优快”创新工程（图1-5），助力渤海油田大幅上产、高质量发展，走出了一条艰辛却很宽阔、充满前景的道路。

通过管理与科技创新双轮驱动，“新优快”垦利16-1油田试点项目钻完井作业效率提升58%，多项近海钻完井技术达到国际领先水平，有效破解了边际油田“边、小、碎、深”难题，为渤海“低、边、稠”油田的高效开发打开新局面。

优快钻完井是油田取得高质量发展的制胜法宝。“一次优快”使渤海油田产量从200万吨跨越到3000万吨，“二次优快”让渤海油田产量实现十年稳产3000万吨，并形成了敢于突破、科学求实、追求卓越的“优快精神”，为油田稳产上产提供了强大的精神动力。

带着这个制胜法宝，渤海油田将继续总结经验，扩大战果，为保障国家能源安全、实现我国海洋石油工业在新阶段的可持续高质量发展贡献力量。

图1-5 “新优快”项目

“新优快”试点项目正式开钻

2021年4月8日上午8：00，犹如蛟龙出海的“海洋石油921”钻井平台上旗幡招展，海上铁军精神抖擞，一声令下，中国海油“新优快”试点项目正式开钻！

此次启动的“新优快”创新工程，以低渗透、边际、稠油油田的典型代表——垦利16-1油田为试点，力争攻关三项技术体系，建立四项创新机制，深化提速、提质、提产和提效，突破“边、小、碎、深”（油田规模小、位置偏，油藏分布细碎、地处深层）储量开发技术瓶颈，探索可复制可推广的“新优快”模式，为渤海油田增储上产创造有利条件。

“优快”即“优快钻完井”，是渤海油田发展史上的伟大创举。1995年8月，渤海油田革故鼎新，综合应用导向钻井技术、大满贯测井技术、顶驱钻井技术等诸多先进技术，形成“优快钻完井”技术，并创新管理模式，一举创下“渤海奇迹”——“歧口18-1”平均钻井周期从50多天缩至18.82天，绥中36-1油田J区平均钻井周期从原来的22天缩短至3.71天，最快一口井建井周期仅1.6天，且质量全优……不仅走出了不增加设备也能承担更大勘探开发工作量的新路径，而且一批曾被认定为效益差的油田也得以成功开发。

“敢于突破、科学求实、追求卓越”的优快精神，化为渤海油田增储上产的思想利器。不到10年时间，渤海油田就由百万吨级油田跨入千万吨级油田行列，又仅用7年时间，跨入3000万吨级油田门槛，成为我国海上第一大油田。

2012年年初，渤海油田在“优快钻完井技术”的发源地——“歧口18-1”，开启“二次优快”试点工作，重塑钻完井优快大团队，摸索出一整套成熟项目高效管理新模式。它犹如一剂黏合剂，将多方力量拢指成拳，让钻完井“齿轮”加速运转，作业效率提高30%。

一系列成果迅速推广应用至垦利油田群、秦皇岛32-6综合调整等项目，打破了14项中国海油钻完井纪录，节约工期近半，使油田整体开发效率得到跨越式提升，夯实了渤海油田3000万吨稳产十年之基。

历经五十余年开发，渤海油田面临储量开发的挑战加剧，与此同时，“十四五”时期，渤海油田确定了建设全国第一大原油生产基地、上产4000万吨目标，年均钻井量较“十三五”飙升70%。

挑战“极限”，需要“科学求实”“追求卓越”的有力抓手，需要凝聚“敢于突破”的精神力量。此时，“新优快”试点项目的开启，将力争再次跨行业、跨领域、跨管理机构，形成“新优快”技术、管理体系及浓厚的上产氛围，为保障国家能源安全贡献新的价值。

（郝艳军　韩东东　任文）

“新优快”缘何屡创新纪录？

2021年9月1日，“新优快”垦利16-1油田试点项目（简称“新优快”项目）钻井作业全部完成。项目实施过程中刷新了四项纪录。垦利16-1油田A1井的实施，刷新了渤海地区大位移井水垂比纪录，水垂比高达3.17；A3井打破中国海油3000~3500米生产井（定向井）最短钻井周期纪录，将工期缩短至5.78天；A10井打破中国海油筛管分层防砂完井（4层）最短完井周期纪录，将工期缩短至3.06天；A16井打破中国海油筛管分层防砂完井（5层）最短完井周期纪录，将工期缩短至2.75天。

“新优快”项目实施过程中形成了三个体系：建立了渤海油田井眼瘦身钻完井配套技术体系，破解了瘦身井井眼尺寸小、井筒高效利用难度大、无配套工具及工艺等难题；形成了渤海油田全封闭零排放钻完井技术体系，有效应对环保要求高、废弃物回收量大及回收处理费用高等难题；形成了渤海油田新近系极疏松地层大位移井钻完井技术体系，解决了该地层大位移井垂深浅、水垂比大、孔渗高、断层多、返砂难、摩阻高、扭矩大等难点。

又优又快如何实现？依托数字化管理，“新优快”联合项目组将作业现场与陆地办公无缝衔接，建立远程决策办公室，组建高效决策联合专家组和专业服务技术专家组，对现场数据进行实时监控并进行大数据分析，形成了专家高效决策机制。同时，项目组坚持“提速、提质、提产、提效”的目标导向，编制钻完井精细作业指导书，明确作业细节，采用一井一策、一段一案、一层一招整体思路，建立起优快技术体系和完整的作业方案，保障工程质量。

目前，“新优快”项目实现12项钻完井配套新技术首次应用、10项技术革新、9项技术突破，并形成30余项“金点子”，为该项目提速增效夯实了基础。

在项目实施过程中，项目组人员创新解决项目实施过程中的难题。例如，以往作业时，钻具被直接运往海上，在平台组装，在“新优快”项目中，各方加强协调，在陆上实现钻具预连，节省海上作业时间。以往，传统上扣工具无法通过防喷器，需先将防喷器落座再紧扣，在“新优快”项目中，先将专用工具连接到套管头上，再下钻杆紧扣，实现了拆装井口仅动一道螺栓，累计节约作业时间约72小时。

“优”“快”是目标，安全是前提。“新优快”联合项目组作业团队通过签订安全责任书、开展互动式安全课程、实施安全网格化管理等多项措施，进一步压实责任，提高全员安全知识水平，筑牢制度防线、思想防线、监督防线三道安全生产防线。同时，现场实行“安全顾问岗”和“双安全监督”制度，强化风险分析和过程监督，实施闭环管理，确保现场作业零人员伤害、零环保事件、零设备损坏。

项目经理马英文表示：“在联合项目组的共同努力下，‘新优快’项目目前取得了阶段性成果。项目团队将继续发扬勇于突破、科学求实、追求卓越的优快精神，总结提炼经验做法并推广应用，为‘新优快’项目的持续高效推进夯实基础。”

（韩东东　陈建宏　任文）

“新优快”如何练就五星级钻井？

2021年10月12日，中国海油垦利16-1油田“新优快”钻完井试点项目（简称“新优快”项目）收官。项目组通过管理与科技创新双轮驱动，打造五星级钻完井技术水准，以安全、环保（图1-6）、质量全优的成绩超额完成“四提”目标，为“新优快”试点项目交上优质答卷。

目标引领，高要求打开优快新局面

2021年9月，“新优快”项目钻井总监韩东东带领现场团队先后完成“新优快”15口井的钻井作业，为项目提速42%、节约工期145天打下坚实基础。

图1-6 “新优快”项目环保升级，实现零排放

作为业界的标杆项目，“新优快”运用高效环保钻完井技

术、大位移井等多项领先技术达成质量全优的成绩，打通了渤海“低、边、稠”油田储量高效开发的通道，为推进中国海油“七年行动计划”、助力渤海油田上产做出贡献。

然而，在项目之初却面临前所未有的钻完井难度。钻完井工程是行业公认的高风险、高投入、高科技行业，“新优快”项目不仅要面对严峻的安全生产形势，同时，由于浅层大位移井易出新井眼，易卡钻，也伴随着高作业风险、大位移井固井作业难度高等难题。

为了使“新优快”试点项目实现成功探索，2021年1月，中国海油集团公司明确“新优快”的“四个一”具体目标，提出质量全优的具体要求。为此，“新优快”项目在筹备阶段便树立起包括承包商、服务商在内的大团队意识，以“四个一”目标为指引，形成“作战计划挂图”，实现全员联动，明确各阶段作业工况、安全风险、作业规范等，一改以往订单式作业模式，建立起全员优快意识，强化全员安全责任。

创新体系，练就优快五星级钻完井

实现“新优快”钻完井在安全、环保、质量方面全优，并非一时之功。

除了“四个一”目标指引，从前期设计到过程中方案优选，每一步都是高标准严要求。

这一点，“新优快”完井总监韩超体会尤其深刻。“以前是满足即可，现在要最优才行。”韩超介绍，在“新优快”完井作业工具的选择上优中选优，严格把控作业工具的质量和性能。在固井完井过程中，会优先选择性价比更高的工艺，比如固井井系工艺用海水顶替泥浆就在项目中第一次大规模使用。

此外，创新、精进、完善钻完井技术，对打造五星级钻完井技术体系来说至关重要。

“新优快”项目组通过专业融合，推进工程地质一体化，开展跨界面联合施工。结合垦利16-1油田地层特点，在固井工程方面，项目组以钻井风险最小化为原则，分解作业风险，实现增加表层套管下深，提高承压。

针对生态区油田绿色开发要求，项目要达到钻完井液及返出岩屑全回收零排放目标，“一滴都不能入海”。经过无数个日夜求索和现场实践，项目通过多项创新，完成了源头减量、过程减排等多项技术突破，形成了渤海钻完井全过程零排放技术体系，实现了23口井钻井液重复利用2400余立方米，处理钻屑7000余吨，实现了钻屑废液“零入海”、钻井平台“零排放”。同时，项目组通过筑牢三道防线，编写井下作业风险预案，实现了安全生产零事故。

质量全优，形成可复制推广先进模式

偶然的成功是宝贵的，但只有坚定的意志、先进的技术、可靠的模式才能保障长久的胜利。

“新优快”项目组除形成“井眼瘦身”“大位移井”“零排放”三大技术体系外，还形成了可推广的管理体制机制。如充分利用专家高效决策机制，打造海陆高效联动作业新模式。在这一模式下，A19井取心作业中地质监督与油藏专家沟通40余次，两筒取心收获率均达100%；油生防砂专家累计50余人次进驻高效决策办公室，完成6次压裂充填防砂作业，防砂工程质量合格率达100%。

同时，先进模式的形成离不开严守制度防线、思想防线等，并通过建立精准作业指导机制、风险应对机制、专家高效决策机制和即时精准激励机制，保障了项目的成功实施。

此外，“新优快”试点项目坚持党建与生产深度融合，建立先锋示范阵营，夯实支部战斗堡垒作用，党员带头签订党员承诺书73份、签订军令状266份，形成“开战即决战”的优快氛围，保障了项目的成功实施。

“‘新优快’项目在技术创新和工程质量提升方面的成果，为渤海油田增储上产开启了新征程，让渤海钻完井步入新起点，海油钻完井人也必将不断弘扬敢于突破、科学求实、追求卓越的优快精神，以过硬的业务能力推动‘七年行动计划’顺利实施。”执行项目经理刘峰如是说。

（张妍　任文　王利萍）

提效24%!“新优快”省出1.91亿元

中国海油“新优快”钻完井创新工程试点项目自启动以来，通过提速节省日费等手段，精准施策，降本提质增效取得显著成效。统计显示，项目较批复费用节省1.91亿元，提效24%!

以快制胜，在效率上下功夫

2021年年初，当中国海油集团公司为“新优快”提出节省投资1.5亿元的提效目标时，一个巨大的难题横亘在新优快项目组每个人的心上：边际油田经济效益差，零排放回收量多达上万吨，费用高达1亿元；费用紧，节省费用占比高，节省投资1.5亿元占设计总投资的15%……

然而，这又是项目组不得不完成的重大任务——以垦利16-1油田为试点，力争攻关三项技术体系，建立四项创新机制，深化提速、提质、提产和提效，突破“边、小、碎、深”储量开发技术瓶颈，探索可复制可推广的“新优快”模式，为渤海油田增储上产创造有利条件，正是“新优快”的使命所在。

如何把不低于1.5亿元的成本省下来？项目组以快制胜，在效率上下功夫、见成效。

从中国海油集团公司选定垦利16-1为“新优快”试点项目之日起，项目组就以快节奏、高效率推进钻完井创新工程：一周完成工作方案；20天成立工作专班；1个月完成基本设计变更；2个月完成施工设计审查；3个月“新优快”试点项目启动，100天顺利开工……通过高效筹备与多专业联合推动，开钻时间整整提前了2个月，极大地降低了时间成本。

作业期间，项目组更是通过“表层快装井口，单次节省约2小时”“快捷紧扣工具，单次节省约0.75小时”“钻头采用新型4刀翼钻头，较5刀翼钻头机械钻速提高约20%”“采用定向井新工具，每柱节省约2分钟”“提前预连钻具组合，单次节省约1.5小时”“大幅降低定向角差的测量误差，提高滑动效率”等举措，争分夺秒提高生产紧密度，实现以时间换效率，以效率换效益。

他们还通过地质工程一体化、工技工建一体化、工技生产一体化等方式，极大地缩短了钻完井周期。

精耕细作，在细节上做文章

为切实做好降本提质增效工作，项目组发动所有力量，围绕“人人都是成本中心”“做到投入最小、收益最大”等主题，本着“捂紧钱袋子、过好紧日子”理念，从“点”“线”“面”各环节着力，刀刃向内、精打细算，实行全方位、全过程开源节流，完善优化措施。

他们通过精细设计方案，编制精细作业指导书，建立精准作业指导机制、风险应对机制，实施专家高效决策机制和即时精准激励机制，统一思想，提升默契，保障井上井下安全，实现多专业海陆高效联动。通过新型上扣工具，实现拆装井口仅需动一道螺栓，累计节约100余小时，节省费用660余万元；通过搭建南北栈桥，实现南、北两侧人员和物资零障碍共享，初步核算可节省靠船费用80余万元；加长射孔枪长度，减少钻台射孔枪连接和拆甩时间，节省费用约170万元……

在“新优快”北侧大位移井的筹划中，面对大位移井返砂难、易垮塌、易卡钻、起下钻困难等一系列技术难题，项目组经精细研究后，大胆提出使用常规马达钻具实施大位移井作业，并将使用马达钻大位移井如何保证轨迹控制质量、如何保证定向滑动效率、如何保证悬重限制等每一个细节考虑到位，创下了A3井打破中国海油集团公司尘封17年最短钻井周期纪录、A1井刷新渤海湾大位移井水垂比纪录等佳绩。

“节”尽所能，在创新上求突破

为扎实推进实现“新优快”提效目标，项目组在技术进步、工艺优化及其他创新性举措上不断探索创新，“节”尽所能，开启降本提质增效新模式。

他们通过发扬优快精神，实现13项新技术首次应用、9项技术突破，并形成30余项金点子；通过公司各类科研项目、自主攻关、联合攻关和集成应用，攻克井眼瘦身提速提效、浅层大位移井高效作业等难题，突破了16项关键技术，形成“新优快”三大技术体系，为项目实现提效目标提供了强大的动力。

在具体技术降本项目上，他们通过创新密封方式，研制大通径新型快装井口，拆装井口时间由5.25小时降至0.25小时。针对瘦身井井眼尺寸小等难题，攻克井身结构优化设计、钻头提速、配套工具研发等11项关键技术难题，建立了渤海油田井眼瘦身钻完井配套技术体系，实现了提速提效……

同时，项目组积极寻求思维突破。在精准作业指导机制下，他们采用“能在陆地准备坚决不到海上”策略，通过实现钻具整体出海整体返回，节省费用450余万元；采用“能提前实施的坚决不拖后”策略，提前替换电机和保护器内电机油，现场连接时只需补满电机油，单次节省0.5小时，节约费用约60万元；采用“能简化的工序坚决不复杂”策略，通过减少一次接电缆时间，单次节省约4小时，节约费用约480万元……

项目组在重复利用和减少排放上寻求突破。针对回收量大等难题，他们通过研发密封快装井口、升级固控设备等9项创新，实现了全封闭钻完井等多项技术突破，23口井钻井液重复利用3000余立方米，处理钻屑8000余吨，实现钻屑废液“零入海”。通过渤海钻完井全过程零排放技术体系，运用水基钻完井液重复利用技术，将传统“三段式”升级为一次性顶替转化，升级“三除一筛”，他们实现钻井液重复利用3085立方米；通过三相分离+PWS双重处理技术，他们实现原油去除率99%，悬浮物去除率95%，实现返排完井液重复利用。

此外，项目组还通过共享船舶及直升机资源降本1000万元，通过细化管理减少复杂情况实现降本1000万元。

（郝艳军　任文）

第2章

践行绿色发展，建设“美丽中国”

2020年9月22日，国家主席习近平在第七十五届联合国大会一般性辩论上指出，中国将提高国家自主贡献力度，力争2030年前二氧化碳排放达到峰值，努力争取2060年前实现碳中和。此后，党中央对碳达峰、碳中和工作作出部署，全力推动经济社会绿色转型和系统性深刻变革。

“双碳”目标在前，央企应该做何布局，又该如何行动?

2021年，中国海油编制了“双碳”实施方案，明确了绿色低碳转型路径。一方面，大力实施岸电、碳封存等绿色发展跨越工程，努力打造“零碳石油”产业链；另一方面，加快培育光伏、风电等新能源新产业，积极投身新能源赛道。

一时间，从渤海的岸电、吕梁深处的神安管道，到南海的碳封存、中国海油首个海上风电项目在长三角地区的落地，从上游的智慧油气田建设，到下游的绿色清洁生产、滨海LNG建设，中国海油用奋进刻画能源转型的奋斗进程，用行动擘画绿色发展的崭新格局。

中国海油的努力最终获得了丰硕成果：2021年9月，渤海油田岸电应用示范项目全面投产，我国海洋石油工业向绿色开发、高效开发、智能开发迈出历史性变革的一步：2021年4月、10月，我国海上首个智能气田、智能油田相继建成；2021年11月，我国最长煤层气长输管道——神安管道山西至河北段管道完工，具备投用条件；2021年8月，我国首个海上二氧化碳封存示范工程正式启动；2021年10月，中国海油首个海上风电项目全容量并网发电……

绿色低碳转型路，中国海油还将加快步伐走下去。中国海油将更加主动把握能源转型大势，推进增储上产攻坚工程、科技创新强基工程、绿色发展跨越工程“三大工程”和“一个行动”，为保障国家能源安全、实现科技自立自强和落实“双碳”目标贡献更大力量。

第1节
渤海岸电：“零碳石油”的创新旗帜

打造“零碳石油”产业链，上游产业首先发力。渤海油田的岸电项目，就是一面旗帜。

作为我国海上最大油田，渤海油田过去一直以自采的天然气为原料，通过发电机组发电，实现海上用电自给自足。海上发电机组布置分散、装机容量小、发电效率低，经济和环境效益偏低。对此，中国海油积极推动海上油气田由自发电模式转变为岸电供电方式，要建成投产我国首个海上油田群岸电应用示范项目。

渤海油田岸电项目，是世界海上油田交流输电电压最高、规模最大的岸电项目，项目全部建成后，仅二氧化碳减排量，按照一棵树每年可以吸收并储存10千克二氧化碳计算，就相当于植树1.75亿棵。

历时2年又5个月，近900个日夜，4692位参与者汇智聚力，中国海油最终实现了海上油田重大技术突破，成就了我国海上首个大规模油田电能替代项目。2021年9月，秦皇岛32-6、曹妃甸11-1油田群岸电应用示范项目全面投产，标志着我国海洋石油工业向绿色开发、高效开发、智能开发迈出了历史性变革的一步。

首座导管架下水，岸电下海“提速”

2021年2月21日晚10时，随着总高27.6米、重达890吨的秦皇岛32-6EPP导管架最后一根钢桩顺利打到设计深度，岸电项目（一期）首座导管架稳稳“坐”入海底，拉开了岸电项目从陆地建造到海上施工的序幕，为岸电下海按下“快进键”。

当时，渤海油田岸电项目组总经理刘巍介绍，渤海油田岸电项目正稳步推进，目前河北区域岸电项目开关站的建设和海上变电站平台的建造安装及调试工作正交叉进行，在完成海底电缆的铺设后将进行海陆联调，预计2021年6月底，河北区域岸电项目将建成投产，秦皇岛32-6油田将成为首批岸电用户（图2-1）。

按照“整体规划、分步实施、新老并举、示范先行”的总体思路，岸电项目以河北、辽宁、山东3个区域陆地电力为依托，对海上油田进行岸电接入，并在这3个区域建设5座陆地开关站，在海上建设9座电力平台，铺设580多千米海缆。其中，河北区域岸电项目作为示范项目先行一步。该区域岸电项目分别在乐亭、曹妃甸两地登陆，陆上各建一座220千伏开关站，电力来自附近的国家电网变电站。两座开关站分别通过220千伏海底电缆向秦皇岛32-6油田和曹妃甸油田的海上变电站送电。在秦皇岛32-6油田变电站和曹妃甸油田的变电站平台之间铺设110千伏海底电缆，实现环路供电，确保供电安全。

图2-1　秦皇岛32-6油田岸电项目

渤海油田海上平台现有127座机组站，年发电量47亿千瓦时，相当于一个中等城市的发电水平。原有海上平台透平发电机和自备电站机组的维护成本较高，海上发电机组布置分散，单台发电机装机容量小，发电效率偏低，随着油田增储上产规模不断扩大，海上发电的经济成本逐渐增加。

岸电下海改变了原有海上平台的用能模式，不仅减少了周边新油田的用电成本，为油田开发“开源节流”，同时，在开关站和导管架之间铺设的海缆兼具动力传输和通信功能，由此将建立起海上油田和陆地间的光纤大宽带通信“高速公路”，为渤海油田建设智能化油田、数字化油田奠定良好基础。

另外，岸电下海也会带来一笔可观的环保“经济账”，“实施岸电项目，通过电力这一清洁能源可以大幅减少二氧化碳和氮氧化合物的排放量，对于助力中国海油推进绿色低碳发展，早日实现‘碳中和’目标具有重要意义。”刘巍说。

（张妍　李英）

岸电投产，海洋油气迎变革

9月23日，中国海油、国家电网两大央企携手推动的绿色能源典型项目——我国首个海上油田群岸电应用示范项目建成投产。这是继协同推进港口岸电推广和岸电上船后，我国在岸电领域取得的又一重大突破，也是我国海洋油气开发绿色低碳转型的重要一步，将为助力我国全面实现碳达峰、碳中和目标开辟新路。

为积极践行习近平生态文明思想，深入贯彻落实“四个革命、一个合作”能源安全新战略，2018年以来，中国海油联合国家电网围绕世界海上油田交流输电电压最高、规模最大的岸电项目——渤海油田岸电项目开展技术攻关，探索建设模式、商业模式，推动海上油气田由自发电模式转变为岸电供电方式，实现用能方式的深刻变革。

我国首个海上油田群岸电应用示范项目，即渤海油田岸电项目一期工程，建设内容主要包括在河北乐亭、曹妃甸新建2座220千伏开关站，在秦皇岛32-6、曹妃甸11-1油田群新建2座电力枢纽平台，努力将这两个油田群打造成绿色低碳战略的先行样板，推动能源变革发展、海上油田开发模式升级的“海油名片”。

按照规划，两大央企还将在山东、辽宁两个区域开展岸电建设工作，预计到2023年全部建成投产。

实施岸电项目，也将彻底改变以往海上油田自发电模式供电成本较高、电源可靠性不足、进口发电机组维修成本高等局面。“与自发电相比，使用岸电提升了发电效率，能够促进国内电网输电领域的拓展，并拉动海上输配电设备制造、安装业发展。此外，通过铺设光纤复合海底电缆，开展通信系统改造，将对渤海油田建设智慧油田起到积极的促进作用。”渤海油田岸电项目总经理刘巍说。

（张妍　郝艳军　李佑坤　李英）

“岸电入海”影响几何？

2021年9月23日，恰逢中国农民丰收时节。丰收的喜悦和希望，弥漫在田野上，也升腾在海洋中。

是日，常年耕耘海洋的“海上农人”——中国海油宣布，渤海海域秦皇岛32-6油田群和曹妃甸11-1油田群岸电应用示范项目成功投产，我国海上油田群进入岸电开发绿色新时代。这是我国首个海上油田群岸电应用项目，也是世界海上油田交流输电电压最高、规模最大的岸电项目，标志着我国海洋石油工业向绿色开发、高效开发、智能开发又迈出了历史性变革的一步。

为绿色低碳“赋能”

“除了油气什么都不带走，除了绿色什么都不留下。”深耕海洋，这是中国海油一以贯之的理念。

这绝不是简单的口号。为了守护碧海蓝天，海油人的行动也是实打实的。

加快绿色油田、绿色工厂建设，打造贯穿油气田、终端、炼厂、电厂、LNG接收站、制造基地、码头的绿色低碳产业链，圆满完成《渤海油田环保升级三年行动计划》……绿色发展之路上，中国海油的步伐日趋稳健。

其间，为寻找增储上产和绿色减排之间的最优解，于2018年启动的岸电项目，更是举足轻重的一环。

何为岸电？以往海上平台主要通过自建发电机组发电，以油田产出的原油、天然气或者柴油为燃料，而岸电则是将陆地电网的电力通过海底电缆输送至海上平台，为海上平台供电。

谈及此次的“触电”之旅，秦皇岛32-6作业公司副总经理林杨深有感触：“由于电力需求比较迫切，我们这边是对岸电最期待的。”

令人意想不到的是，这份期待竟可追溯至20年前。“1998年，在做秦皇岛32-6开发部署工作时，有人提议能不能把电力供应系统换成岸电接入。”林杨坦言，鉴于当时国内电力供应还没那么充足和稳定，那次“触电”不了了之。

但草蛇灰线自此埋下。

时至今日回看，彼时海油人绿色开发的环保意识以及低碳发展的预见性、前瞻性，可见一斑。

对于减排的效益，中国海油岸电项目组人员给记者算了这样一笔账：传统的海上油气田自发电透平机组效率一般在25%左右，而根据国家能源局公布的2020年全国6000千瓦及以上电厂供电标准煤耗为305.5克标准煤/千瓦时，折算平均发电效率为陆上大电网火电机组效率的40.23%，是海上自发电效率的1.6倍。

“发电效率的提升意味着在相同的负荷下能源的高效利用。”秦皇岛32-6作业公司总经理姜安解释道。简单来说，同样的一立方米天然气用于发电，陆上电厂的发电量要多于海上发电机的发电量。

据此推算，引入岸电工程后，整个秦皇岛曹妃甸区域高峰年节能约8.59万吨标准煤，减排二氧化碳18.6万吨，相当于植树1860万棵。

2023年，渤海三期岸电工程全部投产后，预计高峰年节能100万吨标准煤，减排二氧化碳近175万吨，相当于植树1.75亿棵。

值得一提的是，2021年1月15日，中国海油董事长汪东进宣布正式启动碳中和规划，全面推动公司绿色低碳转型，以更大决心、更强力度、更实举措助力我国全面实现碳达峰、碳中和目标。

在全球碳达峰、碳中和的大环境下，各国际大型石油公司也相继宣布了各自的碳达峰、碳中和愿景。石油巨擘——挪威国家石油公司亦将大规模使用电网电力或可再生电力，视为主要的减排手段之一，凸显转型之志。

无疑，这愈加印证了布局岸电的必要性，也牵引出更多依托岸电的扩展应用的思考。

"下一步，随着清洁电力的引入，岸电供电的碳排放将进一步降低，减排收益将大大提高。"中国海油开发生产部副总经理王建丰告诉记者，秦皇岛和曹妃甸岸电工程的建设，为后续"绿电"的引入搭建了桥梁，为上游油气开发领域最终实现碳中和奠定了坚实基础。

对于"绿电"的选择，汪东进进一步解释道："未来，中国海油将积极探索海上风电、光伏为油田供电等新模式，为国家早日实现碳达峰、碳中和目标做出积极贡献。"

为智能油田"铺路"

"随岸电海缆一同铺设的光纤，为海上智能油田建设所需的海量数据传输与高速信息交互铺设了一条海陆间'信息高速公路'，"王建丰形象地比喻道，"它解决了海陆通信的带宽瓶颈，使海上油气生产设施的实时数据可以传到陆地集控中心。"

这与之前的通信方式形成了鲜明对比。据介绍，以往解决海陆通信问题时，远距离主要依靠卫星，近距离则通过微波，但这两种方式不稳定、不可靠，干扰因素多。并且，这两种通信方式的数据传输量非常有限，网速最多为几十兆，与智能化油田海陆联通需要的千兆级以上的传输速度相去甚远。

而得益于光纤，秦皇岛32-6智能油田的链路传输能力呈几何式飙升——由40兆提升至1万兆。

一同飞涨的，还有王建丰的信心。"依托光纤通信网络，海上油田的通信能力提升到万兆级，使海上应用智能油田需要的大带宽通信成为现实。”王建丰表示，大带宽通信是智能油田所需的“物联网”的基础，结合分布式的5G技术，在不远的将来，海上油田也可实现“万物互联”。

如此一来，可推动云计算、物联网、大数据、人工智能等数字技术与勘探开发业务深度融合，促进海上油田生产方式转变和管理流程优化，实现井口平台无人化、中心平台少人化、决策中心陆地化、油藏研究可视化、生产运营协同化、战略决策科学化，促进海上油田向数字化、智能化、无人化转型。

此外，在王建丰看来，岸电的实施还将促进海上生产平台的电气化发展。

“目前海上所用的钻机、修井机等作业机具大多是机械驱动的，在岸电的带动下，该部分作业均可实现电气化转型。例如在山东岸电覆盖区域内，已经在与油服公司进行沟通，未来该区域作业的钻井平台也都可以转由岸电供电。电气化是未来智能化的基础。”王建丰说。

展望未来，王建丰信心满满：“岸电带来的无人化和智能化理念，将是海上油田生产的一次革命，‘运筹帷幄之中，决胜千里之外’指日可待。”

记者梳理发现，贯彻中国海油“1534”总体发展思路，秦皇岛32-6油田一直身体力行，并有着清晰的脉络。

践行中国海油五个战略之“绿色低碳”战略，秦皇岛32-6油田可谓一马当先。

瞄准中国海油四个跨越之“从传统管理模式向现代化、数字化、智能化跨越”，秦皇岛32-6油田也已“捷足先登”。

据了解，为贯彻关于推进数字经济与实体经济融合发展的重要指示精神和落实国务院国资委加快推进国有企业数字化转型的部署，中国海油早早就编制了《数字化转型顶层设计纲要》和《智能油田顶层设计纲要》，并提出以“秦皇岛32-6智能油田建设”为突破口，探索智能化发展的新路径。

作为中国海油第一个智能化标杆油田，秦皇岛32-6油田在一期项目中，确立了现场设施改造、数据采集及工控安全、生产操控中心建设、智能化应用4个方面共计17项具体任务。

迥异于陆上智能化油田建设，海上平台犹如一座座孤岛，如何高效传递信息成为亟待攻克的难关。

怎样应对？

时而波涛汹涌、时而风平浪静的海面之下，一道道纵横交错的光纤，不动声色地掀起一场“岸”战。

为增储上产“加油”

推动油气增储上产、保障国家能源安全，是中国海油身为能源央企的使命担当。

据汪东进介绍，近年来，中国海油坚决贯彻落实加大国内油气勘探开发力度的重要批示精神，全力推进国内增储上产“七年行动计划”。

“公司过去两年原油增产量分别占到国内原油增量的56%和83%，较好发挥了增储上产主力军作用。”汪东进总结称。

渤海油田虽历经60余年开发，仍是中国海油增储上产不容小觑的力量。“产量可占到中国海油总产量的60%左右。”中国海油天津分公司开发部副经理刘书强告诉记者。

但是，挖潜、降本的形势依然严峻。“渤海油田面临‘边、小、碎、深’储量开发的极限挑战，技术难度大、经济门槛高。‘十四五’时期，渤海油田确定了上产4000万吨的目标，年均钻井量较‘十三五’增加70%。”刘书强坦言“压力不小”。

此外，渤海油田在对抗“衰老”的过程中，电力短缺也成掣肘。

“秦皇岛32-6油田处于开发中后期，油田含水高、递减率高，需要进行大量的调整井、措施作业维持产量。同时，该油田储量基础较好，剩余可采储量大。这些措施、调整，都需要较大的电力供应。”王建丰说。

岸电的到来，让增储上产的后劲“肉眼可见”地得到提升。

记者在采访中获悉，近年油价在低区间徘徊，油田的开发要算效益账，达到经济门槛的才能入选。在动辄上千万元的发电机组支出面前，一些小油田达不到可开发的经济门槛，“望油兴叹”在所难免。

澎湃的绿色电能，将这些沉睡的“小油田”彻底唤醒。

“岸电工程为油田开发提供了更加便利的基础条件，新开发油田不再需要自建发电设备，精简了平台规模，缩短了海上油田工程建设周期和调试周期，降低了建设和运维成本，油田经济开发‘门槛’由此有效降低，一大批以前难动用的‘边际’油气田将得到有效开发，同时产能建设速度也将大大加快。”王建丰解释称。

而这样的“小油田”在渤海有着可观的数量。“根据渤海油田的生产规律，一般在生产油田的边上都有小块的油田，形象地讲，渤海油田就像一块摔碎的盘子，碎片散布在各个地方。”中国海油天津分公司副总经理赵春明介绍，目前他们正在梳理渤海地区各个油田，并对有效益的油田进行二次加密开发。

这样来看，岸电对这些原本被摒弃的“边际”油气田而言，还有一层“救赎”的意味。

另据王建丰透露，秦皇岛32-6油田很早就想开展提液扩容工作，因为没有电，迟迟无法进行。有了岸电工程，该项目才得以开展和实施，扩容项目将油田产液量由13.3万立方米/天提高到18.7万立方米/天，高峰年增油47.3万立方米/年。

这只是一个开始。

王建丰说，渤海油田未来70%~80%的新油田都将利用岸电进行开发，同时大幅节约原本用于自发电的海洋油气资源，这将为渤海油田上产4000万吨油当量奠定坚实基础，对于提高国内原油供给能力、保障国家能源安全具有重要意义。

可以预见的是，乘着岸电入海的东风，甩开“电包袱”的渤海油田正朝气蓬“渤”，向着“建成国内最大油田”的目标昂首迈进。

（曲艺）

岸电入海的“蝴蝶效应”

目前，我国首个海上油田群岸电应用示范项目——中国海油渤海油田秦皇岛32-6、曹妃甸11-1油田群岸电示范项目已正式投产，山东岸电已完成可研和基本设计，辽宁岸电已完成可研。据估算，渤海三期岸电项目全部建成投产后，高峰用电年减少直接碳排放约175万吨，减少天然气消耗约23.8亿立方米，减少原油消耗约17.5万立方米。

与自发电相比，岸电发电的效率将大幅提高，高峰用电年节能约100万吨标煤。同时，岸电敷设的复合光纤海底电缆将成为海上油气田到陆地的高速数据通道，可将海上油气田海量开发生产数据传输至陆地。岸电入海，将给海上油田信息化、智慧化带来“蝴蝶效应”。

为何启用岸电？“产量加法”和“排放减法”的最优解

作为一项新兴的综合性系统解决工程，岸电技术以岸基电源替代原有的以柴油、伴生气、原油等为燃料的自发电方式，将电力通过岸电平台进行变压、传输，以满足船舶及海上生产平台的用电需求，服务于海上油气田的开发。

"中国海油作为能源企业，不仅是供能单位，也是能源使用单位，必须积极采取措施更好地为实现'双碳'目标做贡献。"中国海油能源经济研究院发展战略与管理研究中心主任孙海萍介绍。

目前，中国海油正积极投身国内油气增储上产"七年行动计划"。预计在未来5年，海上油田的产能还将持续提升。按照过往的开发模式，此举势必带来自身能源消耗的进一步增加。如何能既实现产能"做加法"，又实现碳排放量"做减法"？岸电推广成为中国海油理想的选择之一。

一方面，岸电在海上油田的推广应用，将使油田的单位产出能耗大幅下降。据了解，使用岸电后，平台总能耗将降低近20%，其中，燃料使用将降低50%以上。

另一方面，岸电推广将改变当前海上平台依赖发电机发电的用电模式，有助于降低海上平台建造和维护成本。岸电技术的规模化应用，既能实现油田开发成本的显著降低，又能实现海上油气田的低碳运营，发展与环保双加强。

为何花落渤海？"先天优势"和"技术储备"双具备

并非所有海上油气田都适用岸电技术。海上油气田的规模、离岸距离、沿岸变电站情况等，都是影响海上油气田应用岸电的关键因素。它们主要从经济和技术两个方面影响岸电的实施。如果油田较为分散且离岸距离较远，敷设从陆地到海上电网的海底电缆以及平台之间新增海底电缆的投资巨大。

渤海油田岸电项目的顺利推进，与其良好的自身条件密不可分。渤海油田有6个作业区，其间油田群成片开发，各油气田分布相对密集，离岸距离在20~80千米以内，具备应用岸电的先天优势。

截至目前，渤海海域已建设完成区域电网14个，其中7个区域装机容量大于100兆瓦。随着电力组网的发展，渤海油田各平台间已有海底电缆相连接，岸电整体替代时，可依托已有的电网构架，油田内部改造较小、易操作，相对工程建设量小，既便利又经济。集渤海整个油田群之力建设岸电也可以摊低成本。

同时，离岸距离较近对电力传输技术的要求相对较低，现有技术储备充足，上岸海底电缆、无功补偿的费用也较少。此外，渤海区域具备发达的陆地大电网可供接入，这是发展岸电的客观条件之一。

如何打造“渤海模式”？绿色油田+智能油田

作为我国首次海上大规模油田电能替代和建设智慧油田的先行项目，渤海岸电项目投产后，可直接减少原油消耗和发电机组产生的气体污染，也可有效避免因燃料供应不足而影响作业的情况，为稳定生产保驾护航。此外，海陆电缆中的光纤使陆地和海上平台之间的大规模数据传输不再受限，为油田的数字化、智能化建设带来新的契机。

“绿色油田+智能油田”的“渤海模式”获得成功，为中国海上油田的“岸电化”提供了借鉴。

第一，项目规划强化“顶层设计先行”。渤海油田所在作业区域横跨多个行政区，要实现岸电的稳定供应，需要资源、工程的合理布局。渤海油田按照“整体规划、分步实施、新老并举、示范先行”的总体思路，以河北、山东、辽宁3个区域陆地电力为依托，对海上油田进行岸电接入，在3个区域建设5座陆地开关站，在海上建设8座供电枢纽平台，铺设580多千米高压海缆。

第二，项目理念贯彻“打造绿色油田”。将岸电改造与“绿色油田”建设紧密融合，实现了“1+1大于2”的升级效果。岸电项目以陆地电力为依托，对海上油田进行岸电接入，直接减少原油消耗，降低温室气体排放和污染气体排放。同时，还可消除平台自备发电机组运行产生的噪声污染，为现场人员提供更加健康的工作环境。

第三，以“绿色油田”建设带动“智慧油田”建设，实现海上油田生产管理和组织管理方式的变革。岸电项目建立的海陆光纤大带宽通信，为渤海油田建设智能化油田、数字化油田奠定了良好基础。据渤海油田岸电项目组（一期）总经理刘巍介绍，岸电项目是我国海上首次大规模电能替代工程，在开关站和海上电力动力平台之间铺设的海缆将同时具备动力传输和通信功能，曾经孤悬海上的生产平台得以与陆地实现互联互通，“大数据”与实时跟踪等高科技手段的应用，可以有效提升油田开发的智能化程度，提高油田的生产管理水平，进而提升经济效益。

第四，以岸电建设进一步促进区域化开发，提升渤海油田的整体竞争力。渤海油田经过多年的滚动开发，面临“边、小、碎、深”储量开发的极限挑战。边际小油田在没有电力依托的情况下，开发难度大、经济门槛高，如果自建电站，发电机组占地面积大，平台结构规模增大，成本也会相应增加。岸电建成后，周边边际小油田通过海底电缆接入岸电电力动力平台便可用电，降低了油田开发的经济门槛，让一些边际小油田焕发了活力。

能否推广“渤海模式”？面对挑战+走向深蓝

2021年6月16日，伦丁能源公司宣布，该公司JohanSverdrup油田所生产的原油都将是碳中和原油。作为全球首个实现碳中和的大中型油田，JohanSverdrup油田采用岸电进行生产，每年可以减少碳排放62万吨。

预计到2025年，伦丁能源公司所有的在产油田，均将成为碳中和油田，进一步的脱碳投资包括：替换现有的燃气透平发电机、EdvardGrieg油田的陆上可再生能源发电厂并网发电、JohanSverdrup油田二期电力并网等。在这一系列工程投入使用后，岸电将提供伦丁能源公司约95%的电力，其中，60%的高峰电力将来自可再生能源，中长期将进一步提高到近100%。

可见，在岸电覆盖的情况下，陆地电网电力的清洁化，将进一步推动油田的绿色发展进程，为建成减碳油田甚至是碳中和油田提供可能。因此，尽管当前海上油气田采用岸电供电的案例相对较少，但是岸电广阔的应用前景始终备受国内外关注。

我国岸电项目主要围绕渤海湾开展研究和实施，而在其他海域，岸电项目的落地还任重而道远。受限于离岸距离、油田群规模和经济性等因素，“渤海模式”的大范围推广还存在一定难度。

此外，深海油气田的开发也给岸电项目带来了更多的技术挑战。深海恶劣海况以及离岸距离较远的实际，是当前岸电技术发展面临的问题。我国海上岛礁密布，借助丰富的海洋资源，实现岸电的接续传递或将成为未来岸电走向深蓝的备选方案。

随着电缆光缆同步铺设，未来海上油田接入风电也具备了可能。岸电建成后，可为海上风电接入海上油田提供稳定电网基础和电力输送通道，可部分解决海上风电的就地消纳问题；同时，岸电建设的登陆海底电缆、海上动力变电站平台为海上风电外送提供了便利。随着陆地电网的进一步清洁化和海上风电技术的逐渐成熟，海上油田生产将会越来越绿色低碳，减碳油田甚至碳中和油田指日期待。

（谢梦远　刘珂昕　高璇）

第2节
神安管道，气贯华北的“绿色动脉”

2012年，中国海油在山西吕梁临兴首次发现致密气，自此，一批海油人便与海风和浪花作别，踏上致密气的拓荒路，在黄土高原的腹地扎根。

他们攻坚克难，将致密气从地层深处开发了出来。为了气贯华北，造福京津冀，中国海油紧接着谋划了一条我国最长煤层气长输管道——神安管道。神安管道西起陕西省神木市，途经3省7市17县，最终抵达河北省安平县。管道全长622.98千米，设计输气量50亿立方米/年。

神安管道作为横跨陕、晋、冀三地的长输管道，全线贯通后，可将陕东、晋西的天然气源源不断地输送至京津冀千家万户和产业聚集区。神安管道还可通过与蒙西线对接向雄安新区供气，并可与天津液化天然气（LNG）码头联通，实现双气源互补，担负起区域调峰保供职责，为华北地区提供安全、低碳、高效的清洁能源。

在中国海油的努力下，2021年，神安管道主体已贯通（图2-2），全线贯通指日可待。

图2-2　神安管道主体完工贯通

主体贯通，成功穿越“南水北调”

2021年11月29日，我国最长煤层气长输管道——神木-安平煤层气管道工程（简称神安管道）山西至河北段管道完工，具备投用条件，标志着神安管道主体正式贯通。

神安管道是我国《煤层气（煤矿瓦斯）开发利用“十三五”规划》中所列重点建设项目，横跨陕、晋、冀三地，采取“分段规划、分段建设、分段投产”模式建设。

神安管道山西-河北段西起山西吕梁市康宁镇，东抵河北省衡水市安平县，设计输气能力50亿立方米/年，途经山西省吕市、忻州市、太原市、阳泉市，河北省石家庄市、保定市和衡水市，沿途共设置3座站场，25座阀室（图2-3）。

项目自2020年7月启动建设以来，曾面对疫情防控、极端天气等重重困难挑战。在中国海油集团公司工程建设部的协调指导下，中联公司不断优化施工方案，全面抓好现场疫情防控，严格把控工程安全质量，优质高效完成管道建设。

神安管道自山西至河北段贯通后，2021年冬季可向华北地区供应约2亿立方米天然气，有力保障了2021年冬季至2022年春季天然气供应。

图2-3 神安管道横跨晋、冀

而在2021年10月20日，神安管道成功穿越南水北调工程。

神安管道穿越的是南水北调中线干渠工程，位于石家庄市正定县，处于神安管道的尾部。为保障水渠安全和管道安全，穿越工程渠底到管顶的距离由5.5米增加至12.5米，比原设计增加了一倍多，开挖竖井深度从17米加深至24米，加深了40%，并在穿越点附近增加了一座阀室。项目方案设计的大幅调整增加了施工难度与周期，项目组克服重重困难，倒排施工计划，严把安全质量关，按期保质完成了穿越工程。

欲为“福”气通坦途

在黄土高原的崇山峻岭间，一条黝黑的管道宛若游龙，不停挥动机械臂的黄色挖掘机和身着红色工装的人们点缀其间。

2021年4月2日，在山西省太原市阳曲县水头村的山路上，记者看到，神安煤层气管道（简称神安管道，山西－河北段）修建工程正全速推进，一条能源大动脉正在“茁壮成长”。

神安管道西起陕西省神木市，途经3省7市18县，穿太行、越黄河，绵延620多千米，最终抵达河北省衡水市安平县。这条管道贯通投产后，将把我国黄土高原地区的天然气资源，源源不断地送往我国中东部地区。

作为中国海油从海上向陆上、从常规油气向非常规油气跨越的主力军，中联煤层气有限责任公司（简称中联公司）怀抱“争做清洁能源领军企业”的雄心，积极谋划、推进神安管道项目。

2016年，神安管道项目获批复，并正式纳入国家能源局煤层气（煤矿瓦斯）开发利用“十三五”规划。2020年7月28日，神安管道工程项目正式投入建设。

神安管道（山西－河北段）新建段是神安管道项目的核心组成部分，全长351千米，线路穿越9处大中型河流、6处铁路和1处太行山隧道。国内同等施工难度的跨省长输管道工程建设周期约2年，但中联公司要在11个月左右完成。

中联公司采取“多点开工、分段实施”的策略，建立管控协调负责制，集结优势施工资源，焊接、检测、防腐等各项工作有序推进。

大围村山体隧道安装工程是一个成功的样板。项目施工前，曾一度面临施工难度大、时间紧张的困难，施工人员大胆突破，采取隧道铺设轨道、制龙门架组对焊接等施工方法，充分激活半自动焊接的优势。

2021年3月20日，随着最后一道焊口在隧道内焊接完毕，神安管道工程大围村山体隧道安装工程仅历时9天，便顺利完工。

加速推进的同时，严把安全和质量关。项目部会同监理人员定期对管沟开挖成型质量、焊接管道焊缝、回填情况等进行安全检查。项目山西段一标段焊口合格率达98.36%，河北段二标段焊口合格率达97.74%，河北段三标段焊口合格率达99.21%。

2020年12月，中联公司天然气日产气量首次突破1000万立方米，非常规油气取得历史性突破。2021年2月，山西临兴气田探明天然气储量超1010亿立方米。

“产量上去了，外输能力更要跟得上。神安管道对晋陕地区两千亿立方米探明储量气田的资源潜力释放具有重要意义。”神安管道项目领导小组成员闫冰告诉记者。目前，神安管道项目山西段及河北段焊接工作已接近尾声，开始进行清管测径及相关后续工作，为投产运行做最后的准备。

神安管道全线建成投产后，这条横贯中国腹地的能源大动脉将通过管道互联互通实现海陆对接，让鄂尔多斯盆地东缘的非常规天然气与进口液化天然气在雄安新区成功会师，为京津冀协同发展和雄安新区建设供应清洁能源。

（王晓蕾　王帅）

吕梁深处山海情

佐子坪，黄土高坡深处山坳的一个小乡村，离最近的县城山西省吕梁市临县80千米。沿路盘山散落的五六座窑洞里，住着佐子坪的全部住户，最年轻的村民也有55岁。

95后罗彪和他们算是“街坊”，他所在的中联煤层气有限责任公司（简称中联公司）晋西分公司采气作业区1号天然气地面集输及增压站（简称1号集气增压站）位于佐子坪对面，是这附近最热闹的地方。

与“下海”工作的同学不同，毕业后，执念于非常规天然气的罗彪选择带着一架无人机、一个背包，从云贵高原老家来到黄土高坡，感受跃动在沟壑下的能源气脉。

“上山”的脚步逐渐加速

烈日炙烤着大地，偶尔的山风呼啸伴着场站里机器的轰鸣，给寂寥的深山带来一丝律动。

罗彪正和林建伟检查皮卡车的油箱和车身，准备下午的巡检工作。

来自中国海油能源发展股份有限公司采油服务公司的林建伟曾在渤海油田出海多年，去年由海“登陆”，负责1号集气增压站的运维和周边井场的巡检工作。尽管事前已做好心理准备，但刚来时“巡井一次，翻山五座”的情况还是让他有些意外。“我们的巡检车就相当于海上的拖轮，每月往返周边井场、驻地的行程大概在4500~5000公里，山路不好走，操心着哩。”林建伟说。

而本就是西北人的何东则习惯于奔波在这群山之中。作为晋西分公司采气作业区总监，哪座山有哪口井、哪个场站，他都如数家珍。“从这儿放眼望去，满山遍野都有我们的气源井。”何东坐在井场旁的山埂上，指向远处。

何东所在的临兴气田地处鄂尔多斯盆边东缘，由于构造活动复杂，此前行业内普遍认为该地区天然气逸散严重，难以形成大气田，直至2013年年底，中国海油在这里获得第一口高产井。随着此后新一批高产井陆续发现，临兴气田的勘探序幕就此拉开。

2021年3月，一条“山西临兴气田探明天然气储量超千亿立方米，雄安新区又添绿色气源”的新闻让何东和团队成员感到格外振奋。通过多年技术攻关，中国海油在上古生界二叠系近728平方千米含气面积内，探明的天然气地质储量达到千亿立方米级。

临兴气田属于致密气，与煤层气、页岩气一样，都是非常规天然气。但由于其成因、成藏机理与常规天然气不同，开发难度较大，目前，临兴致密气田均采用压裂增产技术开采。

随着增储上产的节奏逐渐加快，中国海油由海“登陆”的脚步也在加速。仅2020年一年，中联公司在临兴区块的钻前工程进度便成指数趋势增长，累计建成68座井场，钻井237口，进尺50.2万米，完成压裂295口/564层，规模相当于前5年之和。

“去年一年我们在吕梁市临县和兴县新建了9座天然气集输和增压站。”正是在场站密集建设的那段时间，从潘河采气厂调来的何东开始熟悉这片大山，从临县县城到1号集气增压站的80千米山路，他不知走过多少次，他见过凌晨两点的满天繁星，也曾被突然倾泻的大雨拦在半山腰，可他很欣慰，因为自己要负责的“山头”正越来越多……

翻山越岭连接“生命线”

在晋西分公司副总经理董建宏的办公桌上，日历还停在刚来倒班时的5月，挂在墙上的天然气管网图却更新了一张又一张。

对曾在渤海油田出海20多年的他来说，海上是他的“舒适区”，可这次他选择迎接新的挑战——“登陆”从事非常规天然气开发。他深知：“这次‘登陆’或许远比‘下海’要艰辛得多。”

“以前在海上负责一个平台的管理工作，现在的工区面积大，并且都在山区，交通条件很有限。”董建宏说，一度最令他焦急的就是临兴气田的天然气外销问题。

“天然气的储运不同于石油，需要即产即销，不然很容易造成上游压产，并且影响下游用户需求。”董建宏说。

从山西省天然气（煤层气）管网图上看，山西省遍布天然气管道，但没有一条经过临兴及神府区块。

搭不上便车，走不出大山，临兴气田的巨大储量就如一潭死水，毫无生命力。

“山西省的天然气市场需求不大，这对我们的产量稳定性影响很大。”董建宏介绍。

要激发临兴气田千亿立方米的储能优势，打通天然气市场销路，建设一条走出大山的天然气外输管道迫在眉睫。

2016年，西起陕西神木、东至河北安平的煤层气管道工程（简称神安管道）获批，并正式纳入国家能源局煤层气（煤矿瓦斯）开发利用“十三五”规划。

按照项目可研，神安管道全长622.98千米，年设计输气能力达50亿立方米，在2020年7月正式投入建设。穿太行、越黄河，一条能源气脉正跋山涉水，全速推进！

作为中国海油首条陆上非常规天然气跨省长输管道，神安管道全线贯通后，不仅将成为临兴气田的“生命树”，也将成为带动沿线工业的“能源岛”，对接国家管网管道系统，实现海、陆、储多能互补。在陕、晋二省天然气资源就近利用、余气外输的原则下，神安管道将天然气外输到北京、天津、雄安新区、河南等地，实现了资源与经济优势互补，同时为京津冀地区治理雾霾提供了助力。

心意相通让管输更畅通

从太原一路穿隧道向西210千米，是晋陕黄河峡谷中部、吕梁山西侧的革命老区——临县。

流经县城的湫水河被当地人视为“母亲河”。每次从井场回到县城，工程建设主管王赞惟习惯沿湫水河走一走，岸边熙熙攘攘的人流和高低错落的楼房让他觉得烟火气十足，这让他想起了家。

沿着汾河支流湫水河走到县城主路的尽头，就会遇到中联公司增储上产主力部队——晋西分公司。在三层办公楼里，共有来自天南海北的员工60余人，他们无一人在这里安家，却在这里度过了比在家更长的时光。

半年前，家在北京的王赞惟主动请缨，来到晋西分公司，他担任工程建设主管，不曾想第一项工作就是和当地协调征地。

人心相通，看似简单，实则不易。

“在工程建设中，得到当地百姓的认可和支持，是非常关键的一环，”王赞惟说，“我们所有的压裂液、泥浆都会及时处理，不会影响浇庄稼、搞绿化，这让老百姓对我们更放心了。”

心意相通的亲密联手，注定是一场双赢。为更好融入当地，中联公司借助红色革命老区的深厚文化背景，积极与当地政府、承包商单位开展党史学习教育和“党建结对子、画好同心圆、助力大会战”“蔚蓝力量”微公益等活动，树立起良好的企业形象。

神安管道的互联互通也关乎沿线市场销路的畅通。今年年初，中联公司制定“4433”工作思路，计划通过建设“生命线、致富线、应急线”天然气管输线路，打通3条气脉，致力实现“致密气快增长、煤层气快生产、页岩气快突破”，辐射并带动沿线经济的发展。

7月22日早上6：08，随着第一立方米天然气注入神安管道山西闫庄－河北鹿泉段，神安管道天然气置换正式开启！

不久后，这些天然气将与中国海油进口LNG（液化天然气）会师雄安新区，形成海陆相连服务京津冀协同发展的清洁能源供应主动脉。沿神安管道外输的能源气脉也将通过合资合作拓展至东南沿海终端市场，构架起完整的天然气产业链。

烈日下，在井场巡检的罗彪被橙红的工服衬得更显黝黑，瘦瘦高高的他和当地人颇有几分神似。在云南长大、西藏上学的他走过很多山川湖海，唯独这深埋着能源气脉的千沟万壑中，有他用无人机定格得最多的风景。

（张妍　李竞）

第3节

智慧油田，花开四海的“最强大脑”

在国际油气价格波动和“双碳”目标提出的背景下，建设智能油田成为各石油公司实现低碳转型、降本增效、节能降耗、绿色环保的重要途径。

中国海油一直致力于加强数字化、智能化技术推广，积极推进智能油气田建设，2021年不仅建成了我国海上首个智能气田群，还建成了我国海上首个油田。

智能油田是传统石油工业里的“新物种”，不仅关乎老油田的命运，对新油田开发建设的借鉴价值更大。

未来，中国海油将加快打造海上油气勘探开发“智慧大脑”，为我国海洋石油工业的高质量发展提供重要支撑。

花开并蒂：我国海上首个智能气田群与智能油田建成

2021年4月29日，中国海油对外宣布，我国首个海上智能气田群——东方气田群全面建成，标志着海上油气生产运营迈入智能化、数字化时代。

东方气田群的主要生产设施位于海南省莺歌海海域，气田群由10座海上生产平台、1座陆地处理终端和数条海底油气管线组成，年产天然气量超过57亿立方米，是海南省主要的民生和工业用气来源。

“建成后的智能气田群，可以远程遥控气田生产，实现‘一键配气’。这样，一方面能根据不同用户需求，瞬间完成不同气质的配送，大幅提高生产效率；另一方面，在台风等恶劣极端天气情况下，能确保人员安全，同时保障民生供气的稳定。”中国海油有限公司海南分公司副总经理唐广荣表示。

唐广荣介绍，气田的智能化改造可以使气田群的配气速度较之前提升近10

倍，智能巡检机器人和实时监测设备也比传统人工巡检具有更高的精细度和准确性，使气田群的安全生产更有保障。

据介绍，4月29日并网投用的智能化生产操控中心集物联网、大数据和人工智能于一体，有力推动了海上油气田的业务重构，优化了管理流程，提升了管理效率。

“生产操控中心是整个智能气田群的中枢和‘大脑’，各个海上气田的生产状况在这里一览无余。安全上，可以监控现场高风险作业、跟踪隐患整改进度、监测各类机械设备、实现故障诊断等；生产上，可以分析处理生产数据，实现多个气田协同生产、‘一键配气’等，全方位、多角度对气田群实施管理和决策。”海南分公司东方作业公司总经理崔嵘在智能化生产操控中心向记者演示了生产系统的各项功能。

而在2021年10月，秦皇岛32-6智能油田（一期）项目全面建成投用。这是我国首个海上智能油田建设项目。

该项目应用云计算、大数据、物联网、人工智能、5G等信息技术为传统油田赋能，实现流程再造，在渤海湾打造了一个现代化、数字化、智能化的新型油田。

通过采用先进的技术平台，将信息技术与油气生产核心业务深度融合，秦皇岛32-6油田这个20年的老油田具备了全面感知、整体协同、科学决策和自主优化等显著智能特征。“这将带来30%的生产效率提升，提升产量并降低操作维护成本5%~10%。”项目工作组组长林杨介绍。

通过物联网技术，2个足球场大小的油田生产平台上安装了400余个智能摄像头、26000多个数据自动采集点，24小时实时获取生产数据，每秒钟可采集10万余条数据信息，每年产生6Tb的数据量。这些实时的生产数据，汇总形成大数据湖，从而实现预警诊断、主动优化和辅助决策等智能化管理。

秦皇岛32-6油田还配备了十分智能的安全管理系统，通过应用AI人工智能识别、角位移感知等技术，融合三维数字引擎实现了海上平台人员精准定位、视频智能报警、风险分级管控、应急状态联动，对人的不安全行为、物的不安全状态、管理漏洞自动报警，实现了安全管理智能化。

在智能油田操控中心大厅，能够在大屏幕中看到不戴安全帽、不穿工服等不安全行为圈红标注区域。项目组工作人员介绍：“当发生人员跌落、出现烟雾等紧急情况时，系统都会自动报警，并对紧急情况进行实时分析。特别是火焰探头无法辨识的烟雾，AI人工智能识别就能够及时捕捉、提前预警，从而有效避免安全事故的发生。”

作为行业内的开创性示范项目，该智能油田管理系统完全具有自主知识产权。项目组总计编写了130多万行代码，形成了8大核心技术，构建了100余组算法模型，开发了1600多个业务功能点，涵盖了生产运行全业务链条，项目获得了29项知识产权。

（陈子薇　冯建悦　任宏伟）

智能油田，如何建成？

在渤海这片蔚蓝的海域上，蓝天与白云交相辉映。五十余年来，数百个海上平台不舍昼夜，铿锵的韵律与万顷碧波浑然天成，汩汩涌动的石油与大海合奏出一则令人沉醉的乐章。

2021年10月，一条光纤通道将中国海油秦皇岛32-6作业区与陆地无缝连接，生产平台、油气管路与海浪合奏的每一节音符都被准确记录下来，并实时上传至陆上生产操控中心。

秦皇岛32-6油田是中国海油渤海油田所属的一座老油田，栉风沐雨、劈波斩浪已届二十载。在信息技术澎湃发展的浪潮下，2020年7月，中国海油启动了秦皇岛32-6油田“智能化”建设的探索之旅。

渤海智能油田建设专项工作组（下称“项目组”）夜以继日、勠力攻坚，联合技术服务企业、科研院所将“云大物移智”等现代信息技术与油气生产核心业务深度融合。

革故方可鼎新。一场事关秦皇岛32-6老油田命途，关乎未来海上油田开发建设进程的“创举”正在渤海湾推进。

智能油田建设示范

在天津滨海新区中国海油渤海石油管理局园区内，“全力上产4000万”的标识牌红蓝相间，格外醒目。“4000万吨”是渤海油田增储上产攻坚的新目标。

渤海油田是中国海洋石油工业发源地。按中期发展规划，2021年将建成年产3000万吨原油生产基地；2025年上产4000万吨油当量，成为国内原油生产的中坚力量。

实现4000万吨目标是一项系统工程，需要进一步加大渤海海域勘探力度，注重地质工程一体化研究，探索将大数据、人工智能等技术赋能勘探开发生产全过程。

增储上产是渤海油田推进智能化建设的重要驱动力；降本增效则是智能油田建设的另一个出发点。

“从2014年至今，中国海油持续开展质量效益年和应对低油价活动，渤海油田全额桶油成本从大于60美元下降并维持在30美元上下。现有传统降本增效手段已经无法完全满足企业高质量可持续发展的需求。需要应用新一代信息技术赋能油田业务，探索新的效益增长模式。”中国海油天津分公司总经理曹新建介绍。

渤海智能油田建设从秦皇岛32-6油田开始，并将其作为中国海油乃至国内标杆项目。秦皇岛32-6油田2001年正式投产，是海上首个储量超亿吨的河流相稠油油田。投入运行届满20年，累计生产原油突破4000万立方米，步入特高含水期。

秦皇岛32-6油田的智能化改造与中国海油油田岸电改造行动密不可分。2020年年初，中国海油启动渤海秦皇岛和曹妃甸油田群岸电改造，秦皇岛32-6油田群是首批岸电入海的受益者。

在“智能油田建设与岸电工作同步研究、同步设计、同步推进”的原则下，海底光纤与海底电缆同时铺设。目前，秦皇岛32-6油田海上平台实现了光纤全联通和无线信号全覆盖，骨干网络带宽由40兆提升到10000兆。

光纤通信是海陆间海量数据传输与交互的“信息高速公路”，他如“魔术手”般将一个个海上“信息孤岛”与陆地联通，让海上的波澜起伏、海底的油流涌动尽收眼底。可以说，光纤通道就是智能油田的“生命线”。

秦皇岛32-6油田设施（含新建）包含8个井口平台、4座中心平台、1座EPP平台、1艘FPSO。基于油田生产管理的实际，中国海油决策层将32-6智能油田建设分两期推进，一期智能化改造从4个生产平台（CEPI、CEPJ、WHPH、WHPC）起步，同步在陆上建设生产操控中心。

林杨是秦皇岛32-6智能油田建设专项工作组组长，具备26年海上油田一线生产和管理经验，拥有机械设计与制造、管理学双重专业。林杨介绍：“秦皇岛32-6油田智能化建设涉及现场智能化升级、数据采集及工控安全、生产操控中心建设、智能化应用4个方面17项任务，覆盖海上油田生产全流程，点多、面广、线长。项目建设目标是提高海上平台的生产监测和优化控制能力，实现一体化智能管控，创建智能、安全、高效的新型海上油气开采运营模式。”

作为中国海油和国内海上油田建设的标杆项目，秦皇岛32-6智能油田建设的愿景是：打造具备泛在感知、云化服务、网络互联、数据驱动、智能控制、系统安全六大特点的新型海上油气田；推动公司管理优化和组织变革，实现效益和效率提升、油田价值增益。

当然，海上油田智能化建设不单单是新增若干个传感器、计量仪、摄像头，智能化应用场景的背后是石油企业对管理增储上产、提质增效孜孜不倦的追求，是数万海油人“石油报国”的真挚情怀。

智能油田新生态

在现代信息技术的赋能下，目前秦皇岛32-6智能油田管理系统实现了安全、油藏、注采和设备设施的智能化管理。项目建成陆地生产操控中心，外部采用海浪轮船造型，内部以海油蓝元素为主色调，将科技与智能元素有机结合。管理人员在陆地生产操控中心可以对油田生产实时监测，进行远程智能巡检（图2-4），实现对海上设施远程操控、应急响应，实现跨专业、跨部门、跨地域的协同指挥决策。

图2-4 智能巡检

林杨认为："油田智能化的实质是高度融合数字技术和油田技术，将油田全链条业务数据化，借助人工智能、物联网等技术实现智能化管控，让数字成为资产，实现数字资产全联接。"

当前，中国海油为秦皇岛32-6油田平台上的每位员工都配备了智能手环。智能手环可实时在线监测员工健康状态、精准定位人员位置、回放历史轨迹、电子围栏报警、人员一键求救，如同贴身卫士般守护员工的安全与健康。

在油藏智能化管理方面，利用大数据、人工智能算法，进行地下油藏、生产井筒、地面流程系统性研究，做到实时监控预警、自动归因分析、智能措施推荐，让开发决策过程更加直观、科学。

油藏工程师的重要职责是对海上油井生产状态进行实时监测。以往，油井生产一旦出现异常，油藏工程师需要协调海陆两域多部门，调阅大量数字资料，联合多位专家现场勘查、会商研究，才能制定合理的改善措施。这个过程往往长达数天，工作量大，调度资源众多，油田经济损失高。

"智能油田建设打通平台全产业链、贯通各个部门，油藏工程师通过数据终端可以全面高效查询油田生产运行数据，对设备设施进行综合诊断评估。人工智能和大数据技术通过深入学习油藏专家几十年的工作经验，可以自动归因分析，智能生成最优解决方案。以油藏潜力研究为例，可由385分钟降至15分钟。"油藏工程师李金蔓说。

中海石油（中国）有限公司天津分公司科技与信息化部经理苏彦春称："秦皇岛32-6油田是渤海油田首个大型河流相油田，进入特高含水期，地质油藏情况复杂，调整井自然递减快，剩余油研究难度大，油田稳产形势严峻。通过智能化操控打开海底油藏'黑箱'，实现油藏资源精细化、可视化管理。针对不同黏度、不同油藏类型及不同能量的油藏，可以实现分层注采，动态调配注采方案，降低油田自然递减率。依托智能化设备设施，32-6油田200多口油井可以实时监测跟踪，做到精细管理，摆脱了对人的依赖。"

在设备管理智能化方面，数以万计的传感、视频、计量设备为海上石油平台安上了"眼睛"，电潜泵、电气设备、仪控设备等各类设备的运行情况可以实时智能感知、自动上传，可以实现对设备设施故障预测预警、综合诊断评估。

据介绍，秦皇岛32-6智能油田项目一期建设投资1.3亿元，预计每年可带来3000多万元的直接效益，考虑每年投入的运维成本，预计6年内可收回投资。当然，其对于行业的示范价值远超于此。

智能解决方案

智能油田建设的预期正在慢慢兑现，一年里项目团队昼夜攻坚终于有了回报。

林杨说："智能油田建设没有现成样本和经验可借鉴。项目团队克服专业技术能力不足等障碍，累计编写代码130万行以上，搭建算法模型超过100个，开发了1600多个业务功能点，采集静态数据11501项，实时数据26000多点。这一过程中，项目组形成了具有自主知识产权的八大类核心技术成果、29项知识产权；同步推进中控系统、安全防护系统等软硬件国产化应用，做到了科技自立自强。"

秦皇岛32-6智能油田建设之所以务实高效，其背后有一支独具海油特色的项目团队。项目团队主要成员杨海滨、安创锋、单延武、詹燕民、李金蔓等拥有10~23年海上石油生产管理经验，从事专业涵盖海洋石油平台设计、建造与安装、自动控制、设备设施管理、油藏管理等。项目组副组长安创锋在海洋石油一线连续工作19年，担任油田总监长达8年。

项目组副组长杨海滨说："这样的团队配置，目的是确保智能化建设方案满足海上生产管理需求，与海上生产平台应用场景相契合。油田智能化改造的方案不仅只在云端，更是根植海上石油平台一线。"

基于此，一条具有海油特色的智能油田建设方案日臻完善。海油发展工程技术分公司项目经理田迪说："秦皇岛32-6智能油田建设项目（一期）建设周期短，业务范畴广，技术复杂，管理难度高。工程技术团队委派20余位业务和技术专家，带领100余人，连续奋战了500多个日夜。"

秦皇岛32-6油田得以实现智能化操控，除了可见的硬件设施外，还有看不见的现场物联网（AIot）、海油版工业互联网，这是长在云端的智能油田解决方案。

工程师们整合了海上19套监测系统、17类数据采集协议、26000多个数据点。通过开发各类通信协议接口，建立统一数据网关，实现了对各源头系统采集通道的融合。建立了消息队列，实现了多路实时数据的并发高效采集，打造出以边缘一体机为核心的海上物联网平台。同时，海油版工业互联网平台已然成型。通过引入云边协同技术，将业务场景与新技术深度融合，实现了云端能力延伸、边端快速上云。

"概而言之，本项目全力打造了具有海油特征，以网络为基础，以数据为核心，支撑应用业务，构建工业互联网平台，为海油智能油田建设提供了从端到云的全栈解决方案。"林杨总结道。

现代信息技术的迭代如潮涌般，跨越一个又一个山丘。科技进步创造了若干个可能，正推着海上油田奔向星程大海的新征程。

智能油田，智在哪里？

2021年10月15日，我国首个海上智能油田建设项目——秦皇岛32-6智能油田（一期）项目全面建成投用。作为中国海油智能油田样板工程，该项目应用信息技术为传统油田赋能，在渤海湾打造了一个现代化、数字化、智能化的新型油田。

安上"智慧大脑"，海上油田什么样？

相比于智能油田，数字油田的概念被更多人熟知，其实，智能油田和数字油田息息相关。数字油田是全面信息化的油田虚拟体，实现了油田的数字化、网络化、智能化、可视化；而智能油田是在数字油田的基础上，借助业务模型和专家系统，全面感知油气田动态、自动操控油气田活动、预测油气田变化趋势，以持续优化决策、管理，提高新增储量、产量和采收率，保障安全生产，助力低碳环保。

部分欧美石油公司已有一些关于智能油田的技术探索。以挪威Oseberg-H油田为例，该油田2018年投产，共计11口井，距中心油田约8000米，由Oseberg油田中心远程操作，不需定期巡检，每年仅进行1~2次维护。由于利用新型数字技术设计和建造，交付价仅为7.95亿美元，比开发和运营计划估算成本低20%以上。

对于油田来说，智能化系统相当于大脑，可以快速、准确地收集和处理油田各路信息，具有实时感知、全面协同、主动管理、整体优化等功能。油田智能化系统可以通过配备智能仪表、视频等设备，实现24小时实时监控并获取生产数据和视频，缩小响应"时差"，及时解决生产问题；可以通过集成可视技术应用，实现各领域跨专业远程协同，解决油田“健康问题”，突破以往“头痛医头，脚痛医脚”的局限性；可以通过业务和技术建模及时预警和预测趋势，主动推荐措施方案，将事后处理变为事前控制；还可以通过整合油藏、井筒、地面模型，建立一体化资产模型，实现全资产整体优化，将资产应用到合适的地方。

因此，国外已经建成的智能油田，一般具有以下特点：自动化水平与数字化程度高，远程监控与操作功能强大；设备可靠性高，关键设备可实现远程状态监测和故障预警；生产可视化，陆地建有模拟仿真中心辅助海上生产操作；大部分已经采用移动应用、大数据、云计算等新技术；借助多专业远程合作，海上平台多数生产计划和维修准备工作可以在陆地完成。

量变引发质变，智能油田从哪儿来？

中国海油的智能油田建设于2014年启动。从当时的“全面感知、自动控制、智能预测、优化决策”到如今的“智能化操作、可视化油藏、协同化运营、科学化决策”，关于海上智能油气田的定义伴随技术、管理和理念的变化滚动更新。

经过数年探索，中国海油海上智能油气田建设已初步形成了包括智能油气藏管理、智能注采管理、智能生产管理、设备设施健康管理、智能安防与一体化生产运营中心多个板块在内的智能化体系，将数字化、智能化新技术与海上油气开发生产场景有机融合，解决了影响开发生产和降本增效的难题，形成了一系列在特定生产场景“长板”突出的智能油田经典样板。

2021年4月29日，我国首个海上智能气田群——东方气田群全面建成。东方气田群已经过近20年的开发建设，年产天然气量超过57亿立方米，是目前我国南海西部海域产量最大的自营气田群，也是海南省最主要的民生和工业用气来源。

在智能化气田“一张网”的控制下，海上气田生产更加安全、高效。智能化改造使海上平台在台风过后复产更快，关停后恢复生产的时间缩短为原先的六分之一；智能配气系统可整体分析诊断气田群全流程工况，使气田群的配气速度较之前提升近10倍；智能巡检机器人和实时监测设备比传统人工巡检具有更高的精细度和准确性，让气田群的安全生产更有保障。

其他油气田也根据自身实际生产作业场景，为油气田注入了智慧因子。中国海油有限公司深圳分公司恩平油田以安全为前提，探索对海上设施远程操控，以达到台风来袭不停产的效果；番禺10-2A平台机器人巡检，实现了平台智能化值守。中国海油有限公司湛江分公司乐东15-1CEP平台以机器人代替夜班人员巡检，大幅降低了操作费，改造投资收益率高达21%。

在充分的技术和经验积累的基础上，作为智能油田样板的秦皇岛32-6油田呼之欲出。

老油田焕生机，秦皇岛32-6油田"智"在哪儿？

秦皇岛32-6油田是渤海的主力油田之一，投产20年来累计产油近4000万吨，如今已步入特高含水期，是智能化建设让这个老油田获得新生。

过去，因为远离陆地，秦皇岛32-6油田海陆通信稳定性不高，智能化发展受到限制。2020年年初，中国海油启动渤海秦皇岛和曹妃甸油田群岸电改造，秦皇岛32-6油田群成为首批岸电入海的受益者。

渤海岸电工作的开展为油田智能化管理开辟了一条快车道，光纤全联通和无线信号的全覆盖，成为秦皇岛32-6油田智能化建设的基础保障。在现代信息技术赋能下，秦皇岛32-6智能油田管理平台实现了安全、油藏、注采和设备设施的智能化管理。管理人员在操控中心可以对油田生产实时监测、进行移动巡检，实现了对海上设施远程操控、应急响应，实现了跨专业、跨部门、跨地域的协同指挥决策。

智能化管理意味着更安全。油田生产区人员密集、现场管廊布局复杂，安全管控难度大，以往主要依靠工人现场值守。现在，秦皇岛32-6智能油田通过应用UWB定位、AI人工智能识别、角位移感知等技术，融合三维数字引擎实现了海上平台人员精准定位、视频智能报警、风险分级管控、应急状态联动，对人的不安全行为、物的不安全状态、管理漏洞自动报警。平台上每位员工都配备智能手环，该手环具有实时监测员工健康状态、定位人员位置、一键求救等功能。

智能化管理意味着更高效。油藏管理智能化利用大数据、人工智能算法，进行地下油藏、生产井筒、地面流程系统性研究，做到了实时监控预警、自动归因分析、智能措施推荐，让开发决策过程更加直观、科学。以往，油井生产一旦出现异常，油藏工程师需要协调海陆多部门，在调阅大量资料的同时联合多位专家现场勘查研究、制定措施。智能油田建设打通平台全产业链各部门，油藏工程师可以高效查询油田生产运行数据，对设备设施进行综合诊断评估。人工智能和大数据技术能通过学习油藏专家工作经验，智能生成最优解决方案，大幅提升油藏工程师工作质量和分析效率。

智能化管理还是打开油藏“黑箱”的“金钥匙”。经过多年开发，秦皇岛32-6油田目前稳产形势严峻。智能化操控可以实现油藏资源精细化、可视化管理，通过分层注采、动态调配注采方案，降低油田自然递减率，最大化挖掘油田开发生产潜能。

设备管理智能化主要运用物联网技术实现。物联网是指通过各种装置与技术，实时采集对象声、光、热、电、力学、化学位置等各种需要的信息，并通过网络接入，实现物与物、物与人的连接。秦皇岛32-6智能油田使用物联网技术，在两个足球场大的生产平台安装了400余个智能摄像头、26000多个数据采集点，24小时实时获取生产数据，每秒可采集10万余条数据信息，每年产生6Tb数据量。这些数据汇总形成大数据湖，为智能化管理提供支持。

赋能未来，数智化转型向哪里去？

智能化技术的快速进步和油气公司转型发展相遇，让智能油气田成为大势所趋。在现代信息技术迭代、能源产业变革、企业战略转型驱动下，国际能源公司纷纷以数智化转型为方向，推进石油勘探开发、生产经营全流程数字化、智能化改造。

中国海油积极顺应全球能源行业发展新趋势，加快推动公司发展转型。接下来，中国海油将进一步加快智能化步伐，在借鉴国内外实践的同时，充分结合海上油气田开发生产特点和生产管理需求，进行智能化需求分析与总体方案设计，重点解决深水、稠油、边际油气田开发难题，提高设备设施可靠性、油田生产时率和整体运营效益。预计到2025年，中国海油将完成智能油田框架构建，到2035年，上游主要业务将全面建成智能油田。

未来，海上平台将逐步实现自动化、生产运营一体化和协同化、勘探开发数据资源规范化和共享化。海上油气田的智能化水平将进一步提高，生产管理模式也将实现从传统管理模式向现代化、数字化、智能化的跨越。

随着对智能油气田的认识和实践不断深入，更加智能、安全、环保的海上油田群正在向我们招手。

（张雨田　谢梦远　何骁勇　詹燕民）

第4节

滨海LNG：国之重“气”润华东

践行绿色发展，建设“美丽中国”，2021年中国海油在LNG产业方面继续发力。

为给长三角乃至华东地区提供持续稳定的清洁能源，2021年，中国海油大力推进江苏LNG一期扩建工程建设。该工程包括6台27万立方米超大容量LNG储罐，是全球最大容积LNG储罐，单罐外罐直径100.6米，桩基覆盖面积近8000平方米，相当于一个标准足球场的1.12倍。

该项工程是国家石油天然气基础设施重点工程，工程完工后，江苏LNG滨海接收站年处理LNG能力将达到600万吨，成为国内规模最大的LNG储备基地，对优化能源结构，保护生态环境，加快长江经济带转型具有积极意义。

如此国之重“气”，施工中建设者们精心把控细节，努力打造高质量工程。

我国超大容积LNG储罐设计建造技术全面突破

陈团海的“战场”又转移了。

2021年6月9日，江苏LNG一期项目扩建工程——6座27万立方米LNG储罐在江苏盐城滨海港开建。数月前，江苏LNG一期项目的4座22万立方米储罐升顶，彼时，身为该工程EPC项目技术总监的中国海油气电集团研发中心员工陈团海亦是“建”证者。

此次开工的LNG储罐容积为全球最大，且6座同时施工，系国内开先河之举，突显了中国海油在LNG储罐设计建造领域的实力，标志着我国超大容积LNG储罐设计及建造技术实现了全面突破。

“经过多年发展，中国海油成功具备了LNG接收站自主设计建造和生产运营的全生命周期管理能力。”中国海油董事长汪东进在现场致辞中表示。

记者在采访中获悉，中国海油早在2009年就组建了技术研发团队，聚焦攻克LNG储罐设计建造核心技术，且先后在天津LNG、福建LNG、浙江LNG、上海LNG、漳州LNG、江苏LNG等项目进行了工程应用。

与此同时，储罐的容积也在日渐扩大。从3万立方米、16万立方米，到20

万立方米、22万立方米，再到27万立方米，自“陈团海们”每一立方米“战场”的开辟中，都可窥见我国LNG储罐设计建造技术的成长与突破。

持续创新应对极限挑战

黄海之滨，在项目工程人员的呵护下，江苏LNG一期项目的4座22万立方米储罐已修建得沉稳大气。

像忠诚的护卫，大罐罐儿透着几分硬朗与敦厚，护航国家能源安全，也为碳达峰、碳中和目标的实现平添底“气”。

“与22万立方米储罐相比，27万立方米储罐的质量和重心大幅提高，对桩基设计的要求更为严苛。”陈团海指着不远处的施工现场告诉记者。

肉眼可见的，是储气能力的一方方提升；鲜为人知的，却是背后的一项项“极限挑战”。

“27万立方米储罐的穹顶结构跨度达到近百米，接近极限状态。”陈团海说，团队人员通过创新方法将穹顶梁、板和混凝土进行合理配置与最优组合，通过分析储罐的30多种基本载荷及500多个荷载组合工况，实现了27万立方米超大容积储罐的最优设计体。

穹顶浇筑是一个庞大的工程。据陈团海介绍，由于混凝土重量太大，一次性浇筑并不可行。这种情况下，只能一圈一圈来。至于每一圈浇量多少、总共需浇几圈，研发团队进行了精细的计算和大量的方案比选。

27万立方米储罐的桩基设计也别有玄机。“为了让储罐扎得稳，立得住，我们打破常规思维，提出了突破‘群桩效应’、发挥‘单桩优势’的超大容积储罐桩基设计技术。”陈团海说。

“通俗来讲，就是‘以柔克刚’，”陈团海进一步解释称，“使用隔震垫后，各个部位的受力均有所改善。虽然桩基布置密度是固定的，但单桩的承受能力更大了，桩基数量并没有成比例增加，在更安全的同时节省了费用。”

另据记者了解，27万立方米LNG储罐的建造还需攻克大跨度网壳结构气升顶、群塔作业、多源环形预应力穿束等技术难点及挑战。在施工过程中，中国海油将针对这些难点制定专项计划，逐个突破。

一个花絮令记者印象深刻。“之前，韩国的团队对我们27万立方米储罐的设计进行审查，在交流的过程中，我们也发现了对方的错误，就跟他们往死里磕。”陈团海笑得憨憨的，眼里的得意，却掩不住。有周密的计算细节作为支撑，他有十足的把握与对方分庭抗礼。

厚积而薄发。诚如汪东进所言：“公司自主研发的全球最大容积LNG储罐设计技术，不仅打破了国外技术垄断，还实现了从‘技术空白’到‘技术引领’的跨越式发展。”势均力敌的底气，便源于此。

合作共赢保障区域用气

实现碳达峰、碳中和目标，清洁能源天然气必将担当重任。“加强天然气基础设施建设，提升储气能力”，亦频繁见诸各文件。

国家能源局印发的《2021年能源工作指导意见》中明确提出，要进一步提升能源储运能力，抓好2021年油气产供储销体系，建设管道、地下储气库和LNG接收站等一批重大工程。

记者查阅《江苏省国民经济和社会发展第十四个五年规划和二〇三五年远景目标纲要》发现，在“能源基础设施建设重点工程”一栏，“滨海LNG接收站扩建”赫然在列。

据介绍，该扩建工程完成后，江苏LNG滨海接收站（图2-5）年处理LNG能力可达600万吨，将成为国内规模最大的LNG储备基地。

图2-5　江苏LNG接收站项目建设现场

“江苏省天然气市场发展领跑全国，得益于江苏省各级政府高效的政府管理、开放的市场机制和发达的经济基础，能够充分调动各方主体的积极性。”国家能源局油气司司长刘红在现场调研时强调。

值得一提的是，此次开建的6座储罐中，有2座肩负着“引海气入豫”的“异地储气”使命——其由河南省天然气储运公司出资建设，投产后每年将为河南提供天然气16亿立方米，推进“气化河南”建设。

记者从中国海油方面了解到，“苏豫模式”LNG储罐项目，是国内首例落实国家关于通过多种方式满足储气能力要求，具备天然气管网互联互通的地区在异地投资建设储气设施的项目案例。

对此，刘红指出，江苏LNG滨海接收站快速推进的核心要义是互惠互利、合作共赢，既有江苏地方政府、企业的参与，也有周边安徽、河南等兄弟省份的参与，还与湖南等省份在储气能力建设方面开展了务实合作。希望后续各方继续通力合作，做大站点、畅通管输、提高储气、服务周边，开创长三角及周边区域天然气合作新局面，为保障区域天然气供应安全发挥更大作用。

汪东进亦对该项目寄予厚望：“要注重系统总结有特色、有成果的经验做法，提炼形成一批可复制、可推广的经验，为我国LNG产业高质量可持续发展做出新贡献。”

这份期许也让陈团海备受鼓舞。“要建全球最大的储罐。”开工当天，陈团海在朋友圈里写下这句话，并附上“666”的表情，志在必得之势昭然。

据透露，作为我国LNG行业的领军者，中国海油已将研发目光瞄准30万立方米LNG储罐，这将是陈团海新的“战场”，也是能源人共同的热望。

（曲艺）

国之重“气”是这样炼成的

2021年9月26日，由中国海油自主设计、自主建造的4座22万立方米LNG储罐在江苏盐城滨海成功升顶。其单罐容积之大，放眼国内，无出其右。

逐步“攀升”的，不止穹顶。

我国LNG储罐核心建造技术，正跻身世界前列。“在此次22万立方米LNG储罐的设计建设中，中国海油成功解决了大跨度薄壳结构稳定性、超高剪力墙抗震设计等超大型储罐设计难题，成为国际上少数几个掌握LNG储罐核心技术的设计及建设方。”中国海油LNG储罐设计团队负责人张超告诉记者。

国家天然气产供储销体系建设，亦获积极推动。“作为国家天然气产供储销体系建设的重点工程，该项目对于提升江苏乃至周边河南、安徽等省份用气保障能力，具有极强的支撑和辐射作用。”江苏省盐城市发展改革委煤炭电力油气处处长陆春光在接受记者采访时表示。

响应国家政策“气”壮华东

作为中国海油在华东地区布局的具有千万吨级运转能力的LNG储备基地，江苏LNG项目于2019年5月开工建造，预计于2022年投产运行。建成后，将成为我国规模最大的LNG储备基地。

《中国天然气发展报告（2020）》（以下简称《报告》）中显示，2019年，我国进口天然气9656万吨，同比增加6.9%。从进口构成看，管道气进口3631万吨，占比为37.6%；LNG进口6025万吨，占比为62.4%。

不容小觑的是，在全国天然气消费版图中，华东地区占据重要地位。根据《报告》，华东地区是全国天然气消费量最大的区域，2019年消费量达897亿立方米，占全国消费量的29.2%。

此外，从各省消费量来看，全国13个省份用气量超过100亿立方米，其中，江苏超过300亿立方米，列居首位。

记者注意到，2021年4月，国家发展改革委发布《关于加快推进天然气储备能力建设的实施意见》，鼓励现有LNG接收站扩大储罐规模，进一步加快推进储气基础设施建设，提升天然气储备能力。

另据《长江三角洲区域一体化发展规划纲要》，在“提升基础设施互联互通水平”一章中，滨海LNG接收站建设亦被提及。

无论顶层设计，还是统计数据，通过以上种种不难窥见，此次江苏LNG项目里程碑式节点的分量。

“中国海油江苏LNG项目的规划建设，是落实习近平总书记‘四个革命、一个合作’能源安全新战略的生动实践，对优化盐城能源消费结构，提高清洁能源占比，提升地方政府和城燃企业储备能力，增强地方民生和经济发展用气保障能力，具有重要现实意义。”陆春光指出。

据悉，江苏LNG项目一期工程主要包含储罐工程、工艺厂工程、厂前区、码头工程、110千伏输变电工程等五大单体工程。LNG储罐，因其造价昂贵、结构复杂、需承受零下165摄氏度超低温液体等，成为整个LNG项目建设过程中的核心装备。

升顶又是重中之重。“大型LNG储罐气压升顶相当于屋顶的盖梁，是储罐建造过程中技术难度最大、安全系数要求最高的施工。”中国海油江苏LNG项目现场负责人李峰表示。

四大系统护航一“气”呵成

记者了解到，此次气压升顶施工是利用封闭空间和外界压力差的原理，使用鼓风机向储罐穹顶以下密闭空间内源源不断地输送一定量低压空气，使直径88米、重约940吨的穹顶结构，在克服自重及与外壁之间摩擦力的情况下，按照预定路径平稳上升至56米的高空，并实现与罐顶承压环连接。

与常规的16万立方米储罐相比，22万立方米储罐穹顶质量增加30%，面积增加近1000平方米，难度可想而知。

此次成功实现“乾坤大挪移”，有赖于动力系统、平衡系统、密封系统和测量系统“四大护法”。

记者看到，在储罐大门洞口，布置有4台鼓风机，其中有1~2台作为备用，以发电机作为主供电源，作为气压升顶的动力来源。

“要在气压力作用下保证穹顶整体的平衡，就像风筝一样，不平衡是飞不起来的。”李峰打了个通俗的比方。为防止升顶过程中拱顶发生倾斜、倾覆等意外，拱顶周围平均分布了24组滑轮组，与拱顶中心滑轮组以钢丝绳相连，利用钢丝绳的张力来调整升顶过程中拱顶的倾斜角度和水平位置。在升顶过程中，如果拱顶的倾斜大于200毫米，还可通过放置应急配重进行调整。

为保证升顶过程中罐内的压力，使储罐形成一个密封的空间，还需在拱顶周围采用镀锌铁皮、密封布、压条等进行密封，在大、小门洞处采用钢板进行密封，以形成密封系统。

同时，需配备由钢盘尺、储罐内壁刻度线等组成的测量系统，用以实时监测罐内压力及升顶高度。

此外，此次升顶还创新性采用了自动化监测系统进行辅助，将2组无线压力传感器和6组激光测距装置装在拱顶和外罐壁上，所有数据可以同步、实时显示在智能监测平台上。

“在每个罐升顶前，施工单位、EPC总包单位、业主和监理单位要进行3个100%检查，包括墙体、拱顶、罐内、发电系统、导向系统等10个大类共计76个小项的仔细检查。”李峰说。

核心技术研发渐成“气”候

成功升顶的背后，是自主研发核心技术的厚积薄发。

2021年6月，国家能源局发布《2020年能源工作指导意见》，明确要求推动LNG接收站等领域技术装备短板攻关和示范应用。

在该领域，中国海油的筹划早已展开。“为实现LNG储罐设计建造技术的自主化发展，中国海油于2009年组建技术团队，启动LNG储罐技术研究。”张超告诉记者。

“当时国内没有这方面的研究，团队也只有3个人，我们就从储罐的桩基计算开始，一步一步来。”张超语气坚定，一如当年面对再多难关，也岿然不动的那份信念。

他们用桩基研究打下LNG储罐建设的基础，也夯实了团队的“根基”。历时数年攻关，该团队先后完成了天津LNG3万立方米LNG储罐，福建LNG、浙江LNG等多个16万立方米LNG储罐的设计及建设，实现了我国LNG储罐自主技术从无到有的历史性突破。

“原来我们跟德国合作，他们做一套桩基计算方案需要1个多月。而我们现在借助自己的核心技术和算法，一个星期就能做出一套完整的方案，而且计算的工况更多，更为准确。”今昔对比，张超很是欣慰。

得益于算法的日益精进，穹顶的质量也在逐步下降。“之前国外做16万立方米的储罐，重达800多吨，而目前我们做同样的储罐，只有六七百吨，大大降低了升顶难度。”张超说。

在此过程中，以陈团海博士为代表的一众人才迅速成长，并独当一面。

“项目升顶是重大节点，9月6日我就过来跟进了。”陈团海是中国海油江苏LNG项目技术总监，黑里透红的皮肤成为连日坚守现场的标志性印记。

“有一次我们去出差，飞机落地后，大家发现落下了陈团海。”张超给记者讲起一段小花絮。原来，由于工作量巨大，陈团海在机场心无旁骛地享受着“上网沉浸式体验”，压根没有听到登机通知。“当时就想着离登机还有一段时间，得赶紧充分利用下，多算一会儿。”谈及计算，陈团海带着某种亢奋。

“陈团海负责的有限元计算比较枯燥，相当于把储罐整个建一个模型，把各种材料的属性都模拟出来，这其中要兼顾温度、力学、流体等上百种组合情况，需要十分专注。”张超解释说。

也正是这份数十载在于一日的专注，让这支团队在世界顶尖梯队争得一席之位。据了解，目前只有韩国和日本拥有22万立方米以上LNG储罐建造经验。

此次成功升顶，拉开了我国超大型LNG储罐建设的序幕，使超大储罐成为我国LNG储备基地建设的主力军。张超告诉记者，他们已瞄准世界最大容积——27万立方米LNG储罐的设计建造，正向着目标持续发力。

精益项目管理平添底“气”

升顶仪式主持完毕，李峰终于松了一口气。谈及日常项目管理，他表示:“标准已定，那么落实就不能有偏差，不能打折扣，细节就是要去抠，‘强迫症’还是要有的。”李峰语速很快，给人雷厉风行之感。

一张条框清晰的工作日志，占据了李峰大半个办公桌。记者看到，上面红色、蓝色、绿色的标注密密麻麻，更像是一个动态版的工程进度条。

“想好了怎么干，再干就不难。”李峰一直坚信。这种想法也投射到日常的项目管理工作中，尤其在疫情期间，“工期耽误不得，人、机、料什么时间到位，该怎么干，都要提前规划好。”他强调。

今年5月，江苏LNG项目“智慧工地”系统正式上线，实现了施工现场实时状况可掌握、全过程可追溯，也让李峰安心不少。

“你看，这个智能门禁系统具有人体测温和风险提示功能，人脸、卡证和个人保护设备标准穿戴任一项不符，就进不了施工区域，非常实用。”李峰打开手机软件，向记者介绍道。

记者看到，在特种设备方面，该系统可显示塔吊的吊重、转角、高度、风速、运转和操作人员状态等控制数据，实现偏差分析和预警，便于管理人员全方位、全时段地掌握塔吊作业情况。

人员管理系统除显示工种、年龄、单位等基本信息外，可对来自高风险地区的人员进行自动提醒，为疫情防控期间的入场筛查工作提供便利。

据了解，除了工程智能管理化，该项目现场还坚持建设施工标准化、安全培训实战化、员工关怀人文化，高质高效地推进工程建设。

“我们建立了安全实物培训基地，很受欢迎。”据李峰介绍，该基地围绕基础理论培训、作业实物体验、事故VR情景3个方面18个模块，将作业现场安全培训从“纸上谈兵”变为“实战演练”，助力项目安全平稳建设。

值得一提的是，江苏LNG项目的党建活动也极具特色。“我们成立了创优联合临时党支部，以‘党建引领工程建设新作风，联合支部践行创优新任务’为工作原则，以‘同一团队、同一使命’为沟通文化。”李峰说。

作为创优联合临时党支部的书记，李峰还巧妙地将LNG解读为“老牛哥”，创作一曲《滨海老牛哥》，唱尽工程建设的酸甜苦辣。

“我在这里啊，扎根守护她，滨海的土亲吻过脚丫。如果狂风大，需要扛起她，咬咬牙，就好了。”李峰将真情诉诸歌词，也道出江苏LNG项目建设者的共同心声。

第5节
海上碳封存，因地制宜的减碳新路

践行绿色发展，中国海油还走出另一条新路，那就是海上碳封存。

中国海油在南海东部海域发现的恩平15-1油田，是南海东部首个高含二氧化碳的油田，主力油藏总气量超13亿立方米，其中，二氧化碳含量近12亿立方米。该油田开发方案于2020年11月通过基设审查，方案预测伴生气产量达8亿立方米。2021年1月国家提出“双碳”目标后，中海油第一时间启动碳中和规划，举措之一就是实施恩平15-1油田二氧化碳封存。

国内没有二氧化碳离岸封存的经验，中国海油攻坚克难，逐步形成国内海上二氧化碳封存技术。今年8月，我国首个海上二氧化碳封存示范工程正式启动。

我国首个海上二氧化碳封存项目启动

2021年8月28日，我国首个海上二氧化碳封存示范工程正式启动，将在南海珠江口盆地海底储层中永久封存二氧化碳超146万吨。这是我国海洋石油工业绿色低碳转型的重要一步，为我国实现碳达峰、碳中和目标探出了一条新路。

该示范工程位于珠江口盆地，距香港东南约190千米，所在海域平均水深80多米，是恩平15-1油田开发工程的环保配套项目。“二氧化碳封存工程实施后，预计高峰年可封存二氧化碳30吨，累计封存二氧化碳146万吨以上，相当于植树近1400万棵，或停开轿车近100万辆。”中国海油深圳分公司副总经理、总工程师张伟介绍说。

二氧化碳地下封存是实现温室气体减排的有效措施之一。恩平15-1油田是我国南海首个高含二氧化碳的油田，若按常规模式开发，二氧化碳将随原油一起产出地面放空排放处理。2021年以来，中国海油开展适应海上二氧化碳封存的地质油藏、钻完井和工程一体化关键技术研究。通过工程示范应用，将形成海上平台二氧化碳捕集、处理、注入、封存和监测的全套技术和装备体系，填补了我国海上二氧化碳封存技术的空白。

“油田群开发伴生的二氧化碳将被封存在800米深处的咸水层中。该咸水层具有穹顶式结构，并覆盖有厚厚的泥质保护层，注入的二氧化碳被封存在穹顶之下，能有效防止气体溢出。”张伟说。

（侯博恒　李元元）

绿色低碳转型走“新”走实

碳中和LNG、二氧化碳地下封存、风电、岸电……这些字眼，曾鲜与海上油气生产相关。记者注意到，围绕“双碳”目标，中国海油持续布局，上述关键词已逐渐成为其绿色发展的鲜明注脚，也意味着该公司绿色低碳转型开启新征程。

勇当碳利用与封存产业化发展先行军

锚定碳达峰、碳中和目标，二氧化碳地下封存是实现温室气体减排的有效措施之一。

2021年8月底，中国海油对外宣布，我国海上首个二氧化碳封存示范工程开始实施。该工程是恩平15-1油田群的环保配套项目，将在南海珠江口盆地的海上储层中永久封存二氧化碳超146万吨。

记者了解到，恩平15-1油田主力油藏二氧化碳储量大，若按常规模式开发，二氧化碳将随原油一起产出地面排放处理。反之，这也为回注提供了物质基础。

另据介绍，该油田浅部水层为自圈构造，圈闭面积大，可容纳大量二氧化碳；水层上部发育多套泥岩，盖层密封性好，能防止气体溢出；此外，水层埋藏深度浅，储层物性好，能有效减小注入压力，节约注入成本。

综合考量下，该示范工程落户恩平15-1油田群。

“油田群开发伴生的二氧化碳将被封存在800米深处的咸水层中，该咸水层具有穹顶式结构，并覆盖有厚厚的泥质保护层，注入的二氧化碳被封存在穹顶之下，能有效防止气体溢出。”中国海油深圳分公司副总经理、总工程师张伟告诉记者。

此前，国内二氧化碳埋存矿场试验集中在陆上少数区域。

2021年以来，中国海油开展适应海上二氧化碳封存的地质油藏、钻完井和工程一体化关键技术研究，成功研发了海上平台二氧化碳捕集、处理、注入、封存和监测的全套技术和装备体系，填补了我国海上二氧化碳封存技术的空白。

恩平15-1油田群二氧化碳封存项目的成功实施，开拓了我国二氧化碳封存的新产业和新业态，对海上油气田的绿色开发具有重要示范意义，为我国海洋石油工业绿色低碳转型做出了积极探索。

“恩平15-1油田群碳封存项目的启动是中国海油实施绿色发展跨越工程的重要举措，公司将稳步推进项目建设，勇当碳利用与封存产业化发展先行军，加快绿色低碳转型步伐，为我国早日实现碳达峰、碳中和目标贡献力量。”中国海油董事长、党组书记汪东进表示。

不容小觑的是，在推动海上油田绿色生产方面，中国海油不断“另辟蹊径”。2021年4月，我国首个海上油田群岸电改造项目完成全部电力动力平台的海上安装，这是世界海上油田交流输电电压最高、规模最大的岸电项目。通过将陆上网电经海底高压电缆传输至海上油田使用，改变以往利用油气发电的传统模式，将大大降低二氧化碳等温室气体和污染物的排放。

加大节能技改项目落实力度

《中国海油2020年可持续发展报告》显示，2020年，中国海油发布上、下游各10项推广应用节能技术清单，加大节能技改项目落实力度，全年共实施92个节能改造项目，投入资金3.99亿元，万元产值综合能耗0.3341吨标准煤、节能量22.6万吨标准煤，二氧化硫、氮氧化物、化学需氧量3项污染物排放量分别同比下降22%、14%、15%。

其中，油田减排取得显著成效。

流花16-2油田群开发项目在“海洋石油119”FPSO设置燃料气处理系统、低压气压缩系统及轻烃回收装置，回收油田伴生气用作锅炉、发电机燃料及生产LPG产品，每年节约天然气2200万立方米，生产LPG产品1.3万吨，节约5.1万吨标准煤，减少二氧化碳排放约10.2万吨。

渤海油田围绕伴生气回收与利用，在渤南区域陆续实施伴生气回收项目。2020年，“渤中28-2S”CEP和“渤中34-1”CEPA平台推广了射流装置回收低压气技术，减少了火炬燃烧排放。渤中28-2S低压气回收系统投入试运行，预计年可回收低压伴生气70万立方米，减排温室气体约1400吨二氧化碳当量。

尤为值得一提的是，除常规动作外，中国海油也不乏创先河之举。

2020年，中国海油总计采购5船碳中和LNG，实现整船LNG资源在天然气全产业链的“净零碳排放”，为中国大陆天然气市场首次引进碳中和LNG资源。用于抵消LNG碳排放的碳信用主要来自新疆、青海、江西等林业碳汇项目，这些项目在吸收温室气体、产生碳信用的同时，还有利于保持水土、保护当地生物多样性，进一步发掘绿水青山所蕴含的生态价值。

2020年9月，中国海油首个集中式海上风力发电项目首批机组并网发电。该项目装机规模300兆瓦，全部投产后，年上网电量可达8.6亿千瓦时，可节约标准煤27.9万吨，减排二氧化碳57.1万吨。

2021年上半年，中国海油完成“双碳”实施方案编制，进一步明确了绿色低碳转型路径。同时，先后成立新能源部和碳中和研究所，发行全国首单CCER（国家核证碳减排量）碳中和服务信托。

未来，中国海油将聚焦“双碳”目标，实施绿色发展跨越工程，在抓好节能降耗减碳，打造“零碳石油”产业链的同时，加快培育新能源新产业，探索“风光发电＋油气产业”“风光发电＋天然气发电”“海上风电＋海洋牧场”等融合发展新模式，推动绿色能源转型再提速，产业结构从单一传统油气向绿色低碳能源体系转变。

第6节
绿色工厂，“美丽中国”的“低碳密码”

践行绿色发展，建设“美丽中国”，中国海油所属各单位也积极行动。

在东方13-2气田，中国海油（中国）有限公司海南分公司（简称有限海南）借助智能化设备，细化作业、集输等各节点，改进全流程清洁生产措施，推动实现源头清洁化，获得国家级“绿色工厂”荣誉称号。

在惠州石化，中海炼化始终以技术引领、绿色高效为目标，坚持走绿色设计、绿色工艺、资源循环化之路，打造绿色制造体系，实现运营全流程的绿色发展。近年来，惠州石化获得国家级“绿色工厂”、广东省环保诚信企业等多项荣誉。

在青岛，海油工程场地以“绿色生产、安全生产”为主线，切实履行央企责任，该场地被授予国家级“绿色工厂”称号。同时，涂装车间环保设备升级改造项目获得大气污染防治中央专项奖励，以肯定青岛场地在大气污染治理方面作出的突出贡献。

……

在中国海油的每个单位、每个平台、每个车间，“绿色”已融入员工内心、落实于工作行动之中。

超级工程“扮绿”粤港琼

我国海上最大高温高压气田东方13-2已投产并入选“2020年央企十大超级工程”榜单。2021年1月16日，东方13-2日产气量冲上900万立方米高点，创投产以来新高。一年内，气田超额完成产量任务，最大限度为粤港澳大湾区和海南自贸港贡献清洁能源。

“东方13-2气田开发生产都做到了绿色低碳，”有限海南东方作业公司总经理崔嵘介绍道，“从最初的ODP（总体开发方案）设计，到如今的日常运行，我们大处着眼、细处入手，努力将它建设成为绿色气田典范。”仅去年，该气田就减少天然气消耗125万立方米，因此减排二氧化碳3600吨。

构建大电网平稳又高效

2012年发现东方13-2气田后，有限海南立即着手开发建产，推进实施东方13-2气田开发项目，即开发东方13-2气田的同时，对附近已开发20多年的老气田东方1-1进行二期调整；新建1座中心平台（东方13-2CEPB）、2座井口平台（东方13-2WHPA、东方1-1PRP）。

设计阶段，有限海南充分论证，提出“统筹发电、供电，构建大电网格局，以降低天然气消耗”的构想。具体思路是：停运东方1-1气田2台3.5兆瓦小型透平发电机，在东方13-2气田建设3台25兆瓦大功率透平发电机。大功率发电机发的电，不仅供给东方13-2气田，还经新建的35千伏海缆为东方1-1气田供电。

气田投产后，这一构想顺利实现。东方气区由此摒弃了以往多个发电机各自为战的供电格局，大幅提高了电网可靠性及电能利用率。目前，3台机组“两用一备”，而停用的东方1-1气田发电机组，已调配到有限海南其他开发项目中使用。

“在东方海域后续气田开发中，我们将进一步统筹推进电力设施建设，进一步构建大电网格局，促进电力高效使用，让气田生产更清洁高效。”崔嵘说。

计较每度电减少碳排放

发电机功率大，天然气消耗量也大。东方13-2气田两台大功率透平发电机日消耗20万立方米天然气。为降低能耗、减少碳排放，有限海南从气田整个生产流程入手，想方设法降低电能消耗，努力为发电机“减负”。

东方13-2气田地层高温高压，产出的气流有着相当高的压力和温度。有限海南充分利用这一特点，不再建设、使用湿气压缩机增压，气流就可顺利进入脱水脱烃装置，节约了湿气压缩机运行的电能消耗。

后续生产流程中要使用3台额定功率5.4兆瓦的电驱干气压缩机，单台压缩机每天可将500万立方米天然气增压后输送到下游用户。3台压缩机“两用一备”，是气田头号用电大户。对此，气田反复研究，想出节电举措，即在保障输气量的前提下，把外输海管压力由10兆帕逐步降至9.4兆帕，压缩机能耗由此降低10%，每年可节电276万千瓦时。

而在东方1-1PRP平台，3台一级压缩机通过采用变频器调速，降低了电机输出功率，同样实现了电力节约；全密闭生产流程，且通过精确计算与方案对比，科学匹配油气处理系统操作压力和外输压力，进一步降低了电耗。

东方13-2气田还从燃烧的火炬上“抠气”。气田火炬的长明火是为了引燃意外放空的天然气，避免可燃气体聚集影响气田安全。长明火的燃料气量能否再小一点，放空燃烧的天然气能否降到最低？经过反复推敲，气田根据天气等综合条件制定了动态调整长明火耗气量的方案，将火炬火焰调到最低，由此节约可观气量，减少碳排放。

多产一方气，多添一抹绿

东方13-2气田产气主要供给粤港澳大湾区和海南自贸港。天然气属于清洁能源，多产一方气就多添一抹绿。因此，气田努力多产气、保供应。

气田建设阶段，正逢低油价寒冬，有限海南克服重重困难，稳步推进工程建造。其间，气田认真总结我国首个高温高压气田东方1-1一期生产经验，编写技术手册，为气田投产奠定基础。调试阶段，员工们争分夺秒，使得气田较计划提前投入试生产，提前获得产量。

投产初期，寥寥数口井“火力全开”，产量可观。新井陆续投产，气田日产气量迅速攀升，外输气量很快突破800万立方米。为确保安全生产，气田加强巡检与维护，大力整改隐患，不断优化运行参数，确保所有设备处在最佳状态。

2020年入冬后，下游用气需求增大，气田进一步增产。2021年1月以来，多次刷新产量纪录，单日产量较2020年12月同期增长近百万立方米。其中，1月16日，天然气产量达906万立方米，创投产以来新高。而随着后续新井的投产，气田产量有望再提升。

（张光明　邓聪　李子田）

惠州石化，全程“绿动”

作为一家集石油化工、煤化工、石化产品销售于一体的大型炼化企业，惠州石化始终以技术引领、绿色高效为目标，坚持走绿色设计、绿色工艺、资源循环化之路，打造绿色制造体系，实现公司运营全流程的绿色发展。近年来，惠州石化获得了国家级“绿色工厂”、广东省环保诚信企业等多项荣誉。

主色调：绿色发展

惠州石化聚焦政策导向，在做好顶层设计上下功夫，通过实化、量化、细化工作思路，统筹推动绿色发展工作落地生根。

在建设和生产过程中，惠州石化积极践行绿色低碳战略，通过全面了解公司碳排放现状，分析碳减排潜力，结合公司发展规划制定并实施《惠州石化低碳发展行动方案》。近期，惠州石化从改造节能技术、优化工艺流程或产品、清洁能源替代等方面入手，对“十四五”节能降碳目标进行年度分解，以确保落实各年度减碳量。

全员参与，强化绿色理念。惠州石化积极开展绿色低碳、节能减排等相关培训，进一步提升员工安全环保理念。在碳中和与碳捕集课程中，员工与讲师积极互动，学习碳捕集相关知识及未来发展方向，开拓二氧化碳利用新途径，为公司低碳行动注入新的理论源泉。

目前，惠州石化已陆续通过质量管理、职业健康安全、环境管理、能源管理等体系认证并获得相关认证证书。接下来，惠州石化将继续直面挑战，不等不靠，主动作为，围绕国家最新政策要求，加强前瞻性基础研究，进一步完善“十四五”规划，放眼未来，让绿色成为高质量发展的“主色调”。

新动能：绿色生产

随着技术进步和经济发展，绿色生产的内涵也在不断更新。惠州石化在确保装置“安稳长满优”运行过程中，把节能降耗作为企业持续发展的重要抓手，通过优化生产工艺、使用清洁能源、加强装置排放气体检测等措施，履行环境保护社会责任，实现可持续发展。

近年来，惠州石化加强节电技术改造，大力开展机泵和风机能效提升工作。在对全厂机泵和风机能效进行测试的基础上，对能效偏低的机泵和风机进行改造。经过筛选，对28台机泵和24台空冷电机进行节电改造，涉及设备总功率7000千瓦，全年可节电1200万千瓦时，年创造经济效益近800万元。

“公司通过优化用能方式，达到对全厂生产、输配和消耗环节实施集中扁平化动态监控和数字化管理的目的，”生产指挥中心节能改造工程师王炯介绍道，“这有利于节约资源和改善环境，加快推进清洁生产和绿色低碳发展。”

截至2021年4月，惠州石化已累计实施节能技术改造50多项，年可节能13万吨标准煤，年降低二氧化碳排放30多万吨。惠州石化将继续进行能源利用规划研究，持续推动公司节能减排工作，提高资源利用率，从源头降低能源消耗，加强能源综合利用，为“十四五”规划的顺利实施打好基础。

新路径：绿色智造

创新是引领发展的第一动力。惠州石化大力实施创新驱动战略，加快绿色低碳转型，全面推进绿色低碳生产进程。

在实施绿色制造、生产绿色产品、推动低碳转型的过程中，惠州石化坚持采用先进适用的清洁生产工艺技术和高效末端治理装备，淘汰落后设备，采用绿色建筑技术建设、改造厂房，预留可再生能源应用场所，合理布局厂区内能量流、物质流路径，推广绿色设计，开发生产绿色产品，擘画绿色低碳发展蓝图。

2020年，惠州石化配合实时监测系统研发出一套监控异味的信息系统——“环保地图”，实现全厂生产区域环保情况线上管理，即使是刷油漆产生的异味，也能在环保地图上找到。

“采用‘5G+工业互联网’开展环保监测预警，改变了以前现场监管难、协同难的局面。”惠州石化信息中心岗位经理陆鹏飞认为，大数据、云计算、物联网等新兴技术的应用，使原本以人员经验为基础的传统管理方式，转变为以信息系统平台为核心、以智能设备为约束的新模式。“这将推动传统石化产业生产、管理变革，激发绿色低碳发展的活力。”陆鹏飞说。

（王震　湛小翠）

青岛建造场地的绿色动能

海油工程青岛建造场地位于青岛西海岸新区船舶海工示范基地，占地约120万平方米，是目前世界上最大的海洋工程制造场地之一。自2006年投产以来，场地以“绿色生产、安全生产”为主线，切实履行央企责任，累计完成约170万吨钢材加工量。经过工业和信息化部全方位综合评审，2020年年底，该场地被授予国家级“绿色工厂”称号。同时，涂装车间环保设备升级改造项目获得大气污染防治中央专项奖励，体现了青岛场地在大气污染治理方面做出的突出贡献。

加强顶层设计，剑指绿色环保

海油工程青岛建造场地一直视打造“集约化、差异化、大型化、一体化”海工生产产业基地为己任，将绿色低碳作为发展理念，将绿色产品作为最终目标，构建清洁生产工艺技术、高效末端治理装备和资源回收循环利用这三大机制，推动用能结构优化（图2-6）。

图2-6　海油工程青岛场地春意正浓

截至目前，青岛建造场地已完成三期场地投资并全部投产使用。据了解，场地各车间建设时均采用绿色建筑技术建设、改造厂房，如采用自然光和自然通风，以改善车间采光、通风环境，减少照明和通风能耗。同时，采用先进的海洋平台制造工艺，既能保证达到先进的生产技术指标，又为降低能耗创造有利条件。如普遍采用二氧化碳气体保护焊技术，比常规手工焊节电59%，金属回收率更是高达95%。

历经10年的艰苦创业，到“十三五”规划开局之时，青岛建造场地绿色制造体系已经初步建立。为落实《绿色制造工程实施指南（2016~2020年）》，青岛建造场地迅速成立绿色发展组织机构，制定“绿色工厂”建设实施方案。

2021年是“十四五”开局之年，青岛建造场地积极践行习近平生态文明思想，牢记“绝不能以牺牲环境换取经济增长”，继续积极推进环保设备设施升级改造工作，涉及废气、烟尘、污水、车辆尾气等环保项目7项，目前正在有条不紊地推进中。

加大技术创新，助推绿色生产

青岛建造场地将绿色环保作为发展的“生命工程”来抓，把技术创新作为绿色生产的助推器。近年来，海油工程积极引进先进环保技术，先后配套建设并改造有机废气净化设备、焊接烟尘收集治理设施和一体化污水处理设备等环保项目。

2020年上半年，青岛建造场地克服新冠疫情和工期紧等不利因素影响，连续奋战5个月，顺利完成环保设备升级改造工作。改造完成后，设备整机净化效率达到95%以上，涂装车间挥发性有机物排放完全满足国家、山东省环保排放要求，成为青岛海西湾地区第一家全部完成挥发性有机物治理改造的单位。

“一体化工艺”是近年来青岛建造场地摸索出的一种新型绿色建造技术，组块、上部模块等一体化应用率已从2018年的80%提升到2019年的85%。“一体化工艺”的深入推行，直接提高了组块整体、上部模块等的建造工效。总装封顶后，结构完善时间由45天缩减至25天左右。同时，现场补漆工作量大幅减少，大大减少了油漆对环境的影响。

聚焦发展主业，紧盯过程管控

青岛建造场地主要生产导管架、组块、模块化工厂等产品，各类产品建造工期6个月至3年不等。其间，加大对建造过程中绿色施工的监督是常态化的要求，目的是在最大程度取得经济效益的同时，能为业主交付更加绿色、安全的产品。

多年来，青岛建造场地积极推动利库工作的开展，提高各类材料的利用率，减少不必要的施工资源浪费。如全年可重复利用各类辅助材料及钢材约1100吨，重复利用临时吊点646个，保管保养特氟龙板401张，合计节省费用约750万元。

2020年8月，秦皇岛32-6、曹妃甸11-1油田群岸电应用工程项目4个导管架、2个平台在青岛场地开工建造。这是中国海油践行绿色低碳战略的重点项目，有助于打赢蓝天保卫战和渤海湾综合治理攻坚战。为全力做好这个具有重大环保意义的项目，青岛建造场地全方位管控、多渠道提效，如改变圆锥体结构钢管焊接工艺，实现从手把焊接到自动焊接的跨越，施工效率直接提高6倍。

“我们还在岸电项目中使用了水性车间底漆代替溶剂型涂料进行钢板预处理，既减少了挥发性有机物的排放，又能提高施工工效近30%。”海油工程青岛建造场地涂装保温作业部质量技术室主任程国东说。

（李超　楚光宇）

中海油服：一盘棋打造绿色品牌

近年来，中海油服坚持把绿色低碳、循环发展的理念融入生产经营，推动公司转变发展方式，努力当好绿色发展的推动者和生态文明的践行者。他们不断提高绿色管理水平，通过优化装备结构、科技创新、新材料应用等措施，确保生产经营活动绿色高质量发展。

顶层设计明方向

中海油服积极推进绿色低碳发展顶层设计，在2019年制定并发布《中海油服绿色发展行动计划实施方案》（简称《方案》），确定战略目标，把控绿色低碳发展方向，向各事业部、各分公司提供政策保障和资源协调。各事业部负责纵向推动绿色低碳发展进程，以主营业务发展为基础，打造绿色物探、绿色钻井、绿色油技、绿色油化、绿色船舶、绿色油生六大服务品牌。各分公司进行统筹管控监督，横向共享绿色低碳发展红利，以区域业务整合为基础，助力绿色渤海稳产上产、绿色东海高效油田和绿色南海深水创新战略。

《方案》包含绿色低碳发展总体规划、目标定位及实施方案三部分内容，明确分四步走，持续打造绿色产品，逐步建成具有中海油服特色的规模化绿色产业，包括绿色船舶、绿色平台、绿色工厂等，打造行业前三的绿色油田服务商，最终在2050年实现行业绿色引领。

新业务持续添助力

为响应国家打好污染防治攻坚战号召，中国海油制定渤海油田环保升级三年行动计划，海上作业者执行保护海域和特定的渔业保护期钻井废弃物全回收的作业要求。传统的回收上岸处置方法不仅受制于第三方危废企业处置能力的约束，且在处理成本、技术先进性、处置效果等方面都不能满足作业者的需求，发展EPS（环境保护解决方案）新业务成为大势所趋（图2-7）。

图2-7　在渤海油田，中海油服渤海七号EPS海上工厂与EPS工作船协同配合，高效完成钻完井废弃物压滤减排作业

中海油服积极响应号召，成立EPS项目组。2018年，中海油服EPS项目组联合渤海作业者共同开展海上废弃钻井液钻屑减排技术研究和海上测试，创新构建“环保可循环钻井液体系、海上作业回收减排、陆地资源化再生”的可循环、海陆一体化的环保解决方案。2019~2020年，累计接收处置废钻井液超4万立方米、钻井岩屑约8万吨，为作业者减少陆地终端处理约6万吨。

近年来，随着海上复杂井作业增多，油基钻井液广泛用于东海、南海西部和南海东部油田。老旧油基钻井液无法满足再次使用条件，还占用泥浆站宝贵的储罐资源。EPS项目组主动攻关老旧油基钻井液再生处理技术，提出油基钻井液资产化管理先进理念和“化学+热处理”相结合的技术思路。经过两年多的PDCA（“计划-执行-检查-处理”）循环工艺和技术升级，第一代工业机于2020年4月正式在舟山泥浆站投产应用。

目前，中海油服运营管理着包括5条EPS工作船、9个岸基泥浆站和12套干燥分选设备等在内的一批性能先进的环保设备设施。同时，在钻屑资源化利用、海上钻屑回注、钻屑再回井筒、废弃钻井液转化水泥浆等方面也正在开展相关技术研究。EPS新技术正逐渐成为中海油服一抹靓丽的绿色发展标签。

绿色船舶守护蔚蓝

近年来，中海油服着力打造具有较强竞争力的低碳产业体系，使自身产业结构向更清洁、更低碳、更高效转型。中海油服结合中国船级社发布的《绿色船舶规范》《船舶能效管理认证规范》等相关技术规范，编制《绿色海洋石油支持船技术规范》，制定绿色清洁船舶标准。

为满足中国海油在国内近海新增油田对守护供应船的需求，中海油服于2018年启动建造12艘LNG（液化天然气）动力守护供应船（简称LNG动力船），包括4艘5000马力LNG动力船和8艘4000马力LNG动力船。目前，4艘5000马力LNG动力船项目已成功交付。

LNG动力船是当前最为清洁的绿色船舶，能完成在岸基与海上油田之间运送物资等多项海上作业任务。依据已批准的项目可研报告中的节能评估、环境影响评价及经济评价，使用LNG燃料可减少硫氧化物100%、氮氧化物90%、二氧化碳20%和悬浮颗粒物100%，有助于守护好碧海蓝天。

未来，中海油服将持续推进行业绿色标杆船舶建设、钻井平台结构升级和节能环保设备革新等，以技术创新驱动绿色发展，构建钻井废弃物处理、生物酶解堵等绿色技术体系，助力海上风电等清洁能源规模化开发，持续打造绿色发展核心竞争力，为实现碳达峰、碳中和目标贡献力量。

（牛迎春　李田靓）

第7节
海上风电，蓝色国土的“绿色风车”

践行绿色发展，建设“美丽中国”，中国海油2021年积极推进海上风电、光伏等绿色能源项目，大力发展新能源产业，取得重要进展。

2021年10月，中国海油首个海上风电项目全容量并网发电，年上网电量可达8.6亿千瓦时，与同等装机容量的火力发电装置相比，每年可节约标煤27.9万吨，减排二氧化碳57.1万吨，相当于种植约43万亩树林才能吸收的二氧化碳总量，将为建设绿色美丽长三角做出新贡献。

而在光伏发电方面，珠海管道光伏发电项目已并网发电，降低厂区约三分之一的能源消耗，为传统油气产业探索绿色发展道路积累更多实践经验。

更多的风电、光伏等新能源项目在酝酿、在实施，中国海油正加速迈向新能源赛道。

中国海油首个海上风电项目全容量并网发电

2021年10月19日，中国海油首个海上风电项目——江苏海上风电场实现全容量投产运行，标志着中国海油绿色低碳战略在长三角地区进一步落地，对当地冬、春两季的电力保供具有重要意义。

江苏风电项目海上风电场中心离岸距离39千米，规划装机总容量30万千瓦，包括67台风力发电机组、1座220千伏海上升压站、1座陆上集控中心、两回路220千伏电缆。

该项目全容量并网后，年上网电量可达8.6亿千瓦时，与同等装机容量的火力发电装置相比，每年可节约标煤27.9万吨，减排二氧化碳57.1万吨，相当于种植约43万亩树林才能吸收的二氧化碳总量，将为建设绿色美丽长三角做出新贡献。

作为中国海油首个实现全容量并网的海上风电项目，自开工建设以来，项目组克服了材料供货紧张、海上作业资源紧俏和作业海域海况复杂等多重难题，于2020年9月15日实现首批机组并网，同年12月项目机械完工。与江苏区域同类型风场相比，该项目曾创造建设最快速度等多项行业之最，并建设形成了中国海油大型海上风电场开发建设五大管控体系，培养了可以支撑百万千瓦级海上风电场快速建设的人才队伍。

未来，中国海油还将通过加快百万千瓦级海上风电场建设，全力推动深远海浮式风电技术的研究与示范，全面加速新能源业务发展，探索“风光发电+油气产业”“风光发电+天然气发电”“海上风电+海洋牧场”等融合发展新模式，推动绿色能源转型再提速。

探路“绿电”布局蓝海

广东珠海，冬季的高栏港，天空高爽湛蓝。碧山蓝海之间，4座白色的厂房格外亮眼，屋顶上崭新的2222块墨蓝色光伏组件在阳光下熠熠发光。截至2021年12月7日，中国海油能源发展股份有限公司（简称海油发展）清洁能源公司珠海管道光伏发电项目已连续并网发电14天。14天里，项目已连续发出51800千瓦时绿色电能，降低厂区约三分之一的能源消耗，为传统油气产业探索绿色发展道路积累了更多实践经验。

光伏屋顶，勾勒绿色未来图景

屋顶分布式光伏建设，是与集中式光伏发电站相区别的光伏发电形式。它利用公共建筑、居民屋顶、厂区屋顶进行发电，建设灵活，不受土地资源限制，近年来发展迅速。分布式光伏项目具有因地制宜、清洁高效、分散布局、就近利用的优势，能够有效解决传输损耗与消纳问题，应用范围广，在城乡建筑、工业、农业、交通、公共设施等领域都有广阔应用前景，与国家新型电力系统构建目标高度匹配，是国家大力倡导的清洁能源发展方向。

2021年6月，国家能源局下发关于报送整县（市、区）屋顶分布式光伏开发试点方案的通知，提出开展整县（市、区）推进屋顶分布式光伏建设，明确各类建筑屋顶面积可安装光伏比例，同时提出“宜建尽建”、电网“应接尽接”的要求。该举措将屋顶光伏推向了万亿级市场风口。

“十三五”期间，清洁能源公司就进行了分布式光伏前瞻研究与技术储备，系统掌握分布式光伏集成原理与技术，持续跟踪光伏组件行业发展情况，探索渤海港区、天津临港基地和海油工程青岛场地等光伏发电项目，将中国海油沿海终端、油气开发作业支持基地分布式光伏的清洁能源替代提上研究日程。

自2020年以来，清洁能源公司已逐步具备分布式光伏设计、安装、运维一体化能力，并为海南码头、惠州物流基地等提供方案设计。分布式光伏产业成为清洁能源公司产业塑造的重点之一。

广东作为我国南方口岸地区，经济基础良好，用电需求量大，光热能资源丰富，适宜开展分布式光伏建设。基于良好的自然禀赋与消纳条件，中国海油首个光伏发电项目于此落子。2021年11月24日，中国海油首个光伏发电项目成功并网。

目前，渤海港区首个屋顶光伏项目正在施工并即将落成并网。据不完全统计，中国海油办公楼宇、厂房设施等屋顶面积有数百万平方米，其中约有50%具备建设分布式光伏的潜力。屋顶光伏模式的全面推开，将有效助力中国海油实现绿色低碳转型。

绿色版图，产业“组合拳”连缀成章

清洁能源公司大胆实践不同的技术路线，因地制宜探索不同应用场景，钢筋混凝土屋面与钢结构建筑BAPV（建筑上安装的太阳能光伏发电系统）、BIPV（光伏建筑一体化）并举，首批4个项目覆盖多种类型，通过不同建筑类型、不同品牌设备的应用实践，充分锻炼了项目实践能力。近期，清洁能源公司将与中海实业共同推进中国海油朝阳门大厦BIPV应用项目。

除了陆上建筑，清洁能源公司还将光伏产业的触角延伸到海上。清洁能源公司与国际漂浮式光伏前沿公司——挪威OceanSun达成合作意向，深入研究漂浮式光伏发电原理，牵头中国海油海上漂浮式光伏示范应用研究，并积极推进中国海油风光数字化运营平台研究。

除传统的投资、建设、运营外，清洁能源公司也与合作伙伴探索EMC（合同能源管理）、BT（建设和移交）、BOT（建设、运营、移交）等主流商务模式。在为合作伙伴提供绿色电能供应的同时，有效降低了合作伙伴的用能成本，充分提升了内外部市场的适应能力。

在快速推进光伏发电项目的同时，清洁能源公司持续关注光伏产品技术的研发，探索布局光伏尖端产品制造，规划BIPV核心组件生产线，并结合公司自主化泡沫玻璃产品，协同降低产品成本，充分释放产品对技术服务产业的带动价值。目前，清洁能源公司已实现海上风电、光伏、储能、CCUS（碳捕获、利用与封存）4条产业链的布局，助力中国海油绿色低碳发展。

（苏峰　王曼　毛峰超）

第3章

改革推陈出新，提升治理效能

中国海油是在改革开放中发展起来的，中国海油的发展史就是一部改革史。带着“革新求变”的基因，中国海油在多轮改革中始终走在国企前列。

如今，站在“两个一百年”的历史交汇点，面对中华民族伟大复兴的战略全局和世界百年未有之大变局，面对全球能源转型的发展大势，中国海油全面贯彻落实党中央、国务院有关决策部署，不断深化改革谋发展。

唯改革者进，唯创新者强，唯改革创新者胜。改革中，中国海油始终以习近平新时代中国特色社会主义思想为行动指南，始终心怀“国之大者”，全面落实“1534”总体发展思路，实施国有企业改革三年行动，不断增强公司的竞争力、创新力、控制力、影响力、抗风险能力，扎实推进中国特色国际一流能源公司建设。

改革中，中国海油深入学习习近平总书记关于国有企业改革发展和党的建设的重要论述，吃透精神、领会实质，确保改革始终沿着正确方向前进，为公司高质量发展注入新动力。比如，加快部署实施干部人才队伍建设“3+1”工程，着力推动形成优秀干部人才充分涌现、茁壮成长、干事创业的良好局面；推进三项制度改革，旨在打造高素质干部人才队伍，提高企业核心竞争力，促进公司治理体系和治理能力现代化；咬定改革目标不动摇，聚焦重点突破难点，推动改革三年行动任务落地见效。

改革是改革者的集结号，开放是开放者的路线图。因改革开放而茁壮成长起来的中国海油，面对新的历史机遇和发展挑战，正在改革的大潮中乘风破浪，谱写能源报国新篇章，为实现中华民族伟大复兴的中国梦贡献海油力量。

第1节
“3+1”工程，激活人才的“满江春水”

人才是第一资源，创新是第一动力。在2021年召开的中央人才工作会议上，习近平总书记深刻指出“国家发展靠人才，民族振兴靠人才”，强调“加快建设世界重要人才中心和创新高地”，并提出了明确目标、做出了重要部署。

中国海油高度重视人才队伍建设，坚持“人才兴企”发展战略，大力推动新时代年轻干部工作。2020年6月，中国海油了出台干部人才队伍建设“3+1”工程实施方案，对高素质干部队伍建设、专业化人才队伍建设、优秀年轻干部队伍建设3个工程以及国际化人才队伍建设工程做出明确部署，着力打造一支忠诚干净担当的高素质专业化年轻干部队伍。

"3+1"工程实施以来，中国海油干部队伍结构实现有效优化，优秀年轻干部得到充分任用，为海洋石油工业高质量发展提供了强大的组织保障。

"3+1"方案"出炉"

2020年6月1日，中国海油党组发布关于印发《中国海洋石油集团有限公司干部人才队伍建设"3+1"工程实施方案》(简称《"3+1"工程实施方案》)的通知，提出了包括高素质干部队伍建设工程、专业化人才队伍建设工程、优秀年轻干部队伍建设工程、国际化人才队伍建设工程等四个工作实施方案。

《"3+1"工程实施方案》坚持以习近平新时代中国特色社会主义思想为指导，全面贯彻落实新时代党的组织路线。中国海油党组根据"1534"总体发展思路和人才兴企战略，明确建设"政治素质过硬，忠诚干净担当；管理能力提升，经营业绩优秀；突出创新变革，构建比较优势；改善队伍结构，激发企业活力"的干部人才队伍工作目标，着力打造新时代干部人才队伍方阵，为建设中国特色国际一流能源公司提供充足的干部储备和人才保证。

《"3+1"工程实施方案》突出实干实绩，树立鲜明的选人用人导向，坚持把政治标准放在第一位，认真落实国有企业领导人员20字要求，突出政治标准选干部，强化政治素质育干部，加强政治监督管干部，严格政治把关用干部；注重基层实践锻炼，把基层工作经历作为干部选拔任用的必要条件，明确各层级领导选拔的制度设计；以战略性高层次人才培养为引领，突出"高精尖缺"，实施重点人才培养计划，打造专业技术人才高地。

调结构、激活力是《"3+1"工程实施方案》的一个突出特点。《"3+1"工程实施方案》对未来几年干部队伍、人才队伍建设进行了战略性谋划，提出了若干重大措施，真正让德才兼备、干得好的员工获重用、得提升，并针对干部队伍年龄老化问题，大胆革新，用超常规思维，大胆选拔使用优秀年轻干部，推动形成全系统优秀干部人才充分涌现、茁壮成长、干事创业的良好局面。

《"3+1"工程实施方案》还要求各级党组织落实主体责任，加强工作统筹、组织保障，强化政策指导、监督考核、跟踪落实、环境营造，确保“3+1”工程有计划、有步骤，高质量推进实施。

人才充分涌现，踊跃干事创业

人才是企业高质量发展的核心要素。中国海油集团公司党组研究制定的《“3+1”工程实施方案》）刚一发布，就引发了中国海油全系统干部员工的持续关注。

“3+1”工程着力打造一支忠诚干净担当的高素质专业化年轻干部队伍，中国海油的干部队伍结构将实现有效优化，优秀年轻干部得到充分利用，将为海洋石油工业高质量发展提供强大的组织保障。

《“3+1”工程实施方案》公开发布之际，中国海油党组组织部负责同志就方案的制定印发和贯彻落实等，答记者问。

问：请介绍制定《“3+1”工程实施方案》的主要背景和总体考虑。

答：面向新时代和建设中国特色国际一流能源公司的要求，中国海油集团公司党组经过综合研判，研究制定了《“3+1”工程实施方案》。目前，中国海油集团公司干部队伍状况与公司高质量发展要求相比还存在一定差距，在一定程度上制约了中国海油集团公司的高质量发展。中国海油集团公司党组以习近平新时代中国特色社会主义思想为指导，全面贯彻落实新时代党的组织路线，按照国有企业领导人员“20字”要求，紧紧围绕“培养忠诚干净担当的高素质干部、集聚爱国奉献的各方面优秀人才、培养造就一代又一代可靠接班人”的重要要求，站在保障国家能源安全高度，着眼于建设中国特色国际一流能源公司的战略需要，根据中国海油“1534”总体发展思路和“人才兴企”战略，按照“政治素质过硬，忠诚干净担当；管理能力提升，经营业绩优秀；突出创新变革，构建比较优势；改善队伍结构，激发企业活力”的目标，牢牢把握领导班子年龄结构5∶3∶2和MTW员工队伍结构25∶40∶35的两条主线，以历史的担当和气魄加强中国海油集团公司干部人才队伍的战略性培养，激励更多想干事、敢干事、干成事的干部人才积极作为，推动形成全系统优秀干部人才充分涌现、茁壮成长、干事创业的良好局面，打造风清气正的良好政治生态。在这样一个大背景下，《“3+1”工程实施方案》应运而生。该方案是落实新时代党的建设总要求和新时代党的组织路线，以及中国海油集团公司未来五到十年乃至更长时期的干部人才队伍建设的指导性文件，明确了干部队伍、专业化人才、年轻干部和国际化人才建设的总体要求、目标任务、重要措施，对于不断提高中国海油集团公司干部人才队伍建设质量，为实现建设中国特色国际一流能源公司战略目标提供有力组织保证，具有重要意义。

《“3+1”工程实施方案》主要把握了以下几点：一是充分体现党中央的新精神新要求，把深入学习贯彻习近平新时代中国特色社会主义思想贯穿到领导班子和干部人才队伍建设的全过程、各方面。二是总结运用实践经验，吸收党的十八大以来中国海油集团公司加强干部人才队伍建设的好经验好做法。三是突出问题导向，聚焦中国海油集团公司干部人才队伍建设的短板和问题，有针对性地提出解决措施或方向性要求，大胆创新改革，确保务实管用。四是注意衔接现有政策规定，保持政策连续性、稳定性，同时根据新形势新任务和今后3~5年领导班子建设需要、干部人才队伍建设需求，提出一些新举措、新做法。五是坚持从实际出发，既贯彻中央要求，又立足公司实际，做出前瞻性规划，提出各项建设目标，明确实施路线，力求能执行、好落实。

问：请问《“3+1”工程实施方案》在树立鲜明的选人用人导向方面提出了哪些要求?

答：用好一个人，激励一大片。《“3+1”工程实施方案》鲜明树立了重实干重实绩的选人用人导向，让好干部有为有位有待遇，完善优秀干部奖励机制，搭建优秀干部“晋”的平台；让平庸干部有惩有戒有警醒，畅通“出”的渠道，营造能者上、庸者下的增比进位干事创业环境，建设公道正派、风清气正的良好政治生态。重点从五个方面要求各级党组织切实以担当作风选担当的人。一是牢固树立政治标准是第一标准的选人用人导向。认真落实国有企业领导人员“20字”要求，突出政治标准选干部，强化政治素质育干部，加强政治监督管干部，严格政治把关用干部，必须坚持把政治标准放在第一位，政治标准不过关，能耐再大也不用。二是落实从实践和基层一线选拔干部的要求，注重选拔经过基层实践锻炼的优秀干部，把基层工作经历作为干部选拔任用的必要条件，明确新提任领导人员应有基层工作经历的制度设计，以后新提任为党组直管领导人员，应具有五年以上基层工作经历，新提任M8、M7级中层领导人员应具有两年以上基层工作经历；总部干部员工要从长期在基层工作的优秀干部人才中选拔，没有基层经验的总部人员要放到基层锻炼，增强为民情怀、服务意识，提升管理能力。三是突出专业能力。及时发现和使用经过实践锻炼和检验、术业有专攻的“专家型”干部，提升落实力、创造力、战斗力。强化专业总师、总监的选拔配备，明确建立专业干部人才库。注重选人与事业需要相统一、与岗位要求相匹配、与优化班子结构相适应，切实使班子专业素质整体适应一个部门的核心职能、一个企业的主营业务。四是大力选用年轻干部。明确党组直管领导班子年龄结构5∶3∶2比例的硬要求，坚持“双50%”控制目标，选拔使用干部一般应从调研掌握的优秀干部人才库中选择。为优秀者开辟破格晋升通道，让干得好的获重用得提升，连续三年获得优秀员工、优秀共产党员、集团公司和所属单位劳动模范的可以晋升上一层级岗位（M9/T7/W4级及以下岗位）；获得国家科技进步一等奖、二等奖的前六名人员，可以直接晋升T5级，集团公司科技进步一等奖主要贡献者（前1/3者），可以直接晋升T6级；对在落实“七年行动计划”“打好应对低油价挑战攻坚战”等工作中做出突出贡献、表现特别优秀的，对在急难险重任务中发挥重要作用的干部人才大胆破格提拔使用。对在下一级正职岗位上任职时间较长、实绩突出、群众公认、特别优秀的干部，可以破格提拔担任上一级正职。同时，以优秀年轻干部为重点对象，大力推动交流任职。五是完善负向惩戒约束机制。及时调整不适宜担任现职的干部，对落实工作目标、履行岗位责任中不担当、不作为、严重失职失责的干部，及时问责处理。

问：请问《“3+1”工程实施方案》对全面提高干部队伍专业素养做出了哪些部署？

答:《“3+1”工程实施方案》明确，努力打造一支政治素质过硬、视野开阔、能力突出、决策科学、结构合理，不断推进海洋石油事业高质量发展的干部队伍。力争用3年时间，党组直管领导人员队伍结构指标明显优化，政治能力、专业能力和经营管理能力得到全面提升；力争用5年时间，涌现出一批政治强，具有国际视野、市场开拓精神、管理创新能力和社会责任感的优秀企业家。在推进措施上，重点抓好五个方面的工作：一是统筹规划。坚持战略目标引领，紧紧围绕中国特色国际一流能源公司“两个阶段”目标，规划干部队伍建设，做到长期有规划、近期有计划、当前有安排；立足集团公司未来5年高质量发展需要，建强配齐各级领导班子；针对源头储备不足、大胆使用不多等短板，实施“5259”储备计划。建立集团公司每2年开展一次集中调研工作机制，动态更新优秀年轻干部、各类专业化干部人才库，激活年轻干部蓄水池。二是加强战略培养。每年举办领导干部专题培训班，突出抓好对习近平新时代中国特色社会主义思想的学习、教育、培训，推动干部提升理论素养、增长工作本领，提高“硬实力”。把政治建设贯穿至三级班子，覆盖中层副职以上管理人员，由集团公司党群工作部每月编发第一议题学习材料。分类分层举办任职适应性培训班，明确基本履职要求，强化政治担当，扎牢政治纪律、组织纪律、廉洁纪律、群众纪律、工作纪律和生活纪律的思想根基。研究开发、分层级构建中国海油领导力素质模型，建立符合时代要求的领导人员知识体系。增强实践锻炼，大力推动总部与基层、单位间、板块间、国内外的干部交流任职，每年各单位各层级干部换岗交流面需达到20%，总部和基层双向交流每年30~50人。三是选贤任能。坚持政治标准选干部、突出专业能力用干部、注重选拔经过基层实践锻炼的优秀干部，把领导班子年龄结构5∶3∶2比例作为硬要求，增强实践性、突出年轻化，50岁左右直管正职要有一定数量。四是健全完善制度机制。完善干部考核评价制度体系，从制度层面规范领导班子和领导人员的日常考核、年度考核、专项考核、任期考核；建立日常考察了解干部制度，全方位多渠道了解干部，重视从基层群众口碑、服务对象评价中了解干部，动态掌握干部在工作中的德才表现；明确要求要派员全程跟班管理中青年干部培训班。开展中层干部任期制和契约化管理研究，明确干部同一层级任职届数，先试点后推广，逐步实现契约化管理和市场化退出，打破“铁饭碗”。完善干部能上能下管理制度及配套措施，使干部“上下”有据，推动干部能上能下成为常态。五是激发担当作为。完善干事创业保障机制，把完善激励干部担当作为制度机制作为一项系统工程予以推进。严肃“三个区分”工作原则，坚持“三个分清”，着力把“三个区分开来”具体化，明确容错范围、细化操作流程。严管厚爱干部，集团公司党组书记和党组分管领导每年应与党组直管领导人员谈心谈话一次，鼓励鞭策、提醒要求、统一思想、推动工作。构建科学严密的监督体系，健全日常监督管理机制，注重抓早抓小。

问：请问《“3+1”工程实施方案》就大力发现培养使用优秀年轻干部作了哪些安排？

答：《“3+1”工程实施方案》明确，要健全年轻干部选育管用全链条机制，打造一支高素质专业化的优秀年轻干部队伍，既满足今后5年领导班子建设需要，又符合今后10~20年乃至更长远发展要求。坚持合理配备各级领导班子，逐步提高年轻干部在各级领导班子中的数量和比例，像做好储量替代一样做好人才替代。坚持分层分类、精准施策，对各级领导班子、党组直管干部队伍、中层干部队伍配备年轻干部，均提出了明确要求，加快形成更加合理的年龄结构。通过3~5年的持续努力，大胆使用年轻干部，给他们压担子、交任务，增加实践锻炼，实现年轻干部从选育到规模使用的转变，由满足近期需要向重视梯队建设转变。一是抓好战略储备。定期开展专题调研，集团公司每两年开展一轮专题调研，常态化掌握一批优秀年轻干部名单；二级单位构建以“80后”“90后”为主体的基层干部储备梯队，确保每个层级都拥有适当规模的优秀年轻干部；坚持选拔标准和条件，注重从基层一线和急难险重工作任务中选拔优秀年轻干部，确保质优量足。立足当前放眼长远，为2035年优秀年轻干部队伍建设目标达成，实施“选苗育苗”计划。二是做好接续培养锻炼。加强政治训练和理论武装，通过组织调训、加强党内生活锻炼、基层一线实践锻炼、专项历练等措施，提高年轻干部政治辨别力。突出专业能力和专业精神培养，实施优秀年轻干部专业培养计划。强化基层磨炼和实践锻炼，对领导经验不足的干部，实施“墩苗培养”计划，采取抽调到重点工程、重点项目、交流任职等措施，有意识安排到任务重、情况复杂的岗位加强磨砺。集团总部部门干部一般应当从长期在基层工作的优秀年轻干部中选拔，对没有基层工作经验的总部人员，要放到基层去任职锻炼，在吃劲岗位摔打成长、建功立业。三是大胆使用年轻干部。采取“小步快跑”的方法，加大年轻干部选拔使用力度，探索优秀年轻干部优先考虑、破格提拔的具体办法，对在基层一线、急难险重岗位且表现突出的干部，敢于打破隐形台阶；对工作表现特别优秀、工作特殊需要，组织上看得准、有潜力、有发展前途的年轻干部，可按有关规定破格提拔使用。干部选拔上严格执行“双50%”控制目标，对达不到“50%”且本单位无合适人选的情况，中国海油集团公司将通过外部交流的方式选配，实现干部资源在全系统的统筹使用。特别要注重选用30岁左右优秀年轻干部到中层副职岗位上，35岁左右优秀年轻干部到中层正职岗位上，形成年轻干部成长的良性循环机制。四是要从严教育管理监督。建立健全与年轻干部谈心谈话制度，关注年轻干部的各方面情况，对于苗头性、倾向性问题及时提醒，始终将年轻干部置于组织监督下。建立优秀年轻干部考核分析制度，做好跟踪考核，动态管理，优进绌退，始终保持优秀年轻干部队伍一池活水。注意关心关爱年轻干部，给予年轻干部平台和信任，充分调动工作积极性和主动性。

问：请问《“3+1”工程实施方案》就建强专业化人才队伍有哪些关键举措?

答：专业化人才是支撑集团公司战略发展，发挥“三个作用”、实现“四个跨越”的关键力量。《“3+1”工程实施方案》明确，要以三支队伍MTW比例25∶40∶35为目标，持续优化人才结构，不断壮大科学研究与技术攻关等专业技术人才规模，着力培养造就一支数量充足、结构合理、素质优良、富有活力的专业化人才队伍。一是大力培养战略型、领军型、创新型专业化人才队伍。实施战略性高层次人才和大国工匠培育计划，定期优选一批能力和业绩突出的专家，量身定制培养方案，补齐战略型人才短板。实施科技领军人才培育计划，将集团公司技术专家评选周期由3年调整为2年，适时评选集团公司首席专家，适度扩大两级专家规模。实施技能领军人才倍增计划，鼓励海上平台总监、高级队长、队长、司钻、船长申报技能专家，将现行要求至少20年降至本科/大专学历工作10年；获得全国技术能手等荣誉，做出突出贡献的技能人才，可直接认定或参评。加速培养战略储备人才，集团公司统筹示范培训，所属单位切实发挥主体作用，加速青年科技英才和青年技术能手成长成才。加大科研人力资源投入，优先支持科技发展关键领域和创新驱动战略实施重点，补齐学科带头人和科研攻关团队。二是着力提升专业化人才创新创效能力。全面深入开展习近平新时代中国特色社会主义思想教育培训，大力弘扬石油精神，积极培育科学家精神、劳模精神、工匠精神，激发保障国家能源安全的爱国情怀和奋斗精神。突出提升人才专业化能力，坚持学习与实践相结合、培养与使用相结合，加强新技术、新理论、新方法培训，积极培育创新思维、提升创新能力。优选专业化人才出国培训、赴国外工作交流，支持技术技能人才考取与工作密切相关的国际证书，提高人才国际化水平，鼓励更多人才投身海外事业。三是打造人才发挥作用和创造价值的平台。做实面向从技术研发到成果转化及推广应用的集团三级科技创新组织体系，抓好国家与集团的重点实验室布局与建设。进一步落实总师、专家责任，切实纠正"官本位"、行政化倾向。推广以项目负责人为核心的科研项目管理模式，切实发挥技术总师、两级技术技能专家的智囊参谋、创新攻关、人才培养等职责。未来5年，依托全国技术能手和两级技能专家，建设集团公司大师工作室15个，所属单位创新工作室50个，创新管理、保障投入，激励引导高技能人才实现绝技绝活价值和代际传承。围绕提质增效，建设技能创新平台，强化技术技能积累与创新。四是创新激发人才活力的体制机制。畅通管理人员转聘专业技术职位，优秀技能人才转聘管理或专业技术职位等通道，探索开展高级工以上技能人才参加职称评审试点，鼓励技能人才一岗双证。开辟青年人才成长快车道，调整大学生工资运行办法，入职后前三年业绩考核良好的每年晋升一级。对获得国家及集团公司科学技术奖排名前6位的，取得国家级人才表彰奖励和突破性成绩的，可破格晋级晋升、申报两级专家和工程系列高/正高级职称；对解决重大问题、带徒传技和创新创造成效显著的技能人才，直接进行技师、高级技师技能等级认定。坚持品德、能力、实绩和贡献导向，降低专业年限、技术级别要求。完善T序列晋升考核标准，引导生产型科研人才在科研机构与生产现场双向交流，鼓励基础研究人才潜心研究。坚持价值贡献导向和精准激励，制定科技成果价值评估和科技成果转化创效奖管理细则，提升优秀科技人才的收入水平。完善专家专项奖励、高岗位技能人才津贴等制度。获得国家级工匠的工资直接晋升至W2，集团公司级工匠的工资直接晋升至W3。整合系统内培训资源，成立中国海油技术技能学院，使之建设成专业化和国际化人才教育培训基地，人才评价中心和创新孵化平台，把“海学”建设成为海油网络大学。建立人才发展指标体系，提升集团公司整体人才开发水平。

问：请问《“3+1”工程实施方案》就建设一支高素质的国际化人才队伍做了哪些安排?

答:《“3+1”工程实施方案》明确，建设政治素质高、业务能力强、适应能力快、符合中国特色国际一流能源公司需要的国际化人才队伍。力争用五年时间，增强顶层设计能力，做强人才队伍，建设合理的人才梯队和人才储备，形成国内国外“一盘棋”格局，以中国海油集团公司国际化促进上、中、下游海外业务的全面发展。在推进措施上，重点抓好四个方面的工作：一是加强顶层设计。以战略目标为引领，制定海外业务人力资源“十四五”规划，逐年开展机构、编制、岗位的滚动规划，形成人员需求清单。持续提升管控能力，研究制定向海外重要项目增派管理和技术人员的方案，进一步充实外派人员队伍；逐年设定机构岗位调整目标，不断优化岗位的结构和布局。针对影响战略实施落地和海外经营业绩的关键岗位，梳理清单，科学评估，及时调整不适宜人员。二是强化能力建设。锤炼过硬政治素养，加强党性教育，大力弘扬石油精神，充分发挥海外党校作用。筑强基本能力，针对不同地区和项目，围绕项目管理、法律合同、商务谈判等关键基础内容，开展覆盖培训和知识测试；把政府关系、社会公共关系、企业社会责任等纳入岗前培训。提升专业能力，突出岗位锻炼，持续开展系统学习，针对中高层次人才，注重资产类型管理历练和斗争历练，针对缺乏海外经验的关键岗位人才，实行年度海外轮岗计划。就涉及海外业务的各个单位而言，坚持分层分类培养的培养思路，根据岗位类型和业务板块精准施策。三是国内国外“一盘棋”。优化海外人才配置，在核心团队配备上，调整工作机制，从单人派遣向团队配置转变；在岗位轮换上，优化轮换机制，制定实施年度轮换计划，推动人才合理流动；在政策上，充分发挥正向激励导向，鼓励人才向组织需要的方向流动。加强对上游业务的支持，加快“1+N”模式建设，坚持全系统国际化人才由总部统筹使用的原则，对海油国际需要的人才，全集团优先保障支持。优化国际化人才培养储备体系，坚持“分层分类，上下联动”的人才培养机制，从各个层次推进国际化人才队伍储备建设，同时拓宽海外项目审计、海外项目技术支持等锻炼渠道。建强全球人才库，扩展选才视野，建立分层分类的内部人才库；坚持“聚天下英才而用之”的人才理念。四是营造国际化氛围。面向直管领导、优秀中青年干部、优秀年轻干部等关键人群和全系统员工，分别实施战略思维锻造计划和经营理念提升计划，通过全覆盖的培训，提升全球视野和国际化经营意识。实施课程体系建设计划，打通线上培训课程体系，满足普通员工学语言、懂海外、通文化的需求，营造“人人参与、人人学习”的氛围。

问：实践锻炼是年轻干部人才成长成才的重要途径，请问《“3+1”工程实施方案》在这方面有哪些具体措施？

答：培养选拔年轻干部，必须强化实践导向，坚持必要台阶、递进式历练，让年轻干部多“墩墩苗”，到基层一线和艰苦地方经风雨见世面，在急难险重任务中锻炼提高，在改革发展稳定实践中增强担当。为此，《“3+1”工程实施方案》提出采取基层锻炼、交流任职、交流轮岗等方式，全方位加强年轻干部实践锻炼。一是基层锻炼。坚持把基层一线作为培养年轻干部的主阵地，集团总部领导人员一般应当从长期在基层工作的优秀年轻干部中选拔，对没有基层工作经验的总部人员，一般要放到基层去任职锻炼，增强他们的基层经验、为民情怀、服务意识，提升管理能力。二是建立“双向任职”制度。集团公司组织实施年轻干部“两个100”实践锻炼计划，每3年进行“总部-基层”双向交流任职100名左右，进行国际化实战锻炼100名左右。三是交流轮岗。坚持把多岗位锻炼作为培养年轻干部的重要途径，在同一职位、同一类岗位累计工作时间较长且任职经历比较单一的，要通过轮岗交流经受锻炼，尤其要抓好机关部门此类干部的轮岗交流，能交流应交流。推动党务干部与经营管理干部的双向交流。所属单位要固化内部轮岗交流制度，明确必须交流条件，制定交流计划，有计划推动领导人员交流任职。

问：对抓好《“3+1”工程实施方案》的贯彻落实有什么考虑？

答：一分部署、九分落实。各级党组织要认真履行高素质干部队伍建设、专业化人才队伍建设、优秀年轻干部队伍建设和国际化人才队伍建设的主体责任，每年要专题研究实施进展情况，滚动推进。党组织主要负责同志要认真履行第一责任人职责，要亲力亲为、亲自抓；班子其他成员要各司其职、各负其责。组织人事部门要与有关部门密切配合，形成工作合力，要挂图作战、对表落实，逐项到位。党组组织部组织所属单位党组织主要负责人签订人才工作责任书，建立责任目标考核制度，将干部队伍建设实效纳入党建责任制考核、直管领导班子工作实绩考核指标，作为所属单位"一报告两评议"的组成部分；同时，坚持细化年度重点工作安排，抓住重点难点问题实施攻坚突破，加强监督检查，定期了解和通报情况，适时开展评估和总结，推动《"3+1"工程实施方案》各项措施落地见效。

燃一把进取之火，添一分拼搏动力

"加大科研人力资源投入、畅通晋升通道，完善考核指标体系……诸多利好政策让人热血沸腾。"中国海油研究总院勘探研究院地化工程师兰蕾激动地说，科技发展需要注入青春活力，《"3+1"工程实施方案》的发布对科研人才特别是年轻科研工作者来说，无疑是一剂强心针，鼓励大家潜心研究，聚力技术攻关。

计深远、固根本。越深入思考越能体会集团公司党组锻造高素质专业化干部人才队伍的战略考量。

中国海油研究总院开发研究院开发地质研究室主任范洪军曾带领海上油气开发团队为油田增储上产打过不少"硬仗"。他感慨道："任何一支科研团队，如果在专业素养和创新能力方面放松了自我修炼，面对攻关项目时，就很容易被击溃。"他很期待《"3+1"工程实施方案》的落地，在提升获得感、自豪感的同时，鞭策科研人员更加注重提高自身综合能力，让资深工程师拥有更开阔的科研思路，让技能扎实的专业骨干在管理、创新等方面全面开花。

为人才发展拆藩篱破壁垒，《"3+1"工程实施方案》的推出似投石入水，在基层员工心中泛起阵阵涟漪。"进一步加大专业化能力培训力度，完善技能专家专项奖励，提高岗位技能人才津贴，让一线员工晋升有空间、学习有途径、付出有回报，将会极大调动他们的工作热情。"惠州石化炼油七部生产监督高东斌曾被评为中央企业"百名杰出工匠"，他还表示，作为集团公司技能专家，带领团队申报技能大师工作室，搭建技能创新人才培养平台，培养更多技术高超、精工细作的专业化人才，"3+1"工程的实施赋予了自己新的使命。

关于国际化人才培养，海油国际乌干达公司员工孙英喆和伊拉克公司员工杨培龙的看法不谋而合。他们认为，《“3+1”工程实施方案》一方面健全了海外员工轮转及流动机制，解决了外派人员担心的“回不来”和结束外派不能合理安置的问题，给身在海外工作的员工吃了一颗定心丸；另一方面，为国际化人才勾画了成长路线图，让自己看到了差距，更看清了努力方向，鼓励更多的优秀人才投身海外事业。

此外，不少干部员工还建议，在推动《“3+1”工程实施方案》的过程中，要敢于突破固有思维，大胆科学创新。中国海油气电集团人力资源部人才开发经理蒋涛表示，中国海油气电集团前期已在三支队伍结构调整、薪酬分配机制改革等方面做了尝试，并初见成效。下一步，他们将结合《“3+1”工程实施方案》，通过系统化的人才培养体制和多样化的激励手段，进一步激活人才队伍内在的再生能力和自驱力。

事业有奔头，成长有通道

2021年6月3日午夜，“勘探六号”钻井平台上的监督办公室传来热烈的讨论声。让他们格外兴奋的不光是眼前即将投产的渤中19-6凝析气田试验区开发项目，还有《“3+1”工程实施方案》和《中国海油总部权限手册》等一系列新方案。今年33岁的完井监督胡立鹏，几乎是逐字逐句读完了篇幅达46页的《“3+1”工程实施方案》。

过去现场监督晋升通道十分有限，对很多无望晋升“专家”的现场监督来说，走到T7就到头了，剩下的时间只有“熬档”。工作十年的胡立鹏在T9岗上已熬到了4档。“有个监督在T9岗上已经熬到了20档！”胡立鹏苦笑着说。

新方案看得他满眼放光。“从人才年龄结构、数量结构、平台建设和发展环境等方面，都出台了新政策、新措施，范围之广、突破性之大超出想象，彻底打破了我们晋升的天花板！”

今年26岁的安全监督蒋子楠对海外轮岗计划很感兴趣：“我一直想去海外项目，但由于种种原因，海外轮岗很难轮起来。”他认为，通过海外轮岗，像他这样的“90后”员工能够迅速提高工作能力，转变工作态度。

“我觉得此版权限手册涉及的采办审批事项与以往相比变化较大，总部优化了采办审批权限，减少了审批节点，有些以前需要到总部批一圈的单子，未来分公司领导审批结束即可签署合同，采办审批周期缩短了，必将促使采办全流程跑得更快！另外，我发现这次的权限手册首次提出了审批时限要求，作为一名基层采办人员，我很受触动，切实感受到了总部层面以上率下、向管理要效益的决心，这一举措将带动基层广大员工更好地立足岗位，积极创新创效，上下同心，凝聚共识，为中国海油的高质量发展贡献力量。”中国海油有限公司天津分公司采办共享中心员工刘锡东说。就在当天夜里，渤海油田许多身在陆地上的干部员工，也进行了热烈的讨论。

“本次人才体制改革，使人才晋升渠道更加灵活，将有效盘活公司现有科技人才资源，极大地促进公司和个人的共同发展。”海油工程特种设备分公司研发孵化部工程师张家珍说。

“我比较关注技能人才发展方面的内容。新方案在技改创新、导师带徒、技艺传承等方面提出了前所未有的激励政策，我也更加坚定了扎根基层、苦练技能的决心！”天津市“工人发明家”、中国海油所属单位技能专家姜来举说。

点燃创新引擎，激发创效活力

“方案干货满满，诚意满满。”“无疑能极大地激发我们基层员工的工作热情。”中国海油集团公司党组印发的《“3+1”工程实施方案》在南海东西部油田引发热烈反响，大家认为方案明确了人才队伍建设目标，提出了许多革新举措，充分体现了中国海油集团公司党组大力推进高质量人才队伍建设的决心。

湛江分公司文昌油田生产监督、首届“海油工匠”李治说:“方案提到的‘优选技能专家到国际、国家级技能大赛场上摘金夺银’，给了一线技能人员更广阔的成长空间。”

湛江分公司研究院首席工程师王雯娟从方案中读出了中国海油集团公司党组对科研工作的高度重视和大力支持。“方案提出了许多助推科研创新的新举措，将极大提升科研人员的科研能力及工作积极性。我自己也会以方案为引领，争取取得更多更优的科研成果。”“方案多方面鼓励干部员工勇闯勇试、建功立业，”中海油服湛江分公司员工黄天花说，“比如明确提出要把‘三个区分开来’具体化，这将有力保护、激发干部员工干事创业的积极性、创造性。”

“方案针对的正是人才培养工作方面的短板，为南海东部油田‘十四五’人力资源规划提供了方向，”深圳分公司人力资源部经理吴东胜介绍说，“《‘3+1’

工程实施方案》为公司长远发展提供高质量人才资源配套保障。”深圳分公司人力资源部将组织方案实施启动会，帮助南海东部油田干部员工解读方案、吃透政策。

深圳分公司深水工程建设中心党委副书记、副总经理孙旭谈到方案中的两项选贤任能标准让他印象深刻：“一是大力选用年轻干部的导向，二是重基层、重实践的导向。”

孙旭介绍，对于工程建设人员来说，《“3+1”工程实施方案》更是一个利好消息。“工程管理和技术人员更能积极地贴近基层、深入实践，也就更有希望在未来重大油气田建设项目的历练中实现更多突破。”

番禺作业公司主任工程师张卫卫则重点关注在培养干部能力方面的措施。“我发现方案中多次强调了建立轮岗交流制度，我特别赞成，”张卫卫说，“不同岗位的工作经历开拓了我的眼界，让我受益匪浅。我也希望更多的同事能有这样的锻炼机会。目前中国海油正全力建设中国特色国际一流能源公司，需要经过多岗位历练、具有丰富知识储备和宽广视野的复合型人才。”

好机制淬炼匠心，真才干拼出未来

“劳模精神、工匠精神正是我们这个时代最需要的，方案让我们更加坚定了走技能人才发展道路的信心。”“方案彻底打破了身边个别年轻人觉得工作就是‘混日子、熬资历’的刻板印象，年轻人就应该敢想敢做、敢于创新，拿出年轻人该有的样子来！”中国海油集团公司党组印发《“3+1”工程实施方案》后，引发了中海石油气电集团有限责任公司（简称气电集团）干部员工的热烈反响，大家纷纷表示，实施方案为一批苦干实干、肯干想干的年轻人打了一剂勇敢拼搏的“强心针”，展开了一幅职业晋升前景光明的蓝图。

中国海油集团公司政策研究室王琛认为，《“3+1”工程实施方案》很好地回应了员工期待，“很多看似很难破解的重复性问题，比如员工级别晋升、技术技能人员地位、干部年轻化等，都能在这里找到答案，而且目标明确、措施明确。”这也使得方案一出台就引发了广泛关注。

气电集团研发中心副主任、总工程师张超作为中国海油培养的年轻技术专家，在工作的十几年里不断成长。他表示从《“3+1”工程实施方案》的具体表述中，看到了中国海油党组的改革决心，看到了备受鼓舞的海油干部队伍蓄势待发，看到了人才济济的中国海油建成中国特色国际一流能源公司的未来，“自己将成为一名什么样的海油人”这个问题，在实施方案中得到了明确的答案，它点燃了年轻技术人员心中的“指路灯”。交通新能源事业部党委副书记、纪委书记汪俊在看到这一层次清晰、体系完整、内涵深远的《“3+1”工程实施方案》后，深感其为全系统进一步加强干部人才队伍建设提供了根本遵循，指明了改革方向，清晰构建了与中国特色国际一流能源公司战略目标需要相匹配的人才队伍建设体系，必将对海油未来发展产生系统性、革命性的影响。“这是推动实现中国海洋石油事业基业长青、薪火相传的基础工程，”他表示，“特别是注重从基层一线选拔干部和大力选拔年轻干部的一系列具体工作措施，让基层员工看到了希望，也将最大限度激发基层员工干事创业热情，营造人人渴望成才、人人努力成才、人人皆可成才、人人尽展其才的良好氛围。”

一位从事人力资源工作的员工表示，气电集团所处的LNG行业近年处于发展上升期，急需一支本领过硬、稳定的专业技术人才梯队，《“3+1”工程实施方案》为一线技能人才畅通了可以横向转换的职业发展通道，为培养选拔技术精湛、勇于创新、技能过硬、素质突出的一线专业技能人才提供了有力的支持和保障，辅以公司高级技能人才队伍培养与使用机制，可以进一步落实“打造气电集团北方人才培养基地”的人才战略。

（冯哲）

中国海油：大力推进干部人才队伍建设“3+1”工程

人才是企业发展的重要战略资源。

近年来，中国海油坚持“人才兴企”发展战略，大力推动新时代年轻干部工作。2021年6月，中国海油出台干部人才队伍建设“3+1”工程实施方案，对高素质干部队伍建设、专业化人才队伍建设、优秀年轻干部队伍建设3个工程以及国际化人才队伍建设工程做出明确部署，着力打造一支忠诚干净担当的高素质专业化年轻干部队伍。

据中国海油党组组织部部长、人力资源部总经理唐代治介绍，“3+1”工程实施以来，中国海油干部队伍结构实现了有效优化，优秀年轻干部得到充分利用，为海洋石油工业高质量发展提供了强大的组织保障。

打造人才队伍“蓄水池”

据了解，为解决各级领导班子和干部队伍平均年龄偏大、年龄分布集中的问题，“3+1”工程明确了干部年龄结构刚性指标，坚持党组直管领导班子年龄结构5∶3∶2比例的硬要求，即50岁以上、45岁左右、40岁左右党组直管领导人员分别占比50%、30%、20%。在优秀年轻干部队伍建设工程中，提出“双50%”控制目标：集团公司每年新提任到党组直管领导岗位的，45岁以下年轻干部占比不低于50%；新提拔到所属单位直管领导岗位的，40岁左右年轻干部占比不低于50%。

唐代治表示，中国海油一方面完善优秀年轻干部人才库，做好战略储备，另一方面严格领导干部退出机制，释放岗位，一进一退，盘活人才资源，为年轻干部的选拔培养提供广阔的空间。

“3+1”工程实施方案出台后，中国海油各所属单位启动了年轻干部调研工作，选拔人才进入优秀年轻干部库，所属19家单位建立了由1200余人组成的优秀年轻干部队伍。同时，中国海油结合实际情况，开展领导人员的应退尽退工作，近60名党组直管领导人员、300余名中层干部退出岗位。

据统计，与2019年年末相比，2021年中国海油党组直管领导人员平均年龄由52.27岁下降至50.85岁，45岁及以下、40岁左右人数均有所上升，“80后”从无增至4人，干部队伍年轻化初步显现。

打通选人用人“大动脉”

人才选拔既要数量充足，更要质量优良。基层实践锻炼被作为一条重要标准，贯穿“3+1”工程实施全过程。中国海油落实从实践和基层一线选拔干部的要求，注重选拔经过基层实践锻炼的优秀干部，把基层工作经历作为干部选拔任用的必要条件。

“3+1”工程明确规定，新提任的党组直管领导人员，应具有五年以上基层工作经历，一般还应有两个以上中层正职岗位的历练；新提任的中层领导人员，应具有两年以上基层工作经历；优秀年轻干部人选一般应具有5年以上基层工作经历，激励更多年轻干部面向基层注重锻炼。

一方面，从基层选拔优秀干部到总部部门任职；另一方面，对基层经历不足的优秀年轻干部，交流提任至基层单位任职。“一上一下”，形成了总部与基层干部人才互联互通机制，为建立一支高素质专业化年轻干部队伍夯实了基础。

数据显示，2021年中国海油新提任的直管领导人员中，73%来源于基层，总部提任到基层的占42%。

开辟人才晋升“快车道”

目前，中国海油正处于保障国家能源安全、推进增储上产“七年行动计划”、大力实施“1534”总体发展思路的重要时期，迫切需要培养储备一大批专业基础扎实、勇于担当作为、创新意识突出、综合素质优良的优秀年轻干部。

“3+1”工程强调，对在落实增储上产“七年行动计划”“打好应对低油价挑战攻坚战”等工作中做出突出贡献、表现特别优秀的，对在急难险重任务中发挥重要作用的干部人才大胆破格提拔使用；对在下一级正职岗位上任职时间较长、实绩突出、群众公认、特别优秀的，依据规定可以破格提拔担任上一级正职。

中国海油使用年轻干部，破除“论资排辈、平衡照顾”等观念，同时，严把干部人才“实绩”关，为优秀者开辟破格晋升通道，让干得好的获重用得提升。破立之间，优秀年轻干部充分涌现，激活干事创业“一池春水”。

2021年以来，面对疫情防控和增储上产的挑战，中国海油天津分公司加强正向激励，建立月度效益奖与生产经营联动机制，注重在疫情防控阻击战中考察识别表现突出干部，直接提拔、表彰、奖励干部30余人。

“选拔使用年轻干部是一项长期政治任务，事关党的事业永续发展，事关中国海油未来可持续发展，要坚持一张蓝图绘到底。”中国海油党组书记、董事长汪东进表示。目前，中国海油正持续抓好“3+1”工程落实，对各所属单位进行监督检查，并出台一系列配套措施，让人才“活水”不断激发企业高质量发展活力。

（毕磊）

第2节
“三项制度改革”，干部人才汩汩而出

习近平总书记关于国有企业改革发展的重要论述，是深化国企改革的思想指引和行动纲领。中国海油坚持以改革创新为动力，争当国企改革“领头雁”“排头兵”，实施三项制度改革，是落实党中央决策部署、扎实推进国务院国资委相关要求的具体举措，体现了中国海油集团公司党组的魄力和担当。

三项制度改革是国企改革的“深水区”和“攻坚区”。推进三项制度改革，旨在打造高素质干部人才队伍，提高企业核心竞争力，促进公司治理体系和治理能力现代化。

制度是保障，落实靠行动。改革实施以来，成效初显，反响热烈。改革充分激发了广大干部员工干事创业的积极性，在全系统形成了优秀人才不断涌现、青年骨干积极成长的良好局面，有效改善了队伍结构，激发了企业活力。

一个方案落地，激发内生动力

干部人事、劳动用工和收入分配三项制度改革是员工普遍关注的焦点问题，也是完善国有企业市场化经营机制、推动国有企业高质量发展的重点举措。

2021年7月2日，中国海油出台《中国海油深化三项制度改革实施方案》（简称《实施方案》），确定研究总院等5家单位先行先试，在石油石化行业引发强烈反响。

据集团公司人力资源部相关负责人介绍，《实施方案》衔接集团公司“十四五”发展规划，协同干部人才队伍建设“3+1”工程，旨在打造高素质专业化干部人才队伍、提高企业核心竞争力，为加快建设中国特色国际一流能源公司提供坚强组织保障。

5家试点单位三项制度改革已走向深入。为更好地倾听改革声音、反映基层诉求，记者深入基层一线，对基层单位展开深入调研，感受“一个方案落地”在中国海油激发的内生动力。

改革因何发轫？

实施三项制度改革是中国海油落实党中央决策部署、扎实推进“国企改革三年行动计划”的务实举措。自2020年干部人才队伍建设“3+1”工程实施方案全面铺开以来，干部年轻化取得了显著成效。深入推进三项制度改革对进一步改善干部队伍结构性矛盾、全面加强干部队伍建设、持续激发人才活力意义重大，体现了中国海油党组敢和难题较真碰硬的责任担当。

三项制度改革是国有企业改革的“深水区”和“攻坚区”。《实施方案》出台历时8个月，通过外部调研央企，内部专项访谈、分片区座谈会等多种形式广泛征集各方意见建议，并结合试点过程中发现的问题及时予以修订。

在改革中，中国海油创新构建了“1+4+N”三项制度改革新模式，以实施方案为总纲，以“干部人事、劳动用工、收入分配、绩效考核”为4条实施路径，力争在解决深层次体制机制问题上取得实质性突破。

针对职业发展、分配机制等涉及员工直接利益和发展前途的重要问题，中国海油坚持了正确的价值取向。一方面，积极将“蛋糕做大”，在分配上向科研和海上一线倾斜，切实回应员工呼声；另一方面，努力把“蛋糕分好”，通过实施差异化精准激励机制，为愿干事、能干事、干成事的干部员工搭建更广阔的发展平台。

干部能上能下——如何上？因何下？

“能上能下”体现组织魄力。改革为青年骨干提供了更多开创未来的机会，“揭榜挂帅、鼓励摸高”让想干事、能干事的优秀人才“上得去”；突出实绩实干导向，明确标准和制度，让不胜任、不愿任的干部“下得来”；打破不同序列间的“隐形台阶”，让人才在更适合的岗位上发挥价值，真正让实干家“冒出来”。

105人次竞聘51个岗位，有4个岗位分别超6人竞争，其中一个高达8人……这不是考研复试，不是公务员面试，而是研究总院三项制度改革竞聘现场。

37岁的研究总院专家杨仁锋，在6人同台竞争中排名第1，成功竞聘勘探开发研究院开发研究所所长；同样为37岁的青年先锋谢仁军，在7人同台竞争中排名第1，成功竞聘钻采院副院长……一批年轻科研干部如雨后春笋般涌现。

竞聘让青年骨干有了“奔头”，干事热情高涨。研究总院中层干部平均年龄从48岁下降至45岁，35岁左右的年轻中层干部占比从原有的3%提升至19%，干部队伍结构明显优化，“年轻态”水平大幅提升。

改革不仅让青年先锋、所属单位专家等年轻骨干“上”得有质量，还让业务专长突出的员工“转”得有动力。国贸公司以“面向业务、面向一线、面向海外”为出发点，通过灵活高效的考核机制，让业绩和能力成为考核晋升的首要条件。37岁的新加坡公司原油贸易高级主管于伟因为业绩和业务能力出色，成功竞聘销贸总监。他说：“海外业务市场化管理导向更加鲜明，在团队组建、业绩考评和薪酬体系方面，销贸总监将有更多自主权，创新创效空间更大了。”32岁的张航、33岁的王君伟也通过竞聘从11名候选人中脱颖而出，已派往海外锻炼。改革不仅让“上”和“转”的干部更年轻，还打破了“千军万马争抢提干路”的旧观念。国贸公司人力资源部负责人告诉记者：“业绩突出的销贸总监收入会高于同级别的管理序列干部。这样业务突出的员工就不再仅有管理干部一条路可走，完全可以在销贸序列得到进步和提升，到市场中搏击风浪展示能力，改革更有利于骨干员工走适合自己的发展道路。”干部“起立”后，有没有员工“没坐下”？本次研究总院中层领导岗位竞聘的岗位中，5名原岗干部因竞聘不成功或退出竞聘或退转其他岗位，占比近10%。对于“没坐下”的干部，研究总院非常重视，积极稳妥地做好他们的思想工作。相关干部也表示，愿意发挥技术专长从事技术工作，同时保持积极心态，参加下一轮技术岗位竞聘。

员工能进能出——如何进？因何出？

“能进能出”激发队伍活力。打破身份界限，建立灵活高效的市场化用工制度，才能将优秀人才“引进来”，将不胜任员工“请出去”，促进发展的“血液循环”。改革后，员工的职业发展将实现“纵向贯通、横向转换”，用工政策更完备，用工模式更先进，队伍结构更合理。

“我愿意签署新岗位合同，继续在中国海油工作！”听说要实行岗位合同制的消息，有限公司天津分公司（简称有限天津）员工孙丽率先报名。在本次改革中，符合条件的社聘制直签员工可以按条件转为岗位合同制员工。人力资源部相关负责人表示，一方面，用工形式纷繁复杂给统一的人事管理及绩效考核平添了不少管理难度；另一方面，同一团队中的不同用工形式会造成员工工作积极性不高、个人能力提升愿望不强等问题，给稳定一线队伍、夯实安全管理带来挑战。打破身份界限，会不会带来低水平“一刀切”，影响队伍整体质量？既要广开“进”口，又要严把“进”口。国贸公司加大市场化及公开选聘力度，打造高质量平台“筑巢引凤”，从国内外市场引入高端贸易人才。有限天津一方面引进海外知名高校、科研机构和企业的高水平专业技术人才，另一方面针对关键核心领域等薄弱环节，探索引进高水平创新人才，力争在关键技术和产业发展领域实现突破。进，皆大欢喜，出，则往往难尽如人意。针对部分员工担心的“能进能出是否意味着考评不合格就要被辞退”等问题，记者采访了多家试点单位人事薪酬工作人员，他们表示，“明确退出标准，丰富退出渠道”绝非“一刀切”地解除劳动合同，而是结合工作实际明确了在岗员工、新聘大学生、新引进成品人才等不同类别员工的退出标准，为员工去留提供更加灵活多元的选择。

收入能增能减——如何增？因何减？

“能增能减”提升人才动力。更高的全员绩效是“把蛋糕做大”的基础。收入向生产一线和科研一线倾斜，突出了正确的导向，激励员工到企业更需要、更重要的岗位工作，贡献更大的价值。

“海贴涨了，海龄长海贴还能再高，这在一定程度上改善了我的家庭生活。”来自南海西部油田的一位出海员工说。激励措施实打实，导向效果更明显，不少员工反映，海贴提高后大家的出海积极性空前高涨，很多陆地终端员工也积极申请出海，一线员工更加愿意“向海而行”。一位在渤海一线工作了十几年的平台总监说，原来海上条件艰苦，年轻人不愿意出海，不时会有“空岗”问题。遇到急难险重工作，带动大家积极性也有困难。现在海上通讯条件改善，海贴随海龄逐年增长，“被动替岗”逐渐转变为“主动上岗”，一线队伍的稳定性更有保障了。一位集团公司人力资源相关负责人表示，收入分配向科研和海上一线合理有效倾斜，促进“能增能减”制度化是本次改革的重要目标。研究总院通过设置项目长岗位奖（揭榜挂帅）、增设科研津贴等多种方式，体现收入差异化，对科研人员实施精准激励。一位青年骨干表示：“成为揭榜挂帅的重大项目负责人，收入也会有一定程度的提高，这大大增加了科研一线的获得感。”员工收入向生产一线和科研一线倾斜，与此相对，如何做好“减”字文章？今后，集团公司各级子企业将全面推行经理层成员任期制和契约化管理，经理层成员的薪酬将会按照契约约定刚性兑现，年度或任期考核不合格的，扣减当年全部绩效年薪或任期激励；

超额完成考核目标或作出突出贡献的，则按约定激励到位。在调研中记者发现，干部是带队伍的“领头羊”，干部改革的焦点是干部年轻化。干部年轻化的动力在哪里？压力是什么？记者将在后续的深入走访中寻找答案。

（梁冰洁　张宗鹭）

两个比例提升，人才薪火代代传

习近平总书记在2021年秋季学期中央党校中青年干部培训班指出，“年轻干部生逢伟大时代，是党和国家事业发展的生力军。”选拔任用年轻干部是一项长期政治任务，事关中国海油的可持续发展。建设一支适应新时代要求的高素质专业化年轻干部队伍、进一步优化干部队伍年龄结构是三项制度改革的重要目标之一。

一位在中国海油工作多年的党组直管干部认为，明确“40岁左右直管干部比例逐步达到20%，35岁左右中层干部比例逐步达到30%”的“两个比例”硬指标，彰显了中国海油党组站在海洋石油事业薪火相传的战略高度，大力培养可堪大用、能担重任栋梁之才的担当和决心。

干部年轻化如何带来新变化？

一位曾在管理岗位工作多年的“老海油”认为，改革必须下好先手棋，把高质量的年轻骨干梯队建立起来，确保“海洋石油事业随时都有接班人能顶上”。

三项制度改革是为了海洋石油事业后继有人。一位出海十余年的海上监督告诉记者：“过去，提拔晋升的机会比较分散，在大家眼中更像是‘不确定事件’。改革后，大家感到晋升路径更加明确了，只要好好干，大家都有机会！”

在本次改革中，有限天津分公司任用37岁以下年轻干部14名，同时后续计划再遴选35岁左右年轻干部4到6名，新提拔任用的年轻干部达到20人左右。有限天津分公司人力资源部负责人表示：“改革让更多‘当打之年’的年轻干部走上管理岗位，在基层形成了争当先进、争创佳绩的良好氛围。”

所属单位的“盘子”越大、历史越“悠久”，干部年轻化面临的情况也越复杂，不少单位干部年龄结构与目标比例存在一定差距。

面对差距，是否会根据年龄“一刀切”？记者在走访中发现，多家单位组织部门秉持“不唯年龄，宁缺毋滥”的原则，确保干部选拔质量已成为共识。一位负责新员工培训的人事干部认为，很多时候，优秀年轻干部的优势并非“年轻”，而是自身素质和工作业绩无可争议、出类拔萃。

一位在海上一线工作14年，从操作工一步步成长为平台长、监督、总监的优秀员工，在本次改革中成功竞聘作业公司党委副书记。他告诉记者，自己现在是海上兄弟争相比照的“活样板”，已有不少年轻员工向自己询问成长经验、着手准备履历资料。

“两个比例提升”如何实现“稳步升”？

扩大选拔范围、明确选拔导向、建立选拔机制是实现“两个比例提升”的关键。试点单位从自身实际出发，精心选拔、大胆起用年轻干部，为三项制度改革的持续深入积累经验。

“如果由你来做中东代表处负责人，给自己定一个贸易额目标，是多少？”中海油国贸竞聘现场，面对评委组长的提问，33岁的王君伟结合海外工作经历侃侃而谈。面对海外疫情的严峻形势，他持续巩固合作关系，灵活创新工作思路，实现资源获取“逆势突围”，促进重点片区一手资源总量大幅增长。凭借优异的工作业绩，他在海外远程竞聘新加坡市场开拓部经理，这样的例子在试点单位并不少见。

“两个比例提升”如何尽快实现？让更多年轻骨干“入围”不失为一种可行方案。过去，应届毕业生从入职到参与中层岗位竞聘，需要8到10年时间才能具备竞聘资格，科研单位员工普遍高学历，入职年龄偏大，不少员工在具备竞聘资格时年龄就已“撞线”或者接近“撞线”。

为解决这一问题，研究总院“不拘一格选人才”，一方面增加竞聘岗位，将专业室主任、首席工程师和岗位经理等岗位纳入竞聘范畴；另一方面扩大竞聘职级范围，参与竞聘级别下探三级，T9级即可参加，给年轻骨干更多展示自己的机会。年轻骨干付殿福改革前是资深工程师，在“揭榜挂帅”“深海一号”超深水大气田设计等重大项目中均有出色表现，按照本次改革要求，他具备了竞聘资格，成功竞聘工程研究设计院副院长。不少年轻员工表示：“付院长的经历让我们看到了希望，大家工作起来更有干劲了。”

目前，研究总院已经完成了“两制一契”签订，35岁左右专业室主任数量从4人提高到16人，4名T9级工程师首次竞聘专业室主任成功，制约干部年轻化的“隐形台阶”不断被打破。

在干部竞聘中，研究总院首次采取“大评委团”制度，邀请包括集团公司总部部门、研究总院各业务单元的专家、员工代表等十余人组成“评委团”，从过往业绩和现场表现等多个维度全方位、深层次考察竞聘者的综合素质，结合岗位需求，确保“能者居上”。

目前，试点单位干部年龄结构均有较大改善。中海油国贸中层正职平均年龄下降至44岁，7名37岁以下年轻骨干进入干部提任考察或培养名单；中海炼化华北销售中层干部平均年龄降至43岁，37岁以下年轻干部实现了“零的突破”，提升至7人。

试点单位年轻干部优秀的个人能力和卓越的工作业绩向广大员工传递了鲜明的改革导向，营造了良好的改革氛围。一位扎根一线的青年技术能手说：“改革让想干事的人有机会、肯干事的人有舞台、能干事的人受尊敬、干成事的人受重用，这样的团队一定有用不完的精气神。”

与此同时，中国海油还坚持完善多渠道发现、常态化专题调研优秀年轻干部、动态储备优秀年轻干部工作机制。在2019年和2021年先后开展两轮优秀年轻干部专题调研，了解掌握一批优秀年轻干部，形成了“集团+二级单位”两级优秀年轻干部库。截至目前，优秀年轻干部库中第一批中层正职有70%被提拔任用，中层副职有68%被提拔交流培养，党组直管领导人员队伍平均年龄同比下降2.63岁，45岁以下年轻直管干部数量占比由9.8%提升至15.1%，干部年龄结构明显改善。

年轻骨干“事上练”如何做到扎实练？

干部年轻化是系统性工程。要建立年轻干部培养梯队，必须把年轻干部、目标骨干送到海外、一线、重大项目等“急难险重”的岗位上经受锻炼；必须建立科学有效的考评机制“选苗育苗”；必须“扶上马，送一程”，让年轻干部的职业发展道路行稳致远。

习近平总书记指出：“刀要在石上磨、人要在事上练，不经风雨、不见世面是难以成大器的。”中国海油要实现高质量发展，离不开一批又一批经过“事上练”的年轻干部。中国海油党组书记、董事长汪东进提出，要切实增强培养选拔优秀年轻干部的责任感紧迫感使命感，打造符合建设中国特色国际一流能源公司要求的优秀年轻干部队伍。

一位直管干部坦言，年轻人好找，年轻干部不好找。如果在提拔前，年轻干部经受的锻炼不多，练就的本领不强，盲目提拔无异于“拔苗助长”，不利于个人发展乃至整个干部培养梯队的完善。为确保海洋石油事业后继有人，必须把年轻干部、目标骨干送到一线、海外等重要、艰苦的岗位上，让他们经历大工程、大项目的考验，为他们提供“事上练”的机会。

在本次改革中,“优先考虑有海外工作经历的竞聘者”体现了中海油国贸“向一线倾斜、向海外倾斜”的年轻骨干培养导向。2021年初，中海油国贸选派3名35岁以下骨干员工赴新加坡工作，近期还将有两批更年轻的员工赴海外接受锻炼。

不少单位还通过多设副职、助理岗位的方式，为年轻骨干提供“事上练”的机会。“党委搭台、骨干唱戏、择优选角”，中海实业各所属单位增设经理助理和见习经理岗位，通过“工作内容变、岗级不变”的方式，加快对年轻骨干的培养，为未来的干部选拔做好准备。

在本次竞聘中，研究总院2020年底选拔的“十大科技青年”有8人竞聘成功，2021年初配备的20名兼职院长助理有12人走上更高岗位，新提任干部中70%以上来自优秀年轻干部库。通过提前发现、提前培养，研究总院的“选苗育苗”工作成效初显。

中海炼化华北销售辽宁公司党委副书记孙健是华北销售37岁以下上岗干部之一。在此之前，作为公司的总经理助理，他接受了一年左右的培养和锻炼。在中海油国贸，同样有作为公司重点考察对象的年轻干部在副职岗位上经受考验。在岗位上对年轻骨干持续培养，给他们提供“事上练”的位置，为更高的岗位层级储备选拔对象，已经成为试点单位的共识。

通过竞聘上岗，一批批充满活力与干劲的年轻干部正陆续走上新岗位，然而“上岗”绝非干部选拔和培养的终点，如何让多种多样的人才在合适的岗位上切实发挥价值，充分激发人才活力、呈现崭新气象，记者将在后续的深入走访中寻找答案。

（梁冰洁　张宗鹭）

三条通道打通，晋升不过“独木桥”

随着三项制度改革持续推进，干部员工的心态也悄然发生了变化。一位研究总院的青年骨干发现，自己参与竞聘的技术岗比想象中更加“激烈”——不少同事这次选择竞聘的是技术岗。一位国贸公司的青年骨干直接选择竞聘销贸总监：“改革给予销贸总监一定的绩效考核权和利润提成权，未来还有选人用人权，我带团队出业绩的信心更足了！”

人力资源部一位相关负责人告诉记者，过去大家都希望进入管理（M）序列，可谓“千军万马挤独木桥”。三项制度改革直指职业序列、岗位晋升、人才培养等涉及干部员工队伍的关键问题，旨在打破身份界限，建立健全以合同管理为核心、以岗位聘任管理为基础、人岗匹配、进出通畅、灵活高效的用工制度，力争实现员工“能进能出”程序化。同时，进一步优化序列设置，建立多序列并行的晋升通道，让员工职业发展路径更通畅，让多渠道人才培养可持续。

“两个合同”如何激发企业活力？

企业劳动用工制度是现代企业制度的重要组成部分，是企业加强和改进管理，提高企业竞争力的基础。建立健全以合同管理为核心、以岗位聘任管理为基础、人岗匹配、进出通畅、灵活高效的市场化用工制度，是此次三项制度改革关于劳动用工方面的改革要点。

“以前就是闷头干活，听了三项制度改革的一系列政策宣传，我要好好规划自己的职业发展！”在本次改革中，一位36岁基层加油站经理通过积分制成为一名岗位合同制员工，她对自己的职业未来充满期待。

眼中有光芒，心中有希望。身份变化带来的不仅是员工归属感的提升，还有对职业发展更高的追求。这位站长在加入中国海油之前曾有过十多年的同行业工作经历，但入职以后，依旧从零起步。她一步步从一名普通的加油员到班主管再到站经理，中级工、明星站经理、优秀员工等一系列的评定与荣誉为她带来的绝非一纸证书，更有不断增长的转岗积分和持续提升的综合能力。她认为，本次改革设置通过积分成为岗位合同制员工是敦促大家不断提升自我的有效方式。

无独有偶，这个观点也得到了另一位“90后”加油站经理高翔的认同。面对积分制中的学历要求，已超额完成全年业绩目标的高翔表示自己正在利用业余时间抓紧进行学历教育，争取早日“达标”。据了解，成为岗位合同制员工虽然设置了一定的“门槛”，但也提供了1-3年的审核“缓冲期”，这为暂时不符合转制条件的员工提供了更多机会。

“一岗一协议、换岗变协议”的“岗位合同制”用工模式，究其根源在于构建更具市场竞争力的用工机制。岗位聘任协议进一步明晰对岗位职责和能力素质的要求，将有力地促进员工提升对于工作岗位的契约意识。

岗位合同制，是否意味着一劳永逸？人力资源部相关负责人告诉记者，本次改革推行的岗位合同制是“两个合同”，其一是劳动合同，其二是岗位合同。在签订劳动合同基础之上，干部员工还将根据工作内容和职能签订聘任协议或岗位合同书。岗位合同不仅与工作内容、绩效评定密切相关，还有一定的任期要求，所以实行岗位合同制并非让大家一劳永逸，不断提升自身能力、保持良好工作状态，永远是职业发展的硬道理。

“三条通道”如何呼唤奋斗热情？

专家评选不再“一评定终身”，管理序列不再是“晋升最优选”……改革根据不同岗位职能特点和管理方式的差异，科学建立了多路径职业发展体系，畅通了不同序列间横向转换通道，鼓励引导员工结合自身特长选择适合的职业发展路径，越来越多的员工主动提升素质能力，积极争取发展机会，燃起了前所未有的奋斗热情。

习近平总书记指出，要用好用活各类人才，不要都用一把尺子衡量，让有真才实学的人才英雄有用武之地。用好人才就要为各类人才搭建干事创业的平台，构建充分体现知识、技术等创新要素价值的收益分配机制，让事业激励人才，让人才成就事业。

根据业务特点和人才专长优化岗位序列正是本次改革的重点内容之一，M、B、T、W分别对应管理（含销售）、业务、技术（含科研）和技能序列。在岗位序列设置方面，原管理序列（M）新增销售队伍（MS），原技术序列拓展为技术（T）与业务（B）两个序列，原技能序列（W）保持不变。

本次改革在T、B、W三序列中还分别增设与岗位职级并列的专家序列。一位人力资源部相关负责人告诉记者，只要业绩或成果突出，即使是资历较浅的青年骨干，也可以通过获评专家得到与专家头衔相匹配的工资级别，实现“跨级”跃升，这无形中提高了非管理序列对骨干员工的吸引力。

从“一把尺子”到“三道并行”，中国海油通过深化改革加快构建科学的人才培养体系，着力培养更多适应高质量发展、高水平科技自立自强的各类人才。

在岗位序列比例方面，原来MTW三个序列比例分别为33%（管理）：27%（技术）：40%（技能），经过本次改革后，三个序列比例调整为11% ：58% ：31%，管理序列大幅精简，技术与业务序列规模、种类均得以扩充，技能序列更加完善。

以国贸公司为例，总部三大运营中心和海内外贸易公司中方员工除中层副职以上岗位外，全部进入销贸序列。销贸序列突出业绩导向，为优秀人才快速成长进阶提供了顺畅通道。

研究总院一位职能部门的岗位经理转聘为业务单位的专业室主任，实现了岗位序列的转化，更有利于发挥技术专长；华北销售一位区域副经理转聘为资深顾问，虽退出管理序列但充分发挥个人价值，为企业带来效益；国贸公司两位中层干部转聘为销贸总监，更好地发挥了自身的业务专长。

未来，随着“两制一契”刚性兑现，业绩指标直指管理效果，管理岗位不再“高枕无忧”。采访中记者发现，无论是重新竞聘成功的“老领导”还是转岗提拔的“新干部”，普遍感受都是“肩上的担子更重了”。

同时，本次改革中利好科研和一线的精准激励让不少非管理序列员工充满期待。权责更加明晰，贡献得到认可，付出收获保障，传统的管理序列不再是职业发展的“独木桥”，“不在管理岗位，一样贡献价值，拥有收获”的导向让不同专业特长的员工拥有更多元的选择。

用好“长板”如何助力职业发展？

求木之长者，必固其根本，欲流之远者，必浚其泉源。人才的可持续发展离不开干部人才队伍结构的持续优化。着眼源头，入职初期的“新员工”是干部人才队伍建设的“最初一公里”，帮助他们用好自身“长板”，走好职业发展道路，是改革的目标之一。

面对管理、销贸、技术、技能等多种人才序列，如何结合各序列体系特点“因材施教”，实现差异化、针对性培养，成为各单位着重解决的关键问题。

许多高校为提升学生综合能力，充分尊重学生意愿，实现有针对性的差异化培养策略，在低年级阶段不设专业划分。经过1-2年的通识教育后，学生可根据个人兴趣和发展特长选择细分专业，平稳步入适合自己的发展道路。

本次三项制度改革也充分考虑人才的多样化发展，为避免固化成长路径，为年轻员工提供更多选择，在原有岗位序列基础上，将技术、管理序列T8和M10以下基础岗位统一纳入新增设的业务序列，基础业务岗位锻炼将成为新员工入职的“通识必修课”，帮助年轻员工在“事上练”，发现自己的能力“最长板”，沿着最具优势的发展道路拾级而上。

那么，积累了几年业务经验，能力“最长板”也在工作中得以展现，自我发展目标逐渐明晰的青年员工如何顺利实现职业进阶？许多单位根据自身业务特点，亮出特色答卷。

为实现优秀青年干部早发现、早培养、早使用的目的，研究总院通过实施“兼职助理选培计划”、室主任任职资格“下探三级”等系列措施，让优秀青年干部进行多岗位历练，竞聘中层管理岗即具备室主任工作经验成为现实。国贸公司坚持畅通销贸体系职业渠道、畅通优秀年轻干部人才发展通道“两个畅通”，创新岗位代理制，允许符合条件的年轻员工先参与管理工作再到岗，精准施策、差异管理。

为减少干部成长不必要的台阶，中海实业将管理序列M10以下压缩为同一层级，在岗位不变的前提下，员工均可通过选拔担任同层级经理助理、见习经理等职务，全方位锻炼管理能力，表现优异且展现出工作潜力的青年骨干优先纳入提拔范畴。

贴合实际才能有的放矢。通过科学完善劳动用工体系，优化人才培养选拔制度，提供更多锻炼机会，使各序列岗位价值都得到了充分释放，各类人才都能找到自己的“长板”，走上最适合自己的职业发展道路。下一步，改革还要通过科学合理的薪酬改革制度，让干部员工的创造活力竞相迸发、聪明才智充分涌流，记者将持续跟踪报道。

（梁冰洁　张宗鹭）

把蛋糕做大，让能者多得

“我们坚持发展是第一要务、创新是第一动力、人才是第一资源。”在2021年12月16日出版的《求是》杂志上，习近平总书记署名发表重要文章，强调了人才对于全面建成社会主义现代化强国的重要意义。

千秋基业，人才为本。中国海油三项制度改革同样以人为出发点和落脚点，凝聚人、激励人、培养人、造就人，为员工营造成长沃土、为人才搭建展示平台。

如何激活干部员工队伍这池春水？中国海油给出的方案是，增强绩效考核、用准激励机制，把“蛋糕”做大，让能者多得。

分解目标，如何形成“向上合力”？

改革的终极目标是把“蛋糕”做大，把事业做强。只有人人想干事、能干事、干成事，才能提高公司的全员劳动生产效率。本次改革强调领导干部“两制一契”刚性兑现，全体员工强化绩效，其目的正是为了将个人和企业的目标密切结合，形成“向上合力”。

三项制度改革方案出台不到一个月，作为试点单位之一的研究总院举行了中层领导人员集体任职宣布暨“两制一契”签约仪式。接下来的每一年、每个任期，这份“岗位聘任合同”都将对领导干部的任职情况进行精准考核、刚性兑现。截至2021年底，中国海油三级单位已基本完成“两制一契”推行工作，契约意识、竞争意识、危机意识得到强化，管理人员活力被有效激发。

“改革的目标是事业，但改革的关键在人。”一位直管干部在采访中表达了对干部签订“两制一契”、员工签订“岗位合同”的强烈认同：“实现组织目标要靠干部带头，激活大家干事创业的热情，岗位职责约束非常重要。”

企业就像一棵树，若想枝繁叶茂，从根到干，再到枝和叶都要各司其职密切配合，共同向着阳光茁壮生长。对于中国海油来说，建成中国特色国际一流能源公司是企业的组织目标，实施“三大工程”和“一个行动”则是实现这一目标的重要抓手。宏大的组织目标如何层层分解落实到8万海油员工的肩上，推动企业整体目标的实现？关键在于将员工和企业的命运紧紧绑定，形成战略目标分解传导机制，共同凝聚发展合力。

“这个表格展示了薪酬分配机制按品种、部门和个人分别核算方式，目的是发挥考核导向，激励业务拓市增效。”在集团公司深化三项制度改革政策宣贯培训会上，中海炼化华北销售作为试点单位，分享了改革方案设计。当华北销售相关负责人展示到具体核算公式时，在场的各单位人力资源负责人纷纷举起手机，拍照留存以备后续参考。

科学制订各层级、各岗位的考核指标，是本次改革的关键。一位试点单位人力资源负责人表示："考核没有万能公式，这一点大家都很清楚，但是寻找恰当的考核激励方式，将组织目标和个人目标密切结合，是每个单位在制定改革制度时不懈的追求。"

精准激励，如何明确"岗位价值"？

鼓励员工发挥个人价值，前提是识别和认可每一种价值。扎根一线，在急难险重任务面前勇挑重担是一种价值；甘坐冷板凳，敢于向难题发起挑战是一种价值；在普通岗位上，用心用情、认真严谨也是一种价值。肯定价值、尊重热爱才能激发员工的工作热情。

在海油国贸完成的中层干部竞聘中，面向业务、面向海外、面向一线成为岗位设置的重要标准。一位青年骨干虽然在竞聘中未能成功，但他说："我这次选择了平调海外一线接受锻炼，为未来的职业发展做准备。"

职业无高低，岗位有轻重。对于海洋石油工业来说，生产一线是事业的基础，也是生产技术和管理人才成长的练兵场。而海上一线和海外一线更为艰苦，员工除了要实行倒班制，还要面对异乡、异国以及疫情的复杂挑战。

中海油服一位一线经验丰富的"80后"员工，从钻工、司钻、钻井队长、高级队长再到平台经理一步一个脚印扎实走过，随后又经历了5年多的海外锻炼，今年成功竞聘某海外分公司副总经理。他说："对于我来说，这十几年就是一次漫长的蜕变，乐趣与挑战并存，压力和动力兼具。"回顾竞聘经历，他非常感谢自己在一线积累的宝贵经验："因为出身一线，我非常真切地了解大家的'急难愁盼'，在干项目、带队伍时也会努力将管理与现场深度融合。"

本次改革加强了对海上一线和海外一线岗位薪酬激励，鼓励能吃苦、愿吃苦的员工到艰苦的环境中经受锻炼。除了短期内获得更好的薪酬待遇，这些员工未来的职业晋升之路也可获得加分。

"现在陆地终端很多年轻员工开始积极要求出海，我们也在考虑制订相应的岗位轮换机制，让大家都有机会去海上锻炼。"海油发展营口天然气处理厂一位基层管理者说。在基层，面向一线的岗位激励已经起到了实实在在的效果。

基层是发展的基石，创新是发展的动力。在今年举行的两院院士大会上，习近平总书记对广大科技工作者提出了殷切的期望。在10月21日举行的中国海油科技人才大会上，中国海油党组书记、董事长汪东进提出"五个坚持""五个着力"，努力将中国海油打造成为核心技术攻关主阵地、高端人才汇集地、科技创新示范区。

只有占领技术高地，才能把握未来，科研人员重任在肩。“通过设置科研津贴，改革政策不断向科研一线人员倾斜，对于我们来说，既是一种肯定，更是一种鞭策。”采访中，科研人员纷纷表示，这项措施就像为“冷板凳”套上“暖保罩”，暖心的同时也将激励大家在科研之路上发挥更大价值。

海上一线、海外一线、科研一线，改革肯定了重要岗位的价值。“岗位价值体现了一种导向，但这只是最基础的保障，”集团公司人力资源部相关负责人介绍道，“绩效价值则是靠个人的努力来取得的。从出勤、出活到出色、出彩，我们鼓励任何岗位上的员工发挥个人的价值，改革也将对此给予充分的激励。”

为鼓励各岗位员工争先拔尖，有限天津打破“全员一张工资表”，根据岗位层级由高到低，逐渐提高考核优秀的比例，除了与工资奖金挂钩，还与未来职业晋升息息相关。一位一线员工表示：“我们很乐意看到这样的变化，付出与收获成正比，有获得感也更有干劲了。”

全员考核，如何实现“员工认可”？

个人价值的大小该如何评判？如何使考核结果获得大家认可？强化全员、全周期绩效考核，让考核结果更精准。如何让绩效价值尽快兑现？即时奖、季度奖、长期奖与考核结果密切配合，不同岗位根据自身性质制定激励措施，让激励效果更持久，让考核结果更公平。

“考什么才能考到人心里去？考什么才能激发员工的斗志？”在深化三项制度改革政策宣贯培训会上，中国海油党组副书记徐可强向在座的各单位人力负责人掷出了“灵魂提问”，这也是中国海油三项制度改革一直在试图回答的问题。

领导班子、专家、普通员工，不同角色承担着不同的责任和压力，考核的要求自然也不同。

年度考核定收入，任期考核定去留，三项制度改革强化对领导班子的考核力度，及格线高于胜任标准，严要求从领导层做示范；聘期考核强制性分布，激活技术（技能）专家人才蓄水池活力，激发创新型人才创造活力。而对于更加广大的各条战线上的普通员工来说，考核的目的就是考出真业绩、挖掘真本事、识别能干者，在薪酬上向能者倾斜，在晋升之路上形成竞争格局。

除了科研津贴，研究总院结合项目长负责制（揭榜挂帅）、加分项考核等创新管理方式，构建具有科研特色的差异化精准考核激励体系，对科技创新、先进荣誉以及超额完成工作的科研骨干和团队给予额外奖励。同时，项目长对项目成员具备一定的考核权，实现项目管理个性化，将考核对管理的正向作用充分利用起来。

中海实业为了给基层员工更多拔尖、出彩的机会，不断探索多元化考核方式与激励机制密切配合。每年的技能比武和“蓝梦工匠”评选成为员工自我展示的舞台，优胜者将直接获得工资或晋升奖励，起到了“激励一个，带动一片”的作用。

“销售人员对于公司最直接的价值就是销售业绩，”华北销售人力资源部负责人介绍，“此次改革拉开了差距，月度、季度强化绩效与奖金的联系，年度则会更加综合地进行考核。”

海油国贸优化了原有的即时激励措施，设置“月度贸易量超额奖”，树立贸易人员“薪酬是在市场中挣出来的”理念，充分体现激励贡献的价值导向。2021年9月、10月，国内原油团队紧盯市场、协同配合、主动作为，贸易量大幅突破月度目标值。根据激励原则，贸易员杜雷每月提取超额提成过万元。杜雷表示：“三项制度改革后，公司对贸易量进行了单独考核，干得好就能得到认可和奖励，我们感觉动力更足了。”

从干部至员工，人人考核、时时考核、事事考核，激励有标准、激励有吸引、激励有效果。尊重付出、认可价值、鼓励成长的良好风尚正在三项制度改革的推进中悄然形成。

（刘建坤　张宗鹭）

第3节

国企改革三年行动，咬定目标求实效

2020年《政府工作报告》中提到，提升国资国企改革成效，实施国企改革三年行动。同年6月，中央全面深化改革委员会第十四次会议审议通过了《国企改革三年行动方案（2020—2022年）》。《国企改革三年行动方案（2020—2022年）》明确，2020~2022年是国企改革关键阶段，要坚持和加强党对国有企业的全面领导，坚持和完善基本经济制度，坚持社会主义市场经济改革方向，抓重点、补短板、强弱项，推进国有经济布局优化和结构调整，增强国有经济竞争力、创新力、控制力、影响力、抗风险能力。

中国海油深入贯彻落实党和国家的决策和要求，2020年11月召开专门会议，对中国海油的改革三年行动工作进行部署，要求坚决咬定改革目标不动摇，聚焦重点突破难点，按照“可衡量、可考核、可检验、要办事”要求，严格对照《中国海油改革三年行动实施方案（2020—2022年）》，确保改革各项任务顺利完成，努力在贯彻落实国企改革三年行动中走在前列、做出表率。

改革三年行动实施以来，中国海油集团公司党组按照国务院国资委的部署安排，切实把实施改革三年行动作为重大政治任务抓紧抓实，围绕行动方案10个方面72条重点任务，聚焦重点突破难点，努力推动改革三年行动任务落地见效，努力在新阶段的国企改革中奋勇争先。

中国海油部署改革三年行动推进八方面重点改革任务

2020年11月24日，中国海油召开改革三年行动工作部署会。全面贯彻党中央、国务院决策部署，落实全国国有企业改革三年行动动员部署会议和国资委中央企业改革三年行动工作部署视频会议精神，对中国海油改革三年行动工作进行部署。中国海油党组书记、董事长汪东进在部署会上表示，要以更加坚定的态度、更加坚强的决心、更加有力的措施，努力实现公司更高质量、更有效率、更加开放、更可持续的发展，勇当新阶段深化改革的排头兵。

汪东进指出，要坚决咬定改革目标不动摇，聚焦重点突破难点，按照“可衡量、可考核、可检验、要办事”要求，严格对照《中国海油改革三年行动实施方案（2020—2022年）》（以下简称《方案》），确保改革各项任务顺利完成，努力在贯彻落实国企改革三年行动中走在前列、做出表率。

《方案》明确了中国海油完善中国特色现代企业制度、推进中国海油集团公司产业布局优化和结构调整、加快培育高质量发展新动能、积极稳妥深化混合所有制改革等8个方面重点改革任务，并结合“十四五”规划，制定了到2022年公司改革三年行动的具体目标。

汪东进强调，实施改革三年行动，是贯彻落实党中央、国务院重大决策部署，构建新发展格局的重要举措。要把胸怀“两个大局”作为谋划改革的基点，找准构建新发展格局的着力点，进一步增强能源保障能力和市场竞争能力，在服务国家战略、保障国家能源安全、国有经济战略支撑方面发挥主力军作用；实施改革三年行动，是积极应对能源转型升级，推进中国特色国际一流公司建设的必然要求。要推动中国海油集团公司质量变革、效率变革和动力变革，以适应能源转型新趋势，为促进经济社会发展全面绿色转型贡献海油力量；实施改革三年行动，是有效破解发展难题，推动公司高质量发展的现实需要。要通过实施改革三年行动，切实解决一批制约中国海油高质量发展的重点难点问题，在危机中育新机，于变局中开新局。

汪东进要求，要以钉钉子精神抓实抓牢改革工作。要履行主体责任，确保组织领导到位；要精心谋划布局，确保统筹安排到位；要强化工作考核，确保改革推进到位；要鼓励基层探索，确保创新引领到位；要抓好宣传引导，确保共识凝聚到位。

党的十八大以来，中国海油全面贯彻落实党中央、国务院决策部署，积极推动重点领域改革走深走实，改革工作取得一系列重要成果：一是法人治理结构不断完善，“两个一以贯之”取得重要进展；二是加快优化重组产业布局，增强产业链竞争能力和抗风险能力；三是深入推动供给侧结构性改革，瘦身提质增效取得积极成效；四持续深化科技体制改革，公司创新动能进一步激发；五是混合所有制改革稳妥实施，放大国有资本功能和价值；六是积极推进三项制度改革，加大干部人才队伍建设；七是坚持党的领导加强党的建设，为公司改革发展提供坚强保证。通过持续深化改革，中国海油发展方向和思路进一步清晰，经营实力进一步壮大，国有经济“压舱石”“稳定器”作用进一步发挥，国内油气增储上产主力军作用进一步凸显。

（曲艺）

中国海油：汇聚动能激发活力助推企业高质量发展

“十三五”时期，中国海油累计生产原油3.83亿吨、生产天然气1166亿立方米，较“十二五”期间分别增长了24%和13%，充分发挥了油气增储上产“主力军”作用；累计实现利润总额3290亿元，“世界500强企业”排名升至第64位……

“这份成绩单来之不易。‘十三五’时期是中国海油发展史上极不寻常的五年。”中国海油董事长、党组书记汪东进表示，面对低油价和新冠肺炎疫情等挑战，中国海油通过实施产业重组、体制机制改革、混合所有制改革等一系列改革创新举措，增强公司的竞争力、创新力、控制力、影响力和抗风险能力，有力推动了海洋石油工业高质量发展。

在“危机”中育“新机”深入推动改革任务

“中国海油自成立之日起，就是改革开放的‘海上特区’和‘工业特行’。可以说，中国海油是在改革开放中发展起来的。”汪东进说。

汪东进总结表示，“十三五”以来，中国海油在持续优化集团管控模式、全面推进供给侧结构性改革等方面交出了一份满意的答卷：

（1）完成集团总部及所属22家企业公司制改制工作。推动境内全资和控股公司党建入章程，优化完善“三重一大”权责事项清单，有力保障了党的领导融入公司治理、嵌入经营管理。

（2）进一步明确了中国海油总部和各所属企业的权责界面，推进“放管服”改革。组建采办共享中心，将采办集中度提高到90%以上，采办节资率提高了10个百分点；成立法律支持中心，实现了集团法律风险防范全覆盖，提升了企业法治建设水平；启动财务共享服务中心建设，努力实现“加强管控、提升效率、整合资源、降低成本、支撑战略”的财务管理变革目标。

（3）不断增强企业核心竞争力，提升国有资本运营质量和效益。严格组织保障，指导意见先行，细化方案推进，过程控制，逐户督导推进，确保程序稳妥有序；坚持“一企一策”，清理非主业、落后产业、低效无效资产；持续加强应收账款管理和库存管理，加快清仓利库，盘活存量，控制增量；优化担保业管理模式，强化所属单位对担保业务的风险管控，逐步建立了集团的信用风险管控模式；“三供一业”分离移交和厂办大集体改革顺利完成。

2020年是国企改革三年行动开局之年。为此，中国海油也制定了《中国海油改革三年行动实施方案（2020—2022年）》（以下简称《方案》）。

《方案》明确了中国海油在完善中国特色现代企业制度、推进公司产业布局优化和结构调整、加快培育高质量发展新动能、积极稳妥深化混合所有制改革等8个方面的重点改革任务。根据工作安排，2021年确保完成改革三年行动任务的70%以上。

汪东进表示，通过实施改革三年行动，中国海油将在推动产业布局优化和结构调整、提高公司活力和效率等方面取得明显成效，更好地发挥作为国有企业在解决国家发展不平衡不充分问题上的重要作用。

于“变局”中开“新局”重塑产业发展格局

“面对能源变革的新形势、市场竞争的新格局、技术迭代的新情况，中国海油通过实施改革三年行动，加快推进产业改革重组步伐，提出瞄准一个目标、实施五个战略、发挥三个作用、实现四个跨越的‘1534’总体发展思路，进一步增强了能源保障能力和市场竞争能力。”汪东进强调。

5年来，中国海油在优化重组产业布局、推动销售贸易体制改革、数字化转型和创新商业模式等方面取得了一系列成效：

（1）加快优化重组产业布局，配合做好国家油气管网体制改革，稳步推进炼化产业改革重组，激发企业的发展活力和动力，增强产业链竞争能力和抗风险能力，改革红利持续释放。

（2）推动销售贸易体制改革，加快销售贸易业务战略布局，成立中海油国际贸易公司。

（3）组建中国海油集团能源经济研究院，健全战略规划和决策咨询支撑体系，发挥战略参谋部作用，为公司高质量发展提供智力支持。

（4）积极采用物联网、大数据、人工智能等“互联网+”技术改造传统产业，加快推动“智能油田”“智能炼厂”和“智慧油站”建设。

（5）创新商业模式，开发天然气和成品油电商平台，实施“一卡通”互联网营销，实现加油站、加气站共用一套零管系统，截至2021年1月，“海油商城”累计交易额已突破2000亿元。

（6）响应“一带一路”倡议，促进天然气进口来源多元化；坚持低成本、差异化、合资合作等多种模式并行的终端网络开发思路，实现成品油零售能力的快速增长；坚持以油库为中心，面向终端用户的驻库销售，打造具备自身特色的直销能力。

以“混资本”促“改机制”，充分激活发展动力

“十三五”以来，中国海油各层面混改工作取得新突破，中海油能源发展股

份有限公司2019年成功在A股主板上市，中联煤层气公司并入中海油有限公司；海上油气项目混改试点工作取得积极进展，垦利油田群和乌石17-2油田群被列入国务院批复的混合所有制改革第三批试点。

中国海油所属中海油田服务股份有限公司（以下简称中海油服）和中海油安全技术服务有限公司（以下简称海油发展安技服）自2018年入选国务院国资委“双百试点”企业以来，在治理机制、用人机制、激励机制、党的建设等方面取得了一系列成果，有效提高了市场竞争力。

自2017年起，中海油服每年拿出500万元作为技术产品产业化激励基金，采用技术产品产业化项目开发难度、产值贡献度和完成时间节点相结合的方式，设定阶梯式奖励标准。同时，实施推行科技项目经理负责制，最大限度调动广大科技工作者干事创业激情，加快推进“技术发展”战略，攻克关键核心技术，全力保障国家能源安全。

一系列举措取得明显成效。2019年，中海油服实现营收311.35亿元，同比增长41.9%，净利润为25.02亿元，同比增长3434.2%。

2019年，海油发展安技服通过股权出售（总股本的3%）方式向核心管理层及技术骨干实施股权激励，最终完成涉及124名骨干的员工持股工作，将员工个人收益与公司的价值增长相联系、与岗位业绩贡献相结合，打造风险共担、利益共享的“命运共同体”。

经过改革，海油发展安技服营业收入从2017年的4.4亿元增加到2020年的10.2亿元，复合增长率达32%，其中，国内外部市场从2017年的0.52亿元增长到2020年的1.6亿元，复合增长率达45.5%。

同时，中国海油对直接管理的22家二级单位领导班子全面实行任期制管理，推行经理层任期制和契约化管理、内部薪酬制度改革和市场化用工；探索建立业绩考核奖金池、及时奖、超产奖等差异化薪酬激励机制，建立“业绩考核奖金池”与绩效考核得分的联动机制，工资总额与编制用工相配套的衔接机制，以及用工增减、劳动生产率和工资总额的联动机制；探索实施科技型企业岗位分红激励，公司发展活力和效率进一步提升。

谈及未来的改革发展，汪东进表示，“中国海油将狠抓落实、攻坚克难，夺取改革三年行动新胜利，不断推进中国特色国际一流能源公司建设，为保障国家能源安全、促进经济社会发展做出新的更大贡献。”

（杜燕飞）

郝振山委员：中国海油严格对照国企改革三年行动实施方案，确保如期完成任务

2021年是国企改革三年行动的攻坚之年，李克强总理在今年的《政府工作报告》中强调，深入实施国企改革三年行动，做强做优做大国有资本和国有企业。近日，记者就国企改革相关问题采访了来自中国海油的全国政协委员、“海上铁人”郝振山。

郝振山表示，改革工作只有聚焦重点、突破难点才能做到纲举目张，中国海油严格对照改革三年行动实施方案，努力在贯彻落实国企改革三年行动中走在前列、做出表率。

他告诉记者，中国海油将改革三年行动作为一项重大的政治责任，制定印发《中国海油改革三年行动实施方案（2020—2022年）》，明确了完善中国特色现代企业制度、推进公司产业布局优化和结构调整、加快培育高质量发展新动能、积极稳妥深化混合所有制改革等8个方面重点改革任务。

推进国家治理体系和治理能力现代化是全面深化改革的总目标。对中国海油而言，持续修订完善公司中国特色现代企业制度体系，推进公司治理体系和治理能力现代化，是2021年改革的首要任务。

郝振山表示，深化三项制度改革是推进国有企业改革的重要举措，对于完善国有企业市场化经营机制，推动国有企业高质量发展具有重要意义。这也是中国海油此轮改革重点任务之一，日后将不断推动三项制度改革走深走实。

同时，中国海油深入抓好科技创新能力建设，加快培育高质量发展新动能。

“以我所在的中海油服为例，作为国务院国资委‘双百企业’之一，我们积极探索科研体制机制变革，选取‘研产用’一体的科技项目作为试点，实施科技项目经理负责制，最大限度调动广大科技工作者干事创业激情，攻坚关键核心技术。”郝振山介绍，通过加快推进关键核心技术装备攻关，以“贪吃蛇”钻井系统（旋转导向和随钻测井系统）为代表的一系列技术取得重要突破，实现大规模产业化应用。

在管理层面，中国海油还将积极推动集团管控体制改革，完善“战略+运营”型集团管控模式。通过进一步推进信息化、数字化、智能化转型，为提升公司国际一流管理水平提供有力支撑。

为保障这些改革项目落实落地，中国海油以实现重大突破为重点，以落实主体责任为主线，以强化监督考核为手段，制定了5个方面的推动措施，切实履行改革主体责任，健全完善组织机构和工作机制；建立细化工作台账，形成了130个改革小项；建立改革工作督办机制，将改革工作落实情况纳入巡视巡察、审计监督、专项检查范围，等等。

郝振山表示，中国海油将持续推动公司质量变革、效率变革和动力变革，全力以赴打好改革三年行动攻坚战、持久战、协同战，以适应能源转型新趋势，为促进经济社会发展贡献海油力量。

从“带头羊”到“拓荒牛”

30年前，1991年2月15日，在全国人民迎来农历辛未羊年的第一天，《解放日报》发表了署名“皇甫平”的文章——《做改革开放的“带头羊”》，吹响了全国新一轮解放思想、改革开放的号角。

30年后，我们迎来了农历辛丑牛年。不久前，习近平总书记号召广大干部群众在新起点上续写改革开放的新篇章，敢闯敢试、敢为人先、埋头苦干，勇当新时代的“拓荒牛”。

从“带头羊”到“拓荒牛”，时光走过半个甲子，在党的领导下，中国人民已经从皇甫平评论里提到的“基本实现温饱”到如今全面建成小康社会。历史雄辩地证明，改革是强国富民的唯一道路，没有改革就没有中国人民美好的今天和更加美好的明天！

一直以来，诞生于改革开放的中国海油始终把改革作为公司持续健康发展的核心驱动力，通过“三条线分离”“海外上市”“国际资本市场运作”等一系列体制机制改革，不断释放发展活力，不断做强做优做大国有企业。“十三五”以来，公司瞄准建设中国特色国际一流能源公司的目标，通过成功实施产业重组、体制机制改革、混合所有制改革等一系列改革创新举措，有效推动了我国海洋石油工业高质量发展。

从“带头羊”到“拓荒牛”，改革开放已走过千山万水，但仍需跋山涉水。当今世界百年未有之大变局正在加快演变，我国正处于实现中华民族伟大复兴的关键时期，面对复杂多样的深层次矛盾和问题，摆在我们面前的使命更光荣、任务更艰巨、挑战更严峻、工作更伟大。

如果说“带头羊”更多是需要“敢为人先”的勇气，那么，“拓荒牛”除了勇气还需要“善为人先”的智慧，面对复杂问题，既要敢于出招，又要善于应招，因为容易的、皆大欢喜的改革已经基本完成，剩下的都是难啃的硬骨头。

2021年，是中央确定的国有企业改革三年行动的攻坚之年，也是中国海油新一轮改革的关键之年。接下来，要聚焦重点任务，完善中国特色现代企业制度，深化混合所有制改革，加快推进重点项目落地，推动企业经营机制转换；要注重激发活力，把“三项制度”改革作为全面深化改革的“牛鼻子”；要突出基层创新，深入开展“学先进、抓落实、促改革”专项工作，鼓励进入“双百行动”“科改示范行动”等专项工程的企业率先改、大胆试。

新年伊始，我们要争做推进改革的“拓荒牛”，勇于推进改革，敢于自我革命，敢为人先、善作善成，咬定目标，蹄疾步稳，愿辛丑牛年也能以名副其实的“改革年”而载入中国海油公司发展的史册！

（张馨亚）

“赛先生”揭榜挂帅

“接过责任状，我深感满满的责任和千钧重担，唯有十二分努力，才能对得起这份重托。”11月26日下午，在中国海油有限公司海南分公司（简称有限海南）科研项目“揭榜挂帅”授旗仪式上，揭榜人童传新感慨发言。

为解决制约油气勘探、开发、生产的关键问题，打赢关键技术攻坚战，保障有限海南“十四五”高质量发展，当天，9名课题长“挂帅出征”，并现场签署责任状。通过实施“揭榜挂帅”，深化科技体制机制改革，有限海南希望鼓励有能力、敢担当、想干事的科技人才积极投身关键技术攻关，为公司高质量可持续发展提供有力支撑。

啃下“硬骨头”，为何还要再“涉险”？

科技创新能力是企业的核心竞争力，坚持科技自立自强、深化科技体制机制改革，是有限海南推动油气勘探开发迈向新时代的重要方式。

“十三五”期间，南海西部虽然成功解决了一批制约油气勘探开发的关键技术，形成了高温高压、深水超深水钻完井关键技术，全面投产了我国海上最大高温高压气田东方13-2气田及我国首个自营超深水大气田“深海一号”。展望未来，科研攻坚依然任重道远。

随着公司业务向高温超高压、深水深层及新区新领域大步迈进，勘探开发地质条件也更复杂，作业难度更大。“十四五”期间，高温高压、深水、低渗、中深层等勘探开发理论和技术问题依然需要寻求突破，水下油气生产系统、半潜式生产平台和超高温高压测试、钻完井工具等关键核心技术风险依然存在。

想解决这些问题，就要想方设法加强科技人才培养力度，加大科技创新步伐。

从南海西部油气勘探历程来看，每一段跨越式发展，必然伴随着重大理论和技术的创新。为此，有限海南落实中国海油集团公司科技创新强基工程方案要求，以重点科技攻关为抓手，增强公司发展的底气与实力。

有限海南牢牢锚定万亿方大气区建设、“七年行动计划”落实，精准对标“三大工程、一个行动”方案要求，把制约增储上产的关键核心技术作为重点攻关方向和主要研究内容，由9名课题长“挂帅”攻坚。

“挂帅”出征，有哪些配套保障？

“‘揭榜挂帅’，就是英雄不问出处，谁有本事谁就上，目的是给有能力、敢担当、想干事的人搭建平台、擂响战鼓，”有限海南科技与信息化部主要负责人说，“为推进这项工作，我们即将推出一系列保障制度。”

具体来讲，有限海南将进一步加强科技体制机制改革创新力度，深化项目管理“放、管、服”有效实施，完善科技攻关和科研成果奖励机制，先行先试、边试边改，将激励、放权、考核和容错机制贯通起来，让科研团队拥有自主权的同时，增强团队责任感和获得感，保证科研实施效果。

为用好“揭榜挂帅”，引导科研人员敢啃硬骨头、敢接烫手山芋、敢涉禁区险滩，有限海南科研承担部门和单位将“张榜”一批高质量的科研项目，各相关部门和单位将全力配合，加强相关的配套资源保障，在重点科技攻关中培养、考察、选拔、任用科研骨干。

为配合“揭榜挂帅”，有限海南还将打出一系列“组合拳”，包括实施创新攻关联合体、项目长负责制、科技成果转化激励机制、科研项目“红黄牌”制度、科技荣誉表彰等，持续为科研解绑减负，切实激发科研团队和科技人才的创新活力，推动油气勘探开发关键领域的理论和技术创新。

“在项目长负责制中，我们计划赋予项目长‘四权’——选人用人权、研究自主权、绩效考核加分权、经费执行权，并通过改进科研考核模式，强化科研有效投入等，对于产出不明确或不理想的项目实行‘红黄牌’制度。”

“同时，我们还要加大对科技领军人才和青年创新人才的荣誉激励。”

此外，有限海南为保障科研项目合规、高效实施，要求项目长必须严格履行第一责任人职责，强化防范风险、廉洁自律意识，严把项目实施过程的合规性，坚决杜绝发生违纪违规问题。

“揭榜挂帅”后，接下来怎么干？

“接过帅旗，内心的责任感和使命感更强烈，任务必须完成好！”有限海南副总经理兼总工程师（钻完井）、集团公司“十四五”重大科技项目长代表刘书杰说。

“创新、奋斗，不抵黄龙不回还！”有限海南专家童传新亦是斗志昂扬。他说，当前，南海西部上产2000万立方米的攻势正紧，建设万亿立方米大气区的号角早已吹响。作为天然气增储上产的主战场，莺琼盆地经过40年的勘探，走向深水、深层是必由之路，十分有必要开展深层超深层成藏条件与机制研究。

“既然揭了榜、领了任务，接下来的4年，我们将按照任务目标，进一步突破水下生产系统、超高温高压钻完井等技术瓶颈，实现南海深水、高温高压钻完井技术体系全面升级，为南海西部气田安全高效开发扫清技术障碍！”“海洋人物”刘和兴说。

更多的揭榜人“鸣剑抵掌”：有人表示，真正原创的技术，要敢于冲破现有的理论框架体系，正所谓不破不立，要有勇气提出新理论、开辟新领域、探索新路径；有人表示，要集智攻关、团结协作；更有人表示，要胸怀祖国、志存高远，“这不是空话，真正把我们的科研事业融入党和国家发展大局，你会觉得工作更有意义、有干劲。”

……

一场科技攻关的“新长征”，已在有限海南开始。

（张光明　李涛）

中海油服：以改革跑出发展加速度

以国资委“双百企业”改革为契机，中海油服充分利用各种改革“政策包”和“工具箱”，深化改革创新，提升管控效能，激发发展活力，经营业绩大幅改善，创新能力和市场竞争力显著提升，以改革跑出发展的加速度。

优化管控模式，重塑组织活力

2010年以来，中海油服着力扩大产业规模，作业和服务质量大幅提升，基本具备与世界一流油田服务公司竞争的能力。

但长期规模化发展也带来一系列问题，以往聚焦国内、投资拉动型的发展模式及总部集权式运营管控模式遇到挑战。

面对新形势，中海油服充分考虑生产经营现状及中长期发展需要，深入分析当前制约公司发展的短板，通过“双百行动”综合改革试点，破解发展瓶颈。

为优化公司组织机构，匹配战略发展需要，中海油服从总部部门入手，打破传统的直线职能管理模式，构建“扁平化”管理架构。提出“引领发展、促进发展、管控风险、保障发展”的总部定位。

人力资源部作为改革执行者，率先自我革命，推进人力资源改革，相关部门进行系列优化整合，撤销采办管理部，成立采办共享中心；将财务部和计划资金部合并，成立计划财务部，以标准财务为主，构筑优质财税运营体系。

中海油服总部改革取得成效后，改革向所属单位延伸，国内分公司“瘦身”，管理岗位减少200余个；海外“实体化”转型，将原33个海外机构整合为25个，压缩编制53%；事业部两级部门优化，平均压减幅度35%。

推进三项制度改革，持续开展各种激励

为进一步激发员工干事创业的激情，并增加员工的获得感，中海油服建立以提高劳动生产率和人工成本投入产出率为导向的工资总额分配机制，即基本薪酬（50%）+效能薪酬（30%）+绩效薪酬（20%）的组合分配方式，在兼顾公平的同时，充分考虑经营效益和效率的激励作用。以效能薪酬部分为例，最高与最低奖金标准相差80%。

同时，大胆尝试企业管理层及核心骨干员工股权激励，聚焦国际化和技术发展骨干员工，选取120名骨干科研人才纳入正在实施的股权激励计划，将高端科研人才与公司发展绑定，并且突出差异化考核，精准激励高价值创造的群体，先后推出技术产品产业化成果转化激励、市场开拓即时奖励等专项激励措施。

每年拿出500万元作为技术产品产业化激励基金，设定阶梯式奖励标准，某科研团队通过兑现科研转化和市场销售目标，一次性给予带头人40多万元的奖励；推行科技项目经理负责制，加快推进技术发展战略，全力保障国家能源安全。

深化混合所有制，破解高端工具生产难题

随着国内油气增储上产取得积极进展，油田技术装备需求旺盛，然而，机加工车间产能却制约着公司技术产品的规模化应用。

为此，中海油服引入“机加工专业强者”——中南机械有限公司，以“托管”方式突破油技机加工产能瓶颈，加快推进技术产品的系列化、产业化。

为进一步提升产能，中海油服大力推进油技高端机加混合所有制改革项目，通过设立股权多元化的混合所有制公司，打造技术服务业务新增长点。2020年7月24日，广东中海万泰技术有限公司正式注册，该公司股东包括中海油服、政府基金、私营战略投资方和财务投资方，既实现了国资对企业的控制力，也提高了公司对该加工业务板块的影响力。

新的混改公司作为中海油服高端石油机械装备的重要制造基地，产品包括旋转导向钻井及随钻测井设备、裸眼电缆测井设备等高端石油机械装备及机械零部件，不仅能满足中国海油集团公司的采购需求，也可为国内外企业提供相应产品配套服务。

未来，中海油服将始终把改革创新作为确保自身高质量发展的内在基因，继续提高改革攻坚能力，推动深化改革，取得更大突破、展现更大作为。

安技服：争做深化改革“一面旗”

2009年，安技服经营团队只有34人。2015年，油价断崖式下跌，骨干员

工大量流失。面对危机，安技服以“双百行动”为指引，蹄疾步稳，从一家经营规模小、服务模式单一的企业，逐步成长为一家初具规模的外向型技术服务公司。

风险共担，利益共享

2017年3月，安技服与深圳第一创业创新资本管理有限公司签署增资协议，股权交易价格8560万元，对应10%股权，海油发展持股比例由100%变为90%，安技服正式开启股权多元化之路。

“既然能够引入民营企业作为股东，员工是不是也可以成为安技服的股东？”长达一年的时间里，安技服进行了充分研究，仔细论证，按照国资委的要求，经过与上级主管部门讨论，逐步明确岗位分红激励和员工持股计划。

“从每年净利润中拿出不超过15%作为激励总额，不高于当年净利润增量的50%，激励岗位达到员工总数的30%。”在这样的激励政策下，2018年，安技服对关键岗位102人进行了分红激励。

伴随着第一波“改革红利”，安技服员工的积极性被充分调动，公司管理层借改革东风，根据《国有科技型企业股权和分红激励暂行办法》，2019年完成涉及124名骨干员工的持股认购工作。

至此，个人收益与岗位业绩贡献、公司的价值增长紧密相连，形成了风险共担、利益共享的命运共同体。

全面公开竞聘上岗

近年来，安技服始终步履坚定地走“轻资产、重人才、重技术、市场化、专业化”之路。

公司的发展要靠人，特别是要依靠技术骨干和管理层的带动作用，员工最大的激励来源于薪酬，而现在最大的问题来自编制和薪酬的限制，另外一个困难是旧有思路和理念的冲击和改变。

围绕“选、管、考、酬、退”，探索职业经理人管理模式，短期、中期激励与年度、任期考核相结合，激励与约束并重，共选聘21名职业经理人，其中5名为中高层管理人员自愿脱掉“马甲”，成为“职业经理人”。

全面推行公开竞聘上岗，上至干部、下至员工，共700余人通过竞聘走上岗位，未竞聘上岗人员进入创业中心待岗，再培训、再上岗，实现了内部人员合理流动。

两年的时间里，安技服对两名考核为“基本称职”的干部进行了岗位调整，对两名考核为“不称职”的干部进行了免职或解约。

打破“一张工资表”

在改革的快进键下，如何将蛋糕合理分配，既充分激励员工，又让大家心服口服？对改革推进者来说，不仅仅需要胆识和魄力，更需要智慧和思考。

“学习陕鼓集团创新转型之路，我们也搞归零赛马。”这是2018年公司在学习陕鼓集团改革案例后提出的方案。自此，安技服打破“一张工资表”体制，充分激发员工干事创业的活力。

在深入分析产业发展和自身情况后，人力资源部提出以分配制度注重“差异化、可量化”为基础的“归零赛马”机制，公开选聘“赛马团队”负责人，由其自主招募管理团队，实行三年任期考核，对超额完成指标的团队进行强激励（超额利润的10%～20%），第一年完成率低于75%或前两年综合完成率低于85%的团队负责人“下课”。

职位层级从九级压缩到六级，完善序列划分，增加科研技术序列和市场营销序列，缩短人才成长通道，量化考核体系。

“‘归零赛马’赛的不是个人，而是团队，”安技服首席专家石烜感慨地说，“通过实施‘归零赛马’，公司可以说发生了一次蜕变。”

（时超）

海油发展：聚焦主业，改革转型

2021年，海油发展紧扣塑造核心产业，打造核心能力，推动转型发展，深化改革创新。截至目前，海油发展经营质量效率稳步提升，累计实现营业收入较上年同期增加23.8%，净利润较上年同期增加24.5%。

明晰方向，聚焦主责主业

在2021年11月海油发展发布的“十四五”发展规划里，按照“三个牢牢把握”的思路，海油发展将公司产业优化整合为能源技术服务、低碳环保与数字化、能源物流服务三大产业。“发展定位的明确和产业结构的优化，有助于加快发展方式向质量效益型转变，加紧发展动力向创新驱动型转变，加速公司治理向现代化企业转变，推动公司实现更专业、更高效、更绿色、更安全的可持续发展。”海油发展党委相关负责人表示。

重点提升提高采收率技术服务保障能力，是海油发展聚焦主责主业、打造核心能力的主攻方向之一。2021年9月16日，海油发展工程技术公司完成渤中34-9油田A32井压裂作业，23天后，日产液量增长了2.8倍。“此次压裂作业标志着我们具备了在海上油田自主实施一趟多层压裂作业的能力，成为海上压裂作业的主导者，有效助力冬季保供。”工程技术增产作业公司措施中心经理张文鹏说。

海上稠油资源的有效动用对推动国内增储上产意义重大。海油发展热采专班针对渤海油田多数平台作业空间受限、电力供给不足等问题，开启了新思路，将基于“地质油藏+工程工艺”的热采设备全部流程化“浓缩”集成，科学“嫁接”到移动支持平台，小型化、橇装化、移动化的热采装备不但解决了海上平台吊装能力、供电负荷、设备摆放空间等因素对稠油热采实施的限制，而且化解了常规稠油热采注汽期间采油平台无法开展其他大型作业的难题。

“移动式热采进一步提高了热采船建造及规模化发展的可行性与技术储备水平，将成为‘十四五’期间稠油增产的重要抓手。”海油发展稠油热采项目组刘全刚说。

转型升级迈向智能绿色

“新能源产业不是一道选做题，而是必做题。”海油发展紧跟能源转型大势，对公司内部清洁能源产业资源开展集中盘点，加快组织机构调整，成立清洁能源公司，由传统油气能源技术服务向清洁能源技术服务迈出了关键一步。

公司持续加强光伏投建运一体化模式开拓，加快光伏综合技术能力建设。2021年11月24日，海油发展清洁能源公司光伏发电项目成功，成为中国海油首个兆瓦级分布式光伏项目，标志着公司绿色低碳战略在分布式光伏发电领域取得新突破。

在智能基地建设方面，海油发展以服务油气田开发为目标，结合供应链转型工作理念，持续提高基地综合保障能力，全力做优海油特色能源产业价值链。

“你瞧，屏幕上不断移动的小点，就是现场的作业设备，现在我们能准确知道每台机具在什么位置、在做什么，好像给指挥中心加了一副智能眼。”海油发展物流惠州公司通过给人员和机具佩戴定位跟踪的装置，结合基地电子地图，实现了仓储物流的可视化。截至目前，作业资源调度智能模块已于惠州基地投入试运行超100天。2021年10月，数字化技术成功应用于物流惠州智能基地324船次，船舶靠港后实现一次性装船成功，备货集港环节提前2.5小时完成，为公司增效618万元。精准配载提升了船舶靠泊效率，每船次平均减少靠泊2小时，每月减少往返1船次，为惠州作业公司降本519万元。

改革创新激发活力动力

海油发展大力推进实施国企改革三年行动计划，深化实施天津院、常州院“科改示范行动”等专项改革工作。

天津院在柴油吸附分离成套技术成功应用的基础上，集中攻关开发Ⅱ代吸附分离工艺，持续加大市场推广和成果的产业化力度，累计新增加工能力约600万吨/年，预计新增产值约3亿元。

常州院将“科改”作为创新发展的重要抓手，持续加强海洋腐蚀防护涂料体系关键技术攻关，科研成果“二维片层材料调控的新型海洋重防腐涂料体系关键技术与工程应用”获得浙江省科学技术进步奖一等奖，成功填补了国内相关技术空白，并实现了国产化替代应用。

（张娅　王曼　张华泽）

第4章

勇担社会责任，书写时代答卷

2021年7月5日，一篇题为《中国海油给我家乡带来的变化》的文章被乌干达及东非地区第一大主流媒体《新景报》(*New Vision*)整版刊登，同时由新华社刊发。文章的主人公Gloria Ntegeka讲述了十多年来中国海油给家乡乌干达艾伯特湖区带来的变化。

2021年11月，中国海油“同舟工程——‘救急难’行动”项目(简称“救急难”项目)入选海南省党史学习教育“我为群众办实事”实践活动十大典型案例(第一批)。2021年，中国海油积极为全国多地困难妇女儿童和家庭办实事，解决“急难愁盼”问题，有效缓解其生活上的困难，防止因病因意外出现返贫致贫，助力乡村振兴。

四十载风雨兼程，中国海油作为大型能源央企，在海上油气勘探开发大潮中不断壮大。在全力保障国家能源安全的同时，中国海油积极履行央企政治责任和社会责任，始终坚定不移贯彻落实党中央、国务院各项决策部署及国务院国资委相关要求，坚守初心使命，勇担央企责任，持续做好巩固拓展脱贫攻坚成果，全面推进乡村振兴；扎实做好“六稳”工作全面落实“六保”任务；积极践行“一带一路”倡议，扩大国际“朋友圈”……中国海油始终坚持以人民为中心的发展思想，把最广大人民根本利益放在心上，多领域、多渠道，将公司发展同国家繁荣、民族兴盛、人民幸福紧密结合。

摆脱贫困，冀以小康。这是人民群众对于美好生活的向往，也是中国海油持续为之奋斗的目标。中国海油累计投入帮扶资金超8.7亿元，对口帮扶的甘肃省夏河县、合作市，内蒙古卓资县，海南省保亭县、五指山市，西藏自治区尼玛县等6个国家级贫困县全部提前脱贫摘帽。

“六稳六保”，关乎民生。中国海油以保障能源安全、粮食安全，推动就业为抓手，扎实做好“六稳”工作，全面落实“六稳”任务，为促进社会高质量发展，贡献海油力量。

对外开放，合作双赢。中国海油积极响应“一带一路”倡议，深化“一带一路”合作，坚持以油气主业为引领，协同专业服务公司和中下游业务板块一体“走出去”，努力实现保障国家能源安全与企业高质量发展的有机结合。在开展海外业务的同时，中国海油注重当地的环境保护和人才培养，切实将“一带一路”能源合作走实走深。

时代是出卷人，我们是答卷人。在我国向第二个百年奋斗目标进军的新征程中，中国海油承担起了更多的政治责任和社会责任，把“在经济领域为党工作”

的使命担当扛在肩上，全面深化油气产业链多领域对外合作，更加积极融入国家重大区域发展战略，推动地方经济社会发展；将巩固脱贫攻坚成果同助力乡村振兴有效衔接，创新帮扶方式，提升帮扶实效，接续助力脱贫地区经济社会发展和人民群众生活改善；把履行社会责任、改善服务民生放在心上，在海洋保护、公益合作等项目上倾情投入，助力海洋生态文明建设，实现海洋资源有序开发利用，为“美丽中国”增光添彩。

第1节
情牵山海，圆梦小康

一座生态营地，让甘加草原旅游业焕发生机；一个扶贫车间，让村中儿童不再留守；一个助学项目，圆了大山女孩的“求学梦”；一个“金点子”，让特色帮扶产品走向全国；一个种养殖方案，助多家贫困户脱贫致富……民族要复兴，乡村必振兴。在向着第二个百年奋斗目标迈进的新征程中，中国海油严格落实“四个不摘”要求，持续巩固脱贫攻坚成果，助力全面推进乡村振兴，扎实推进各项衔接工作。

2021年，中国海油以“因地施策、精准发力，巩固成果促振兴”为总体思路，投入帮扶资金1.15亿元，因地制宜研究制定支持6个对口帮扶县市的举措，培育发展甘加营地、卓资熏鸡等具有地方特色和优势产业，助力产业振兴；着力建设线上电商平台、线下帮扶特色产品体验馆，推进产销结合；与“雏凤”基金等慈善组织合作，加大捐资助学力度，支持发展基础教育和职业教育，让更多孩子有学上、有书念；拓宽定向招聘对口帮扶县市高校毕业生范围，鼓励更多学子走出大山，成为“新海油人”，同时依靠建设帮扶车间促进当地人口就业，加强农牧民就业技能和转移就业能力培训，提升当地就业能力，助力人才振兴。

房屋新了，道路通了，医疗条件改善了；孩子们有学上，乡亲们有工作，村子里有产业。日子好了，人心暖了。情牵山海，圆梦小康，新生活，新变化，仍在继续……

一座生态营地让甘加草原焕发生机

“自从营地开建，我们两口子就在建造场地打工，每天有300元的收入，还能就近照顾家。等到正式开营了，我们还要留在这儿。”如今，住在甘肃省夏河县的藏族妇女久西吉和丈夫老杨的愿望已经实现了。

2020年8月22日，在喜庆热闹的甘南藏族自治州民间传统节日“九色甘南香巴拉·拉卜楞香浪节”开幕之际，由中国海油捐资并建设的甘肃省夏河县甘加生态旅游露营地（简称甘加营地）正式开营，预计每年可创造400万元财政收入，因地制宜地为当地提供了生态旅游致富途径，成为“绿水青山就是金山银山”的生动实践。甘肃省夏河县是中国海油对口帮扶地，已于2019年4月脱贫摘帽。甘加营地是中国海油在这里援建的重点项目之一，它的建成为当地旅游产业的发展插上了翅膀，也为贫困居民改善生活条件带来了希望。过去，久西吉夫妻二人仅靠打零工生活，上有70多岁的老人，下有两个孩子，一家人的日子过得有些艰难。特别是疫情期间，他们无法出去打工，失去了收入来源。自从营地开工建设，久西吉在建造场地负责勤杂，爱人老杨挖土方，都有了稳定的收入来源。“以后咱这就有自己的旅游景区啦！”久西吉对营地的未来充满期待。

夏河县脱贫摘帽后，中国海油持续巩固脱贫攻坚成果，落实“四个不摘”的要求，准确把握当地的自然环境优势，捐资900万元在甘肃省夏河县甘加秘境景区建设甘加营地项目，由中海油能源发展股份有限公司配餐服务分公司（简称海油发展配餐公司）负责营地建设。“甘加营地的建设突破了当地多年来的旅游发展困境，”在营地竣工之际，甘肃省夏河县人民政府在向中国海油发来的感谢信中说，“甘加营地以其特色化搭建模式、多样化服务功能，为当地旅游产业提供了可借鉴、可复制、可推广的创新思路和新模式，为全县旅游产业发展起到示范带动作用。”

宿营区里，一座座洁白的帐篷错落有致，与周围广阔碧绿的草坪相映成趣，成为一道亮丽风景（图4-1）。甘加营地位于夏河县甘加秘境景区内，占地约100亩，除了宿营区，还设有运动场、篝火广场等多个功能区。中国海油对营地建设的环保标准要求极高，营房均采用无毒无害的环保材质，配备先进的污水处理系统和垃圾处理系统，采用一体化可调节地台形式，最大程度减少了对水草的破坏。据中国海油驻夏河县挂职扶贫干部，夏河县常委、副县长张健介绍，甘加营地投入运营后，预计年收入约400万元，不仅能够增加就业，还能为深入开发当地旅游资源潜力、完善旅游产业链、实现产业良性循环和高质量发展贡献价

图4-1 中国海油在甘肃夏河援建的甘加营地

值，促成产业扶贫从“输血”向“造血”的转变。凭借前期的有效宣传及“香浪节”活动吸引来的客流，甘加营地一开营便迎来“开门红”，已有不少露营爱好者和游客预订了营地房间。一位参与过体验式入住的游客赵女士说：“营地配套设施和服务完善，房间设计和布局富有特色，推开窗就能看到崖壁、草原、古城和遍地野花，充满高原露营的独特魅力。”

如今，久西吉一家人迎来了“三喜”。营地建成后，他们夫妻二人都继续留在营地工作，一个做保安人员，一个做保洁员，两人的月收入5000多元。久西吉每天都乐呵呵的：“我俩在家门口有了工作，我的大女儿考上了甘南师范大学，真是三喜临门！”

（管艳敏　祝自力）

一个扶贫车间让端阳儿童不再留守

“绿遍山原白满川，子规声里雨如烟”，古人翁卷的这句诗，像在描写甘肃省甘南州临潭县新城镇端阳村如画一般的风景。如今，在这里伫立着一座现代化的生产车间——中国海油甘南扶贫车间，正为生活在美景里的人们增加甘甜。

2019年以前，扶贫车间还未建成，端阳村这个地方依然鲜为人知。扶贫车间的原址是一块近20亩的荒地，原本就崎岖的山路要是遇上下雨就变得更加泥泞。端阳村里的孩子大部分都是留守儿童，他们之中有一些三四年没与父母团聚，有一些甚至从出生就再未见过父母。由于交通不便，大部分孩子只能步行去镇上上学，而且因为路途遥远，一个月穿坏一双布鞋的情况很常见。本来是欢快无忧的年纪，孩子们的脸上却写满了无奈和沧桑，对他们而言，最大的愿望就是能一直在爸爸妈妈身边。直到中国海油甘南扶贫车间建成后，端阳村村民的生活才发生了翻天覆地的变化。现在，每到周六下午，成群结队的孩子就在扶贫车间门口的小广场上尽情玩耍，他们衣着整洁，有骑自行车的，有玩滑板的，有溜旱冰的，小玩具五花八门。他们边玩边等妈妈下班。当妈妈从厂区大门出来的那一刻，正在玩耍的孩子总能快速从人群中找到自己的妈妈，然后拉着手一起回家，每个孩子的脸上都洋溢着幸福的笑容。

2019年4月，个人防护服装备生产扶贫车间顺利建成（图4-2）。在当地政府的宣传下，车间组织招聘会招聘当地工人。当了解到扶贫车间是为中国海油的

图4-2　中国海油在临潭县新城镇投资建设的个人防护服装备生产扶贫车间

员工生产服装和工鞋之后，前来报名的人络绎不绝，里面不乏贫困户和外出务工返乡人员。报名结束后，外聘技术团队迅速为他们开展了为期10天的集中技能培训，并在后续工作中持续开展培训，将一名名家庭主妇培养成合格的现代化工厂职工。同年8月，工鞋车间也建成运营。如今，中国海油甘南扶贫车间帮助当地136名群众实现了就业。

由于车间实行工资计件制，工人们的收入随着操作的熟练程度的提高而逐渐增加，家庭条件日益向好。“去年，我每天都要很早起床，步行去厂里上班。今年，我已经用攒下的工资买了电动车，上下班轻松了。”车间职工吕金花夫妇二人以前在兰州打工，自从车间建立后，他们果断报名，丈夫进了工鞋车间，妻子在工服车间。“这一年来，经过我们夫妻俩的努力，收入的确高了不少，现在孩子也能穿上干净漂亮的衣服了。”说到这里，吕金花脸上露出喜悦的表情。

“晚上加班有面包和饮料，天气热了还有水果，每当加班到夜晚，公司都会安排车辆把我们这些家远的挨个儿送到家门口，真是太贴心了。”工服车间缝纫组组长邓秀林说道。甘南扶贫项目组经理孔号为能够更好地开展扶贫工作，到岗后第一件事就是走访家庭贫困的职工，了解有哪些困难，以便更有针对性地帮助他们渡过难关。他说，扶贫车间不仅要带动村民脱贫，更要通过点滴行动让来车间工作的村民感受到央企的责任和以人为本的理念。

“最重要的是，我们再也不用跟孩子分离了！”说到这儿，吕金花难掩激动。对于孩子们而言，父母的陪伴才是最重要的，每天能吃上妈妈做的饭，上学的时候有父母接送，周末能和家人出去逛街……这才是孩子们最大的幸福。比起新衣服和好吃的，每天都能见到爸爸妈妈，是让吕金花的女儿李琴最开心的事：“我要感谢中国海油，把扶贫车间建在家门口，让我不用再过留守的生活，让我们家有了生机，让我们村有了春天的希望。”

（王晶　孙宝林　秦培尧）

一项助学金圆了“雏凤”求学梦

生活在大山脚下小山村里的王雪娜是个有梦想的女孩，她期望成为一名老师，然而现实的沉重让她不敢做梦。王雪娜的家在五指山市毛阳镇牙开一村，上小学时，年迈的爷爷奶奶双双生病，家里为了给二老治病花光了本就不多的积蓄。后来，哥哥姐姐相继因贫困被迫放弃学业，读书一度成了这家孩子的奢望。“我得为这个家做些什么。”小雪娜打定了出去打工补贴家用的主意。然而，“雏凤”助学金的到来，为她被贫困折断的梦想重新插上了翅膀。

这里是黎族苗族聚居地区，过去交通不便，经济发展滞后。精准助力教育扶贫的过程中，中国海油通过深入调研了解到，在海南省五指山市，有的家庭因经济困难而放弃了儿女继续接受教育的机会，其中，女孩辍学的比率相对较高。在五指山市妇联的大力支持下，中国海油于2007年成立五指山中海油“雏凤”助学协会，每年捐资10万元，定向用于帮助五指山地区困难家庭高中女生，由协会成员跟踪资金的落实和利用，圆了大山女孩的“上学梦”。

“雏凤”助学协会成立以来，每年年初都会在市妇联的指导下制定助学金发放方案，明确发放对象、申报程序等要求，不断使助学金的发放和使用科学化、规范化。在贫困女生申请助学金方面，制定了学校、村（居）委会、“雏凤”助学协会三级核实的审核机制，确保助学金精准发放给真正有需要的女孩。据统计，自“雏凤”助学协会成立至今，共资助五指山地区女生1094人次，发放助学金103.5万余元。2014年，就在王雪娜为是否要上高中而痛苦抉择之时，中海油“雏凤”助学协会对她进行了资助，让她感受到了雪中送炭般的温暖，坚定了接受更高阶段教育的信心和决心。“我们家的女孩子也能出息了！”王雪娜的父亲为孩子的未来感到欣慰。如今，王雪娜已经大专毕业，成为一名幼儿教师，完成了她的梦想：“现在我每天都很快乐，每天都在感恩，‘雏凤’改变了我的命运。”

至今，“雏凤”助学协会资助的贫困家庭女生中，已有900多名考取各类高等院校。

王燕、杨惠琴是中海油“雏凤”助学协会的成员，她们年近六旬，本想着退休就放松休闲，但自从加入协会之后，便不遗余力地为资助工作奔走在五指山市的各个村庄，温暖着每个受助孩子的心。

2020年7月的一天，她们又跟五指山国营畅好农场二队的女孩荣坚见面了，与她和家长促膝长谈，了解荣坚的学习生活情况和家中需要解决的困难。她们将“雏凤”和中国海油的关爱传递给需要帮助的女孩。梦想，在大山深处萌芽；助学，温暖山中“雏凤”，怀揣梦想，飞出大山，凤飞蓝天！

（罗新增　林贞）

一个“金点子”助力保亭特产走出大山

北纬18度、热带雨林、槟榔谷、梦幻谷……保亭独特的自然风光，让人心驰神往。保亭红毛丹、七仙岭山竹、六弓百香果、无胶菠萝蜜……这些名号很响的热带蔬果，让人回味无穷。

位于海南省五指山南麓的保亭县曾是国家级贫困县，中国海油于1995年开始定点帮扶保亭县，持续投入扶贫资金，并先后向那里选派了8名扶贫挂职干部。农业是保亭县的支柱产业，更是农户的主要收入来源。过去，由于销售途径不畅通，当地产出的蔬菜水果经常大批量滞销。为此，中国海油南海西部地区慈善公益工作委员会办公室积极落实消费扶贫举措，着力解决保亭县蔬果的销售问题。不仅由员工食堂采购当地农产品，还筹建扶贫产品体验中心，更大范围地推广销售产自保亭县的40多款农副产品。

“果甜价更“甜”！错过等一年！这就是我们海南保亭的黄金百香果，果汁比例高达45%，维生素含量高，男女老少皆宜！欢迎大家扫描屏幕上的二维码进行选购！”在“中国海油”微信公众号上，中国海油派驻保亭县的扶贫干部张保山正通过视频和当地工作人员一同介绍、宣传保亭特色农产品黄金百香果。为了让对口帮扶地的特产被更多人了解、购买，中国海油新闻中心联合各对口帮扶地扶贫干部，策划了一系列“带货”短视频。镜头跟随扶贫干部走进帮扶地的田间地头、加工车间，在特色产品生产第一线“带货”。“真好！再也不怕百香果卖不出去了。”保亭县新政镇毛朋村委会的农户王晓敏脸上露出甜蜜的微笑。

此外，在海油员工中，“小哥哥”“小姐姐”也纷纷通过短视频平台为扶贫产品“带货”，推广扶贫产品的新吃法、新做法，比如用产自甘肃的牦牛奶粉和酥油茶自制奶盖奶茶、牦牛乳曲奇饼干、牦牛乳冰激凌，获得了众多网友下单、关注和点赞。“咱们的扶贫产品牦牛奶粉正在逐步成为‘网红’奶粉，销量较往年同期有了很大的提升。”海油智选商城负责人胡春艳说。

卓资熏鸡、五指山红茶、安多牦牛肉……在中国海油智选生活扶贫体验馆东沽店，看到种类繁多的扶贫产品，已经退休的老海油人张曾波有些挑花了眼。近日，听说中国海油对口帮扶地区的扶贫产品纷纷上架，他特意驱车一个小时前来选购。

600千米外，内蒙古卓资县卓资山镇，和平村村民白玉梅正在当地一家生产亚麻籽油的企业包装线上忙碌着。作为家里的唯一劳动力，获得这份工作后，她每个月有了2000元的固定收入，改善了他们家庭的现状。为了帮助扶贫地区贫困户实现增收，让跨越“万水千山”的扶贫产品早日走进终端市场，中国海油通过电商拓路、产业扶植、宣传推广等措施，打出一系列“组合拳”，助力消费帮扶。

对中国海油而言，精准推进消费扶贫不仅仅意味着把扶贫产品卖出销量，更要为之打造品牌，从内到外进行赋能和品质提升。

早在2018年，中国海油就创新实施了“3·15”消费帮扶模式，即建立集团公司统筹、扶贫办牵头、所属单位落实的三级联动机制。海油发展配餐公司是消费帮扶主要实施单位之一，公司针对6个对口帮扶县市的几百种扶贫产品，通过统一标准、统一检测、统一研发、统一品牌、统一营销等“五个统一”措施进行全方位“赋能”，开发其优势和潜力，提升产品价值和知名度。不仅让产品从滞销变畅销，更能进一步从根本上提升帮扶产品的长远竞争力，激发对口帮扶地区发展的内生动力，提升其“造血”能力。

当拥有近百年历史的老字号，遇上时下最流行的直播带货，它们之间会碰撞出怎样的火花？

走进卓资山老字号熏鸡的加工车间，熏制鸡肉的香味扑鼻而来。卓资山熏鸡是中国十大地域名小吃之一，同河南道口烧鸡、山东德州扒鸡并称“中国三大熏制名鸡”。为了让卓资山熏鸡“飞”得更远，中国海油为卓资老字号熏鸡食品销售有限公司提供了真空气调设备和冷藏车，帮助延长熏鸡的保质期，使其真正具备“走出去”的条件，更有利于在电商平台销售。传统的制作配方、工艺加上现代化的熏制、保鲜设备，搭配极具现场感、体验感的直播推广，让卓资熏鸡不仅成为卓资人餐桌上的美食，更通过电商平台成为全国各地消费者都可以享用到的特色美食。

2020年以来，中国海油上下联动、内外联合、全员参与，形成了消费扶贫的强大合力。迄今，中国海油建设的扶贫产品体验馆从10家增加至16家，在自有“海油智选”网上商城的基础上，与央企消费扶贫馆、社会扶贫网、人民优选商城、中国农业银行等10余家单位进行网上商城合作；同时，在中国海油各所属加油站设置帮扶产品货架，形成了线上线下矩阵式销售网络，拓宽了销售渠道。

（刘瑶　张妍　管艳敏）

美了乡村，富了乡亲

几十幢黄色小楼在蓝天绿草间错落有致，山峦层叠、水草丰美，房屋四周盛开着金黄色的小花，漆上暗红色的柏油马路随着高低起伏的坡道连接着每家每户，不远处的小学里传来稚嫩的读书声。篮球场、瓦房牛羊圈一应俱全，这里是改造提升后的甘肃省甘南藏族自治州合作市勒秀镇麻木索那村，中国海油帮扶投入资金1100万元，该项目的建成不断拓展该村产业发展，切实推进巩固拓展脱贫攻坚成果与乡村振兴有效衔接。

2021年7月7～9日，由中央网信办网络社会工作局指导，国务院国资委新闻中心主办的“走进新国企·见证美丽乡村”采访团前往甘肃省甘南藏族自治州合作市、夏河县进行走访。

藏族阿妈有了新家

“现在的扶贫村交通方便了，村民住上了新房子，卫生间和城里一模一样，”中国海油挂职干部、合作市副市长杨中鲁说，“合作市的大部分村庄都在草原上，景色优美，视野辽阔，拥有丰富的旅游资源，这也是当地政府近年来全力打造乡村旅游的优势。”

麻木索那村干净整洁的一幢两层小楼内，窗明几净，充满藏族风情。这是藏族阿妈（奶奶）和四个孙子孙女的新家，阿妈的儿女常年外出打工，新建成的房子让她能够更好地照顾孩子们。

“以前村民的房子一楼是牛棚、羊棚，二楼是村民自住，这样居住最大的问题是人畜不分离，村民居住环境差，并且人容易感染一些疾病。”勒秀镇党委书记当子加介绍，中国海油为麻木索那生态文明小康村改造提升项目投入资金1100万元，牧民的居住环境也得到较大改善，村子旁边的游客服务中心正在建设，将以产业为抓手持续推动群众增收。

全套的木质家具、精致的藏族摆件、宽敞明亮的房间、新鲜的糌粑酥油茶……这样的村子，中国海油在合作市共援建了22个。同时，在距离村子不远的地方建了瓦房圈养牲畜，在每个乡设立畜牧兽医站，建设医院、援建学校，提升了当地居民的工作、生活、医疗质量。

铁尖木措的新工作

"葛尔仓庄园"是夏河县曲奥乡香告行政村东北部的太阳沟自然村的四星级民宿，2021年5月正式开业。共有10间客房，即6个标准间和4个藏式客房，村民铁尖木措在这里找到了新工作。

"铁尖木措原来是在青海、西藏跑项目的，现在太阳沟发展得好，村民们也回来'创业'了，'葛尔仓庄园'目前日均营业额达1万元，周末营业额可以达到2万元。"曲奥乡市场监督管理所所长马君介绍称。

2020年，太阳沟村被列入甘南藏族自治州"一十百千万"工程文化旅游标杆村项目。2015年以来，在中国海油的支持下，太阳沟自然村对旅游基础设施进行了升级改造，并相继开展了民俗特色村寨、生态文明小康村、星级民宿打造等项目。"我们村现在溪水潺潺、河道干净、亮化工程做得好，晚上看起来更漂亮。在中国海油的帮扶下，越来越多的游客来到太阳沟景区。"马君介绍称。

与此同时，中国海油与地方政府协商建设了甘加旅游露营地项目。此项目已于2020年8月开始试运营，预计年收入400万~450万元，解决当地村民就业20人左右，每年为甘加镇预计分红50万元。"这个项目无论是在建设过程中，还是交付后，都给当地居民带来了切实的收益，大家伙儿都很高兴。"中国海油挂职干部、夏河县副县长张健说。

我们的未来会更好

对口帮扶的6个县市全部提前脱贫摘帽，272个贫困村全部"出列"，助力减贫超10万人，70万人民开启更加美好的新生活……中国海油围绕"两不愁三保障"脱贫基本要求和核心指标，着力解决帮扶地的短板弱项，并集中优势资源，因地制宜"输血"，多措并举"造血"，解决"一老一小"民生问题，精准推进基础设施援建、产业扶贫、教育扶贫、消费扶贫等。

2021年5月，中国海油脱贫攻坚总结表彰暨乡村振兴动员部署大会上，中国海油党组提出重点抓好"五大工程"，聚焦支持6个对口帮扶县市特色优势产业发展，做好脱贫攻坚成果同乡村振兴的有效衔接。2021年及未来一段时期，中国海油将持续统筹协调资源，支持革命老区振兴发展，推进"救急难"、数字国学馆等项目。

2021年4月2日，中国海油携7家所属单位进藏开展藏族毕业生专项招聘，这是中国海油第一次进藏开展现场招聘，也是唯一一家由中国海油集团总部主动带队进藏招聘的中央企业。中国海油推进精准就业扶贫，着力实现“一人就业，全家脱贫”，近两年已有近300名贫困地区大学生、200多名贫困农民入职。在“我为群众办实事”实践活动中，中国海油将持续稳定年度毕业生招聘规模，开展针对就业困难地区、困难人员专项招聘工作，确保“招进来、留得住、用起来”。

路平了、电通了、有学上、有工作、能看病……帮扶地村民的居住生活环境得到了根本的改善，也有了持续发展的内生动力，中国海油将持续巩固拓展脱贫攻坚成果，全面推进乡村振兴，助力建设美丽乡村。

（刘晶晶）

日子有盼头，幸福在心头

11月初的内蒙古卓资县，冷空气如约而至。卓资山镇福康小区内，建档立卡贫困户李成换、李富换兄弟二人吃完晚饭，坐在沙发上看着新闻，有说有笑，地暖让屋里暖和得像春天一般，和窗外的寒风凛凛形成了鲜明对比。这便是卓资人民如今幸福生活的一个小小缩影。

易地搬迁：“五福”临门搬新居

“冬天有地暖，做饭能用电，我们再也不用掏灰瓦火了！”张永富今年64岁，是卓资县建档立卡的贫困户。2019年9月，他和老伴儿在老房子过完最后一个中秋节，便从卓资山镇小东滩村搬进了福康小区，从此告别了挖井吃水、烧炕取暖的日子。

按照卓资县小村整合与易地扶贫搬迁工作总体安排，“十三五”时期，卓资全县共确定易地搬迁人口11125人，包括建档立卡贫困户6546人；其中，依托小城镇实施易地扶贫搬迁安置共7372人，贫困户5180人，分布于卓资山镇福源、福佳、福祥、福安、福康“五福小区”。

张永富的3个孩子都在呼和浩特市工作，逢年过节姐弟三人会回到卓资看望父母。张永富告诉记者，搬迁前，孩子们每次回来都要“翻山越岭”，车开不进山沟，从外面带回来的东西要费好大劲儿扛回家；搬迁后，福康小区周边交通便利，东侧不远处便是高铁卓资东站，开车一个小时便能从呼和浩特到达这里。“现在孩子们回来的次数更多了，我老伴儿还能常常去呼市帮他们带带孩子。”

为了进一步做好易地扶贫搬迁群众的后续扶持工作，解决好搬迁户劳动力就业问题，2021年年初，中国海油利用专项资金开展建设易地搬迁移民就业服务中心项目，两座就业扶贫车间分别在福康、福安小区应运而生。

52岁的张秀兰2019年4月从红召乡搬到福康小区，目前在就业扶贫车间参与制作吨袋，每月能有一两千元的收入。张秀兰家里一共三口人，孩子2021年7月刚刚参加工作，丈夫在周边乡镇打零工，不仅要到处跑，收入也不固定。“现在我在车间工作，每个月有了稳定的收入贴补家用，能减轻爱人和孩子的不少压力，我很满足。”张秀兰说着，手里的活儿也没停，脸上挂着浅浅的笑。穿针、引线、剪裁、缝制……缝纫机、烫印机的声音此起彼伏，一个个盛酒皮囊、汽车坐垫、仿真草坪、吨袋在车间工人的手中诞生。从田间到车间，从农民到车间工人，易地搬迁小区的就业扶贫车间帮助上了年纪的人和弱劳动力者在家门口找到了稳定工作，不断激发搬迁户的内生动力，保障当地群众稳定增收，改善生活。

关注健康：兜底保障解返贫之忧

“我这腿是以前落下的病根儿，天一冷就容易疼。”今年65岁的李成换以前住在卓资山镇的广兴城村，靠帮别人放羊为生。由于长时间在户外活动，受了凉，患上了关节炎。看病、开药、打针、复查都需要花钱，但李成换并不担心因病返贫。他告诉记者，得益于中国海油的健康医疗专项扶贫项目，他每月的医疗花销不到200元。

面对卓资县医疗水平相对落后、全县因病致贫人口较多的难题，2019年，卓资县使用中国海油专项帮扶资金，为贫困群众购买医疗商业保险，对贫困人口重大疾病集中救治，非重大疾病贫困患者住院兜底报销，覆盖全县15596名贫困人口。

日常的复查、开药，李成换在福康小区党群服务中心的医务室就能进行，偶尔他还会去中医诊室针灸，腿疼的老毛病得到了极大的缓解。没事时，李成换就到就业扶贫车间里压吨袋、做折包，在社区做一些志愿工作，每年能有近6000元收入，加上养老金和低保金，每年能有1万元左右的收入。“现在生活过得好了，日子有了盼头，心里也敞亮！”李成换说。

翻新校舍：为祖国花朵点亮希望

在卓资县的老城区中，一座杏色的三层小楼格外显眼，院子里五颜六色的儿童滑梯区热闹非凡，几个五六岁大的孩子在绿色的保护垫上肆意奔跑，笑声如银铃般动人。

卓资县幼儿园建于1980年，起初校舍只有几间平房，由于条件有限、年久失修，平房渐渐变成了危房。2017年年底，在中国海油的援建下，一座崭新的幼儿园拔地而起，成了能为500名幼儿提供学习场所，并优先解决城乡建档立卡户儿童入园问题的内蒙古自治区足球特色幼儿园、乌兰察布市示范幼儿园。

绘画课、声乐课、手工课、陶艺课、科学课、足球课……一堂堂课程生动又多彩，孩子们在老师的带领下探索着大千世界的缤纷精彩。

“全校现在有9个班，每个班每周安排两节足球课，孩子们都很喜欢上，”园长闫三平介绍道，“我们还在多媒体教室的空地搭了一个小型简易足球场，如果遇到天气不好的情况，足球课就可以转到室内。”

目前，卓资县幼儿园入学人数200人，解决了10户建档立卡贫困户家庭、7户低保户家庭和3户残疾家庭幼儿入园问题，从保教质量到数量都有了较大提升。

产业帮扶：助卓资山珍名天下

当拥有近百年历史的老字号遇上时下最流行的直播带货，它们之间会碰撞出怎样的火花？

随着近年来互联网和电商平台的迅猛发展，2017年，中国海油转变帮扶形式，在卓资县开展建设电子商务平台，进一步扶持县域企业发展。同时，中国海油创建“电商平台+县域企业（合作社）+贫困群众”的帮扶模式，带动卓资贫困群众脱贫增收。经过对卓资县8个乡镇的实地调研后，中国海油筛选出6家可规模开发的企业和农业合作社，产品主要有卓资熏鸡、燕麦制品、冷榨亚麻籽油等。

2020年5月8日和9月6日，“京东卓资特产馆”“有赞卓资特产”两个电商平台正式上线，部分商品同步登陆中国海油“智选商城”，在海油员工中掀起购买热潮。电商平台的建设帮助扶植并完善了熏鸡、亚麻籽油、杂粮、生猪等产业的生产、加工、销售产业链。项目实施以来，中国海油累计帮助当地销售农产品收入超1500万元，带动910户贫困户增收，解决贫困群众就业2401人次。

（刘瑶）

大海托起“太阳”

2002年，中国海油参与援藏工作，对口帮扶西藏自治区那曲市尼玛县，开启了山海同心奔康庄的征程。

近20年来，中国海油在基础弱、条件苦的“世界屋脊”打造出一条新的脱贫“天路”。但面对振兴乡村新开局，提高当地“造血”能力，仍任重道远。

图4-3　尼玛县一位小学生拿到了中国海油志愿者送来的水杯

实现全面小康，需要阻断贫困的代际传递。在这方面，教育的功效无可替代。中国海油深谙此道。

从脱贫攻坚到乡村振兴，战略重心的转变，既给乡村教育带来了重大发展机遇，同时也赋予了乡村教育诸多挑战。2021年以来，中国海油持续巩固义务教育保障水平，优化资助体系精准助困，拓宽贫困学子成长通道，赋能乡村经济振兴发展（图4-3）。

“书”送温暖，激发乡村扶志新活力

“看，一定是中国海油的叔叔、阿姨，他们又给我们带礼物啦！”话音刚落，尼玛县完全小学四年级一班的学生们纷纷探出头来。

看着一个个小脑袋趴在窗户上张望，一路饱受高原反应之苦的志愿者相视而笑：“虽然很艰辛，但这趟值了！”

2021年6月11日，中海油能源发展股份有限公司（简称海油发展）渤海地区管理服务中心、海油发展安全环保公司的志愿者奔赴3000千米外的尼玛县，开展“点亮美好·为爱远行”爱心捐书暨海洋意识进校园科普活动，兑现助力乡村振兴诺言。

此前，安全环保公司与中国海油援藏干部付晓宇在沟通中得知，尼玛县中小学校存在大量课外图书缺口。加之当地教育经费紧张，孩子们只能反复翻看早已背熟的教材，感受不到读书的快乐，更难开阔眼界、拓宽视野。

把书送到农村去，不让一个孩子掉队！安全环保公司当即许下诺言，并联合海油发展渤海地区管理服务中心举办爱心义卖活动。仅仅两天，便筹集到1.2万余元，共购买了2098本图书，近半吨的重量涵盖了小学、初中范围内所需的各种课外读物。

6月11日上午，令人期待的“爱心书屋”揭牌仪式隆重举行。金灿灿的牌匾折射耀眼的光芒，更照进孩子们的心中。揭牌后，“爱心书屋”里一片欢笑。

“爱心书屋”的开设，全面提升了尼玛县学生的阅读品质，让学生们拥有了更多课外书籍阅读空间，鼓励他们积累知识，激发他们通过阅读走出大山的动力和渴望，为更多学生开启了希望之门。

“海里的石油也能让汽车跑吗？”“船为什么能漂在海上呢？”捐书的喜悦还未散去，一场精心策划的公开课开讲了……

“让高原孩子们了解海洋、爱上海洋，我们这堂启蒙课至关重要！”安全环保公司党委副书记、工会主席郭成林在课程研讨会上强调。安全环保公司公益组织“小R联盟”既要优化课程设置，又要揣测孩子们的理解方式，经过反复修改排练，短短几天时间，适合高原孩子们的课程终于出炉。

两个小时的课程，安全环保公司“小R联盟”讲师林文带着孩子们畅游海洋，领略海洋的神奇。从海豚到鲨鱼，从海底世界到海洋资源，孩子们不断接触新奇的海洋科普，听得格外认真，一个个睁大眼睛，不时发出惊呼。

看着台下孩子们认真的眼神，林文顾不上高原反应导致的头晕眼花，依然拿出十足的激情解答问题。“以前我只知道大海是蓝色的，原来大海的世界这么广阔！”尼玛县完全小学三年级一班格桑旦增兴奋地说。

“职”等你来，专项招聘促进大团结

从教育到就业，中国海油敞开怀抱，让更多藏族毕业生切实感受“海油大家庭”的温暖。

2021年4月2日，中国海油携7家所属单位进藏开展专项招聘。这是中国海油首次进藏开展现场招聘，也是唯一一家由集团总部主动带队进藏招聘的中央企业。

2021年，西藏自治区高校毕业生约9000人，就业形势严峻。“我们希望进一步推动藏族毕业生在内地就业，促进民族交往交流交融，”中国海油相关负责人表示，“此次招聘55个就业岗位，加上此前在区外高校招聘的西藏生源毕业生，今年将累计定向招聘100名藏族毕业生。现场近200名西藏自治区高校毕业生向中国海油投递了简历。”

为保障招聘工作顺利开展，中国海油积极与当地对接，第一时间制定专项招聘工作方案。一方面，充分发挥援藏干部的纽带作用，广泛动员藏族毕业生参加招聘；另一方面，加大倾斜力度，主要招聘户籍或学籍在西藏自治区的高校毕业生。“原则上，我们的招聘要求放宽到毕业3年以内且未曾就业、学历层次大学专科及以上，对于贫困程度较严重等情况，还可再适当放宽。”中国海油相关负责人说。

据悉，为确保毕业生就业稳定、安居乐业，中国海油各用工单位在录用藏族毕业生后，将加强对他们的业务培训和生活照顾，因地制宜地采取各种形式帮助毕业生更好地融入单位生活和当地社会生活。

“一直以来，中国海油将就业作为援藏的重要抓手，积极履行能源央企的社会责任。”中国海油相关负责人说。

另据了解，疫情防控期间，中国海油积极响应党中央“稳就业”要求，与西藏大学、西藏职业技术学院通过“空中连线”“空中宣讲”等形式开展精准就业帮扶。

数据显示，2020年共有243名西藏高校毕业生在区外实现就业，其中入职中国海油的毕业生达140人，在所有央企中排名第一。此外，中国海油还为35名西藏贫困农民工提供了就业岗位，为加强西藏与区外的交往交流交融、促进各民族团结统一贡献海油力量。

“下一步，我们将认真落实‘四不摘’要求，围绕脱贫攻坚与乡村振兴的有效衔接，重点抓好3项工作。一是推进‘一乡一品’建设，持续抓好产业扶贫、消费扶贫，持续巩固脱贫攻坚成果；二是加大就业援藏、技能培训及交流交往交融力度，深化人员互动、观念互通，激发贫困群众内生动力；三是做好乡村产业振兴规划，以文化旅游为龙头，深入挖掘特色产业，倾力打造文化旅游产业融合发展的新引擎。”中国海油援藏干部公建伟说，相信不久的将来，尼玛县这颗高原上的“藏北明珠”将闪耀更加璀璨的光芒。

（曲艺）

希冀楼里笑声盈

天津，海天云蒸，暴雨如注。

2021年7月14日清晨6点，肖亚平心里想着远方80多个可爱的孩子，冒着雨出发了。

肖亚平来自中海油田服务股份有限公司（简称中海油服）物探事业部。这天，她和同事们作为“蔚蓝力量”活动的志愿者赶到希望小学看望那里久违的孩子们。这一次，她的角色是一名美术老师，将带着孩子们一起画天安门。

河北保定，满目苍翠，烈日炎炎。

上午10时，太阳照耀着希望小学国旗广场上四位领诵的共青团员和少先队员：“你听！大庆铁人‘拼命拿下大油田’的誓言铿锵。”

这一天，河北省保定市满城区最北部山区的中国海油COSL河北训口希望小学里开展“牵手筑梦，点亮未来”志愿服务公益活动。

“带来了希望”

四年级小学生张浩松是领诵者之一。两天前，他听说中国海油的哥哥姐姐们又要来给他们上课，兴奋之余好奇地问老师：“他们这次的午饭怎么吃，碗筷够不够用呀？”

希望小学校长周建强和学生们一样满心欢喜。“每次他们带来的不只是教学物资，还带来了希望。”周建强说。

早在1997年，中国海油在河北省隆化县、滦平县和满城县投资捐建4所希望小学，中海油服对口负责满城训口希望小学（今称中国海油COSL河北训口希望小学）的具体建设工作，2014年开始负责希望小学的后续帮扶工作。

如今，当时建成的教学楼希冀楼已投用25年，9位老师坚守在这里，送走了一届又一届毕业生。

由于地处山区腹地，学生多数是父母外出务工的留守儿童。目前在校生只有84名，实行“包班制”教学，一位老师负责一个教学班从一年级到六年级全科目的教学任务。虽然办学规模不大，但每名教师都尽职尽责，像关心自己的孩子一样关心学生，教学质量在全乡数一数二，还获得了“河北省示范性希望小学”荣誉称号，这让周建强很欣慰。

“知史爱党，知史爱国”

“还记得上次老师教大家唱的这首歌吗？”“记得！”说着，一段段悠扬旋律从教室里传来。前来教音乐课的志愿者慕宝元说：“能给孩子们带来快乐和收获，我们做这件事就更有意义和动力。以后我们每次来，都教他们一首新歌。”

2021年6月，在希冀楼旁矗立起一座三层教学楼厚德楼，学生们搬进了更加明亮和宽敞的教室，用上了中海油服捐赠的崭新课桌椅。

老师们和学生们知道，这份来之不易的校园生活，离不开海油人的关心和帮助，要做到好好学习、天天向上，像他们一样。

据中海油服团委书记纪蕊笑介绍，中海油服先后向“希望工程”捐资650万元。2008～2012年间，先后在海南省4个县市援建了5所希望小学，4年内帮助1300多名孩子圆了上学梦。学校建成后，公司连续9年在“六一”国际儿童节前夕，为希望小学送去关怀和温暖，发放慰问品超过12万元。

近年来，以志愿服务活动、主题团日活动等为契机，中海油服团委组织青年志愿者给希望小学带来“知史爱党，知史爱国”主题班会、“海油特色爱心课堂”等内容多样的课程及活动，培养孩子们的爱国情怀，也为他们开启了一扇文化之窗。

为巩固拓展脱贫攻坚成果同乡村振兴有效衔接，当天，中海油服团委与希望小学签订了义务支教项目启动书，将以“爱心课包”下乡进校形式，组织青年志愿者定期来希望小学支教，进一步把支教活动做实、做细、做久。

“我为青年办实事”

“能和同学们把所学知识分享给小朋友们，对我们来说是一次‘知行合一’的社会实践，成就感满满。”

对于中国石油大学（北京）石油工程学院研究生二年级学生何旋来说，这两天的活动准备和参与过程中充满感动和震撼。

来参加此次活动的，除了中海油服的老朋友，还有来自中国石油大学（北京）的新朋友。活动现场，新老朋友共同为“中国石油大学（北京）共青团共建社会实践基地”和“中海油服‘蔚蓝力量’乡村振兴志愿服务工作站”揭牌。

中国石油大学（北京）团委副书记王茹说：“下一步，中国石油大学也会有更多大学生加入志愿服务队伍，为希望小学的建设发挥作用。大学生和中国海油‘蔚蓝力量’志愿者们共同牵起孩子们的小手，会点亮他们更大更多的梦想。”

中国海油COSL河北训口希望小学的发展建设还获得了共青团中央相关部门的关注。当天，共青团中央将正在开展的“我为青年办实事”活动与本次活动融合开展，为希望小学学生带来了一堂生动的党史学习教育课。

目前，中国海油COSL河北训口希望小学已经成为中国海油团委“我为青年办实事”的一个实践切入点，也是中国海油团委和中国石油大学（北京）团委开展企校共建的一个实践基地。

教室里，张浩松正在给画好轮廓的天安门涂色，去天安门广场看升旗是他今年暑假最期待的事情。到了北京，或许他也会看到中国海洋石油大厦，看到中国石油大学，见到曾来学校看他们的哥哥姐姐们。若干年后，他也会带着心中的希望，在广袤的土地上找到自己实现价值的舞台。

（张妍　轩倩茹）

梁家河的苹果更甜了

秋风送爽，硕果累累，陕西省延川县梁家河村的果农们又迎来了苹果收获的季节。中海化学营销公司西北分公司（简称西北分公司）的技术人员，正在就收成和富岛肥的使用效果与农民们进行交流，分享丰收的喜悦。

又是一年丰收季

在梁家河村周边的果园里，苹果树上挂满了红彤彤的果实，果农们正忙进忙出，抓紧时间采摘。24小时内，这一筐筐的大苹果将在两千米外的文安驿完成分拣装箱，运往世界各地。

据果农张卫庞老人介绍，2020年，他家的16亩苹果园的收成和收入都超过了上一年。老人笑呵呵地说："我家的苹果个头儿特别大，有的精品果子可以卖到20元一个呢！"

尽管夏季该地区的暴雨和冰雹天气对苹果的产量造成了一定冲击，果农却没有太过沮丧，因为与过去相比，苹果的质量与卖相变好了。张卫庞家的苹果，有不少果径超过100毫米，随着当地苹果产业不断精品化、品牌化，大苹果甚至直接论个儿卖。

与2020年同期相比，梁家河的苹果可以做到灾年不减产，每斤单价提升0.8元，果农亩平均收入增加3500~4000元，日子愈发红火。

小苹果有大乾坤

苹果卖得好了，果农的生活也随之改观。走在梁家河村里的柏油路上，两侧新修的石窑、整洁的农家小院赏心悦目。

回忆从前的梁家河，老村支书石春阳说："田地大都在山上，交通全靠走。村里连一辆自行车都没有，到文安驿公社10多里路，就一条羊肠山道，得走一个来小时。"

如今的梁家河早已旧貌换新颜，村民的居住环境得到了有效改善，生活水平迈上了新的台阶。作为全村支柱产业之一的苹果种植业，在村民们脱贫致富的道路上扮演了不可或缺的角色。

延川县地处黄土高原腹地，平均海拔850米左右，光照强度充足、昼夜温差明显，是世界公认的苹果优生区。普通苹果的直径只有75毫米左右，含糖量为12%，这里的苹果直径平均能达到80毫米以上，糖分能达到15%。过去，由于种植观念落后、缺乏优质肥料、产销相对脱节等原因，这里的苹果商品化率较低，辛苦劳作的农民并没有得到成正比的回报。

近年来，当地政府因地制宜做起“苹果经济”，逐步形成大梁家河环线苹果产业带，对于打造该地区苹果品牌效应、提升核心竞争力具有重要意义。截至2021年春季，延安市苹果种植面积达366.05万亩，农民人均苹果种植面积2.32亩。

富岛肥助力“果业强”

苹果长得好，与富岛复合肥密不可分。2018年7月，中海化学营销公司与延川四苹果农业科技有限公司（简称四苹果公司）携手，启动富岛增值复合肥党员示范项目，在梁家河村及周边的百余户果园建立了党员示范田，将优质的复合肥产品、科学的施肥理念带给千家万户，还带动了延川、延长、宜川等周边县区的100多亩苹果园使用富岛肥。

2019年9月23日，秋分，也是第二届中国农民丰收节。西北分公司的技术人员在这一天又来到张卫庞家的果园，举办富岛肥示范田现场观摩会，通过走访果园、与果农现场交流，了解一年来富岛肥田间施用效果，并就科学施肥及苹果田间管理进行指导。

“建立党员示范田的初衷，是为老百姓做实事，真正把党旗插到田间地头。过去一年，我们的技术人员回访梁家河4次，帮助果农解决苹果个头小、卖相差等诸多难题。施用富岛肥的苹果平均亩产量大约能增加500斤。接下来，我们将和四苹果公司进一步加强合作，继续为当地苹果产业发展尽一份力，让梁家河的苹果更甜，果农的日子越来越好！”西北分公司总经理刘彩亮说。

（谢莹　张健　黎晶）

好事送上门

“还未成茧的蚕宝宝出现规模死亡的情况，该怎么办呢？”在湛江市徐闻县下桥镇信桥村，华南农业大学李文楚副教授刚给120多名村民做完“蚕病的综合防控技术及家蚕中毒的预防和应急措施”的讲座，一名种桑养蚕的农户就迫不及待地提出了问题。

下桥镇信桥村是徐闻县种桑养蚕的主要基地，有19个自然村从事种桑养蚕，已经有30多年种桑养蚕的历史了。2020年约生产蚕茧1500吨，创造6000万元的产值。

虽然家家户户种桑养蚕，但村里仍处于家庭饲养模式，缺少科学养殖技术的引导。为了促进下桥镇蚕桑产业的发展，由有限深圳和海关总署广东分署联合派出的驻下桥镇帮扶工作队（简称工作队）将“蚕桑种植和蚕丝加工”作为科技帮扶项目，第一时间组织科技特派员团队到下桥镇信桥村举办了科普系列讲座。

村支书黄胜传是信桥村最早开始种桑养蚕的几户人家之一，凭借热情和耐心，慢慢摸索出种养心得，成为当地的种养大户。

“我们明年就可以在这里制造加工蚕丝被了。”黄胜传说。合作社旁，一片空地已被收拾利落，搭起了铁皮棚子，村里正在考虑购置加工设备，再过不久，他们的桑蚕就能实现“三产融合”。

“看着一箱箱雪白的蚕茧，望着出售蚕茧的农户脸上的笑容，我们深感责任重大。减少病虫害，做好蚕沙清理，提升蚕茧质量，增加村民收入，这不但是村民们的愿望，也是我们的愿望。”工作队的夏宁说（图4-4）。

图4-4　在信桥村委会旁的农民专业合作社里，一对夫妇正在分拣、整理即将装车发往广西的蚕茧

除了种桑养蚕，蔬菜种植是下桥镇的主导产业。辣椒、玉米、茄瓜等均是当地农户热衷的农作物。然而长久以来，下桥镇农业产业多处于自发状态，缺乏规模效应和特色品牌。

为此，工作队与当地确定了“引入龙头企业，推动农业转型升级，发展农业加工服务产业，壮大集体经济”的农业产业发展思路。目前，工作队已经与意向农业龙头企业接洽。

不仅参与谋划和助推当地特色产业，工作队还发挥组团帮扶优势和“金融助理”力量，从金融帮扶入手，解决农户资金需求，助力产业发展升级。

陈大林就是其中一位受益者。

不久前，他还在为扩大店铺的经营规模而犯愁。下桥镇农民多在9～11月耕种作物，当时陈大林想趁着时节购进一批农资，却因资金不足，绊住脚步。愁眉之时，工作队送来了农行徐闻县支行“惠农e贷”的讯息，具体了解工作队金融帮扶内容后，陈大林提出贷款申请，很快便收到了38万元的贷款金额。

“有了这笔贷款，我可以扩大进货量，成本降下来了，卖给农民的价格也便宜了。”陈大林连连点赞工作队暖心的帮助。

实际上，工作队入驻仅50余天，便依托农行下桥镇支行帮扶25户农户进行金融建档，并发放了11笔合约180万元的贷款。

自2021年8月初入驻以来，工作队深入调研了下桥镇全部12个行政村和1个镇农场，并提出了乡村振兴年度计划和3年帮扶规划。此外，工作队还在日常走访调研中了解农户的资金需求，并通过联合村委会开展金融宣讲活动、重点对种植大户展开调研等方式，让当地群众了解金融帮扶政策，点面结合，更好对接需求，从而实现资金支持当地扩大产业规模和转型升级。

接下来，工作队将继续发挥组团结对帮扶的优势，通过“党政机关＋企事业单位＋科技特派员＋金融助理”新模式，积极巩固脱贫攻坚成果，扎实推进人居环境整治，不断推动乡村振兴各项事业的长效有益发展。

（夏宁）

“急、难、愁、盼”，我们帮！

“多亏有了‘救急难’项目，2017年和2021年两次救助孩子，15000元的救助金可以提供孩子多次输血的医药费。”

张雨霞是中国海油对口帮扶地海南省保亭县的一位村民，她的儿子今年7岁，一出生就患有地中海贫血症，每个月都要输血两次。张雨霞说，在中国海油“同舟工程——‘救急难’行动”项目（简称“救急难”项目）的帮助下，孩子的医药费得到了有效保障。

“救急难”项目于2016年启动，为中国海油对口帮扶地区因患重特大疾病或遭遇突发事件、意外伤害，导致生活陷入困境或遭遇其他“急、难”情况的困难妇女儿童及其家庭，提供救助。

至2021年，项目救助范围已从6个对口帮扶县市，扩大至包括海南全省19个市县及甘肃省夏河县、合作市，内蒙古卓资县和西藏那曲市尼玛县在内的23个县市。中国海油海洋环境与生态保护公益基金会（简称中国海油公益基金会）计划五年内捐赠“救急难”专项资金5000万元。

2021年11月底，中国海油“救急难”项目入选海南省党史学习教育“我为群众办实事”实践活动十大典型案例（第一批）。

来自海口市的王妚琼是今年“救急难”项目扩大实施范围后的受益者之一。2021年4月，她的丈夫突发疾病，两人生活一度陷入困境，“救急难”项目资金有效缓解了她的生活难题。王妚琼发自内心地说：“在艰难时刻，我们获得了来自中国海油‘救急难’项目8000元救助，真的非常感谢这个项目给我们困难妇女、困难家庭雪中送炭。”

五指山市的朱赤娟提起“救急难”项目激动不已，她长期患有重大疾病，家庭非常困难。2019年和2021年，“救急难”项目先后两次共拨付救助资金18000元，极大减轻了她的家庭经济压力，帮助她重拾了生活的信心。

“救急难”项目救助对象覆盖范围大、救助类别多。项目实施地区内，患重特大疾病、遭遇突发事件、意外伤害导致生活陷入困境或遭遇其他急难情况的困难妇女、儿童及其家庭均可申请。

2021年以来，中国海油公益基金会不断深化“救急难”工作实施。“我们的‘救急难’项目充分发动了组织优势。”中国海油公益基金会秘书处丁善敏说：“项目通过基层妇联开展调查摸底工作，了解和掌握急难妇女群众情况，并实地走访核实受助家庭。”

“救急难”项目根据受助对象病情、家庭困难和急难情况，救助金额为每人每次5000～20000元不等。为更好地帮助需要长期受助的人群，中国海油公益基金会对特殊家庭的救助申请，视实际治疗情况给予二次或多次救助。中国海油公益基金会相关负责人说：“2016年项目实施初期，我们就建立了行动实施方案和执行管理办法，明确了救助对象、救助标准、项目实施流程、监督管理等内容，规范项目实施和管理。”

“救急难”项目延续性强，计划于2016~2025年连续10年在海南实施。为更好地了解受助家庭情况，中国海油公益基金会与当地妇联及基金会通过电话、召开座谈会等方式进行回访，确保救助资金落在实处，同时，不定期组成回访组实地入户走访受助群众，了解资金使用情况和治疗康复情况。

中国海油公益基金会和海南成美慈善基金会等有关人员定期组成项目回访组举行“救急难”项目调研座谈会，就“救急难”项目海南省实施情况、项目管理和执行情况进行了交流和探讨；同时，定期前往受助人集中地区进行“救急难”项目救助金发放，入户回访慰问“救急难”项目部分受助妇女儿童和家庭。

如今，张雨霞的儿子可以正常上学读书，朱赤娟的生活也慢慢步入正轨，王妚琼的丈夫已能下地走路……“救急难”项目未来将持续聚焦群众“急、难、愁、盼”问题，切实增强群众获得感、幸福感。

2021年，中国海油积极开展“我为群众办实事”实践活动，为全国多地困难妇女儿童和家庭办实事、解难题。通过“救急难”项目，中国海油已向海南省援助765.5万元，帮助816名妇女儿童有效缓解其生活上的困难，防止因病因意外出现返贫致贫。

（刘进　秦琪）

第2节

稳中有进，幸福迎面来

扎实做好“六稳”工作、全面落实“六保”任务，关系经济发展和社会稳定大局。中国海油党组坚决贯彻落实以习近平同志为核心的党中央决策部署，坚决落实“六稳”“六保”工作要求，推进公司高质量发展。

“2.42亿方！中国海油天然气日供应量创历史新高！”“我国渤海再获亿吨级大油田！”“中国海油首个海上风电项目全容量并网发电！”坚决保障国内油气

增储上产，既是中国海油保障国家能源安全的政治责任，也是落实“六稳”“六保”的工作要求。2021年，中国海油在海陆齐发力，高效推进国内增储上产“七年行动计划”，稳住国内油气增储上产的上升势头，为油气勘探开发投资、油气生产供应链、社会承包商员工就业等方面的工作提供保障。

就业，一头牵着亿万民众，一头连着发展大局。2021年，不仅有平措次仁、邓云霞等青年学子走出高原、大山，成为“新海油人”，更有像次仁措姆这样的年轻人在中国海油的帮扶下在当地找到了工作，为其家乡做出贡献。中国海油在稳就业、保民生方面持续用力，增加招聘数量、优化招聘结构、拓展招聘渠道，积极践行央企社会责任。

情系“三农”，贴心服务，守护粮食安全。中国海油藏粮于技、藏技于肥，大力推进化肥产品生产，因地制宜提肥效，绿色发展护土壤，助农帮扶促增收……为促进“三农”事业高质量发展贡献海油力量。

“车轮”上的保供战

2021年1月6日，河北衡水。尽管河北地区疫情防控收紧，但衡水官庄加气站的海油人为了液化天然气稳价保供依然坚守岗位，异常忙碌。

天光未亮时，我们从天津向西南方向出发，途径长深高速、京沪高速、黄石高速、106国道，3个多小时的车程后，直达位于河北省衡水市的中国海油官庄加气站。

上午10时许，车子进入106国道，路旁三四座销售火爆的加气站不时闪过我们的眼帘。但粗略估算，泊在这些加气站周边等待加注的车辆，加在一起也没有官庄加气站多。此时的官庄加气站，几乎已车满为患。举目望去，上百辆等待加注LNG（液化天然气）的卡车，已自西向东排成了一条近3千米的长龙，又在加气站东入口进入，在加注区域四车道并进水泄不通（图4-5）。

“你恐怕很难想象，我们只是一家试营业不到半个月的加气站。”匆忙含了一粒胖大海的官庄加气站站长张爱彬，用略显嘶哑的声音说。

37岁的张爱彬，是一位“老站长”，在他的履历表上，写满了“华润燃气”“沧州天然气”“山东天然气”等字样，但对他来说，此前从没有像在官庄加气站这么忙过。

图4-5 中国海油展现央企担当，在用气量突增的情况下坚持做到保量、稳价，前来加气的车辆排起长龙

连日来，前来加注LNG的卡车用“与日俱增”这一成语已不足以形容，此起彼伏的咨询电话也快打爆他的手机。

“这是昨天晚上的电话记录，你看，整整一晚上，只有凌晨4点到5点这一小时没有来电。”

为了减少卡车司机的等待时间，官庄加气站4台加气装置、6条加气枪火力全开，一小时加注36辆卡车，成为这条国道上加气速度最快的加气站；全站人员齐上阵，24小时加气不停歇……甚至把中国海油石家庄白佛加气站站长薛盛飞也“借”了过来。尽管如此，这条“长龙”依然有增无减。

官庄加气站何以如此受青睐？

张爱彬告诉我们：“最近一段时间，LNG市场价格一天一个样，而这里一直稳定在合理价位。周边也有价格低的，但限量供应，不像我们这里这样气源充足。所以许多司机宁可等一晚上，也要来这里加气。”

官庄加气站是中国海油全力保障供暖季天然气稳定供应的一个缩影。

入冬以来，中国海油积极筹措资源，强化产业链统筹协同，奋力推动国产海气、煤层气按照最大产能稳定生产，并全力增加进口LNG资源，尽最大努力避免上“气”不接下“气”现象发生。保供期间，中国海油计划向国内供应天然气256亿立方米，同比增长17%。

与此同时，中国海油制定限价惠民政策，引导行业良性发展，消减LNG价格异常波动，确保“运输线”上的保供工作更加贴近民生，让老百姓既能“加得上气”“加上好气”，又能“加得起气”。

保供就是命令，就是央企担当!

为再接再厉打好“车轮”上的保供战，在确保安全生产和疫情防控的前提下，官庄加气站9名员工个个成了“拼命三郎”。

这一天，河北省迎来入冬以来最寒天气，其中，衡水地区最低气温骤降至零下16摄氏度。在能把人“冻哭”的天气条件下，加注员郑健豪、董志峰却忙碌得大汗淋漓，他们连续8小时连口水都来不及喝。“迟到的午餐”也拖延到下午2点以后。

“从目前情况来看，我们站今天加注量有望达到100吨，成为中国海油在河北地区的首个百吨站。”张爱彬说。

客流量的大幅攀升也给官庄加气站的疫情防控工作带来了考验。在河北地区疫情防控局势再度紧张的情况下，官庄加气站在保证供应的同时不忘严格做好防疫工作：定期对加气站进行全域消杀，对来往司机进行体温监测，向忘带口罩的司机免费发放一次性手套、口罩等防疫用品。

量足价稳的LNG供应和严格的防疫工作让客户安心，周到细致的服务更让他们感到舒心。寒冷的冬日里加气站员工热情的问候、管够的免费热水，也赢得了卡车司机们的交口称赞。

“我们那边的气价格高，中国海油加气站气源足、质量好、价格低、服务好，我们车队的车都喜欢来这加气。你们辛苦了，给你们点赞！”前来加气的货车司机刘成仁说。

小小的气站像一个温馨的港湾，奔波的旅人在这里卸下疲惫，补足能量，振奋精神再出发。加气站的员工坚守在寒风中，一辆辆货车载着他们的温度驶向远方。

（郝艳军　李佑坤　秦怡然　汤强）

蓝海好“风”光

面对能源转型的大潮，中国海油如何找准自己的定位？“发展新能源产业应把握战略优先原则、比较优势原则、融合发展原则、开放合作原则和积极稳健原则。”中国海油党组通观全局，审慎分析，提出了新能源的发展原则。

中国海油因海而兴，作为中国最大的海上油气生产企业，公司在开发传统油气、保障国家能源安全的同时，立足自身优势发展新能源产业，着力打造中国海油特色化技术体系和产业体系。海上风电便是中国海油发力新能源的一个突破点。

风从海上来

在江苏沿海，一座座高达百米的风机屹立在绵延的海岸线上，修长的叶片迎着风不知疲倦地转动着，将源源不断的清洁电力输送至电网。

这是中海油融风能源有限公司（简称融风公司）的第一个海上风电项目，也是中国海油首个海上风电项目。2021年10月19日，该项目在江苏海上风电场实现全容量投产运行，标志着中国海油绿色低碳战略在长三角地区进一步落地。

江苏风电项目海上风电场中心离岸距离39千米，规划装机总容量30万千瓦，包括67台风力发电机组，1座220千伏海上升压站，1座陆上集控中心，两回路220千伏电缆。海上风电场全容量并网后，年上网电量可达8.6亿千瓦时，与同样发电量的常规燃煤火电机组相比，可节约标准煤27.9万吨，减排二氧化碳57.1万吨。

融风公司于2019年7月在上海成立，2020年9月，江苏项目首次并网发电，间隔不过一年多一点的时间，其间还经受了新冠肺炎疫情的影响，推进速度之快，大大超出项目建设各方的预期（图4-6）。

图4-6　中国海油首个海上风电项目全容量并网发电

之所以能取得这样的成绩，离不开各方的齐心协力，尤其是中国海油党组的大力推进。2019年9月，汪东进在上海片区现场办公，要求主动作为，更好地肩负起新时代的使命与责任。2021年8月，汪东进在驻苏企业现场办公时，提出要加快海上风电和新能源发展，充分发挥中国海油首个海上风电项目的标杆引领作用，立足风电发展的经济性和环保性，在追求整体效益的同时为低碳经济发展做出海油贡献。

能取得这样的成绩，需要有中国海油的技术实力和人才队伍做依托。跨界电力行业，对战风斗浪的海油人来说挑战不小，但他们有着自己的优势——丰富的海上作业经验。中国海油在海上地质勘察、大型工程项目建造、资源开发的全产业链中形成了完备的管理体系，具备强大的技术实力和专业的人才队伍，这是公司大力发展海上风电得天独厚的优势。

尽管如此，中国海油的海上“追风人”依旧面临一系列考验。我国陆上风电发展迅速，产业已经进入成熟期，但海洋环境与陆地差异较大，海上风电机组的设计、安装、运行和维护必须综合考虑海况，技术要求更高，质检工序更加复杂。

公司派驻的项目团队，时刻紧盯建造的每个环节，严格把控工程质量。海上升压站施工、长距离海缆敷设、大型风机吊装……每一项作业高效完成的背后都是融风公司与参建单位反复推演、多次研究、优化施工工艺的结果，确保了整个过程风险、安全、质量可控。

回首那段住农家院、住海上集装箱、啃着馒头的日子，融风公司江苏项目现场人员不由得想起第一代海油人艰苦创业的岁月，他们坚信中国海油的海上风电产业也能闯出一片蓝海。

从近海走向远海

我国拥有丰富的海上风力资源，但90%以上的风电资源在深远海，不满足于现状的海上“追风人”将目光投向了远方。而要实现50米水深的跨越，技术突破是关键。

海上漂浮式风电装备的研制是向深海进发的有效途径，中国海油类似浮式重型装备技术成熟，相关成果转化也相对容易。据了解，目前，融风公司正积极与中国海油研究总院、海油工程联手进行浮式风电装置研究。

随着对海上风电领域的不断深入，中国海油开始寻求更长远的融合发展。

虽然海上风能资源丰富、风速高，但同时也伴随着随机性、间歇性和波动性等特点，随之带来电能质量不高的问题。尤其是当海上发电量变大时，风电消纳难的问题会凸显出来。中国海油可以通过建设分散式电站，利用海上风电替代海上平台10%~20%的用电规模。这样可以一举两得：一方面，可以解决部分风电消纳问题；另一方面，可以节约海上平台用气，有效降低海上油气开发成本。

有专家分析，电气化是降低海上油气生产碳排放的重要发展方向，将海上平台的电力来源由现在的自产油气发电改为使用岸电或海上风力发电，可显著降低生产过程中的碳排放总量和排放强度。从这个角度来看，中国海油的海上风电与油气田绿色生产的融合发展，必然会书写更多精彩。

总体来看，技术和成本依然是制约海上风电发展的关键要素。据初步估算，目前全球面向深海的漂浮式海上风电造价超过近海风电的两倍，而近海风电单位容量造价是陆上风电的两倍。但海上“追风人”坚信，光伏产业的今天就是海上风电的明天，随着技术的进步，海上风电的经济性也会不断提升。

如今，风力发电机设备已经可以使用物联网、智能化等技术进行数据分析。结合中国海油数字化转型，未来新能源发展可以运用相关数字化技术缩短项目建设周期，将有效降低成本。

值得一提的是，融风公司积极探索寻求合作、共同开发的创新机制，为中国海油海上风电项目迈向更广阔的空间提供发展模式的样本。

（陈洪澜　褚靖瑜）

雪域高原多了“白衣天使”

作为曾经的国家级贫困县，西藏自治区尼玛县全县平均海拔4800米以上，海拔高，高寒缺氧，气候干燥。由于工业基础较弱，当地居民就业十分困难。

次仁措姆出生在尼玛县卓尼乡，母亲带着正在上学的她和哥哥，靠放牧为生，每年收入不足万元，生活压力全部落在母亲一个人肩上。她儿时的梦想是成为一名白衣天使，但面对家庭的窘境和母亲的愁容，次仁措姆几次产生了辍学的念头。

中国海油援藏干部对尼玛县当地的困难户进行了深入考察，了解了这个家庭的困难情况。经援藏干部协调，从中学开始，当地政府相关部门不仅承担了兄妹两人每年的学费，每月还资助他们500元左右的生活费。同时，援藏干部还注重从精神上关怀和鼓励他们。援藏干部定期到他们家中探望，了解生活情况；不定期与老师通话，了解孩子的学习情况。渐渐地，村里邻居都知道这个困难家庭有两位知冷知热的“内地亲戚”。

在一次畅谈中，兄妹为援藏干部唱了一首《援藏大哥》，道出了他们感受到的温暖和关爱。从此，次仁措姆便亲切地称呼中国海油的援藏干部为“援藏大哥”。有了多方的鼎力相助，她顺利完成了高中学业，并考入上海交通大学医学院附属卫生学校的护理专业。

“中国海油的医疗援藏项目将我培养成一名合格的医务人员，让我拥有了宝贵的工作机会，有能力守护我的家乡。”次仁措姆说。

2013年7月，毕业后的次仁措姆急切地想找到一份工作，为家庭分担压力，也尽快回报社会。但中专学历没能助她就业一帆风顺，只能待业在家。

2016年，中国海油依托四川大学华西医院和西藏自治区人民医院的对口帮扶资源，在尼玛县启动基层医疗从业人员培训培养项目，学过护理专业的次仁措姆听说后，第一时间向所在的卓尼乡报名。

“中国海油的这个医疗援藏项目很有针对性，不仅让我的业务知识更加扎实，还教会了我实用的操作技能。”2017年1月，次仁措姆以总分第一的优异成绩从数百名报名者中脱颖而出，被尼玛县人民医院聘用为护士，实现了自己儿时的梦想，成为藏北高原上的一名“白衣天使”。

“中国海油的扶贫培训项目给我的不仅是一份工作，更是一次人生转机。”次仁措姆心怀感恩，格外珍惜来之不易的工作机会，2018年、2019年她被评为年度优秀护士、年度优秀医务工作者。领取第一个月工资后，次仁给母亲定做了一件她向往已久的藏装。“看到母亲转身偷偷拭去眼角的泪水，我感受到了从未有过的成就感和幸福感。”

新冠肺炎疫情发生后，次仁措姆主动请缨，值守疫情防控一线。她说：“穿着中国海油捐赠的防护服，佩戴着中国海油配备的防护装备，既有深深的亲切感，更感到沉甸甸的责任，我是中国海油培养的医务人员，更是一名共产党员，疫情面前，我有责任坚守一线。”如今，次仁措姆的责任心有能力落到实处了。

疫情防控以来，次仁措姆放弃假日与亲人朋友的团聚，到县城疫情防控点第一线值班值守，负责防疫检查。她坚持温情服务，主动为当地群众做好解释和安抚，赢得了大家的理解和点赞。次仁措姆说：“中国海油援藏的热情和真情，赋予了我更多爱心和耐心。”

像次仁措姆一样，高原的许多“白衣天使”不仅实现了就业理想，更在疫情防控中贡献了力量，为提升基层医疗服务水平、保障人民群众身体健康发挥了重要作用。

（付晓宇　公建伟）

奔跑吧，藏族少年！

“第一次演讲，虽然有些紧张和压力，但是收获更大。尤其是介绍自己所在公司时非常自信，更加坚定了当初的职业选择。”来自西藏拉萨达孜县的平措次仁，回忆起人生中第一次公开演讲时说。

平措从小家境困难，家庭经济来源主要靠家人外出打工和国家补助。因为家庭原因，平措很长一段时间辍学在家，直到哥哥答应留在家里帮父母，他才得以继续读书。失而复得的读书机会，让平措倍加珍惜。

到了高中，他学习更加努力，成绩一直名列前茅，毕业后考入西藏大学，成为家中唯一的大学生。大学时，平措经常利用课余时间做兼职，减轻家庭负担。这些经历让平措早早学会了独立。

大学毕业后，平措开始求职，他参加了很多招聘会，投了不少简历，结果都不是很理想。就在这时，他看到西藏大学校园网站上发布了关于中国海油的招聘信息。老师告诉平措，这次招聘是中国海油针对贫困地区的定向招聘，建议他勇敢尝试，投递简历。“我没想到中国海油会来西藏招聘，当时就觉得这是一个机会，我一定要好好把握。”平措回忆说。

在老师的鼓励下，平措在中国海油所属三家单位投了简历。经过面试，平措被中海油服录取。

入职后，中海油服安排了300多名来自全国各地的新员工进行培训。“和众多博士生、硕士生、留学生相比，我的能力还差很多，但我相信勤能补拙。”培训期间，平措像海绵吸水一样努力吸收一切知识。结业后，根据个人专业和意愿，公司将平措分配到中海油服钻井事业部湛江作业公司平台办会计岗位。

来到湛江，平措感受到了公司对新员工的重视，以及同事们的热情。“公司安排了经验丰富的师傅对我一对一进行指导，我很快就熟悉了工作。”现在平措已经能够独当一面。

回想入职以来的经历，平措始终怀有一颗感恩的心。他感激党和国家颁布的就业政策，也感谢中国海油给予他的机会。现在，他不仅有稳定的收入，还获得了西藏自治区发放的一次性就业补贴。入职满一年后，他还申请了公司为贫困地区员工设置的专项补贴等。这极大改善了平措家的经济条件。

“两年时间里，我深深感受到了公司企业文化的魅力，了解了中国海油为保障国家能源安全做出的贡献，体会到了中海油服大家庭的温暖，“这些都是中国海油带给我的美好经历，开拓了我的视野，也让我成长了很多。我有信心，通过自己的努力，未来让家人过得更好！”平措自豪地说道。

谈到未来的计划，平措想要先考取相应的会计证书，做好本职工作，日后再通过就读在职研究生提高学历。

从西藏到湛江，热爱运动的藏族小伙平措很快就在单位找到了和他有同样爱好的人。工作之余，他加入了中海油服湛江片区的跑步协会，与“跑友”们结下了深厚的友谊。

“刚来的时候会醉氧，现在已经完全适应了。”2021年5月初，他参加了2021海南东方半程马拉松，在酣畅淋漓的奔跑中绽放最亮眼的青春。

（段瑞芳）

来海油，发热，发光

我叫邓云霞，今年22岁，出生在甘肃省的一个农村里。我家位于海拔比较高的山区，没有汽车站，也没有像样的公路，都是土路。路上的浮土很厚，车辆一过，后面根本看不见人，来回一趟，身上就像刚刚出土的文物一样，全是灰土。有不少孩子“自然生长”，和外出打工的父母甚至很少有“交集”，他们之中的很多人一辈子只能待在山里。过去，我从来没有想过自己能走出大山。

父母竭尽全力供我考上大学，希望我凭借知识改变自己和家庭的命运。大学毕业只是改变命运的开始，就业才能真正为我的家、为替我操劳半生的父母做些实事，才能让我真正实现“走出去”的愿望。

如今我已转正定级，成为气电集团中海油阜宁热电有限责任公司生产准备部的一名运行巡检。回想起去年求职的情景仍然感慨万千。

那时，我正满怀期待地盼望三四月“春招”的到来，新冠肺炎疫情的突袭让求职之路变得异常艰辛。一次次投简历，一次次被拒绝，一晃4个月就过去了……就在我绝望之际，6月，我幸运地遇到了中国海油。看到了中国海油关于定向招聘贫困地区高校毕业生的就业扶贫信息，我的眼中又重新燃起了希望的光。

我学的是能源与动力工程专业，正好与中海油阜宁热电有限责任公司所招的岗位要求相符合。投了简历之后，参加了线上笔试，当收到笔试通过的邮件时，我内心五味杂陈，兴奋之中掺杂了一丝焦虑，害怕在线上面试的时候表现欠佳丢失这来之不易的机会。但现实的场景和我想象的完全不一样，海油人都十分亲切和善，看我说话紧张，他们故意说一些幽默的话语来活跃气氛，让我原本提在嗓子眼的心慢慢沉下来。他们的一句话令我感到踏实和温暖：“只要你愿意，中海油阜宁热电的大门随时为你敞开，我们非常欢迎你的加入。”

我顺利通过了笔试和面试，在就业协议书上签上名字的那一刻，我哭了，滚烫的泪水滑过我的脸颊，我深深知道，这是幸福的眼泪，也是辛酸的眼泪，更是期待已久的眼泪。在当前就业形势如此严峻的情况下，我无比幸运地投入了中国海油的怀抱，心中充满自豪。

在入职前，公司的人打电话来询问：“购买车票、来公司报到有没有困难？要是有困难一定要告诉公司，大家是一个整体，公司一定会想办法为你解决困难。”还千叮咛万嘱咐让我一定路上小心，安全是最重要的。

我心心念念盼望的入职报到那天终于到来了，公司专门派车去车站接我们，把我们送到了员工宿舍。推开门的那一刻，我的眼眶再次湿润了——房间很敞亮，像家一样温馨。我决定在这儿扎根。来到公司，与领导同事聊着工作和生活，我欣喜地意识到，我走出大山了！

一条通向未来的宽广道路正在我面前铺展开来！收到第一份工资的那一天，我高高兴兴地把一部分寄回了家，我真正明白了什么是“一人就业，全家脱贫”。感谢海油给我这个机会，让我可以去帮助我的家人和家乡，让我有希望改变全家人及后辈人的命运。中国海油激发了我感激和奋进的动力，让我决心去做一些有意义的事，珍惜当下，不负韶华，为公司的发展发光、出力。

（邓云霞）

我们用心，只为农民舒心

“布谷飞飞劝早耕，春锄扑扑趁春晴。千层石树遥行路，一带山田放水声”。2021年开春，湖北省荆门市钟祥市禹盛植保专业合作社田地里，大型播种机械来回往返，农民们播种热情高涨，他们趁天晴挥锄劳作，放水灌田，俨然一幅生机盎然的春耕图。

又是一年春耕农忙时，从南到北，全国多地迎来了春季耕种的黄金时节。保障粮食供给、扛稳粮食安全，“粮食的粮食”——化肥不可或缺。

开足马力赶订单，供不应求增产量。新年伊始，湖北大峪口化工有限责任公司（简称大峪口公司）迎来生产旺季，厂区内到处都是忙碌的生产场景，一批批畅销的化肥正源源不断地发往全国各地。

“2021年1月以来，我们每天都会销售3000多吨肥料，它们主要发往东北三省、西藏、海南，还有不少出口几十个国家。”大峪口公司副总经理徐志强一边忙着指挥运输车辆一边说道。

2700千米外的中海石油华鹤煤化有限公司（简称华鹤公司）生产车间内，一车车尿素肥料整装待发，即将被播撒在广袤无垠的黑土地上，为东北大粮仓实现高产加油助力。

春耕时节，中海石油化学股份有限公司（简称中海化学）位于海南、河北、湖北、黑龙江和内蒙古的五大研发生产基地，正从产品备货、人力组织、机械装运等方面进行全方位部署，全力以赴保障生产。

因地制宜，肥效就是话语权

民族要复兴，乡村必振兴。全面建设社会主义现代化国家，实现中华民族伟大复兴，最艰巨最繁重的任务依然在农村，最广泛最深厚的基础依然在农村。

农业兴，收入增，乡村才有望振兴。作为中国海油旗下唯一的化肥生产和供应商，多年间，中海化学支农助农，其化肥营销和服务网络覆盖了中国90%以上的耕地面积，耕种的粮食可以满足1.3亿人食用，为促进农民增收、农业增效，保障国家粮食安全贡献海油力量。

“公司积极响应国家对化肥减量增效的号召，主动担当助力农业高质高效发展的央企使命，依托20年来在化肥领域深耕细作的实践，致力于打造复合化、专业化、精细化的优质产品。”中海化学董事长王维民说。

新疆维吾尔自治区库车市塔里木乡棉农杜仁宝是一位“工龄”超三十年的老棉农。2021年，杜仁宝种植的棉花每亩产量达到420公斤，比去年增加了近100公斤。

“增产效果好，棉花茎秆粗壮、含棉量高，用肥量也减少了。”杜仁宝介绍说，以前一亩地需要追肥40~50公斤，在用了大峪口公司生产的翔燕水溶复合肥以后，追肥30公斤就够了，不但提高了棉花的坐果率，还全程不脱肥。

大峪口公司积极响应农业农村部发布的《到2020年化肥使用量零增长行动方案》要求，开发出大量元素水溶肥。水溶肥完全溶于水、无残渣，吸收利用率高出普通化肥一倍多；而且肥效快，可解决高产作物快速生长期的营养需求，能明显提升作物抗逆性，极大满足农户的需求。

好产品会说话。2006年，中海化学旗下的中国－阿拉伯化肥有限公司（简称中阿公司）在国内率先推出撒可富马铃薯专用肥，并以高于国家标准的企业标准严格生产，鉴于中阿公司的肥料养分偏差小、含有中微量元素、肥效长等优秀品质，得到了国外百余家大型马铃薯种植加工企业的信赖。每年，中阿公司通过直销模式，在马铃薯加工企业、种薯企业和种植基地供应约5万吨马铃薯专用肥。

“某国际知名快餐品牌的原料供应商长期与中阿公司保持合作，作为他们在中国的底肥、追肥直接供应商，中阿公司被纳入上述企业的指导用肥供应商名录，”中阿公司秦皇岛销售公司总经理王文洪介绍说，“在某快餐店每消费5份薯条，就有4份使用了中阿公司的肥料种植生产。”

农民叫不叫好，肥效掌握话语权。中海化学因地制宜科学生产“粮食的粮食”，日产化肥超1万吨，养护的农作物涵盖小麦、水稻、高粱、玉米、茄子、辣椒、甘蔗、葡萄等。若是把这些农作物绘制在一幅画卷中，那金黄的稻谷、雪白的棉花、火红的高粱、晶莹剔透的葡萄……会像一轴几十里长的巨幅油画绵延铺展。

绿色发展，不让土地伤筋动骨

2006年起，中海化学营销公司副总经理沈兵率队开展“测土配方”研发工作，对土壤进行全面体检，检测出土壤养分，再根据测试的结果和农作物的生长特性，给出“一对一”的配方指导。

为全面了解土壤肥力状况，中海化学与多家农业科学院所合作，在全国18个市、县、区的主要土壤类型中采集土壤样品，打造多种作物的营养餐，让农作物不仅“吃得饱”，还要“吃得好”，各项营养恰到好处，又不浪费。

“前些年下乡服务时常听到种植户抱怨土地变‘馋’了，肥料用的不少，但产量还是上不去。”中海化学营销公司副总经理刘彩亮说，“这主要是不合理施肥造成的，农民为追求高产量会盲目增加化肥农药的使用量，造成土壤健康情况退化，土壤结构变坏了，病虫害也会相应增加。”

中海化学一方面通过“测土配方”，引导农民科学、合理施肥；另一方面，积极研发增值肥料调整产品结构，为推进农业绿色发展贡献央企价值。

如今，我国农业正由传统农业生产模式向农业绿色发展转变，绿色高效肥料的研发和应用将为我国农业绿色发展提供重要的科技和产品支撑。

2017年，中海化学开始了对增值肥料的研发工作，推出包含富岛聚氨锌尿素、翔燕聚氨锌复合肥、天野锌腐酸尿素等在内的增值肥料1.0产品；2019年，中海化学将增值技术的推广应用提升至公司转型升级的战略高度，在先前1.0产品的基础上开创增值肥料2.0新时代。

新研发出的增值肥料一改过去单纯依靠调控肥料营养功能来改善肥效的技术策略，可以通过生物活性增效载体与肥料科学配伍，实现对“肥料-作物-土壤”进行综合调控，更大幅度地提高肥料利用率。

中海化学还针对不同生产基地的产品及工艺特点，选择适宜的增值技术：湖北大峪口公司的复合肥使用了聚合氨基酸类型的增值技术，黑龙江华鹤公司生产的大颗粒尿素主要采用的是氨基酸增效技术，内蒙古天野公司以锌腐酸增值技术为主，海南富岛公司在技术改造完成之后将生产各种类型的增值尿素产品。

黑龙江作为农业大省，拥有超2亿亩黑土地，每年的粮食产量占全国的九分之一，氮肥需求量有160多万吨。华鹤公司地处三江平原腹地——建三江垦区。建三江有“中国绿色米都”之称，是我国重要的商品粮基地。2020年，华鹤公司生产了超4万吨增值尿素反哺三江平原，助力建三江春耕用肥。与传统氮肥相比，增值尿素通过添加活性增效剂，可以有效提高土地的养分利用率，在不影响土质的情况下，使农作物根深、苗粗壮，达到安全又增产的效果。

“2021年，中央一号文件提出持续推进化肥农药减量增效，倡导并积极推进农业绿色发展。现在，我们每天发往全国各地的肥料中，绿色增值型的新产品达到了60%以上，”中海化学营销公司总经理张革利见证了中海化学增值肥料的发展史，他满怀信心地说道，“这些产品都通过了农业农村部的绿色认证，在确保增产增效的前提下，不让土地‘伤筋动骨’。”

推进绿色农业发展，这项事业行稳而致远。2019年上半年，中海化学践行集团公司“绿色低碳”战略，对化肥生产装置实施工艺优化与节能降耗改造，围绕装置本质安全、达标排放、降耗降本，调整化肥产品结构，提高新型肥料占比，立志将中海化学建设成“资源节约型、环境友好型”企业，为公司可持续发展提供有力支撑。

手把手教，好技术落到地头

2021年4月28日，中海化学营销公司华南分公司与海南省东方市东河镇金炳村村委联合开展了一场甘蔗及芒果的专题培训会。原计划10点开始的培训，9点半已座无虚席。培训会上，农民就如何科学施肥现场提问、学习。

“以往，农户们多是凭经验施肥，缺乏科学施肥的观念。”华南分公司农化技术人员曲均峰说，现在种植基地和种植大户不断增多，他们越来越注重专业性的农化指导和精细化的服务。

中海化学建立农化服务队伍及外聘农化专家系统，多渠道、多层次、多形式地对农民进行培训和指导，针对新技术、新产品及作物的新种植方式，农化服务队伍还会对用户进行产品功能特点和农化知识的科普。

去年疫情防控期间，中海化学搭建网络直播平台，在线指导、答疑，根据种植户的不同需求提供全方位的服务，让技术入脑入心。

好技术落到地头，有了好参谋，还需“头雁”带。

2021年正月初一一早，海南省临高县南宝镇松梅村村支书符若飞就来到富岛万亩辣椒示范基地里，继续采摘辣椒。

“今年的辣椒收购价一直持续在每公斤10元以上，相比于去年2元的价格，真让人高兴啊！”符若飞黝黑的脸上乐开了花，“这么好的成绩缘于富岛样板市场，通过一年种植试验，我们看到了实实在在的效果，试验田里的辣椒长势旺、病害少。在我们村子的带动下，周边很多村都陆续选择了富岛复合肥。”

2018年，中海化学提出样板市场策略，将公司发展与国家农业需求结合，直击农业核心痛点问题，打通“最后一公里”。在全国选取样板市场进行田间试验示范，在品牌推广、终端促销、售后服务、人员管理等方面全力投入，手把手教农民如何科学种植、科学施肥，让种植户亲身体验和感受到高品质产品的效果，将样板市场变成科技施肥的根据地。

2018年3月，华南分公司率先与富岛临高经销商正余农资公司建立临高样板市场，与松梅村达成一致，建立“富岛松梅示范村”。示范村内可享受多项“富岛服务”，包括定期开展农户种植、田间管理、科学施肥、病虫害防治等技术培训与指导，尽力解决农户的后顾之忧。

目前，中海化学已建设近3000块党员示范田，培训各级业务员、经销商及基层农户超26万人。他们贴心农民，服务到家，传授技术，及时反馈，充分发挥党员的先锋模范作用，把党旗牢牢插在田间地头。

助农扶贫，村企架起“连心桥”

“梦起蓝海，源于海油，植根农业”，中海化学牵挂“三农”，爱心助农，科技下乡践行央企责任。

昔日，湖北省钟祥市胡集镇杨店村是大山深处的一个贫困村，地处胡集镇以西15千米处，全村165户、620人，其中有39户、135人为贫困人口。村里通往外界主干道的是一条泥泞不堪的土路，村民们外出、运输粮食都极为不便。

而今，杨店村迎来了大变化，一条条乡村道路像飘落的玉带，镶嵌在树木田地间。

2018年5月底，大峪口公司在了解杨店村的实际情况后，第一时间启动扶贫修路工作。他们将采集磷矿时采出的废石碾压、粉碎，并进行道路铺筑。2018年8月1日，20多千米的进村道路铺筑完成，这个贫困的小山村拥有了一条脱贫致富的“逆袭路”。

为助力精准扶贫，湖北大峪口公司团委还积极响应中国海油集团公司“蔚蓝力量”青年志愿服务活动号召，开展“青年志愿服务，助力精准扶贫”活动，关爱孤寡老人和留守儿童。

2020年5月，中海化学营销公司华中分公司走进云南省红河州屏边苗族自治县，举办“增值肥料示范推广，助力贫困县农民增收”活动。

屏边县位于云南省南部、红河州东南部，资源开发利用率低造成的产业结构单一、劳动者技术水平偏低等状况是制约屏边县脱贫的绊脚石。华中分公司在充分调研后，将捐赠的140吨富岛增值复合肥送往田间地头，他们还向当地农户科普科学施肥及增质增效理念，提高当地百姓种地用肥水平。

“中海化学推出的‘增值肥料示范推广，助力贫困县农民增收’活动，不仅是对新兴增值肥料的推广，也是对贫困山区农业发展的支持，有利于助力屏边县农民增产增收，推进全县脱贫攻坚进程，用行动体现央企担当。”屏边苗族自治县县委副书记李沙才赞叹不已。

“做给农户看，带着农户干，帮着农户赚”。多年来，中海化学积极响应国家“减肥增效、化肥零增长”的号召，不断推出更加优质的增值肥料，让服务不打烊、扶贫不断线，架起连心桥、铺筑幸福路，为更好服务“三农”，实现粮食增产、农民增收，助力全面建成小康社会交出满意的答卷。

（王晓蕾　董会元　李秋菊）

世界那么大，想带你去看看

这不是一个人的故事，而是一群人的故事。无关爱情，超脱亲情。

世界那么大，人与人之间建立起联系的除了血缘，还有从陌生到熟悉的陪伴与爱。

荣获中宣部颁发的“最佳志愿服务组织”荣誉称号时，“布谷鸟”志愿服务队负责人陆磊脑海里闪现的是康复中心自闭症孩子们的面孔和腼腆的笑容。

作为2019年度央企唯一一家获此殊荣的单位，陆磊觉得肩上的担子更重了。3年来，陆磊和志愿者们用5000多个小时的爱心陪伴，帮助几十个自闭症孩子打开心门，认识和感受外面世界的精彩。

这3年，陆磊心里一直牵挂着那几十个孩子，作为海油发展配餐服务公司团委书记、机关工会主席，3年前，他有了新的身份——“布谷鸟”志愿者。

用心陪伴，用爱陪伴

天津市滨海新区大港向日葵自闭症康复中心的一间教室里，大眼睛女孩梦梦拿起话筒，一曲《虫儿飞》把陆磊和“布谷鸟”志愿者们带回3年前。

3年前，梦梦5岁，还是一个不愿说话的孩子，在康复中心长大的她并不了解外面的世界。

3年前，“布谷鸟”志愿服务队刚刚组队，尽管注册成员有87人，志愿者们来自天南海北不同专业，但他们并不了解像梦梦一样自闭症儿童的世界里的渴求和无助。

一次志愿之行，让“布谷鸟”志愿者们成了一群自闭症孩子们眼中的熟悉面孔，也让他们的世界变得更加多元、多彩。

“刚到康复中心的时候，看到孩子们的住宿和生活条件都十分有限，他们紧张的表情，让我有一种距离感，担心孩子们会不会排斥。”第一次接触这个特殊群体，陆磊和志愿者们还带着些许陌生，在他们眼中，这些折翼的小天使们是沉默的、疏离的。

志愿者陪孩子们画画、做游戏，给他们讲故事，在不惊扰他们的情况下与他们嬉戏互动，这样的志愿活动坚持3年后，康复中心的孩子们从开始的害怕到逐渐不舍，脸上开心的笑容深深烙印在“布谷鸟”志愿者们心里。

为了更好地帮助自闭症儿童,“布谷鸟”志愿服务队开始孵化“添翼行动——帮扶自闭症儿童”阳光助残项目，以天津市滨海新区近百名自闭症儿童为服务对象，从基础保障、健康服务、营养膳食多方面精准帮助自闭症儿童健康成长。

随着对自闭症儿童的认识逐渐深入，“布谷鸟”志愿者们自发组织募集“特殊团费”，并结合海油发展配餐服务公司的业务优势，对孩子们的帮扶从物质援助上升到健康关怀，积极调动单位具有国家营养师、国家营养配餐员等资质的志愿者发挥在食品研发领域的专业技能，为自闭症儿童创造“科学、营养、均衡、健康”的膳食营养环境；整合企业和医疗机构的社会资源，为康复中心的自闭症儿童提供基础医疗体检，为每个孩子建立个人健康档案，为孩子们的健康成长保驾护航。

为“折翼的天使”添翼

和陆磊一样，张正东也是“布谷鸟”志愿团队中的一员，作为海油发展配餐服务公司渤海自营油田作业公司行政管理部党群主管，几乎每次志愿活动，都少不了他的身影。

尽管是社会学专业出身，“助人自助”是他从读书以来一直坚信的价值理念，但每次见到自闭症的孩子们，他也会时常感到无助和无力。

“每次和康复中心的保育员了解孩子们的情况后，都不免心头一酸。其中有一个来自单亲家庭的自闭症孩子，因平日里无人照顾，有段时间家人不得不把他关在屋里。现在这里的40多个‘孩子’中最大的已经26岁，最小的只有两三岁，还有很多残障的孩子因为家庭条件限制，迫于无奈来到康复中心，我们看到很心疼。”

接触下来，张正东发现自闭症的孩子们并不是一味地沉默，他们也会对外部的世界反映自己的认知。周围的一切，对于自闭症的孩子们而言，都可能是一个新世界。“在带着他们走到户外一起玩耍的过程中，发现有的孩子在某些方面具有潜能。有的孩子喜欢折纸，我们就帮他在网上义卖，有的孩子喜欢面对镜头，我们就给他多拍照……”除了为他们提供精神关爱和陪伴，2018年，海油发展配餐服务公司团委通过与天津市滨海新区团委合作，联合发布志愿招募令，充分调动社会单位和学校组织参与到对自闭症儿童的帮扶中来。

为了让孩子们得到更加专业的治疗，海油发展配餐服务公司团委不定期开展《感统康复治疗》《自闭症群体基本特征》《如何与自闭症群体沟通》等专业知识的培训，提升保育员和志愿者在关爱自闭症群体领域的技能，更好地为孩子们提供更加精准的服务。

五年前，张正东还是个初出茅庐的大学生，自从他的世界里多了一份对自闭症儿童的牵挂，他更加笃定和感恩现在来之不易的生活。

“康复中心有一个三四岁的小女孩得的是天使病，小腿肌肉萎缩站不起来，看着她训练时候扶着凳子大哭，很不是滋味。我们同事抱着她的时候，她都高兴得不下来。”张正东说。

孩子们的嬉戏或哭泣都印在张正东的心里，看到小小年纪却承受着生命不可承受之重，他愿意用自己的微薄之力帮助这些孩子，哪怕一个拥抱，一次鼓励。

外面的世界很精彩

对于像梦梦一样患有自闭症的孩子们来说，外面的世界很大很精彩；对于陆磊和“布谷鸟”志愿者们来说，外面的世界有时候也很无奈。

尽管面临帮扶不够专业、资金筹措困难等问题，但让“布谷鸟”志愿服务队感到欣慰的是，通过几年的努力，孩子们在康复中心的生活环境得到明显改善，一些孩子的贫血、营养不良等问题也得到缓解，还有5个自闭症儿童通过康复治疗，已经能够像其他孩子一样走进普通小学的大门。随着志愿服务的深入和外界关注的增多，偏居一隅的大港向日葵自闭症康复中心从居民楼深处搬到临街，运营困境也得到缓解。

但“布谷鸟”的故事，并没有戛然而止。

在帮扶自闭症儿童的同时，“布谷鸟”志愿服务队也积极参与“社区养老”“环境保护”等多个公益领域的活动，通过“暖阳行动”为员工残疾老人家属捐赠轮椅等生活物资，带着食材和滨海新区第一老年养护院的老人们一起做月饼过中秋，疫情期间为值守社区的工作者送去爱心午餐……“布谷鸟”的身影出现在更多需要帮助的人面前，并由此荣获“全国最佳志愿服务组织”“第四届中国青年志愿服务项目大赛银奖”“天津市青年志愿服务项目大赛二等奖”“天津市优秀志愿者服务项目”等多个荣誉。

“布谷鸟”为更多的人所了解，但陆磊他们始终希望能坚守“布谷鸟”志愿活动的初衷，播撒爱、传递爱，让需要帮助的人的世界更宽广、更辽远。

“在帮助别人认识、感知这个世界的同时，也提升了自己对这个世界的认知。”陆磊说。

“半年没见了，很想他们。”2020年年初，因为疫情，康复中心处于封闭状态，几个月前刚刚对外界开放。陆磊和“布谷鸟”志愿者们联系好25公斤84消毒液和口罩，准备带着这些防疫物资，探望这些或许同样想念他们，又或许早已忘记他们的孩子们。

（张妍　秦培尧）

第3节
“一带一路”上的海油“朋友圈”

顺势而为，更要聚势而上。开放合作是世界经济实现长期稳定发展的关键前提，是全球能源体系实现安全平稳绿色转型的重要基础，也是高质量发展的必然路径。着力畅通国民经济循环，加快构建以国内大循环为主体、国内国际双循环相互促进的新发展格局，是党对经济发展客观规律的正确把握，更是对中央企业践行国家战略提出的现实要求。

作为我国首个“海上特区”和首个全方位对外开放的“工业特行”，中国海油在改革开放之初率先走出国门，积累了对外合作的丰富经验。近年来，中国海油积极响应“一带一路”倡议，深化“一带一路”合作，拓展能源报国的“新战场”，坚持以油气主业为引领，协同专业服务公司和中下游业务板块一体“走出去”，努力实现保障国家能源安全与企业高质量发展的有机结合。在海外项目的生产经营中，中国海油践行“在保护中开发，在开发中保护”原则，注重海外项目当地环境保护建设，同时注重与当地文化的融合和交流，注重人员培训和技术交流，努力推动有条件的当地人员就业，通过社会责任的管理和实施充分发挥企业的社会价值，塑造海油品牌形象。

一名乌干达留学生作业中的海油故事

2021年7月5日，新华社发表了一篇题为《“我亲眼目睹了中海油给家乡带来的变化”——一名乌干达留学生的社会调查报告》的文章。

文章的主角是一名在北京师范大学攻读公共管理硕士学位的乌干达留学生Gloria Ntegeka。最近，她提交了一份期末作业，题为“中海油社会责任项目收获乌干达艾伯特湖区社区信任”。

Gloria说：“我选择这个题目，是因为这十多年来，我亲眼目睹了中国海油给家乡带来的变化。”她的家乡在乌干达阿尔伯塔湖区，这里是新兴的石油产区，也是中国海油乌干达公司的主要业务所在地，由乌干达公司任作业者的翠鸟油田就紧邻着乌干达第二大湖——阿尔伯塔湖。与波光粼粼的阿尔伯塔湖一样，Gloria也见证了中国海油为当地人民的生活增添了更多亮色。

乌干达姐妹结缘中国

2010年，16岁的Gloria正在读中学，她从妈妈口中第一次听到了“中海油”这个名字。

Gloria的妈妈在当地开了一家餐馆，消息灵通，她敏锐地感觉到新兴的石油行业饱含机遇。2013年，来往餐馆的客人偶然提到了中海油及其赞助支持的赴华留学奖学金项目，她立即鼓励Gloria的姐姐Prisca Kyalisiima试一试，希望她将来有机会进入石油行业。

Prisca虽然未能获得这项奖学金，但是把留学目的地定在了中国，2021年从对外经济贸易大学获得了经济学博士学位。

姐姐的留学经历激励了Gloria。Gloria工作几年后选择继续深造，对中国故事深感兴趣的她也选择了中国，并成为北京师范大学的一名留学生。由于疫情影响，Gloria现在通过网课的形式学习，她希望疫情结束后，尽快来中国继续学习。

如今，乌干达致力于推进“2040年远景规划”，正在向工业化、现代化迈进。Gloria说：“我希望通过了解中国的发展，将来更好地参与我的祖国的发展。我相信来中国留学是一个明智的选择。”

惠民生，心相通

Gloria Ntegeka在作业中对中海油乌干达公司的社会责任项目如数家珍，她认为“中国海油给阿尔伯塔湖区社区居民的生活带来了长期的改善”。

2015年，中国海油在翠鸟油田东边Buhuka地区建设了当地第一条跨崖公路，结束了村里无路可通的历史，公司还开展了道路安全宣贯活动，帮着完善了当地的交通标识（图4-7）。

图4-7　中国海油乌干达公司在担任作业者的翠鸟油田附近的村庄建设了当地第一条跨崖公路

这条10千米长的跨崖公路连通了沿途许多地区。Gloria回忆道：“以前，村民们需要乘船或者爬山才能去条件好一些的医疗点。有了这条路，路上的车多了，摩托车也多了，村民到医疗点的时间大大缩短，日常去渔市也方便了很多。”

在征地工作中，中国海油乌干达公司严格遵循当地法律法规要求及行业最佳实践，为受项目影响的社区百姓建设了结实漂亮的新房屋。目睹中国海油与社区互相深入沟通的过程，Gloria的感受是：“这改善了社区和项目实施者之间的工作关系，增强了彼此的信任。”

自2012年起，为培养本地油气人才，助力乌干达油气行业长期发展，中国海油乌干达公司先后资助8名当地大学生到中国石油大学（华东）进修学习。目前所有学生都已学成归国，投身乌干达石油工业的建设中。中国海油乌干达公司还推出中国海油绩优奖学金，资助当地优秀的中小学生。Gloria说：“在这种激励措施下，Kikube地区和Hoima地区各个年级孩子们的分数都提高了很多。”

在乌干达，中国海油还在布尼奥罗王国的支持下，赞助举办了中海油Bunyoro社区足球赛，每次都能吸引周边社区十数支队伍参与。在汗水挥洒中，人们的心贴得更近了。

共建绿色“一带一路”

2019年，中国海油乌干达公司开展翠鸟项目的环境社会评价（ESIA）听证会。为了确保听证会消息能够传达至油田附近村子的每一位村民，公司特地用高音喇叭在每个村子广播听证会的时间和地点讯息。听证会当天，超过一万名乌干达人到场，经过充分讨论后，一致同意通过该项目环境社会评价方案。

听证会顺利通过的背后，是中国海油在扎扎实实践行绿色发展理念。为了保护翠鸟油田附近的黑猩猩森林保护区，中国海油乌干达公司专门邀请黑猩猩研究保护领域的专家到场，综合分析油田开发活动可能对保护区造成的影响，并提出应对措施，对项目各个环节进行优化。公司在项目建设与运营期间制定了详细的监测计划，细化监测指标，保持定期监测，确保区域内生态环境不会因油田施工遭到破坏，黑猩猩得以延续原有的自然生活状态。

Gloria还在作业中写道，中海油乌干达公司在Kikube地区种植了一万棵树，带动了周边社区的植树热潮。她说：“这项举措为减少全球碳排放做出了贡献。”

（高翼　柴维）

搭起民心相同的友谊桥

2021年8月3日，刚下班的中海油田服务股份有限公司（简称中海油服）墨西哥公司员工谭广恒拿起手机时，正好老同学发来了一张照片和一段语音。

“你上报纸啦？要不是有同学发给我，我都不知道，够低调的。还在墨西哥吗？什么时候回来，咱们好好聚聚。”

照片是2021年6月20日《人民日报》3版的截图，上面是他和几个同事为墨西哥圣佩德罗·佩斯卡多尔福利院运送爱心物资的照片（图4-8）。照片上大家灿烂的笑容，令谭广恒再次想起两个月前。

图4-8　中海油服墨西哥公司志愿者正在为墨西哥某福利院运送爱心物资

“中墨一家人。”在小白板上，埃尔南德斯认真写完一撇一捺，兴奋得手舞足蹈，看向中海油服墨西哥公司的志愿者李轩和谭广恒。

“Qué bueno（太棒了）!”李轩竖起大拇指鼓励道。

2021年6月1日，墨西哥坎佩切州卡门市的圣佩德罗·佩斯卡多尔福利院教室一片欢声笑语。几名中海油服墨西哥公司志愿者手把手地教孩子们写汉字，还声情并茂地讲述西游记、嫦娥奔月等中国传统文化故事。孩子们稚嫩的小脸满是好奇与向往。

这是中海油服墨西哥公司的志愿者们第5年到该福利院慰问。

近年来，中海油服墨西哥公司积极履行社会责任，为促进中墨民心相通搭建起了一座友谊的桥梁。

伸出援手，呵护成长

2017年夏，圣佩德罗·佩斯卡多尔福利院急需一批生活物资。中海油服墨西哥公司志愿者得知这一情况，立刻伸出援手，组织捐助。自此，双方结下不解之缘。

李轩至今还记得和同事们第一次到访福利院的场景。那时，福利院的日常开销主要依托社会各界零星捐助，孩子们居住环境等生活条件十分艰苦。“一定要尽最大努力帮助这些可爱的孩子们，让他们拥有健康快乐的童年。”李轩和同事们暗下决心。

5年来，在中海油服墨西哥公司资助下，福利院的厨房、宿舍焕然一新，还有了新的护理室、教学区域等场所，孩子们的成长环境越来越好。

坚守承诺，“心心相印”

每年的“六一”国际儿童节，福利院的孩子们总会格外高兴，因为中国海油的大哥哥、大姐姐们又要来了，他们不仅会带来好多新衣服和很多好吃的、好玩的，还会讲很多有趣的中国故事。

今年10岁的安赫尔，每次见到志愿者们，总会扑到他们怀里，吵着要一起聊天、做游戏。

“我从电视上看到中国有好多新发明，我有一天可以去中国看看吗？”安赫尔对遥远的中国充满好奇。

5年来，中海油服墨西哥公司的志愿者们始终坚守承诺，在“六一”国际儿童节那天为孩子们送上祝福，用赤诚的爱心温暖了纯真的童心。

“过去5年里，你们一直在帮助我们，中国海油是一个有着强烈的社会责任感的公司，非常感谢你们。”福利院负责人卡拉·胡亚雷斯说，他还表示，与中海油服墨西哥公司志愿者的交流能让孩子们开阔眼界，帮助他们培养更多的兴趣爱好，更加健康、快乐地成长。

携手并肩，共同发展

资助福利院仅是中海油服墨西哥公司所参与社区建设活动中的一小部分。

近年来，中海油服墨西哥公司先后组织开展“情暖敬老院，关爱老年人”爱心公益活动：到当地敬老院为旧房屋刷漆；组织志愿者前往卡门市中小学，参与校舍修缮维护活动，为孩子们营造干净、整洁的校园环境；参与当地政府环保局组织的“环保人人有责，共同保护大自然”公益活动，为当地绿色发展贡献一份力量。中海油服墨西哥公司因此得到当地社会的广泛赞誉。

2020年，在一次墨西哥政府卫生部门与当地企业开展的疫情防控培训会上，中海油服墨西哥公司分享了自身的疫情防控经验，获得当地政府部门的高度关注，为卡门市的疫情防控工作贡献了“海油方案”。

“中海油服墨西哥公司积极投身公益活动的同时，还积极分享疫情防控经验，展现了高度的社会责任感，为促进民心相通起到重要桥梁作用。”卡门市市长奥斯卡・罗萨斯说。

国之交在于民相亲，民相亲在于心相通。

自2005年进入墨西哥市场以来，中海油服墨西哥公司自觉履行社会责任，积极响应共建“一带一路”倡议，互利发展，也为促进中墨民心相通贡献了力量。

（杨维勇）

缘定海油的乌干达小伙伴

2021年4月27日，为期3天的中国海油乌干达项目翠鸟油田开发方案（FDP）审查会在北京顺利结束。方案的顺利通过，为乌干达油田实现最终投资决策（FID）奠定了坚实基础。

对Lamech Mbangaye和Ritah Nasaazi这两名乌干达年轻人来说，这是一个好消息。他们是中国海油乌干达公司的员工，一直期盼该项目能早日投产，以便在现场积累经验，早日成长为专业素质全面的人员，为自己祖国的油气行业发展发光发热。

2013年9月，由中国海油任作业者的乌干达翠鸟油田的开发方案获当地政府批准。为培养当地油气人才，助力乌干达油气行业长期发展，中国海油乌干达公司先后资助8名当地大学生到中国石油大学（华东）进修学习，其中就包括Lamech和Ritah。

“在去中国之前，我母亲跟我说，生活中宝贵的机遇很少，一旦机遇来了，你要牢牢抓住，并心存感激。”曾经，Lamech由于家庭经济困难，不得不在大学期间辍学，开始工作赚钱。一天，他在报纸上看到中国海油乌干达公司奖学金项目的消息，并抱着希望提出申请。他从150余名申请者中脱颖而出，成为当年5名奖学金获得者之一。2014年秋天，他开始在中国石油大学（华东）学习，掀开了人生新的一页。

在赴华留学生送别会上，时任乌干达能矿部矿产国务部部长Peter Lokeris称赞了中国海油乐于承担社会责任的举措，也表达了对年轻人的殷切期望：“希望奖学金获得者们能珍惜这次学习机会，日后用自己所学的知识技能为乌干达石油行业的发展做出贡献。”

回顾在中国的学习经历，Lamech和Ritah都觉得收获满满。Lamech说：“我们受教于中国优秀的老师们，为回国后从事油气工作积极地学习积累。我们还感受到博大精深的中国文化，交到一辈子都会珍惜的朋友。最后，我们都以优异的成绩完成学业，向所有人证明了我们的努力。”Ritah还对中国的多元文化氛围印象深刻，她说：“这给我的学业和生活都带来了非常积极的影响。”

回国后，Lamech和Ritah成为中国海油大家庭的新成员，真正踏入了油气行业。2019年，Lamech和Ritah再次来到中国参加了为期6周的培训，在4个地点进行现场学习，在实操中巩固学习成果，专业能力迅速提高。

为了培养乌干达当地的青年骨干，中国海油乌干达公司投入了巨大精力，数次选派青年员工到中国培训，系统了解钻完井管理体系。公司还从业务部门中选派本地员工深度参与翠鸟油田的前端工程设计工作。

2019年，在入职一年后，Lamech晋升为初级钻井监督。他还记得第一次去翠鸟油田营地，同行的中国同事丰富的专业知识和经验给他留下了深刻印象。“他教给我很多现场经验，比如识别设备和井口配置，如何保障操作的安全性，有很多细节必须在现场操作中才能更加深切地理解。”

Ritah现在是一名钻井成本控制工程师。随着掌握的技术和财务知识越来越丰富，她的成就感也越来越强。她说："中国海油还通过师带徒的形式帮助乌干达本地员工快速成长。在中国同事们的指导帮助下，我对油气行业的了解不断加深。我和他们经常讨论如何借鉴中国的经验来发展乌干达的油气行业。"

2021年4月21日，Ritah向公司提交了一份申请表，正式参加中国海洋石油国际有限公司2020年"青年榜样"评选。在申请表里，她这样描述自己的成长："我努力把自己学到的知识和技术都应用到翠鸟项目中，边学边干，顺利完成了预算批复，确保了项目成本控制。我在工作中证明了自己具备跟进完成重大项目的能力，相信自己能够为公司长期发展贡献更多价值。"

（高翼　柴维）

第5章

永葆奋斗精神，追梦步履不停

因海而生，向海而兴。抚今追昔，从莺歌海海面上冒出的汩汩油气苗，到精耕细作、圆梦“海上大庆”，再到敢为天下先、逐梦“超深水”，每一个闪闪发亮的“高光时刻”，都离不开敢挑千钧担、敢闯硬核关的海油人的全力拼搏与无私奉献。他们守初心、担使命，以保障国家能源安全为己任，努力担当国内油气增储上产的主力军。他们在学习中追赶，在学习中超越，通过一次又一次的主动变革、自我超越、锐意进取、开拓创新，穿越一个个低谷、实现一次次蜕变。

2021年，面对新冠肺炎疫情和低油价双重挑战，中国海油迎难而上，油气产量再创新高，各条战线涌现出许多敢打硬仗、能打胜仗的先锋模范。他们有的在雨雪交加的辽东湾抗海冰，有的在波涛汹涌的沿海地带抵御台风，有的奋战在增储上产一线，有的深耕在科技研发前线，有的冲锋在疫情防控火线……他们践行使命、彰显担当，是中国海油各条战线数万员工中的杰出代表；他们爱国奋斗，众志成城，在平凡岗位上创造了不平凡的业绩；他们传承石油精神，弘扬新时代海油精神，践行中国海油“在经济领域为党工作”的铮铮誓言。

传承红色基因，矢志能源报国。从英雄前辈身上感悟思想伟力，从身边的先进典型事迹中进行对标对表，海油人将以饱满的姿态、昂扬的斗志、自信的精气神儿，在新的赶考路上展现新作为、贡献新力量。

第1节
破风逐浪，勇毅前行

狂风，沙尘，高温，雨雪；沙漠，沟壑，北极，赤道。海油人的工作生活中，从不缺少大自然的“恐吓”，但更不缺少智慧和勇敢。面对莺歌海的狂涛、曹妃甸的海浪、辽东湾的冰潮、沿海地区的台风、吕梁山的风沙、塔里木的酷暑、巴士海峡的飓风……为保障安全生产、民生油气供应，他们以井场为营，以平台为家，与极端天气斗智斗勇，与大自然和谐共生，和艰难困苦展开殊死较量。

一年有120多个寒冬天、120多个酷暑天，对海油人来说，是365个不眠夜。作为蓝色国土的辛勤耕耘者，与海共舞的执着追梦人，一年四季，海油人在雨中保生产、雪天抢工期，在夏日战高温、春日防沙尘。增储上产，保障国家能源安全，他们以扛鼎万钧之力、坚忍不拔之志，冲锋在前、永不言弃，纵狂风暴雨，却毅然前行。

破冰行动

2021年1月6日，一股冷空气强势来袭，辽东湾气温出现“断崖式”骤降，最低气温达零下25摄氏度，锦州9-3油田出现近5年来同期最严重冰情，抗冰保产形势非常严峻。

这是操作班长杨海龙参加工作的第9个年头。2020年3月，他从绥中36-1油田调至锦州9-3油田担任操作班长，第一个冬天便赶上了五年不遇的寒潮和冰情。他是个急性子，但工作细心严谨，虽然是第一次面对这么严重的冰情，他一点也不含糊，冲锋在前、以身作则。

“杨班长，注水海管的压力表被冻住了。”

刚在餐厅打完饭菜，没吃两口，杨海龙就收到对讲机里传来的现场情况。他急忙放下碗筷，大步流星赶往现场。“压力表的伴热保温已经很到位了，怎么还会出现冻堵？”他摘下手套，用手摸了摸伴热带，又低头仔细瞅了瞅保温层。这时一阵穿堂风忽然袭来，杨海龙禁不住哆嗦了一下。

“应该是气温太低，这块压力表又处于风口，内部介质不流动，这才出现冻堵了，”杨海龙对身旁的班组成员分析道，“咱们给它搭一个小的挡风帐篷。赶紧对现场流程设备进行一次排查，看看还有没有其他冻堵的地方，尤其是风口和停用的设备。”

“杨班长，舷边计量管汇的压力变送器冻上了……”不到半个小时，油田设备冻堵情况排查完毕，杨海龙又接到几处相似的冻堵点位。他把操作人员分成两组，一组负责搭设挡风帐篷，一组负责扛着蒸汽管线解冻。

两组小队顶着寒风，奔波在各个冻堵点位。厚重的棉手套不便于操作，杨海龙干脆换上了线手套，寒风刺骨，手忍不住地颤抖，但他浑不在意。搭设完挡风帐篷后，杨海龙又替换下已经冻得瑟瑟发抖的队员。只见他拿起蒸汽管线，熟练地挥舞着为设备解冻，上一秒还高温的蒸汽，在寒风下瞬间结成冰霜，打在他的脸上……

对讲机里陆续传来解冻成功的好消息，但杨海龙看着海面厚厚的海冰，心里还是不踏实。“你们去把库房保温被全部拿过来，再去找铁丝，要粗一点的，”杨海龙跟班组成员说道，“咱们给关键节点的压力变送器再裹上一层保温被，用铁丝绑紧，这样任凭风再大，气温再低，也不会再冻上了。”

就这样，连续奋战3个多小时，班员们的手套冻住了，脸冻僵了，连眉毛上都挂满冰霜。但是，看着一个个裹得跟粽子一样的设备，大伙疲惫的脸上露出了笑容。

“杨班长，好多海冰爬上平台了，赶紧过来吧！”凌晨两点，对讲机里传来新员工杨尝旺急促的呼喊。

赶到带缆走道的杨海龙虽然做好了心理准备，可还是被眼前的一幕惊呆了——绵延不断的海冰仿佛长了手脚一样向平台扑来。30厘米厚的冰层中夹杂着黄色泥沙，变得异常坚硬，破坏力极强，一层一层排山倒海般向平台涌来。虽然有破冰船协助，但是仍然有大量破碎的海冰在平台导管架周围堆积成一座冰山，并迅速冲上带缆走道。

为了防止海冰对平台结构造成持续破坏，顾不上疲惫的杨海龙迅速组织班员迎战海冰。大家冒着零下25摄氏度的严寒，艰难地利用各种工具对已经爬到带缆走道上的浮冰进行清理。

杨海龙咬着牙抡起铜锤，对着栏杆上一片积冰狠狠地砸了下去，冰块碎裂，冰碴飞溅。在杨海龙的带动下，所有人都干劲十足。有的用高压水冲，有的用铁锹铲，有的用十字镐和榔头砸，还有的徒手搬运。大家的手脚冻麻了，身上被汗水湿透，一阵寒风吹过，身体不禁微微颤抖，可他们浑然不觉，继续与冰“战斗”(图5-1)。

“哐当”一声，众人向杨海龙破冰的方向望去。只见他茫然地望着手中只剩下木柄的铜锤：“这冰也太硬了吧，把我的‘雷神之锤’都震断了。”众人被逗得哈哈大笑，与海冰的这场战斗既艰苦又充满了乐趣。

图5-1　锦州9-3油田员工在敲击平台栏杆上的冰

经过5个小时的“破冰大战”，这群硬汉成功地将海冰压制在带缆走道下方，阻止了海冰对平台结构的破坏。他们知道，只要冬天还没有过去，他们就不能放松警惕。

（李文皓　商闻贤）

北纬40°：探访中国海油海上最北油田

2021年1月中旬，我们搭乘“滨海267”船，从葫芦岛北港出发，穿过冰封的海面，探访中国海油最北油田——锦州9-3油田。

晨雾蒙蒙中一路向北，碎裂的薄冰向船两边铺开远去，船尾的一群海鸥追着翻卷的浪花一路觅食嬉戏。受天气和疫情防控的影响，前往锦州9-3油田的抗冰路，我们辗转走了21个小时，但对锦州9-3油田人来说，已经走了整整21年。

“这里和北极圈只差一只北极熊。”在水手许亮的朋友圈里，他这样形容第一次见到今年寒潮来袭时海冰的凶猛。

他所在的位置——锦州9-3油田，位于辽东湾北部海域，是中国海油地处最北、水深最浅、冬季冰情最严重的海上油气生产单元（图5-2）。

图5-2　海冰“围城”的锦州9-3油田

低于零下20摄氏度的气温，长达3个月的冰期，是锦州9-3油田几乎每年都要经受的严峻考验。

同样一路向北前进的，还有锦州9-3油田总监杨俊杰。出海13年，从离陆地最近的歧口17-2油田到海上最北的锦州9-3油田，海冰早已不是他最初想象中震撼大片的模样。“海冰会直接危及平台结构的安全，也会对周边守护船和外输油轮产生影响。严重时，海冰导致的平台持续晃动可能会让采油设备的管线松动，甚至产生设备故障或发生泄漏，后果不堪设想。”杨俊杰说。

尽管每天的例会上都会汇报冬防和设备保温情况，但杨俊杰依然坚持每天至少两次现场巡检。

在没有挡风墙的生产区走上一个小时，凛冽的寒风能将厚厚的棉衣吹透，穿着棉工靴的脚也会变得不听使唤，脸上瞬间冻出“高原红”。这样的场景，每天都在锦州9-3油田上演，尤其在外输作业时，员工要在现场轮流值守4～5个小时。

2021年1月初寒潮来袭时，许亮第一次见到“爬”上平台底部沉箱（锦州9-3油田有着独特的抗冰圆锥形沉箱体设计）、厚达18厘米的海冰。“当时在平台上已经能感觉到轻微持续的震动，像‘僵尸围城’一样。”许亮说。对海冰“围城”感到错愕、震撼之余，他和老师傅们一起扛起铁锹、十字镐、榔头等除冰工具，连夜除冰保生产。在他看来，“顽强刻苦，不怕困难”的抗冰精神是锦州9-3油田人的必修课。

这样的冰情在外输监督张伟看来还不算“严重”，在锦州9-3油田参与过17年“破冰行动”的他，最难忘的是2012年的冬天。“当时海冰单层厚达40厘米，重叠冰厚达1米，在海冰的作用力下，平台底层甲板的护栏扭曲到变形。”张伟回忆道。

即使在海冰最严重的时候，锦州9-3油田的外输作业依然没断过档，投产21年来，累计外输原油3590船次，为国家贡献原油1400万吨。

夜幕下，被海冰环绕的锦州9-3油田不是清冷孤立的钢铁之城，4艘8000马力的破冰船像“战士”一样，守护在旁，以减少漂来的岸冰和堆叠的大块海冰对平台造成的撞击影响，并为外输作业提前开路。除此之外，平台上还设置了24小时实时监测点，通过雷达监测、测冰技术及气象观测，科学预判冰情变化，以在第一时间辅助调动破冰资源。

据杨俊杰介绍，较往年来说，2021年渤海辽东湾算是常冰年。虽然每年的冰情在变，但锦州9-3油田“战冰斗雪，昂首阔步”的精气神儿没变。天南海北的锦州9-3油田人会一直坚定地一路向北，一次次出发！

（张妍　李金龙）

与“风”赛跑

苍蓝色的海水卷起滔天白浪，急促的海风呼啸而过，密集的雨点横冲直撞。12月17日凌晨，2021年第22号台风“雷伊”进入南海海面，影响南海西部陵水、崖城等海域的油气生产。为迎战这场1949年以来影响南海最晚的超强台风，中国海油驻琼、驻湛各单位严阵以待，智慧以对，将“雷伊”对油气生产的影响降到最低。

意外——这么晚还有超强台风，最强17级

正在南海西部陵水油区进行探井作业的钻井平台“海洋石油982”上员工，首次获悉“雷伊”的消息，是在12月14日傍晚。

当晚的班后会上，高级电仪师告诉大家：“台风‘雷伊’已经生成，可能是个超强台风，预测的行进路径直冲我们而来。根据后续情况，我们会做进一步撤台准备。”

大家很惊讶——通常而言，冬季南海季风频发，但很少出现台风。“我出海20多年了，没怎么遇上冬天里的台风。”一名电气师说。

趁台风还在路上，“982”按原计划加紧作业，一切似乎如旧。但16日清晨，大家偶然注意到，往常光顾月池的海鱼已统统不见踪影，平静的海面上隐约透出不寻常的气息。

16日晚上，“982”告知大家，“雷伊”确定要来。“雷伊”17日上午8时已加强为超强台风级，最大风力17级。“982”首批避台人员17日搭乘直升机离开。

此时，三亚以南100多千米的海面上，崖城13-1气田的员工也同样在为撤离工作紧张忙碌。拿着白色绳段、穿着红色工衣的员工们，在气田生产平台往来穿梭。对于加固设备，有人在前拿着防台清单对照，有人在后查漏补缺，每一个

细节都不放过。

崖城13-1平台总监欧世兴确认防台工作落实完毕，在与上级领导沟通后宣布了撤离计划：17日晚7点开始，第一批64人乘坐拖轮撤离，18日上午，剩余人员搭乘直升机撤离。

“今天全力避台！各班组去现场，把安全工作做到位，主操以上人员进行最后的检查。”“深海一号”超深水大气田员工同样全力备战。

17日清晨开始，陵水、崖城海域不见往日的朝霞，从南方刮来的大风裹挟着大雨，时刻提醒大家：“雷伊”近在咫尺！

精准——不早撤也不晚撤，布防如打仗

坐镇陆地指挥海上一线，有限湛江/海南应急指挥中心人员深感责任重大。他们时刻关注、研究台风动向：“撤台，不能早也不能晚，早了影响油气产量，晚了影响安全。”

与专业气象台反复沟通、分析后，12月17日上午，应急指挥中心召开会议，决定撤离受“雷伊”影响最大的陵水、崖城海域的海上作业人员，并要求做好撤离前的布防工作。

此刻，海风越吹越猛如狮吼，大雨密集如织布。巨大风浪下，天与海似乎都在晃。

超强台风来袭，少数新入职员工不免紧张。“不用紧张，避台是每个海上人员必须掌握的技能，你跟着我们努力干就行。”机械主操郭明乐安慰新员工说。接到撤离指令后，立即停止热工、高处作业，加固所有设备设施。

“三甘醇药剂桶、滑油桶等现场零散物件和容易松动的地方要好好检查。”工艺主操李亚飞与大家一起忙碌，很快，现场的油桶、软管都通过麻绳牢牢固定在稳定的柱子旁，细小的杂物则统统在房间里锁好。

“准备调小油嘴。”“准备停止外输。”一切收拾妥当后，历时6个小时，“深海一号”能源站顺利关停。部分人员先乘坐拖轮撤离，最后负责停产操作的员工乘直升机避台。

17日晚8时，冷静的广播声在大海深处的“982”上响起：“平台开始航行，前往三亚避台！”自航期间，员工们并未闲下来。大家利用难得的空档期，为下一口井钻井作业做准备。19日凌晨，“982”抵达三亚。尽管三亚离台风中心较

远，但员工们依然感受到了台风的威力：20日，“雷伊”激起的海浪不断拍打着平台立柱。

台风期间，崖城13-1气田在南山终端远程遥控海上平台生产，天然气产量不减。

快速——早一分复产，多一方油气

经过3天的肆虐，台风于12月21日终于离去。天空放晴，彩虹辉映着洁白的云朵悄然伸展。

应急指挥中心的值班人员松了一口气，但提到“雷伊”，他们依旧感叹它的风力变化之快：16日下午在菲律宾登陆后原本减弱为强台风级，但17日夜间进入南海后，又于18日下午再度加强为超强台风级，夜间至19日凌晨达到巅峰强度，至19日白天才开始减弱。

相关资料显示，“雷伊”已成为1949年以来影响南沙群岛的最强台风，以及有气象记录以来影响南海最晚的超强台风。

台风过后的第一时间，海上一线的复产工作立即开启。

20日晚8时，“982”广播声再次响起，宣布平台正式前往下一口井的作业地点。

“深海一号”超深水大气田员工迅速乘大巴赶往直升机场，乘机赶往平台。伴随着直升机的轰鸣声，员工们抵达气田后立即按流程开启生产。先是检查设备设施是否受损，确认无误后陆续开启各系统。按下生产井开启按钮，股股油气流欢快地从地层深处涌起，经过曲折蜿蜒的管线，抵达“深海一号”能源站。

崖城13-1气田因台风期间未曾停产，复产工作更为顺利。大家上平台后，按照分工前往各自责任区，为此前加固的设备“松绑”，同时逐一检查设备状况，做好登记与维护。

很快，一切恢复正常。油区生产的原油开始外输，天然气一路穿越海底管线，直抵粤港澳琼，化作千家万户的蓝色火焰与袅袅炊烟。

（张光明　刘珂昕　胡婧　彭荣琦）

乘风，破浪

我在微微摇晃中醒来，还不时有声响从甲板下方传来——那是海浪在拍打着桩腿！“看来是起风了。”我心想。这种拍打常被海上人员戏称为“被大自然的肩膀狠狠靠了一下”。这一靠一晃，南海的秋冬季如约而至，大风将卷起浪花、携来湿气，甚至一连数日遮蔽阳光。

走出生活楼，我向中央控制室走去，此刻肆意渲染天空的夕阳已不见踪影，天边唯一的亮色只有不断翻涌而来的白色浪头。对面快步走来的下班的同事，一个个眯着眼、斜着头，以抵御这肆意而起的大风。

“今晚大风，大家巡检时多加注意，如有异常声音，必须找到根源。”工作交接时，出于对以往大风天的经验，作为班组长的我提醒大家。

大风会让本来安静的夜“絮叨”起来，也会给夜班巡检增加难度。风声常常会掩盖机器隐藏的故障声，操作员在巡检时不得不放慢脚步、贴近设备，在众多声音中抽丝剥茧，做出准确判断。

“中控，三甘醇溶剂泵A似乎有不同往常的声音，是否可以切换到备用泵，现场观察一下？”对讲机传来现场的声音，夹杂的风声在中控室内显得格外刺耳。中控操作员一边回应对讲机，一边熟练地操作，与现场操作员无间配合。

“王师傅，井口冷却器这边的脚手架上有异常声音，可能是散落部件受风影响发出的，请过来协助排查。”操作员王坤一边回应一边前往井口平台，不自觉加快了脚步。

“大风天气，大家安排好工作界面，涉及舷外作业、高空作业的请先暂停。甲板内受风影响较小的作业，要加强防护措施。”早班会上，平台总监说道。

“明白。我们今天的腐蚀结构维护打砂工作，会根据风向加设挡风帆布，减少打砂受影响范围。”承包商领队保证道。

“另外，请大家上下楼梯多加注意安全，一定要抓紧扶手，必要时选择受风力影响较小的楼梯上下。”安全监督补充道。

作业现场，脚手架上，施工人员在来风的方向上拉起了帆布。各个方向拉紧绑牢后，原本猎猎作响的布匹，撑起了屏障，帆布后方的人员顿时一身轻松。“大家不可有一丝放松，零散物品一定要固定好，要再次检查工具是否系好了尾绳防止坠落。”领队在脚手架上小心穿梭，在风声和机器轰鸣声中大声呼喊。

白班操作员许绍棠抬头看着不远处脚手架上有条不紊忙碌的身影，对着领队竖起了大拇指。他转身来到海水淡化系统橇块，认真记下每一个运行参数，检查“跑、冒、滴、漏”现象，一切做完后在对讲机里汇报中控：“海水淡化系统一切正常，淡水液位足够，无须靠船打水。”

而另一头，吊车司机丰茂兴则在为靠船发愁，对讲机六频道里频频传出他的声音：“船长，现在的海况可以靠过来吊货吗？”

“请帮忙时刻关注风向和海流，如有好转，及时联系我们。”

“只要海况允许，中午吊货没问题的，就这么说定了。能早一顿吃上新鲜蔬菜都是好事！”

大风时而降临，如报时鸟一般，给海上平台捎来冬的气息。顶风而行，举步维艰，好在海上人员早已在无数个以海为家的日子里学会了与自然相处，顺风前行，循风细作，在大风间隙保障安全生产，借着风力加快脚步。

（刘建波）

以船为家，上北极下赤道

“脚踏实地的感觉真好。”夕阳下，中海油服“海洋石油720”船队经理陈志玮走下舷梯来到码头，迎着余晖，深吸一口气，由衷地发出一声感慨。

对陈志玮这样的海洋物探人来说，连续两三个月“不接地气”再寻常不过。海上征战14年，他带领“海洋石油720”船队领教过北极的严寒，体会过赤道的酷热，历经冰火淬炼，锻造出了一支国际深水物探的铁军。

在北纬75°的北极圈海域作业时，陈志玮和团队第一次感受到在极寒海域勘探作业的困难：水下设备电量快速耗尽，电缆频繁出现传输故障，就连浮体都被冻裂进水。外方代表无奈地说：“要不行，就停工吧。”陈志玮果断地回答：“放心吧，这点困难还难不倒我们！”

工作艇作业，成为他们解决问题最直接、最有效的办法。

陈志玮带着几名队员，换上专业防寒服，背着装有热水的保温箱下了小艇。寒风呼呼地吹，冻出的鼻涕没来得及擦掉就已结冰。

到达指定位置，捞电缆、打卡子、换设备……虽戴着手套，但依然隔绝不了海水的冰冷。刚换了几只罗经鸟，脸上就会冒出豆大汗珠，防寒服里的后背更是湿透一片。每次下艇两个小时，陈志玮的背上总是满满的汗，身体却不曾感觉到丝毫热气。

北极作业近7个月，陈志玮带领员工维修更换各类水下设备516个，最终所有问题都得以彻底解决，作业效率快速提升，外方代表一见他就喊“中国铁人”。

后来，“海洋石油720”船队又转战巴西海域，陈志玮和团队在这里接受了一场如火的“烤”验。

这次作业所在的海域，长年受到赤道洋流的影响，海蛎子生长周期短、速度快，最喜欢附着在大船拖拽的超长电缆上，不断地生长变大，导致电缆拉力急剧增加，再不采取有效措施，电缆就有被拉断的风险。

“这是我们的巴西首战。再难也要啃下这块‘硬骨头’！”陈志玮就像一根主心骨，把所有人紧紧拧成一股绳。

“在不影响作业质量的前提下，上线期间用单工作艇逐条、逐段清理尾部电缆，再利用白天下线时间用双工作艇清理电缆前部。”和作业人员充分研究对策后，陈志玮做出安排。

海蛎子的吸附力极强，一旦附着很难清除，最有效的方法还是手动清理。烈日当空，海水像一块密不透风的镜面，把刺眼的阳光全都反射到清理队员们身上，几分钟不到，汗水就止不住地往下流，工服黏糊糊地粘在身上。

通过一整套清理方案，原本需要10天才能完成的清理工作，不到5天就完成了。陈志玮和队员们的皮肤被晒成了“石油”色。

“千淘万漉虽辛苦，吹尽狂沙始到金”。以陈志玮为代表的中国海洋物探人，上北极下赤道，在异国他乡历经严寒与酷热，经受住极端天气的考验，用吃苦耐劳、敢打敢拼的作风，擦亮了中国海油的亮丽名片。

（贾克滨）

“流浪”塔里木

从天山下来是戈壁，戈壁的尽头是塔里木河，塔里木河再往南是塔克拉玛干沙漠，自东向西2000多千米，从北到南1000千米，只要有石油井架矗立的地方，就有史沈君和他的队员们的足迹。

作为中海油田服务股份有限公司（简称中海油服）油套管作业队伍的一名队

长，工作20余年来，他带着队伍在各个井场之间穿梭，哪里有作业需求就出现在哪里。天山下的雪，戈壁上的草，塔克拉玛干的沙，都见证了他们一次又一次的辗转奔波。

沿着塔里木沙漠公路，乘车颠簸半日甚至数日方到井场营地，这是家常便饭。可在沙漠里作业的苦，远超常人想象（图5-3）。

“沙漠里最难受的就是沙尘暴和热。”油套管服务工程师常磊用一句话总结。在常磊的印象里，沙漠的沙尘暴和南海的台风是一个风险级别，都要避。沙尘暴有等级标准，到了一定级别就会启动应急预案，停工避沙。

图5-3　在塔里木的中海油服新疆分公司作业车队

“我记得有一次在塔中区块，正在钻台上干活，沙尘暴就突然过来了，转瞬间昏天暗地，站在二层台十几米往下看啥也看不见。井队按照预案迅速行动，撤离设备、撤离人员，停机停电，所有人都躲到营房里。整整持续了一天一夜，第二天出太阳了才复工。”常磊回忆道。

除了沙尘暴，热也是对作业队伍的一种煎熬。在沙漠腹地，沙表温度能高到什么程度？简单来说，拿一个生鸡蛋放在营房门口，几分钟后就可以吃了，热浪像电磁波一样，把沙漠变成了大烤箱。因此，所有人上井作业都会带一个大水壶，一天下来，至少要喝五六壶。然而，水资源又是沙漠里最紧缺的，还得省着喝，忍着口干舌燥。

相比于沙漠，天山下的井场又是另一番景象。山里的天，孩子的脸，白天还热得直冒汗，只要一起风，晚上就能直降到零下30摄氏度，暴风雪随之而至。

常磊忘不掉前年在依奇克里克油田作业的那个风雪夜。“前半夜的山还是红山，一到后半夜，全变成白色了。那一夜下了鹅毛大雪，风呼呼刮，我在二层台负责套管扶正工作，把所有劳保衣服都穿上了还是冷，真扛不住啊。我就利用司钻提游车的间隙，在二层台高空做俯卧撑取暖，咬牙熬了一夜。”

天山下的暴风雪也曾让史沈君哭笑不得。那是一次博孜区块下油套管作业，当天晚上任务完成后准备第二天收拾设备启程回家，结果早上起来营房门打不开了。史沈君寻思是不是别人恶作剧把门堵上了，就大声呼喊，但营房是彼此独立的，半天没人回应。于是有队员使劲扒开窗户往外看，才发现营房外白皑皑一片，地上的积雪半米厚，把门堵得死死的。大伙合力推门一点一点往外挖，才得以解困，一踏出门，积雪已经没到膝盖了。

“在新疆待了十几二十年了，什么恶劣天气都遇到过，”史沈君笑道，“吃不好睡不好，那也得把工作干好。”

狂沙暴雪之后，太阳依旧冉冉升起，而史沈君和常磊已经习惯了与狂沙暴雪为伍，他们抖掉身上的沙尘，又毅然踏上了“流浪”塔里木之旅……

（黄栋）

风雨营救

在“海洋石油681”的防台物资中，有一根长约30米的白色救援绳摆放在显眼位置，即使上面的盐渍早已擦拭干净，但每月的安全检查，三副还是会从头到尾擦拭一遍。那次超强台风过境时的海上救援经历，让船员们至今难忘。

“我从未见过这么大的风。”“海洋石油681”船长陈庆回忆道。早上，倾盆大雨夹带着大风狠狠地打在驾驶台玻璃上。

“惠州锚地有一条工程船走锚、漂移，船上73人急需救援！”高频对讲中传来深圳海上搜救中心的呼叫。考虑到“海洋石油681”船上装载着ROV（水下机器人）设备，深圳海上搜救中心起初指派惠州锚地的另外两艘大马力三用工作船前往救助。可是几分钟后，两船纷纷表示风浪过大，无法起锚。

深圳海上搜救中心联系“海洋石油681”：“工程船漂移速度加快，咱们681能不能试着抢救一下？”

“‘海洋石油681’随时做好营救准备，马上备车起锚前往事发海域。”船长陈庆坚定地答道。

现场最大风力达到11级，大风浪天气掉头转向危险性极大。这时，惠州五号锚地风力还在不断增大，陈庆果断接管驾驶台操作，他没有立即转向，而是缓慢地转了5°，发现船舶完全受控，这才放心地完成整个掉头动作。

大风、暴雨、海水混杂在一起，如同拉出了一道幕布，海面能见度极差。雷达显示“海洋石油681”需要穿过锚地密密麻麻的避风船舶，还要注意浅滩和礁石，狂风巨浪下，船舶的受控能力变差，每走错一步都可能造成难以挽回的局面。

眼下不光要救人，更要自保。必须在保证自身安全的情况下开展科学救助，后甲板积水处最深达50厘米，前行道路举步维艰。

“防台物资里有救援绳，尽量把兄弟们绑在一起，避免在救援过程中冲散。”陈庆指挥道。

“先绑上我，我排在前面，你们也要绑紧一些，有异常及时呼救，大家相互照应、互相提醒。”大副姚靖将自己排在了救援的最前方。

海面的风浪继续加大，阵风12~13级……

“73位兄弟，我们已经到达你们身边，请不用担心，‘海洋石油681’一直守护着你们。”陈庆用对讲机向遇险工程船喊道。

6名救援人员手绑着手一直待在主甲板等待救援指令。万幸的是，此时工程船已经搁浅，不会再随风漂移，73人的安全相对得到保障。

暮色降临，“海洋石油681”就这样一直守护到其脱浅，随后配合专业救助船舶进行接拖，接拖完成后，“海洋石油681”转为护航，73名人员安全无恙。这时主甲板的救援人员才解开安全绳，被海水浸湿的身上留下了深深的勒痕。

从此以后，这根救援绳作为纪念一直留在了船上。

“在海上作业的时候，遇到的极端天气不只是台风，暴雨、暴雪、严寒都会给作业带来不同程度的影响，但我们时刻准备，时刻预防，科学应对，把天气带来的影响降至最低。”船长陈庆说。

（李善兵　浦宁）

为生命护航的救援人

“一艘散货船由于主机发生故障，在台风天气下有失控倾覆的风险，请立即前往救助！”2021年7月24日20：40，正在浙江宁波象山港锚地抛锚避台的“海洋石油655”船长李瑞元收到一条救援消息。

“海上兄弟是一家”，李瑞元没有思考太多，当即下令起航，并通知全船人员做好救援准备。

“‘海洋石油655’，请你们快速前往，救下船上的18名人员。”舷窗外呼啸的风，一阵紧过一阵。李瑞元将手中的车钟猛力推向全速，“海洋石油655”如离弦之箭，向遇险船所在位置全速冲去。

这并不是李瑞元第一次参加救援。2011年，当他还是一名驾驶员时，就在“海洋石油655”的姊妹船“海洋石油656”上参与过救助，4名人员被救的场景至今还常常出现在他脑海中。

在驶往救援现场的途中，李瑞元召集全体人员开会部署救援流程，7年船长的经历培养了他强烈的安全意识。李瑞元嘱咐大家：“在救援过程中，一定要保证自身安全！”

21：30，“海洋石油655”赶到现场。现场风力8~9级，浪高3米，暴雨如注，能见度不足1海里。对方船上装满了钢材，风雨裹挟着海浪，在这种情况下直接抵近解救，会有船只碰撞风险，存在人员撞伤乃至落海的可能。

“时间紧急，再换别的船救援来不及了。”在评估了可能存在的营救风险后，李瑞元第一时间组织甲板部人员备妥安全吊带、救生网、救生衣等救助器材。在他的号召下，船上其他党员也纷纷站了出来（图5-4）。

图5-4　海上救援

李瑞元冷静观察现场的风流海况，驾驶“海洋石油655”慢慢靠近待救船舶。由于遇险船无法给救援船提供下风侧，“海洋石油655”在遇险船边上震荡得非常严重。李瑞元操纵着船舶，一次又一次靠近遇险船，却一次又一次被巨浪推开。经过多次尝试，“海洋石油655”终于靠上了遇险船，但在巨浪的作用下，依然在猛烈地上下跳跃。

遇险船人员站在待救船的舷边上，但找不到合适的时机跳上“海洋石油655”。李瑞元凭借扎实的操纵技能稳住船舶，不断寻找机会。千钧一发之时，他一声令下，一名遇险船船员看准时机，往船上一跃，水手们稳稳地接住他。1名，2名，3名……经过不懈努力，一名名遇险船人员被转移到“海洋石油655”上。

21：55，18名遇险船人员全部被安全接救。

面对他们的再三道谢，李瑞元说：“这都是我们分内的事。在保障海上安全的路上，应该有海油人的一份力量。”

（浦宁）

风雨无阻守关人

2021年7月30日上午9点，天津滨海新区暴雨初歇，孙秀全便开始了巡检。

作为中海油能源发展股份有限公司（简称海油发展）装备技术公司清洗中心码头综合服务部的安全监督，此时孙秀全习惯性地看了一眼门口的潮位表，快步走在湿漉漉的3号码头场地上。码头大闸门、围堰、泵房高压配电间、船坞坞门、沙袋……每一样重要的防汛设备，他都仔细查看，记下缺损的、需要完善的。

在4.2万平方米的场地上，55岁的孙秀全既是安全监督，也是公司防潮应急救援队的现场指挥，这样的巡检是他每天早上的必修课，7年来风雨无阻。

位于渤海石油港区的3号码头，是渤海片区出海人员、物资的重要周转关口。码头不仅面积大，建设年代久远，基础设施陈旧，而且近年来潮汛到来的时间、频次也变得捉摸不定。受汛期潮位上涨的影响，每年7月，孙秀全和同事们都肩负着防汛守关的重要职责。在他们的严防死守下，3号码头7年来顺利进出出海物料1万余批/次，确保了场地作业的安全。

天空阴沉，暴雨忽至，同事们已陆续下班，孙秀全接到防汛值班的任务。随着潮位的上涨，他发现，尽管沙袋、挡水板全都在楼门口严阵以待，可码头办公楼内依然有雨水从地板下渗进来。“保住配电间！”凭借经验，他第一时间想到了受雨水影响最大的设备——配电间。配电间如果进水，不仅会引起人员触电、电气火灾，还会影响码头后续的办公。

抄起准备好的沙袋，孙秀全迅速向配电间门口跑去，一袋、两袋、三袋……重达20千克的沙袋，他硬是在10分钟内码好了15袋，将配电间房门三分之一的高度死死堵住。沙袋摆放完成后，孙秀全已累得满头大汗。“这样能防得住吗？”听到窗外噼里啪啦的雨声，他仍不放心。最终，他与公司电工联系、商议，将配电间设备拉闸、断电，一颗悬着的心才安放下来。从地板渗水到防护措施完成，孙秀全仅花了20分钟。

为了守好码头，加班对于孙秀全来说也是家常便饭。

不久前的一个下午，难得能正常下班的孙秀全与家人约好了对家里暖气进行改造。谁知快下班时，他接到夜晚将会有潮汛到来的通知，想到码头现场正在作业的电气设备，他给家里打了个电话，迅速返回作业现场。

“晚上有潮汛，做好设备苫盖和电气设备的垫高工作！”孙秀全通知作业人员。

望着此刻还晴空万里的蓝天，作业人员还有些不信。孙秀全把接到的通知和以往晴天也有潮来的情况告知对方。随后，他和工人们一起找来架子，把电焊机、配电箱等关键设备垫高，拉掉电闸，又用帆布盖好所有易受潮的设备，忙了1个多小时才放心离开。

“防得严”意味着必须“守得死”，孙秀全在防汛工作上倾注了大量的心思。“查看场地易受潮物资的转移情况，现场作业电气设备是否断电，办公楼门前沙袋是否充足，询问泵房设备在用情况……”每天下班前，孙秀全的桌上都会放着第二天的工作清单，想得全、做得细，作为一名老党员，孙秀全以高度的责任心和细心成为同事们眼中最放心的“守关人”。

（吴倩）

抗洪72小时

2021年7月21日，河南省新乡市西北部出现暴雨、大暴雨，局部地区出现特大暴雨天气。结束海班没多久的南海东部番禺4-2A平台报务员张琦正在老家河南新乡海休。晚上，张琦在微信朋友圈转发了一条河南新乡广播电视台发布的关于暴雨与洪涝灾害的视频，提醒亲戚朋友注意安全。那时的他怎么也没想到一场大雨会引发汛情。

23日，卫河决堤、牧野湖倒灌，新乡灾情愈发严重。看到朋友圈招募志愿者，张琦立马报了名。

走出小区时，眼前的一幕让张琦震惊了，马路的积水已经齐腰深，路中间零星停着熄火的车辆。他来不及多想，和其他志愿者匆匆赶往牧野湖。牧野湖是卫河流经新乡市形成的湖泊，平时在雨季的主要功能是排水和蓄水，但由于雨量过大，牧野湖已经开始向城市倒灌。张琦一行人的任务就是把沙土灌入沙袋，再接力运到湖边，码成沙堤。在众人的齐心协力下，牧野湖被沙袋围了一层又一层，沙堤达到1米多高，湖水终于不再向城市倒灌了。“激动，是胜利的感觉！”看到牧野湖守住了，张琦泪流满面。

下一站，卫河大堤、新中大道、黄河口……由于交通不畅，张琦等志愿者徒步赶到一个个救援地点，水深的地方就坐推土机，到了水浅的地方继续徒步。搬运沙袋、加固堤坝、实时关注网络求助……哪里需要帮助，张琦就冲到哪里。

新乡市区的洪水退去后，张琦还在关注着卫辉市的灾情。7月26日，他在微博#新乡暴雨求助#帖中看到一条求助信息："急需衣物，男女老少都需要！"张琦又开始整理旧衣物："捐出去给需要的人更好。"

72小时在河南新乡的奋战，让张琦的海休因一场暴雨变得难忘，更让他难忘的是和他一样自发来抢险的志愿者，以及来自四面八方的救援车辆。一场暴雨，让人们看到了守望相助的大爱，看到了海油人在危急时刻的主动担当。

（冯建悦　郭晓东　张嘉兴）

豫耕挂心，颗粒关情

2021年的夏天对于河南来说极不寻常，多地遭遇罕见暴雨，郑州、新乡等地发生严重内涝，紧接着出现的疫情给这片土地雪上加霜。据统计，此次暴雨灾情导致河南超500万亩土地绝收，正在推进的秋耕承载着农民们全年的希望。

灾情之后，当地老百姓为秋耕储备化肥时却遇到了困难。负责豫北地区化肥销售的海油人迅速赶往田间地头，帮助农户和基层经销商处理被水淹泡的化肥。同时，中国海油旗下的中海化学坚持为受灾群众提供平价货源，开足马力生产，为河南秋耕备足养分。

直击灾情——7天，15个乡镇，94个基层点

这是代序到达河南省新乡市的第一天。雨暂时歇了，但天依然是阴沉沉的。代序在一个小高坡停了车，他抬头望向天空，只见不远的天边有一条锋利的雨线，滚滚浓云俯视着这片刚刚被暴雨和洪涝摧残过的土地，压得人喘不过气来。

一路过来，主干道仍有积水，随处可见沙石淤泥、坍塌的围墙、横七竖八的车辆，还有漂浮在水面上的垃圾。代序沿着泥泞的路往前走，心也跟着难以控制地沉了下去。

代序是中海石油化学股份有限公司（简称中海化学）营销公司华北分公司的一名销售员，主要负责豫北地区的化肥营销工作。

一连几天暴雨，从中部到北部，从城镇到乡村，河南罕见地坠入汛情漩涡的中心。

“不能再等了！”7月25日早晨，正在商丘市跑市场的代序向公司领导请示，并在感谢公司领导关心他的安全之后，匆忙准备了些东西——一双胶鞋、一箱泡面和一箱矿泉水，驱车北上，前往暴雨灾情最严重的地区之一——新乡市。

高速路上，向北疾驰的有很多拉着横幅的救灾车辆，满眼跳动的红色也给代序心里添了几分忐忑。

“我其实没有那么大的能力去救人，咱也不能给救援队添乱，”代序坦言，“不过最近正赶上秋耕备肥的关键期，我们得去了解当地储肥受灾情况。”

在新乡市原阳县，代序见到了老葛。老葛是农民也是基层化肥经销商，早年间左腿落下了残疾，只能在种地的间隙做点小本买卖来维持夫妻俩和孩子们的生活开销。为筹备今年秋耕，老葛一个人进了上百吨的货，但由于仓储条件有限，这次暴雨冲毁了他几乎所有的化肥库存，一夜之间，全家人近两年的收入化为乌有。

看着眼前被暴雨洗劫一空的仓库，墙角残留着水痕，剥落的墙皮和仅存的几袋肥料湿漉漉地糊在一起。老葛的嘴唇不由自主地抖动着，他的妻子也在一旁默默啜泣：“全都没了……”

整个新乡像被洪水摁下了暂停键，几乎所有的工作都陷入停滞。像老葛这样的农户还有很多家，看着这些硬汉子说着说着就抹起眼泪，代序的心也被拖入谷底。

其实从7月20日郑州暴雨开始，代序就在不停地联系豫北地区的化肥经销商、基层门店和当地农户，提醒肥料仓库防水的注意事项和应急处理方案。但随着暴雨范围的扩大，灾情开始变得难以遏制。

越是感到无力，代序越觉得应该做点什么。从7月25日开始的一周时间，他辗转奔波在受灾最严重的原阳县、卫辉市、新乡县、浚县和鹤壁市的15个乡镇，拜访基层经销商29个，农户约65人，平均每天走访近20个地点，了解当地的肥料仓储受灾情况和农户用肥实际困难，为灾后秋耕备肥工作的展开做准备。

共渡难关——汛情未平疫情又起，秋耕面临双挑战

调研走访的这一路，雨追着代序的脚步一路向北蔓延。一天晚上，代序结束走访回到鹤壁镇上的小旅馆，一身的疲惫仿佛要把他整个人拆散，就在他昏昏欲睡之时一个响雷炸开，暴雨倾盆而至。那天的雨下了整整一夜，雨声滂沱仿佛要

图5-5　代序在现场调研受灾情况

敲碎床前的玻璃。他爬起来贴着窗看自己的车，在模糊不清的雨幕之中，那辆车就像孤立无援的一叶扁舟。

“那些受损严重的农户肯定更觉得不知所措，我们必须想办法做点什么。”

每天调研结束后，代序都会将一手信息整理后反馈给公司，一同商讨处理办法（图5-5）。“那些天我们也在不断向上级汇报，讨论制定救灾减灾方案，尽可能利用手里的资源帮助受灾群众减少损失。”华北公司河南区域经理张文贵介绍，由于不同规模的经销商货品储运能力及受损失情况不同，公司首先联系了当地规模较大的经销商，协助他们周转货品，确保对受灾地区降价、折价供应肥料。在肥料价格走高的秋耕时节，坚持提供平价货源，并且承诺对受淹泡货品无条件退换。

“代序跟我是同龄人，我们合作很多年了，他们工作做得很实在，”当地化肥经销商王坤说，“在协调货源调配和处理水湿肥的问题上，一直在帮我们想办法降低损失。”

王坤提到的“水湿肥”是中海化学华北公司帮助当地农户和经销商协调解决的问题之一。肥料受潮后主要营养成分虽然不受影响，但由于遇水板结，外观不好且施肥处理起来更复杂，一般只有种植经验丰富的大户才愿意折价接收这种肥料。代序与经销商一起，帮助联系当地的种植大户，半价处理水湿肥，尽可能为农户挽回损失。

为了帮助普通农户处理好农田泡水之后的隐患问题，公司还与当地经销商、村委会及经验丰富的种植大户合作，通过专家帮扶机制开展灾后土地保肥和病虫害预防知识宣传。

就在处理暴雨灾情最忙碌的时候，郑州突发新冠疫情。7月31日，河南省新增12例本土新冠确诊病例和20例无症状感染者。随后几天，疫情形势越发严峻。

8月初，地级市的车辆流动受限，只有持48小时内核酸阴性证明才能勉强开展工作，在那半个月里代序做了三次核酸检测。途经中高风险地区的铁运和汽运受到严重影响，这些地方成了化肥难以抵达的“围城”。

交通不畅，可土地不等人。每天代序的手机都不停地接到电话：“货不够了，您能不能帮帮忙？”“我们缺的货什么时候才能补上？”“我们还有车在大峪口等发货，您能不能协调一下？”……

铃声交织着秋耕的希望和化肥缺货的焦虑，代序握着手机又失眠了。

抢产抢运——全产能，零库存，为河南秋耕保驾护航

再次核对所有司机的基本信息、健康码、行程卡、核酸检测结果后，代序将表格发送至了中海化学大峪口公司储运部。第二天一早，大峪口所在的湖北省钟祥市疫情防控指挥部会将这些信息发送至辖区内的各个高速出入口，这些司机运送化肥经过时便可以顺利通行。

“这只是化肥发运出发地的第一关，一路上的麻烦还有很多，尤其是存在中高风险地区的商丘市，化肥需求的缺口非常大。”

手续办好了，时间又成了最大的限制。进入商丘和其他相邻的几座城市都需要48小时内核酸阴性证明，48小时，整整两天的时间，从做检测、等报告，到化肥装运、赶赴目的地，一旦核酸检测报告的时间过期，他们就有可能被滞留在高速路上。

时间像一根绷紧的弦，稍一松手就可能前功尽弃。为了尽可能给中高风险地区秋耕备肥提供帮助，代序和几位销售员与负责化肥发运的大峪口公司严密配合，帮助司机梳理一切应尽手续，寻找附近最方便快捷的核酸检测点。在严格遵守防疫规定的同时，尽可能节省时间。

这边上演着争分夺秒的运肥接力，另一边，大峪口公司开足马力全线组织生产，充分释放装置产能。截至8月底，大峪口公司累计生产磷复肥65万余吨，产量创近5年来新高。

“今年以来化肥市场需求高涨，我们通过优化运输组织方式提高发运效率，始终保持零库存、全发运。”大峪口公司储运部发运管理负责人张志雄介绍。

8月25日，华北公司发出“全力做好化肥保供稳价工作”的倡议，号召各级经销商主动维护国内化肥市场秩序，稳定售价，加强供给。在国外厂商因疫情停产减产，化肥售价上涨的情况下，坚持供应平价货源，共同承担减灾救灾的社会责任。

随着疫情被有效控制，9月3日，商丘市新冠肺炎疫情防控指挥部办公室发布通告，全市封闭、封控区域全部解除，辖区高速公路站口恢复正常。

当天，大峪口公司二期站台上，等待装肥的汽车再次排起长队，它们就像最纤密的毛细血管，将秋耕最需要的营养源源不断地输送到最需要的地方。

如今，河南大地的水患已去，疫情也得到了有效控制，秋耕的氛围开始变得愈加热烈。

代序已经快两个月没有回湖北老家了。在豫北的惊魂一战他并没有跟家里人说太多，就像当初不顾家人反对毅然选择这份奔波在外的工作一样。“为了照顾这个家，我爱人牺牲了很多。我只有把工作做好，才对得起他们的付出。”

水退了，解封了，一辆又一辆车满载秋耕肥料，向着河南大地飞驰而来。

（陈熠文　刘建坤　任志达）

第2节
“星”耀海油，先锋引航

精于工，匠于心，品于行。中国海油大力弘扬劳模精神、劳动精神、工匠精神，营造劳动最光荣、奋斗最美丽的良好风尚和勇于创新、精益求精的敬业风气，激励公司全体干部员工在建设中国特色国际一流能源公司的新征程中展现新作为、做出新贡献。

2021年1月19日，首届“海油楷模”和“最美海油人”获得表彰。他们中，有我国第一大采油厂、近10年连续稳产超千万吨的有限天津辽东作业公司；有实现我国首个自营深水油田群——流花16-2油田群——提前70天投产，成为我国南海日产量最高油田的有限深圳流花16-2油田群开发及投产项目团队；有瞄准LNG（液化天然气）产业链关键环节核心技术，建立LNG接收站、LNG储罐、天然气管输三大核心技术体系的气电集团技术研发中心工程应用技术研究所；有冲锋在疫情防控火线、带领员工坚守武汉阳光加油站76天的“全国抗击新冠肺炎疫情先进个人”“全国优秀共产党员”白登文；有37年间参与了134个重点项目、20多次打破海上施工纪录，带领“蓝鲸”号创下单条工程船连续880万工时无事故全国纪录的刘克建；有历经攻克旋转导向钻井和随钻测井技术，摘下石油钻井技术皇冠“明珠”的尚捷。

他们以实干守初心、以担当践使命、以创新铸重器，攻坚克难，尽显先锋本色，以实际行动彰显海油人拼搏向上、能源报国的精神风貌。

“冰火”辽东湾

2021年伊始，一张被白色冰雪覆盖的船舶照片刷爆朋友圈。渤海湾在持续数年的暖冬后，迎来又一次冷冬，海冰汹涌而来，目之所及，白茫茫一片，宛如冰河时代来临。

与此同时，数百千米外的首都北京，时任辽东作业公司总经理张春生从中国海油党组书记、董事长汪东进手中接过一块沉甸甸的奖牌，金色的平台背景下镶嵌着四个鲜红的字：“海油楷模”。

走出海油大厦，天空中飘起雪花。因为尺寸太大，张春生只能把奖牌紧紧夹在腋下，挤地铁，坐高铁，一路小心翼翼不敢撒手。他的手机不断收到祝贺短信，那是辽东作业公司的家人们在等待他凯旋……

这是最冷的季节，也是最热的季节，海天极寒，冻不住1500多颗滚烫的心。

我们很多人都冻透了，可没有一个人选择退缩

2021年1月6日，新年第一股强冷空气突袭辽东湾，几乎一夜间，海天相接处便冒出一层白色的冰带，环境温度也“断崖”般骤降到零下25摄氏度。

海冰迅速蔓延，短短几日后，位于我国海域最北部的锦州9-3油田就被一片白色包围，四艘8000马力的破冰船像忠诚的“卫士”，日夜守护在油田周围。

平台上，多处压力表、变送器、管线发生了冻堵，为安全生产带来巨大风险。接到此起彼伏的应急报告，操作班长杨海龙二话不说，抓起工具跑了出去。

孤立在海中的平台，没有任何遮挡，呼啸的北风穿堂而过，像一支支无形的刀，割得人脸上生疼。生产人员迅速集结，哪里是风口，哪里的风最大，便冲向哪里。杨海龙手拿蒸汽管线，熟练地挥舞着，上一秒还高温烫手的蒸汽，下一秒就结出了一层冰霜，被横风裹挟着打在身上……

3个小时的紧张忙碌后，现场设备逐渐恢复正常。所有班员的手套冻住了，

两脚冻僵了，连眉毛上都挂满了冰凌，可就在此时，对讲机里又传来一阵急促的呼喊。

“班长，快到下甲板来，海冰爬上平台了！”

冲到带缆走道的杨海龙被眼前的一幕惊呆了，层层叠叠的海冰在涌浪的推动下，不断撞击着平台，很快就在导管架上游垒出了一座座“冰山”，在后冰的作用力下，前冰就像长了手脚一样，快速向平台攀爬着。

夜已深，海风渐渐沉寂。杨海龙清楚海冰撞击平台可能造成的危险，他看着疲惫不堪的班员，没有说话，大家也没有说话，三五秒后，不知谁喊了一声：“干就完了！”

明晃晃的夜里，杨海龙抡起铜锤，对着一块积冰狠狠砸下去，冰块碎裂飞溅，不一会儿，他的工服、工鞋、安全帽上就沾满了冰碴，在月色下泛着银光，仿佛穿了一身闪亮的铠甲。在他身旁，班员们用高压水冲，冲不动就用铁锹铲，铲不动就用十字镐和榔头砸，甚至是徒手抱在怀里搬。手套内外的温度已经没有什么两样，手指被冻得如撕裂般的疼，工鞋成了一双硬邦邦的壳子，缩在里面的脚仿佛已经不是自己的，连跺脚取暖都抬不起来，手中的活儿却一刻不停……

黎明时分，这群海上“铁人”终于将海冰压制在带缆走道下方，减弱了对平台的冲击，取得这场战役的阶段性胜利。

几天后，辽东作业公司党群主管杨敏政陪同记者出海采访，站在这个熟悉的地方，听着海冰撞击平台的“咚咚”声，他的思绪瞬间飘回到10年前。

那年冬天，正是渤海油田上产3000万吨前夜，刚刚入职锦州9-3油田的杨敏政遭遇了渤海湾自1969年以来最严重的冰灾，为确保原油安全外输，员工们在极寒中与海冰展开决战。杨敏政还记得，正在走路的他被突然晃动的平台甩倒，老师傅为了不让他掉到海里，匍匐在甲板上用自己的身体压住他，一只手死死抓住栏杆，脸憋得通红；还记得抗冰抢险中，连续半个月每天只睡两三个小时的平台长，消瘦得像变了一个人；还记得一次24小时坚守，两名过于疲劳的员工，竟然顶着呼啸的寒风蹲在甲板上睡着了；还记得为了给双脚保暖，他和同事每人套上六七双袜子，两只脚裹得像个馒头，睡觉时还不舍得脱下……

这样的故事，许多人可能觉得难以相信，但在锦州9-3油田却年复一年地发生着。投产22年来，油田累计外输原油3615船次，为国家贡献原油超过1500万吨，即使在海冰最严重的年份，也没有因为天气恶劣而中断生产。“寒冷并不稀奇，但抗冰难就难在要长时间一直待在室外作业，我们很多人都冻透了，可即使这样，也没有一个人选择退缩！”在锦州9-3油田总监杨俊杰心中，他的队员都是好样的，都是真正的男子汉。

在辽东作业公司，人们常会开玩笑地说：“没有跟海冰战斗过，就不好意思说自己是辽东人。”因为纬度的关系，每到冬天，被冰雪覆盖的辽东湾总要经历一次艰难“大考”，如何抗冰保产是每一座油田的“必修课”。

而在29年的砥砺征程中，尽管人员换了一茬又一茬，这门课程却像一种与生俱来的基因，深深印刻在每一代辽东人的骨血中，通过不断传承，凝结成渤海油田“敢把一切困难击得粉碎”的抗冰精神。刚刚履新的辽东作业公司总经理王聚锋说：“正是在这种精神的引领、激励下，辽东作业公司才能直面一个又一个挑战，在困局中愈挫愈勇，愈战愈强。”

我们心里默默传递的，就是那份为国找油的坚定信仰

2020年，辽东作业公司顶住疫情防控和低油价挑战的双重压力，出色地完成了全年各项生产经营任务，连续11年实现稳产超1000万吨，为这个冬天点燃了“第一把火”。

紧随其后，在中国海油集团公司2021年工作会议上，辽东作业公司成功当选中国海油首届“海油楷模”，为全体辽东人点燃了心中的“第二把火”。

春节过后，王聚锋带队亲赴海上一线，为平台党员戴授臂章，号召大家亮出党员身份，牢记使命，勇挑重担，为辽东作业公司60座海上平台点燃了全面春耕的“第三把火”。

锦州25-1南油气田新员工陈佳是第一次在海上过冬，刚刚从冰天雪地中巡检归来，陈佳平静地说：“室外虽然很冷，可我和同事们的心里却是热乎乎的，好像有着使不完的劲儿。”

在井下作业现场，辽东作业公司将动管柱作业点从每天13个扩增至17个，推动动管柱作业量达到历史峰值；在绥中36-1CEPK平台，生产人员抓紧开展新一轮药剂评选优化工作，以更加严苛的标准深耕产出液治理；在旅大4-2油田，为保证新项目顺利投产，作业人员正日夜不停地推进钻完井实施及WHPC平台模块的就位安装……

在“三把火”的持续加温下，2021年伊始，辽东作业公司开足马力，全速出击。从锦州到绥中，从金县到旅大，一个党支部就是一座战斗堡垒，一名党员

就是一面先锋旗帜，各油田你追我赶，分秒必争，在我国最北海域掀起了一场热火朝天的“百日攻坚战”。

29岁，是一个人最好的年纪，即将三十而立，青春中不乏经验。29岁，也是辽东作业公司最好的年华，可以站在“十四五”的新起点上，用奋斗书写一段崭新传奇。“我是幸运的，见证了公司从诞生到发展再到壮大的全部过程，这段经历让我懂得，在每一代辽东人心里默默传递的，就是那份为国找油的坚定信仰。”回忆往事，从1992年第一座平台投产就一直坚守在辽东作业公司的锦州202气田生产监督张志成目光炯炯。

稠油，是渤海油田除冬季海冰外的另一个梦魇，以重质稠油为油藏特征的辽东湾更是渤海稠油油田的“重灾区”。

辽东湾的油有多稠，有人说像奶油，有人说像糨糊，放在杯子里往外倒，几乎不能流动。这样的稠油开发本身就是世界级难题，更何况海上油田还存在着一系列先天不足。1993年，绥中36-1油田试验区投产，它不仅拉开了我国最大海上自营油田的开发序幕，还凭借首创的注水强采稠油开发技术和后期研发的化学驱油技术，大幅提升了海上稠油的采收率，创造了海上稠油整体实施三次采油的世界先例，成为中国海洋石油工业发展史上的一座里程碑。

伴随开发的不断深入，渤海油田又将降低稠油黏度的发力点锁定在“热采”，并在进入新世纪后开展了一系列先导试验，逐步形成了具有中国海油特色的非常规稠油经济高效开发技术体系。2020年，我国海上首个规模化稠油热采项目旅大21-2油田在辽东湾成功投产，它初步实现了海上稠油的规模热采、安全热采、有效热采，完成了海上稠油热采技术从无到有、从理论到实践的历史性跨越，为我国海上稠油油田的规模上产掀开了崭新一页。

就在所有人都为这一成绩而欢欣鼓舞时，马不停蹄的辽东人又开始了新一轮探索，在旅大21-2油田、旅大5-2北油田、旅大5-2油田、金县1-1油田等，蒸汽吞吐、热水复合驱、多元热流体吞吐等一批稠油热采技术的全面开花为辽东湾再次“火热升温”。

在29年的开发历程中，辽东作业公司始终以“领跑者”的姿态，成为中国海洋油气开发技术创新的“试验田”。从潜山裂缝油藏开发到海上油田整体加密调整，从中国规模最大的海上电力组网到海上油气水集输处理，辽东作业公司陆续实施了我国海上第一口水平分支井、第一口同井抽注井、第一个天然气回注减排增油项目、第一个油田综合调整项目，创造出多项海洋石油开发领域的“中国第一”。

站在厚重的荣誉墙前，辽东作业公司主任工程师倪先锋不止一次说道：“人们看到的是一次成功，可看不到的是通往成功路上那千万次的努力和失败，正是因为有了这种咬定目标永不言败的执着信念和敢为天下先的创新精神，辽东作业公司才能逐渐成长为中国海洋石油工业的‘定海神针’。”

2021年，自我加压的辽东人又给自己定下新目标——年产1100万吨。想要梦想成真，就得想方设法让“精细注水”更精，让“长寿油井”更多，就得大刀阔斧地闯，真刀真枪地干。而推动这一切，离不开党建引领，更离不开党建铸魂，正如王聚锋向全体党员发出的倡议：“要不忘初心，牢记使命，让红色旗帜插遍辽东湾，用榜样力量领航新征程。”

那把能源报国的熊熊烈火，已经融化寒冰，在每一个辽东儿女的心中点亮、升腾。

（吴鹏）

逐梦深水，护“花”绽放

有着丰富海洋油气资源的南海，平均水深超过1000米，曾让20世纪80年代的中国人望洋兴叹。在油气开发领域，越往深水走，意味着海况越恶劣，技术难度成倍递增。但有这样一群人，他们不畏难、不服输，誓要朝深水发起冲锋。

3个油田，26口井，400多米水深，首次采用FPSO（浮式生产储卸油装置）和全水下生产系统相结合的开发模式，大多数水下设施都是国内首次应用……有限公司深圳分公司流花16-2油田群开发项目（简称流花16-2项目）的技术难度和复杂性在业界罕见。

这是一群志同道合的工程建设者，他们从先辈那里继承敢为人先、不惧挑战的精神基因，同心协力，在近1000个日夜里，创造了一个又一个奇迹。

大胆探索，啃最硬的骨头

“海洋石油119”FPSO是流花16-2项目唯一的水面设施，这座15万吨级的超级工厂要稳稳矗立于台风频发的南海深水区，靠的是一套世界级的单点系泊系统。

单点难在哪儿？水深最深，管缆最多，结构最复杂，滑环数最多，每一个国内之“最”，都是对单点团队现有经验的突破。知道自己要接下这个任务时，单点高级主管冯丽梅是有压力的，但更多的是喜悦。“机会难得，干！”这是她当时的第一反应。作为海洋工程专业的学霸，她期待在这个项目大展拳脚。

这套单点的型式在全球只有4例应用，来自法国的设计专业团队第一次做中国的项目，国内的承包商此前也没有接触过这么复杂的项目。冯丽梅带着单点小组，提前深入承包商各单位。“承包商界面多，大多专注于自己负责的部分，我们只有全面包括全程都掌握了，才能拿下这么复杂的单点。”冯丽梅说。

技术挑战从设计阶段开始就无处不在。外方团队掌握着先进技术，对关键技术严防死守，这可以理解，但言行举止间的傲慢让冯丽梅相当憋屈。

“你们肯定算错了，根本不可能这么大！”在单点小组提出月池相对变形量的数据时，外方专家直接否定了。

冯丽梅心里生气，但生气没用，她憋着一股劲儿，第一时间找来第三方，邀请了国内相关专家。冯丽梅带领单点小组对该数据重新计算，用5天出了一版新数据。经过核验，外方团队发现计算的变形量不仅符合要求，还远远小于他们提出的不可超越值，更合理地考虑了单点的受力情况，保障了单点结构的可靠性。

外方团队虽然傲慢，但看重专业水平，“只要他们觉得你是懂的，就会好好配合。”单点小组结构与系泊主管李龙祥说。他对外方团队态度的转变印象深刻。此后单点小组又陆续提出锚腿构成、主轴承设计荷载等7项重大修改，对设计方案的优化贡献良多。外方团队也从开始的爱搭不理，转变为主动和项目组成员一起加班加点。

如今，冯丽梅被项目团队称为“单点冯”，对她来说，这是极大的肯定。做一个项目、攒一些经验、成一批人才，这是实现自主自强的过程。前路还很长，单点团队的每个人，都会继续坚持下去。

寻求突破，扛最重的担子

流花16-2油田群水下生产系统主要包括26棵水下采油树、生产管汇、海底电缆、脐带缆及远程控制系统、海管与柔性立管等，大多数设施都是国内首次应用。

流花16-2项目组成员始终以技术突破为使命，他们在项目初期便将水下生产系统分成4个采办包，以便更直接更深入地了解国际先进技术，当然也增添了很多工作量和界面协调困难。

水下设施经理张宁扛起这个责任，虽是“85后”，但他已经在水下生产系统领域摸爬滚打10年有余，是公认的水下专家。流花16-2项目需要他加倍付出，最忙的时候，他带领水下团队同时协调5个不同国家和时区的厂家。只有这样，才能高效转化项目的关键技术，并及时攻克重大技术难点，实现深水开发能力的提升。

以液压生产单元（HPU）为例，HPU要安装在单点上，但制造厂家对单点的情况并不了解，水下团队要对该设备在单点的位置、尺寸等做非常详细的澄清，光技术澄清就做了17版，这还仅是其中一个单元。水下的每个设备都要兼顾各个厂家设计的匹配性，顶着工期紧的巨大压力，整个团队几乎不分昼夜地和厂家沟通、修改。

作为国内首个自营深水油田，流花16-2项目引入了众多国际领先技术，这与水下团队的努力是分不开的。

在流花16-2项目之前，南海东部投产的几个水下生产系统均出现了控制系统通信速度过慢和瘫痪的问题，这是长久以来未能解决的项目通病。控制系统瘫痪后，就像人中风一样，往往伴随着极高的生产失控风险。

流花16-2项目水下团队下定决心从根本上解决这个问题。“某天晚上临入睡前，我关灯时突然想到，既然生活中用的插线板在每个支路都有开关，那么对于水下生产系统，国外是否已经开发了类似的固态开关技术呢？”说起当时的情景，张宁仍然开心得像个孩子。他带领水下团队深入了解国际前沿技术，阅读大量公开资料，对几大厂家进行调研，创造性地引入水下光纤代替通信电缆，不仅解决了控制回路绝缘过低的问题，还大大提高了通信速率，采用带电源开关的水下路由器技术，完美解决了水下支路绝缘低导致的整个通道瘫痪问题，为项目节省了2200万美元的成本。

“我们在水下领域与世界先进水平还有一定的差距，但我们正在不断缩小这个差距。”张宁和伙伴们是这么说的，也一直为此努力。

奋力拼搏，打最难的战役

争当国内油气增储上产主力军，流花16-2项目团队主动站了出来，立下“提前两个月投产”的誓言。这意味着“海洋石油119”要赶在当年6月前的窗口期完成海上安装，5月要完成陆地建造工作，工期极度紧张。

2月的青岛，寒意还很浓，FPSO设计建造副经理聂家强本打算春节值守现场，年后回趟湖北恩施老家，再带女儿去雪乡滑雪。那是他早就许诺家人的一次旅行。没想到临近春节，新冠疫情发生，千斤重担瞬间压在聂家强肩上。

原本16人的团队只剩不到一半人员，聂家强也从副首席暂时“荣升”首席，扛起现场管理工作。

每天都是一场战役。团队需按每小时、每分钟抢抓每一项施工、调试作业。“管理人员少，施工人员更是奇缺。”很多原定大年初六前复工的人员都因疫情被困家中，聂家强急得挠头。

不能干等，聂家强与施工承包商设立集中医学观察点，做足防御措施，派专车到辽宁、河南和山东烟台等地，点对点接工人回青岛。他主动找各设备厂家负责人沟通。技术人员也逐渐向青岛聚集。600，850，1100……到3月初，“海洋石油119”现场施工人员恢复到1400人以上，人力问题终于得到有效解决。

“海洋石油119”启航时，聂家强已经连续驻场156天。“我老婆说我的拖鞋都积上一层灰了，”聂家强笑着说，“终于可以回家了。”

海上安装工作同样面临重重困难。项目安装经理王火平带领团队每天与国外多地的供应商联系，实时跟踪设备生产运输和协调报关进展，审查进出口文件、核对物资数量，避免设备晚到货对海上安装造成重大影响。由于时差关系，他们经常凌晨还在与国外厂家进行视频、电话会议，“那段时间没睡过一个完整觉”。

流花16-2油田群海上安装横跨3个年度，工程量、技术难度和作业风险极大。不少重达三四十吨的设备在水下“穿针引线”，需精确到毫米级，而且必须一次性成功，难度堪比“航天级”。

受疫情影响，很多设备供应商无法派技术人员到现场提供服务。王火平要求电缆供应商通过录制培训视频、提供技术服务热线等方式指导国内技术人员，并带领团队驻扎在海上施工现场，组织20多次专家审查和风险评估会、70多次技术专题讨论会，一遍遍优化方案、一次次攻克难题，高质量完成所有海上安装作业，工期比原计划缩短了40多天。

2020年，王火平的女儿出生，但因为项目时间紧、任务重，他陪伴女儿的时间很少，每次完成海上作业回家，他女儿都会认生。后来，王火平每次出海都特意带上了自助理发器，回家之前把头发恢复到出海前的长度，这样女儿就不会不认得爸爸了。

2020年，流花16-2油田群生产原油90多万吨，利润总额超过10亿元，为公司增储上产做出了贡献（图5-6）。

图5-6　流花16-2油田安全外输

“每一个深水油气田的开发建设都是进一步打造中国海油核心竞争力、促进科技自立自强的历史机遇，我们为参与其中并贡献力量而深感荣幸。”时任流花16-2油田群开发项目组项目经理刘义勇说。

（陈淳）

不许青春见白头

初春的北京，已经没有了冬日的恹恹，风中尽是生命转醒的气息。

彭延建神色如常，和接洽的同事交谈甚欢，他们看不出，刚刚那一句“屈长龙的徒弟”的称呼此刻正在他的耳中轰然作响。

屈长龙，中国第一批LNG（液化天然气）人中的关键一员，也是中海石油气电集团技术研发中心工程应用技术研究所第一任所长，他带领着一群年轻人向行业的峰顶登进（图5-7），自己却积劳成疾在途中去世。

图5-7　气电集团技术研发中心工程应用技术研究所成员

彭延建有些感慨，最近他越来越频繁地想起师父，想起自己刚刚入职时技术研发起步的艰难，想起跟着师父为工程竞标而四处奔波的情形，也想起最后的那些来不及陪伴他的日子。这两年，因为工作忙碌，大家很少放纵自己沉湎于回忆的情绪，或许是因为多个项目陆续迎来收获期，又或许是看到当年在前辈荫蔽教导下开蒙、成长的同伴陆续成为业务骨干、项目带头人，他们觉得屈长龙在这个世界留存的痕迹愈发真切。

一朝播种，十年耕耘，终有所成。他们常常想，如果屈长龙还在，这一切，大概如他所愿。

立志欲坚亦欲锐

天然气被誉为“地球上最干净的化石能源”，却从发现以来一直苦于存储和运输之难，但如果能够将温度降低至零下162摄氏度，天然气便能液化，储运的难题也就迎刃而解。

20世纪90年代，中国海油响应国家能源需要，组织实施东南沿海引进LNG

项目规划，踏上了从天然气下游领域开疆拓土的征程。经过十余年的努力后，广东大鹏LNG、福建LNG、上海LNG相继建设投产，我国LNG行业如日方升。

然而，与我国LNG行业的快速发展相矛盾的是核心技术受制于人。国内LNG产业链相关技术几乎完全依赖国外力量，工程投资居高不下，后续运维也常面临被动和尴尬。

福建LNG一期项目在运营期间遇到技术难题，合作方看到赶来解决问题的是屈长龙，变了脸色。在这里，中国人没有资格参与设计建造，只能接触到项目绿化、围墙拆除等边缘工作。合作方工程师尖锐地抛出质疑："你们设计建造过LNG接收站吗？我凭什么相信你们？"

国之重器受制于人，乃是切肤之痛，然而谋求突破谈何容易？LNG储罐不仅需要稳定保持零下162摄氏度的超低温，还需能够经受火灾、爆炸、地震等极端工况，对安全性的要求极高。

"既然技术风险高，而国外已有现成的技术，那直接买来用更保险吧！"

"就你们几个年轻人，怕是很难啊……"

在LNG储罐技术研究立项会上，面对置疑，28岁的工程学博士张超语出惊人："如果3年后课题结题无法实现工程化应用，我愿意辞职！"

就这样，前人还没干过的事，工程所先干了起来。

当时国内没有任何与LNG产业技术相关的标准规范或技术指南，技术攻关前期，开展工作主要依靠翻译国外承包商储罐设计文件，对诸多技术点逐个解读摸索。

陈团海博士从事的有限元分析技术就是储罐核心技术之一，这项技术是通过在计算软件上模拟真实工况验证储罐可能承受的各种考验。模型建立、变量取舍、参数选择……不管是飞机上还是高铁上，只要能拿到电脑就要打开计算软件的陈团海，逐渐成了大家口中的"有限元痴汉"。

但也正是靠着这样近乎痴迷的执着，这支年轻的团队攻克了一个又一个技术难题、摸透了一个又一个国外技术团队死守的技术秘诀，独立研发获得了30多项专利、10多套软件著作权、20余种特殊算法，10余项技术达到行业领先，其中，三维全模型有限元计算和新型自支撑式内罐两项技术更是全球首创。

2014年11月，正值APEC会议期间，北京在深秋的寒意中小憩，研发团队却迎来了天津项目投产的关键时刻，这是他们打造的自主技术品牌——中国首个LNG储罐自主技术品牌CGTank（CNOOC Gas Tank）的首次工程化应用。

在中控室，他们焦急又紧张地等待着储罐进液，像守候在产房外的父亲。

储罐的阀门打开了，液位一点点上升，时间仿佛静止了，他们的心跳也“停止”了。

一天一夜的漫长等待后，终于，储罐顺利完成进液。张超疲惫而欣慰地笑了，还不忘开玩笑：“看来，我暂时不用辞职啦！”

关关难过关关过

“请给中国公司一个证明自己的机会，至于项目进程中可能出现的风险，我们一力承担！”彭延建一直记得那个炙烤的正午，师父躬身在业主车窗前努力争取的姿势——他们已经被拒绝了3次，他站在师父身后不远处，脸上有些挂不住。

2015年，福建5号、6号储罐扩建工程启动，由于接收站前期4座储罐均由国外公司建造，出资方更倾向于继续由具有工程经验的国外企业承担项目建设。工程所一方面多方争取，一方面提前进行设计优化工作。前有谈判团队苦守业主、寻找机会，后有攻关小组几十个小时不眠不休，比选技术方案、将项目工期精确到工时。最终，凭借低于此前国外设计建造的储罐项目20%的价格，他们成功扭转了局面。

2016年7月，由海洋石油工程股份有限公司和中海油山东化学工程有限责任公司组成的中国海油LNG储罐总包工程团队战胜了国内外老牌工程公司，再中标陕西燃气两座5万立方米储罐项目；同年12月，他们又拿下上海两座20万立方米储罐设计工作，跻身国际一流梯队……“技术研发不能停留于纸面，要转化为现实生产力，把自主技术品牌打出去。”因为抱定这个信念，这些刚毕业不久的年轻人脱去骄傲，甘心承受无数次方案打回返工的压力，而曾经脆弱的自尊也在一次次打擂和心理交锋中磨砺出厚茧，不再轻易被刺痛。

北京芍药居海油大厦9层的办公室灯熄得格外晚，但大部分时间都显得有些空荡。

“一年一半以上的天数都在出差，不出差也要加班到晚上八九点，遇到特别忙的时候索性睡在办公室。大家都是这样，也早就习惯了这样的工作节奏。”

竞标成功只是开场，动辄数年的工程建设才是终章。为促使技术工程师完成面向现场工作的角色转变，团队里的每个成员都要作为设计代表常驻项目施工现场。然而，技术坚持和工程实现之间的调和从来不是易事。

“不行！这个设计参数是我们十几天反复核算出来的，不能为了省工期就不顾安全。”在天津LNG替代工程16万立方米储罐项目建设现场，面对施工单位为了节省工期而提出的要求，设计代表段品佳博士这样回答。

密切跟踪技术实施、及时研究解决技术问题、反复推演现场检测结果与理论计算的偏差、评价安全可靠性、判断是否允许放行下一个环节，想要完成好一个又一个如此的闭环，不仅需要寸步不让的“抗争”精神，更需要付出时间和感情去经历、理解与融洽。

2018年，土建工程师钟曦作为现场经理独自前往陕燃项目建设现场常驻，为期两年。那时候，他的儿子不到两岁，经常生病。但钟曦一个月只能回家两三天，大部分时间里他能做的也仅仅是在手机的另一头陷入自责的沉默。

孩子年纪小，分开的时间一长就认生。每次回家，钟曦都要和孩子重新完成“破冰”的过程。但他也知道，很快自己又要把孩子“不要出差”的含糊哭声留在身后。在现场，他和工友打成一片，而在孩子的小脑袋中，有关爸爸的记忆再一次渐渐模糊。

由于对技术品质执着认真、处理突发情况沉稳冷静、统筹协调周到妥当，他们获得了业主的肯定。更重要的是，在将技术成果转化为设计呈现、实现工程落地的过程中，他们找到了对关键技术不断优化的切口，也加深了对于技术和行业的理解。

“只有保持目光投向现场，才不会将科研做成空中楼阁；只有保持对基层的深入理解，科研工作才能拥有源源不断的生命力。”

这是他们为追寻理想做出的选择，但是选择的同时，付出了什么，又放弃了什么，总禁不起细细回想。

前路漫漫亦灿灿

“个个都霸气十足，2020年十大创新工程就等你这一票”——2020年年底，“国资小新”微信公众号发布了一条大国重器投票链接，由气电集团技术研发中心工程所提供自主技术、中国海油自主建造的4座22万立方米LNG储罐在江苏盐城成功升顶的消息赫然在列。

但是，在他们发布的朋友圈里，找不到只字片语的感言。无声的刷屏就像是一种默契的暗号对答：你不必说，我们都懂得。

从首次提出打破国外技术垄断，到全面掌握LNG接收站关键技术，从为天津3万立方米储罐一个项目竭尽全力，到多年的苦心经营成就如今LNG项目的多点开花……凭借对技术的痴迷与执着，对困难的正视和逢山开路、遇水架桥的勇气，以及对LNG行业的情怀和追求，工程所团队成为国内LNG行业的技术和业绩冠军，登上中国LNG行业之巅。

如今，那些当年的“小学徒”已成长为各自专业方向的“元老”，对于一批又一批刚刚迈出课堂的新人而言，屈长龙和张超“白手起家”的故事已近乎传奇。

站在既有的成就上，他们触手可及星辰，但是有前辈肩膀的托举，他们自觉必须要走得更远。

“十年前你想象得到今天科技会发展成什么样子吗？眼下我们或许已经做到国内顶尖，但是五年之后、十年之后呢？我们还能做什么？”刚刚33岁就已经3次获得集团公司科技进步一等奖的陈锐莹常常如此自问。

打江山不易、守江山更难。十年前的处处碰壁是他们至今依然挥之不去的梦魇，这样的警醒几乎为这里的每一个人所有。

十年的时间让中国LNG产业从处处受制走向腾飞，也让第一代工程所人的眉心浮现出川字的纹路，鬓角染上灰白的颜色，在岁月的打磨下，他们也许不复不计成本的少年意气，但他们亦没有在温吞水的岁月里滋生出高枕无忧的安逸与松弛。如今，在不断升级已有科研成果的基础上，他们还在探索新型储罐，寻求LNG存储方式的突破。

不允许衰老心态的存在，这是技术研发工作自有的残酷。也许有人会说，那股“敢劲儿”源自年少的意气，但没人能够否认那股“韧劲儿”依靠的是日复一日的钻研苦攻和百折不回的执着忍耐。他们知道，在脚下这条不知道还要延伸多远的技术攻坚路上，每个人都要继续将青春倾付。

（谢梦远　姜夏雪）

情洒荆楚见“阳光”

“老白，有人找！”

“来啦！”话音未落，一个中等身材的人从加油站里快步走出来。

老白，不老也不白，看起来30岁出头，皮肤有些黑，头发有些少，初次见面有点腼腆，脸上却始终挂着亲切温暖的微笑。

老白，名叫白登文，是中国海油武汉阳光加油站的站长。在全国抗击新冠肺炎疫情表彰大会上，他获评“全国抗击新冠肺炎疫情先进个人”“全国优秀共产党员”。

2020年1月23日，武汉“封城”。中海油销售湖北有限公司（简称湖北销售）上下迅速反应，认真贯彻落实中国海油党组工作部署，全体员工严阵以待。老白所在的阳光加油站位于武汉市物流集散地，距离武汉市“北大门”要塞仅1千米。

从北京领奖回来后，他第一时间与站里同事分享了此行的收获与感悟，并和大家一起学习了习近平总书记在全国抗击新冠肺炎疫情表彰大会上的重要讲话精神。

此后，他就和往常一样，一大早起床，换上蓝色工服。因为住在站里，他有充足的时间先在加油站转一圈，四处查看，再去井井有条地安排一天的工作。

白登文是长江大学石油工程学院2013级硕士研究生，母校也为他感到骄傲。长江大学新闻网于9月8日大篇幅地介绍了他抗击疫情的先进事迹。

说起这些，老白的脸又红了：“这份荣誉虽然颁给了我个人，但是更属于中国海油。”

而在荆楚大地上发生的那场疫情防控阻击战中，老白完全不是这样的腼腆羞涩，他打头阵、冲在前，带领加油站员工坚守在武汉抗疫最前线，用顽强不屈的坚守，诠释了新时代共产党员的精神风貌和新时代石油工人的家国情怀。

他周围的领导同事说起这件事，都竖起大拇指，由衷地说：“老白确实是条汉子！”

76个日夜，1824个小时！
老白是大家心中的定海神针

阳光加油站位于武汉市吴家山地区，是湖北销售唯一的万吨级大站，销售量占湖北销售的1/10。这座加油站地处枢纽位置，是武汉市物流集散地，往北走一千米便是武汉市的“北大门”要塞，来加油的车辆多是货车。如今的站里已是车来车往，加油员不停地忙碌着，便利店的货柜上各种食品、日用品摆放得整齐

有序，满满当当。

但回忆至今惊心动魄……

“武汉要‘封城’了！”

2020年1月23日，大年二十九，凌晨2点，“封城”的消息传来：上午10点，武汉市全市城市公交、地铁、轮渡、长途客运暂停运营，机场、火车站离汉通道暂时关闭。

空气瞬间凝固起来，到处充满紧张的气息……

早上7点，车辆已经在油站外排起了长队。有的司机缩在车里，“勒令”加油员把付款码举高一些，扫完迅速离开。“有些司机还用厚厚的卫生纸裹着加油卡递给我，生怕被感染，”加油站员工董存感叹地说：“像经历了一场生死。”

当时加油站一部分外地员工已经回家过年了，包括白登文在内的10名员工在站里坚守，也准备陆续回家。“封城”消息传来，不少员工第一反应就是在上午10点之前离开武汉。上级的要求传达到来：此刻，必须确保不断供！

他们想不通，为什么不抓紧时间赶快走，非要等到被困在这“孤城”吗？有位员工的孩子小，她忍不住去找老白“说理”：“‘封城’了，这么危险，我们还要留在这里吗？我还打算带着孩子回老家过年呢！”

“我们是中国海油的加油站，代表的是央企，这里的老百姓需要我们，我们真的能离开坐视不管吗？”白登文一如既往的好脾气，挨个地安抚员工的情绪。

“日常培育的‘责任心文化’在此刻起到了关键作用！”白登文不仅是站长，还是站里唯一的党员。他向记者说起日常管理的“心经”：阳光加油站强调三个责任心，一是销售方面要“盯紧、关心、跟踪”；二是要求每位员工做事要做到最好；三是提倡团队合力解决问题。

“封城”前夕，白登文转遍了附近的几十个药店，为大家买来口罩、消毒液等第一批防护物资。以前不会做饭的他也开始看起菜谱，跟着软件一步一步学，为员工们煮饭、炒菜。“做得最好的就是油炸花生米，大家都说比较到位了！”老白说起来很是骄傲。

坚守中的十名员工，好几位是孩子妈。董存说起来忍不住哽咽：“当时最放不下的是两个娃儿，我家和加油站就一墙之隔，我却每天24小时只能待在加油站，不能回去看望他们。”这样的日子，大家根本不知道什么时候是个头。

为了安抚大家的情绪，老白每天想着自己怎么多干点活儿，变着法子逗大家乐。疫情、孩子、家人，这些话题一定要避开；每天他会在群里就“吃什么”征求大家意见；大年初二，老白带着大家一起包饺子。“这个时候，加油站俨然成了大伙儿的家，被困的心情已经被坚守的责任所取代！”一起坚守的员工万美循说，“大家也不是那么害怕了。”

“老白就是大家心目中的‘定海神针’，有他在，大家就安心放心，觉得没什么搞不定的。”万美循用一口武汉普通话调侃。

76个日夜，1824个小时，但大家用顽强不屈的坚守赢得了社会的高度信任，树起了央企的社会形象。

彼时，千里之外的北京，中国海油总部于1月27日大年初三快速反应，党组书记、董事长汪东进主持召开集团公司党组会，同时召开中国海油新型冠状病毒感染肺炎疫情防控工作领导小组第一次会议，强调坚决贯彻落实党中央决策部署，为打赢疫情防控阻击战贡献中国海油力量。

消息通过“中国海油”微信很快传遍了各所属单位。白登文说，这个消息让大家倍感振奋，士气大增，感觉背靠一座大山一样踏实，为打赢疫情防控阻击战带来了信心和勇气！

其实，白登文对家乡的思念并不比任何人少半分。

“封城”后不久的一天夜班之后，刚巧碰到老白正在视频，他眼含热泪，一直在说“对不起”。大家伙凑上前，视频那头是他远在家乡洪湖的未婚妻，“咱大年初四的婚礼要取消了，我回不去了。现在这个情况，还不知道什么时候才能结婚。”

“没关系，等多久都可以，等你回来娶我！”视频那头的准新娘说。

“你自己真的不怕吗？”面对记者的提问，老白依然笑着，脸也红了：“我是站长，又是唯一的党员，我不能怕。”

5小时，240小桶柴油，20多千米！
“人拉肩扛”也要送到雷神山

当我们站在曾经备受瞩目的雷神山医院外围，大门已经封锁，一排排白色的简易板房，门口挂着“感染科室病区”的牌子，除了看守人员之外空无一人。在武汉疫情肆虐，急需专门医院救治新冠肺炎患者的紧急时刻，成千上万的建设者汇聚在这里，仅用12天时间完成了这项救命工程，那一幕幕一桩桩万分紧张、热气腾腾的场景犹在眼前。

白登文曾与雷神山医院有过三次“亲密接触”。

2020年1月28日，湖北销售得到消息，雷神山医院因电线线路没有架到位，工地上暂时只能靠柴油发电机发电，工地周围的油库因疫情暂时封闭，柴油供应紧张。

捐！1月29日12点33分，湖北销售将给雷神山捐赠柴油的申报文件提交系统，快马加鞭传回中国海油集团公司总部。

中国海油集团公司党组书记、董事长汪东进第一时间批复：“同意”。

1月30日，送油车驶近雷神山，老白被镇住了：疫情防控期间，在路上几乎空无一人的武汉，他第一次见到几千人聚集在一起！人与人之间的距离近到他不敢大口呼吸，即使穿着厚厚的防护服，戴着口罩，也觉得病毒会从哪个缝隙里入侵。

震惊归震惊，任务必须完成。第二天，他又带着3位同事再次送油。“这么多的建设者天天在一起都不怕，我送趟油怕什么！”

2月1日，他们第三次前往雷神山。送油车在距离雷神山1千米处被卡住了！各种运送物资车辆排成了长龙，堵在路上。

时间一点点过去，车龙没怎么挪动。油不能等，油罐不能等。油管线接不到，就用油桶提过去！

同行三人，接力赛开始！一人卸油、一人拎油、一人往油罐倒油，每趟拎两个20升油桶，往返于油罐车和卸油点之间。中午12点到晚上5点，5个小时，他们足足拎了240桶！来来回回20多趟，累计走了20多千米！三吨柴油全部按时运送到卸油点（图5-8）。

图5-8　白登文在雷神山施工现场卸油

寒冷的二月，他们手臂发麻，汗如雨下，厚厚的工服里，衣服全部湿透了，热腾腾的汗很快变成冷冰冰的水，让人瑟瑟发抖。

“我们总是讲要学习大庆精神、铁人精神和新时代海油精神，说‘没有条件创造条件也要上’，今天我明白了，这种精神在关键时候比什么都管用！”对于白登文来说，大庆精神、铁人精神和新时代海油精神是什么？就是使命必达，就是强烈的责任心，就是即使手酸臂痛也不会放下油桶的倔强，就是绝不放弃，一桶一桶提也要提进油罐的信念！

9座城市，44个站点，3000千米！生命至上，运送防疫物资

生命至上，确保员工生命安全！2020年1月28日，中国海油发出《中国海油致全体员工及家属、离退休老同志和相关人员的一封信》，信中写道：全体员工在做好自我防护的同时，互帮互助，携手共渡难关。

湖北地区防疫物资严重告急！各站点的员工，一个口罩经过消毒反复使用也舍不得扔。

湖北销售给湖北省所有加油站派发了防疫物资，阳光加油站是各站点防疫物资的中心仓。

老白接到紧急任务：尽快将防疫物资派发到湖北省内44个站点，倾力保障员工的生命安全！

必须即刻行动！

然而，除运送防疫物资的车辆，其余一切车辆禁止在高速公路通行。防疫物资吨位大，有资格有能力运输的大型厢式货车一车难求！怎么办？老白只恨自己没有“空间大挪移”的本事。

很快，他想到停在加油站附近的一辆厢式货车——那是董存丈夫的车，疫情防控期间闲置在那里。老白立即找到董存，她毫不犹豫地答应了。

“没问题，一定完成任务！”“我有困难的时候，公司和白站长尽心帮我，公司最需要我的时候，我们没有理由不克服困难出一份力！”电话里，董存和丈夫说出心里话。

老白立即上报车辆信息并办理通行手续，与陈刚、陈通、程龙等加油站员工组成多个防疫物资小分队，即刻出发！

连续10日，他们将防疫物资送往覆盖9个城市的44个站点，各站点的员工提前开小车到高速公路卡口等待接货，一场防疫物资接力，一场生命保卫战，在几个人之间有条不紊地推进。

全省44个站点！最远的襄阳加油站，一来一回近800千米。十几天下来，

他们在车轮上跑的距离达3000多千米，比从北京到乌鲁木齐还要远。

比这更劳心的是疫情带来的重重困难。

有一天，白登文带队前往随州站点，早晨出发，傍晚返回武汉时，在高速路口被拦了下来——由于地区防疫规定有新变化，他们的纸质通行证无效了，须提供最新要求的二维码电子通行证。办理流程复杂，现办是来不及了，无奈之下他们只好绕路到孝感市，却依然碰了钉子。经过好一番解释说明，证明车辆只用于运送防疫物资，绝没有前往其他地方，国道路口才放行。回到阳光加油站时，已是晚上9点，他们还没吃上一口热饭，疲惫感瞬间袭击了大家。但是一想到今天把物资送到了，还是“很有成就感”。

肩扛千斤，背负万石，迟到151天！
用心用情践行20个字

翻开白登文的党员手册，虽然纸张边角有些磨损，可整齐而有力的笔迹，显示出这个年轻共产党员的一丝不苟，就像他做任何事，都义无反顾地全身心交付自己，如他写下的那句“肩扛千斤，谓之责；背负万石，谓之任”。

在历经了70余天惊心动魄的抗疫大战以及随后的常态化疫情防控工作之后，白登文亲耳听到习近平总书记首次阐述伟大抗疫精神：生命至上、举国同心、舍生忘死、尊重科学、命运与共。白登文在那坚守的76天里，每天都用实实在在的行动践行着这20个字。危急时刻，选择与同事同在，与武汉同在，在国家需要的时候主动坚守，义无反顾冲锋在前。

“疫情威胁，武汉‘封城’，首要考虑的就是站里的员工和工作。”

“全国都在关心，武汉需要我们，我们一定要陪武汉挺过来。”

“我们首先要做好自身安全防护，保障自身安全，不给国家添负担。”

白登文不曾在咆哮的大海上战天斗浪，也不曾乘着让人眩晕的船只在波峰浪谷中驰骋拼杀，可他在阳光加油站每一天的坚守，每一次的挺身而出，都诠释着“爱国、担当、奋斗、创新”的新时代海油精神。

白登文是同事心中“有他在就什么都不怕”的顶梁柱和“定海神针”，是领导眼里踏实可靠、堪当重任的硬核“舵把子”，是妻子眼里义无反顾去抗疫一线战斗的勇士，是合作伙伴眼中亲切阳光的白站长……可转过身，白登文留给自己的，是一桩桩一件件要解决的难题。用湖北销售党委书记、总经理余守雄的话

说：“他从来不讲条件，遇事冲上前，总把困难留给自己。”

可白登文从不觉得自己有何特别，在他看来，自己所做的一切，是必须要做的，他从没想到会得到这么高的荣誉，在他看来，这不过是责任使然。可就是依靠他口中的“责任”二字，在病毒肆虐时，压在肩上犹如千斤的重担，他带着团队顽强地挺过来了。

2016年，硕士毕业的白登文初入湖北销售，他待过阳光加油站这样的“明星站”，同样待过咸宁、鄂州等地的小站，不论在哪里，凡事“盯紧、关心、跟踪”，全力做好能做的该做的，依靠团队不单兵作战——湖北销售的文化内涵成为他在哪里都能挺身而出的精神发动机。

在这样的企业文化滋养下，“站小责任大”是白登文始终遵循的原则。他埋头俯身站稳扎根，遇到问题解决问题，关关难过关关过——他从不是一个人在战斗，阳光加油站的每一名员工，都坚定地站在他左右，携手并肩同行。

2020年4月8日0时，武汉解除离汉通道管控措施——武汉解封了，城市复苏了。

白登文卸下了心中千斤重的石头，又投入到紧张的复工复产工作中。

6月26日，老白一拖再拖的婚礼终于举行了！

“谢谢你，等了我这么多天。”婚礼上，白登文握住妻子的手，久久不舍放开。这一刻，整整迟到了151天，但在这151天里，白登文身上所发生的一切，都让妻子杨红觉得等得值。“我相信这样一个有担当有责任心的人对我一定不会差，等多久都值得！”杨红笑眼弯弯，眼底尽是骄傲。

翻开这座英雄城市的记忆，除了疫情带来的苦痛，还有像白登文这样的一群人，如同漫天星芒，当城市的天暗了，他们汇聚在一起，驱散阴霾，成为点亮整座城市的最亮火炬，如暖阳般温暖着冬日里无数个漫漫长夜，用炽热的心融尽这人间的冰雪。

武汉是英雄的城市，他们是城市的英雄。可哪有什么从天而降的英雄，不过是无数个平凡人在危难时刻选择头也不回地往前冲，用凡间星火点亮人间大爱。

从隆冬到盛夏，从暑伏到初秋，荆楚大地在新一天的阳光中醒来。这座城市似乎痊愈了，可那段刻骨铭心的记忆，无时无刻不在提醒着这座城市里的每个人。即使再大的风雨，再黑的夜，只要有光就不怕天黑，有爱就能战胜苦难。情洒荆楚大地，没有一个冬天不可逾越，没有一个春天不会来临。

（郭莹玉　张雨田　王晓蕾　王宝光）

大船“指挥家”

从一名初出茅庐的普通海上打桩工，成长为扬名海内外的工程船舶总监，38年间，他始终坚守在“蓝色国土”的最前线，参与指挥了134个海洋油气工程项目的安装作业，近20次打破国内海上施工和吊重纪录，吊装总吨位相当于33个“鸟巢”的总质量，为我国海洋油气田工程建设立下了赫赫战功。他就是“最美海油人”——全国劳模、海洋石油工程股份有限公司（简称海油工程）安装事业部高级总监刘克建。

“把事儿交给我，我就一定要办成！”

2021年1月28日9时许，我国福建海域，“深海一号”能源站的指挥室里，一场激烈的辩论正在拖航晨会上进行，拖航总指挥刘克建眉头紧皱。天气预报显示，即将通过的海峡风力达8~9级，浪高达4~5米。多数人建议滞航，等待天气好转后，再拖航通过。

作为我国自主研发建造的全球首座十万吨级深水半潜式生产储油平台，“深海一号”能源站拖航意义重大，容不得半点闪失。自1月19日从烟台正式启航后，“深海一号”于1月26日顺利进入浙江、福建海域。尽管在前半段的拖航中，遭遇横涌、渔船误闯航线等各种考验，但一路航行终归有惊无险。

在接下来的拖航中，如果顶着狂风巨浪前行，要承担极大的技术风险。如果求稳采取滞航措施，势必将造成工期延长和成本增加，然而投产日期迫在眉睫。

必须尽快做出决策！激烈的辩论后，大家将目光投向拖航总监刘克建。“我认为不应该采取滞航措施。这不是蛮干，我的建议是有气象和计算分析支持的。”刘克建坚定地说道（图5-9）。

“风力最大的区域在该海峡中部，我们目前在海峡北口，拖航至中部还需24小时，到时那里的风力将减弱到6~7级，浪高3~4米。根据计算显示，平台的稳性是没有问题的。”刘克建的科学分析打消了大家的疑虑，与会人员经过讨论一致同意，按照原计划正常航行。

2月1日，“深海一号”顺利通过该海峡，为后续的锚系回接争取了宝贵的时间。如此急难险重的任务，刘克建不知遇到过多少次。别人做不了的决定他来做，最难啃的骨头他来啃。

图5-9　刘克建在指挥“深海一号”能源站拖航

从1500米水深海管铺设，到船体及上部模块的运输装船，从超高难度的合龙作业，到1600海里的长距离拖航……刘克建几乎参与了“深海一号”大气田的所有重大海上作业，克服了多个国内甚至全球空白级技术挑战。

深水铺管船“海洋石油201”船托管架的改造，是1500米水深海管铺设作业的关键施工环节，项目施工团队需要在7个月内完成1000多吨托管架装置的优化设计、制造及调试工作。众望之下，刘克建挑起了项目经理的重担。

从项目施工的第一天开始，他便把铁一般的纪律带到了施工现场。赛龙套安装是托管架改造的关键环节，安装前赛龙套要在液氮中持续冷却，从液氮中取出后，6名工人需要无缝配合，在20秒内将赛龙套毫厘不差地安装到轴承孔中，否则昂贵而“娇气”的赛龙套便会由于热胀而废弃。

为了解决这个难题，刘克建要求施工现场先做一件工装，然后盯着工人不断模拟整个安装过程，直到像他说的那样，“要像F1赛车换轮胎一样，又快又准。”经过反复练习与模拟，赛龙套安装一次成功率达100%。

除了坐镇指挥“深水一号”大气田的重大海上作业，在2020年里，在流花16-2、旅大16-3项目等“10+1”重点工程项目中，都能看到刘克建忙碌的身影。在他的带队下，海上安装团队连续创造了全球最重半潜式生产储油平台船体装船、国内最深海底管线安装等7项“行业之最”。

单点系泊系统被称为FPSO（浮式生产储卸油装置）的“定海神针”，流花

16-2 FPSO单点系泊系统集成作业是刘克建面对的又一项世界级技术挑战。作业人员需要使用大型浮吊，将重量超过20辆重型坦克的单点下转塔，在间距不足成人食指长度的空间里，穿越10层楼距离，安放在月池底部，难度犹如从10米高楼将一根细铁丝穿进地上的针眼里。

吊装前的方案审查会开了一轮又一轮，但是甲方、项目组和吊装团队都觉得不够踏实。方案确实已足够细化也合理可行，但真正实施起来，影响吊装成功的因素太多了，怎么保证一次成功？业主方和项目组深入探讨后，决定邀请刘克建担任本次吊装的总指挥。

“他来了，感觉事情就已经成了一半！”单点吊装经理王超说。其实，早在方案制定时，刘克建就已经参与到这个项目中，他的吊装经验、对海况的精准判断、对辅助监控设备的布置与使用，让很多人大开眼界。

下转塔进入月池后，最紧张的“盲吊”开始了。月池外刘克建左手持对讲机，右手摆在空中，随时准备发出指令。三维碰撞监测、姿态仪等在线反馈的十几组数据实时展现在他面前，刘克建快速将这一个个数字转换成一句句简明扼要的指令和清晰的手势。

时间一分一分地流逝，现场的每个人都屏气凝神，听刘克建的指令。“好，下放！”下塔体历时近8个小时，稳稳地坐到月池中心，精度完全满足技术要求。“相比单点系泊系统，刘克建才是真正的‘定海神针’。”王超感慨道。

“把事儿交给我，我就一定要办成！”刘克建凭着无畏勇气和顽强拼搏，带领团队转战海内外多个项目，在无数个急难险重任务面前，用“压舱石”“定盘星”般的责任担当，交出了一张张“硬核”成绩单。

“首战用我，用我必胜！”

猛将必发于卒伍。1983年，刚毕业的刘克建入职海油工程从事打桩工作，随后加入中国海油元老级船舶“滨海109”，成为一名起重水手。“行胜于言是他的个人风格，工作中‘金点子’特别多。”与刘克建曾共事过的何万柱，回忆起当年的情景，仍然对这位年轻水手长记忆深刻（图5-10）。

图5-10　年轻时的刘克建

2002年，刘克建因表现优异被调往大型旗舰船舶“蓝疆”船担任副船长。作为当年“明星”级别的大型起重铺管船，“蓝疆”船的硬件条件在国内首屈一指，但在铺管效率和铺管水深方面却与国外船舶差距巨大，难以满足国内油气田项目的发展需求。如何推动“蓝疆”船铺管效率大幅提升，缩小与国外铺管船舶的技术差距？刘克建看在眼里、急在心上。

打造一支精干高效的铺管团队成为工作的关键，在刘克建等人的带领下，“蓝疆”船团队深入分析欧美铺管船舶的优势，对比自身短板寻找差距并开展对标提升。船上专门腾出一个房间作为英语教室，为船员学习英语提供方便。没过多久，一些船员就能阅读英文资料，用英语与外国承包商交流。

在铺管作业提升计划的实施下，“蓝疆”船的铺管效率和技术水平很快得到跃升式提高，并在东方1-1油田铺管作业中取得“开门红”的骄人成绩。随后几年，“蓝疆”船的铺管效率呈现破竹之势，使我国海底管线铺设效率较以往提升15~30倍，作业水深从几十米突破到100米以上。

2006年，随着近海多个大中型油气田的发展，越来越多重达几千吨的大型海洋结构物需要吊装，亟须建设一座具有大型起吊能力的起重工程船舶，“蓝鲸”船应运而生。从2008年调任“蓝鲸”船船长开始，十余年间，刘克建的名字就和这艘被喻为“海上大力士”的船舶紧紧绑定在一起。

2008年10月，刚刚投入使用不久的“蓝鲸”船接到一项极具挑战性的任务——赶赴印度西海岸执行VED项目吊装合同。这是中国工程船舶首次进入该海域。在此之前，“蓝鲸”船仅有一次大型吊装实战经验。“首战用我，用我必胜！”面对国外同行的质疑，刘克建用铿锵有力的话语作了“战前”动员。

让刘克建没有想到的是，这次海外“首秀”在刚开始就碰到了难题，作业海域密如蛛网的海底管线和电缆导致船舶无法抛锚。刘克建带领船队成员立刻展开技术攻关，经过反复研究，创新设计出在锚缆绑上浮筒的“浮漂式”抛锚法，解决了作业海域电缆密布无法抛锚的难题。这个方法更是被外方作业人员称赞为“蓝鲸牌作业法”。

在季风和海涌肆虐的印度洋里，刘克建指挥“蓝鲸”船稳稳吊起2650吨的支撑模块南块。随后，在作业间距只有0.5米的极限狭窄空间内，用犹如“绣花”般的高超技艺，指挥“蓝鲸”船成功完成两个平台组块的安装作业。“蓝鲸”船在印度VED项目上的靓丽“首秀”，让国外同行看到了中国海工船舶的实力，也让“蓝鲸”船接连赢得多个海外大单。

2009年，在卡塔尔海域，刘克建带领“蓝鲸”船成功吊装4500吨的马士基GA组块，创造了我国海外吊装最重纪录。2014年，在沙特海域连续“抓举”两座超过4000吨级组块，以完美表现赢得了沙特阿美公司的追加合同。2015年，在缅甸海域成功完成ZAWTIKA项目吊装作业，在东南亚市场上亮出中国海工船舶的亮丽名片。

与陆地相比，海上作业风险高、变数大，强大的单兵在这里“无用武之地”。要练就一流的海上作业能力，首先要打造一支所向披靡的铁军。“哪块板子短了，都可能造成项目决堤。”刘克建改变以往“经验管理”及“船老大”管理模式，建立了大型工程船舶制度化、国际化管理体系，实现了船舶的工厂化管理。

在刘克建的牵头下，“蓝鲸”船建立了144个JSA（作业安全分析）和标准化作业程序模板，从各个方面要求员工必须按章作业。大到船舶设备，小到一颗螺丝钉，他都要认真检查。

“工作不遵守规定，退回陆地没商量。”在“蓝鲸”船上，员工对刘克建的情感充满了矛盾。在徒弟崔宗伟的眼里，平时看起来非常和蔼可亲的师傅，一进入工作状态，就立马变了一个人。“要求非常严格，可以说任何一点瑕疵都逃不过他的火眼金睛。”

相比陆地油气工程施工，海上施工更加复杂和辛劳，一年平均出海300多天的长期劳累，让刘克建先后患上了胆结石和糖尿病，然而，摘胆手术以及长期注射胰岛素的痛苦，都没有压垮这名“无胆”铁帅驰骋蓝海的壮志。一副副磨坏了的手套、一双双磨破了的工鞋、一件件褪色的工作服，见证了他带领“蓝鲸”船员艰苦拼搏的无数个日日夜夜。

得益于刘克建近乎“严苛”的精细管理，“蓝鲸”船连续12年实现船舶安全作业无事故，累计突破880万安全工时，创造了我国海上工程船舶最高安全纪录。经他总结提炼的“克建作业法”已经成为我国船舶工程作业教科书，经他培养带出的船员已遍布国内20余条船舶，成为我国海洋工程建设的中坚力量。

（岳明　仝明磊　黄叶舟　程亮）

驭“蛇”探龙宫

这天，尚捷被媳妇儿劈头盖脸地怼了一顿。

原因有二：水管线出现纰漏开始滴水，总拿脸盆接解决不了实质性问题；女儿几次考试都没得满分，这事儿到底管还是不管？

尚捷笑着安抚：“瑕不掩瑜嘛，凡事要有一颗平常心、平常心！”

妻子有时也纳闷儿，这个三天两头不着家，一不小心把家里水管线改造成“人工喷泉”的男人，是怎么搞出这么大动静来的。

尚捷，中海油服油田技术研究院院长、党委书记，和同事用8年的时间攻克旋转导向钻井和随钻测井技术，打破20年来对国外的依赖，使我国成为全球第二个同时拥有这两项技术的国家。

中国改革开放40周年成就展上，“海洋石油旋转导向钻井系统研制与应用”项目与国产大飞机C919、“天宫一号”等我国重大标志性科技成果一起亮相，展现国人的智慧和骄傲。

他还在2020年全国劳动模范和先进工作者表彰大会上，获得“全国劳动模范”的称号。2021年1月，尚捷当选“最美海油人”。

尚捷到底是一个怎样的存在？有人说他是技术控，爱玩儿、爱折腾，有人说他乐观、活泼、团结，有人说他阳光、帅气、儒雅，得到的最多的答案却是——

尚捷，他是测井大院里走出来的“驭蛇者”。

“白领”变“黑领”，入驻梦想工作室

尚捷出身于“清华世家”，父亲是清华大学核物理专业的教授，他和母亲以及他的岳父都毕业于清华大学精密仪器专业。

2005年，尚捷博士毕业后，先是在北京找了一份稳定体面的工作。工作一年后，他毅然决然告别首都的高档写字楼，乘坐930路公共汽车，一路颠簸着来到坑坑洼洼的燕郊镇，投身中海油田服务股份有限公司（简称中海油服）测井仪器的研制工作中（图5-11）。

十几年前，尚捷做出的这个“白领”变“黑领”的决定，多少让人有些匪夷所思。

图5-11 在车间工作的尚捷

尚捷回忆说，一次偶然的机会得知中海油服在招兵买马，自主研发随钻测井和旋转导向技术，他“来劲”了。

“当时国内的测井技术以电缆测井为主，国外三大油田服务公司在随钻测井和旋转导向技术上不断增大投入，国内在这个方向还是一片空白，我看到挑战也看到了机遇。”

尚捷口中的随钻测井及旋转导向钻井技术被誉为“钻井技术皇冠上的明珠”。利用它可以准确判断钻遇地层，自如控制井眼轨迹，把握前进方向，最多时可增加平台可控油气藏范围4~5倍，提高单井采收率2~3倍，节省作业时间30%~50%。

由于国内缺乏最关键的随钻测井和旋转导向钻井技术，租赁仪器的费用一天高达12万美元。在打一些高难度的定向井时，只能请外方和他们的进口仪器帮助作业。钻台上，外方得意的神情和一旁海洋石油钻井人满身的油污，深深定格在尚捷的脑海中。

“我就是想让钻台上的兄弟们用上真正耐用、有效的工具，让他们少受点儿苦。更重要的是，中国人脚下的地层必须用中国人自己的仪器来看清！中国人的海洋资源必须用中国人自己的仪器来守护！”回想起那个场景，尚捷仍禁不住激动。

2007年，尚捷带领7人，在中海油服测井院内搜寻到一个废旧车库，按照尚捷“办公室距离实验室超过20米就搞不了科研”的理念，车库院子一侧一排门都关不上的屋子被征用为大家的办公室。

就这样，一伙人抱着4台电脑和厚厚的材料欢天喜地地乔迁新居，入驻“梦想工作室”，开启了他们的追梦之旅（图5-12）。

车库年久失修，大家多少有些心理预期，可车库里不知哪里蹦出来还挥之不去的跳蚤，着实让大家费了些心力。

被跳蚤咬起的包又痒又疼还不能挠，他们买了灭跳蚤的药粉。不知是谁想出了一个主意，把药粉绕着自己的工位撒一圈，“画地为牢”。几个“可怜虫”傻呵呵地笑出幸福感。

图5-12　尚捷（右三）和团队成员

“小学生”走上取经路

梦想工作室里的成员都没做过测井研发工作，对随钻测井更是眼前一抹黑，七八个刚毕业的大学生常常面面相觑，不知从何下手。

尚捷把工作室的大门一锁，带着大伙实地调研去。

没见过随钻系统作业，就想方设法争取去陆地作业井参观；不懂随钻仪器工作方式，就把进口仪器工作时的通信信号都监听下来，一帧一帧解析；没见过泥浆波形数据，就想方设法让现场工程师帮忙采集；不懂随钻地面传感器和防爆隔离元件，就到基地和井场拍下照片，再联系供货商请教；他们一次次拜访塘沽定向井车间，一次次向负责保养的维修工程师请教……

“如何把理论应用到实践中，书本是不会教给你的。我学的是精密仪器专业，但是在测井研发领域，我简直就是一名小学生呀！”尚捷直言道。

调研是向现实取经，他们要做的系统有几千个元器件，几十万个程序代码，本身问题就多如牛毛，再与实际应用一结合，又不知要派生出多少新问题，梳理尚且费劲，更何况要挨个解决。

中海油服技术中心的专家们被他们问了个遍，技术工人也被他们追着问，有的技术工人被问烦了，就开始嚷嚷：“不是告诉过你们了嘛，怎么又来了？耽误我干活！”可他们笑脸不减，不依不饶继续追问，挨一顿训算啥，取得真经才是目的。

功夫不负有心人。经过重新梳理整合，尚捷带领梦想工作室组织编纂了20余万字技术文章、汇编了百余张图纸，随钻技术发展路线渐明，研发局面打开，一个大致的线路图如同房屋四梁八柱在尚捷的脑海中清晰起来。车库的布置和试验设施添置也有了方向，示波器、电源、电焊台……如劳燕衔泥一般，大家一点点地置办家当。

那些日子过得清贫，却也丰硕。一旦工作起来，大家都咬紧牙关、铆足了劲儿。连续几十个小时工作在作业现场，集体闭门攻关，那是梦想工作室的工作常态。他们需要对上百块电路、几十支仪器反复进行高温、振动和循环测试，精益求精地找寻设计、工艺上的问题，并予以改进。

2009年7月，随钻测井系统和旋转导向系统第一版样机出炉。2010年，第一版随钻测井系统研制成功。2011年，旋转导向系统研制成功。由于这套系统可以在地层中随意改变方向钻进，梦想工作室给他们研制出的这套“大玩具”取名“贪吃蛇”。

“研发不能闭门造车，我们研发的产品，必须能稳定应用在市场上，才算是成功。”尚捷始终相信，没有天生完美的产品，他们要利用一切试验条件发现问题、解决问题，在试验和改进中慢慢收获。

浩瀚戈壁、渤海之畔、雪域荒原，尚捷和梦想工作室的伙伴们踏上“贪吃蛇”实钻试作业的征程。

试作业系统要打的是实实在在的油井，对产品作业时效和性能表现要求严苛。由于缺少实钻经验，“贪吃蛇”在现场作业时，各种问题不断暴露出来。

他们常常反复下钻，反复面对仪器井下“失联”的困境。每到这时，尚捷便带着大家全面分析仪器故障问题，从仪器通信设计到现场工况泥浆参数，不放过任何一个细节。每次试验前，他们还要有针对性地备好备用工具，以防万一……

2011年11月12日凌晨1点，尚捷的女儿出生。这个时刻减去21天，尚捷还在塘沽的试验井场，减去13个小时，他还在试验总结会上作汇报。小天使真正降临的那一刻，尚捷在医院的长椅上沉沉地睡着了。

那些年，尚捷也消瘦了许多。

为了让中国工程师的腰板挺起来

据研发工程师贾建波回忆，2014年春节前后，他们争取到在陆地油田试验的机会，凌晨三四点，仪器在井下接连“趴窝”，监控屏幕的信号曲线完全消失。尚捷去敲井队负责人的门，想调整参数后继续试验，井队负责人很不耐烦：“就知道你们这个东西不行，赶紧给我拉走！”然后“砰”地一声关上了门。

尚捷出来后在寒风中站了很久，又去敲井队负责人的门……

不达目的不罢休，这是梦想工作室的铁律；坚持苦中作乐，那是梦想工作室的传统。

从浩渺湛蓝的南海到波澜壮阔的渤海湾，十几年间，尚捷和梦想工作室成员横贯30个纬度，在时间坐标上留下他们忙碌的身影。

2013年11月至2014年1月，研发人员在零下20摄氏度的条件下，在东北某陆地油田成功完成两口生产井试作业，随钻测井系统测井数据均符合甲方要求。

2014年5月，旋转导向钻井系统和随钻测井系统配合完成陆地首口生产井作业，完钻井深2770米，钻成水平段749米。

2014年9～10月，旋转导向钻井系统奔赴华东某陆地油田。10月13日，旋转导向钻井系统成功完成生产井作业，精准命中井深3170米处设计靶点。

2014年10月，随钻测井系统首次海上试作业取得成功。

2015年以来，尚捷带领团队连续关闭近百个仪器故障，一次入井成功率从开始的49%，提升到当前的86.2%，拉近了与国际一流同行的距离。国际同行得知消息后，主动提出互联互通、实现技术互补，他们承诺改变多年坚持的只租不卖原则，变为全面放开销售。

2020年，中国海油集团公司提出“1534”总体发展思路，尚捷带领科研团队继续攻关，争取“贪吃蛇”技术系列化产业化的目标。2020年上半年，他们研发的测井及定向井技术产品已在三大石油公司实现规模化应用，产品累计实现产值超过120亿元，大幅降低了我国油气勘探开发成本，保障了我国油气增储上产和能源安全。

成绩的背后是尚捷和梦想工作室成员“真刀真枪搞科研”的坚持。

而今，中海油服测井大院内还流传着不少关于尚捷的传说，有人说见过尚捷半夜开着辆拖拉机拽仪器，有人说尚捷在一个星期学会了两门专业课，有人说他和梦想工作室团队特别能吃、特别能战斗。

这样的传言让尚捷乐开了花，“对，我们这个团队就是特别能吃、特别能战斗，但是没有苦，因为我们把苦都给吃掉了。”

十多年“驭蛇”的艰辛历程尚捷并不在意，他内心真正在意的，似乎只有一点。

他说：“‘贪吃蛇’的成功让咱们中国工程师的腰板挺了起来，我们为中国的工程师争了口气。”

（王晓蕾　安卿）

第6章

弘扬伟大建党精神，持之以恒强“根”铸“魂”

2021年3月3日下午，一位满头银发、精神矍铄的“90后”石油人走上中国海油208会场讲台，在一个半小时的讲述中，他带领中国海油全体党员干部穿越时空，走进我国石油工业发展壮大的光辉历程和峥嵘岁月。从抗日战场到石油会战，从出国考察到对外招标，他将80年来听党话、跟党走的奋斗经历娓娓道来，为广大党员干部上了一节生动鲜活的党课。

这位年届96岁高龄、有着近80年党龄的讲述人是原石油工业部副部长、中国海油第一任总经理秦文彩。2021年是中国共产党成立100周年，为深入推进党史学习教育，中国海油党组在全系统启动“党史集中学习月”活动，邀请秦文彩同志作为党史学习教育大讲堂首位主讲人，激励广大党员干部以史为鉴、积极投身于海洋石油工业发展的火热实践中。

作为我们党关心呵护成长起来的特大型国有企业，中国海油旗帜鲜明地把党的建设摆在公司各项建设的首位，坚定不移强“根”铸“魂”。2021年，中国海油在中央企业党建工作责任制考核中获评A级，多名个人和多个基层党组织获评“两优一先”，党的建设全面加强，夯实了超越之基。

从“90后”石油届前浪到“90后”各战线后浪，从海上平台到车间场站，从线上“云课堂”到线下观展，在党的百年华诞之际，中国海油坚决落实中央企业党建创新拓展年工作部署，扎实开展党史学习教育，统筹开展庆祝建党100周年系列活动，激励和动员广大干部员工满怀信心迈进全面建设社会主义现代化国家新征程。

颂党恩，举行庆祝中国共产党成立100周年主题党日和主题团日活动，广大党员群众在回望百年伟大历程中坚定了听党话、跟党走的信心和决心；学党史，组织海洋石油工业战线上的老党员讲党课，参观中国共产党历史展览馆，进一步发扬革命精神和优良传统作风，鼓起党员干部群众迈进新征程、奋进新时代的精气神；办实事，着力解决广大员工急难愁盼问题，从改善海上平台网络信号到加强技能队伍建设，再到强化员工心理健康服务，出海员工、青年员工等群体的幸福感、获得感不断增强。

新时代前景光明壮丽，新征程奋斗未有穷期。当前，我国进入新发展阶段，正向第二个百年奋斗目标进军。中国海油将更加紧密地团结在以习近平同志为核心的党中央周围，弘扬伟大建党精神，不忘初心、牢记使命，开拓奋进、扎实工作，为全面建设社会主义现代化国家、夺取新时代中国特色社会主义伟大胜利、实现中华民族伟大复兴的中国梦而继续奋斗！

第1节
庆祝建党百年，矢志能源报国

为庆祝中国共产党成立100周年，中国海油在组织全体党员群众收听收看“七一”庆祝大会、学习习近平总书记“七一”重要讲话精神的同时，自上而下组织开展了主题党日、重温入党誓词、文艺汇演、歌唱比赛等形式多样的活动，广大党员群众积极参与，通过情景剧、舞台剧、诗朗诵等多种方式热情讴歌百年伟业，抒发爱党爱国爱社会主义之情，表达听党话、跟党走的坚定信念。一系列主题突出、内容丰富、特色鲜明的庆祝活动，回顾了我们党的百年伟大历程，激励和动员中国海油广大干部员工更加紧密地团结在以习近平同志为核心的党中央周围，不忘初心、牢记使命，开拓奋进、攻坚克难，立足本职岗位作贡献，把爱党爱国爱社会主义热情转化为矢志不渝能源报国的实际行动，为确保“十四五”开好局、起好步，为全面建设社会主义现代化国家、夺取新时代中国特色社会主义伟大胜利、实现中华民族伟大复兴的中国梦而继续奋斗。

最美赞歌献给党

百年征程波澜壮阔，百年初心历久弥坚。

2021年6月28日，中国海油庆祝中国共产党成立100周年主题党日活动在北京隆重举行（图6-1）。庄严的活动和最美的赞歌进一步燃旺海油人对党的浓浓情怀与深切敬意，也更加坚定了海油人内心深处许党报国的抉择与信念。

这一天，北京芍药居海油大厦比往日热闹了许多，中国海油集团公司、有限公司管理层及总部部门负责人，在京所属单位党组织负责人，各级“两优一先”、劳模、工匠等先进代表，党员及统战人士代表，各所属单位领导班子成员早早地聚集在这里。一段段熟悉的红色旋律在会场久久回荡，鲜红的党旗、闪亮的党徽，让现场气氛很快“热”了起来。“礼赞百年峥嵘·铭记许党初心·矢志能源报国”的金色字样在舞台屏幕中央赫然醒目。

15时，大幕拉开，灯光亮起。

图6-1　中国海油举办庆祝中国共产党成立100周年主题党日活动

为海洋石油事业倾注毕生心血的老领导、老党员代表王彦、陈炳骞、姜英成、曾恒一、卢义贵获得“光荣在党50周年”纪念章，他们中的大多数人已白发苍苍，用尽毕生精力和心血扑在党的事业上，而今他们依然精神矍铄，老当益壮。

中国海油集团总部优秀共产党员张勐接过荣誉证书后表示：“这份荣誉是对我持续秉持初心、砥砺前行的鞭策和鼓励。未来还有更长更远的路要走，我将继续投身伟大事业，积极在经济领域为党工作。”

15时40分，全体起立，擎旗人员护卫着中国共产党党旗。中国海油党组书记、董事长汪东进带领集团公司党组领导，各级“两优一先”、劳模、工匠和党员代表重温入党誓词。

全国优秀共产党员、全国抗击新冠肺炎疫情先进个人白登文说：“重温入党誓词，我心潮澎湃，这让我更加坚定信仰，不负党的嘱托。”海油工程国际级焊将李晓鹏难掩激动：“作为一名焊工，能参与‘深海一号’超深水大气田项目，为中国海洋石油进军深水添一份力，我倍感荣幸与自豪。戴上党徽，干活儿更有劲儿了！”

总有一句话时刻振奋人心，总有一首歌跨越时代回响。

主题教育活动分为“星火之歌”“蓬勃之歌”“春风之歌”“时代之歌”4个

篇章，全体360余名演员通过歌舞、情景剧等形式多样的节目演绎党的百年发展史，深情表达海油儿女对党的感恩感激和热爱赞美之情。

“最美赞歌献给党”主题教育活动在情景表演《曙色》中拉开序幕。剧中，一名带领民众起义的爱国青年高声呐喊：“中国不会亡！”瞬间带着观众穿越回那个动荡不安的年代。这位爱国青年的扮演者李卓林在接到角色后认真学习党史，用心体悟当年爱国青年的心路历程，以共情式的表演将角色演得打动人心。排练期间，连续的高声呼喊让他的嗓子一次次沙哑，但他一次又一次呼喊，依然不遗余力。

情景剧《长安街上的誓言》中，铁人“王进喜”面对国家石油匮乏的现状喊出了那句为人熟知的“把中国贫油的帽子甩进太平洋”。李少雄扮演的是科研钻井技术人员“老陈”，说起剧情他感触深刻：“‘王进喜’队长的父亲病重去世，他只回老家两天就赶回了井场。石油先辈不顾个人得失全身心扑到石油事业上，今天我们也做到了自主开发‘深海一号’超深水大气田，吾辈当自强！”

全体演员以饱满的热情献上强劲有力的歌声、意气风发的舞蹈，观众们一次次举起手机记录下振奋人心的时刻。这既是一场海油人奋进新时代精神风貌的展示，更是一次深入推进党史学习教育的生动实践，进一步鼓舞了中国海油广大党员学好党史强党性、坚定步伐跟党走的信心和决心。

献上这场精彩表演的全体演员都是来自中国海油各单位的在岗员工。“演员不是专业的，但对党的感情不分专业，”谈起节目排练过程，导演被演员们所感动，“每个演员为了演出都能克服一切困难，这正是共产党员应有的责任和担当！”

“为了融入角色，我们一起深入学习党史，将我们获得的感动和力量传递给在场观众。”参演歌舞表演《为了谁》的演员曹新博是中海实业的一名厨师，他坦言内心深受感动，今后要在岗位上继续尽职尽责，努力向党组织靠拢。

活动最后，全体起立，共同唱响《没有共产党就没有新中国》。全体演员从四面八方一齐涌向舞台与所有参会人员高声合唱，将“最美赞歌献给党”活动推向又一个高潮。

“没有共产党就没有新中国”唱出了大家对党的深情与热爱，唱出了海洋石油人对党的拳拳之心。浩瀚蓝海，红色血脉，中国海油在党的坚强领导下，矢志能源报国，秉持共产党员的初心，接续奋斗在许党报国、践行“我为祖国献石油”铮铮誓言的新征程！

（张雨田）

青年先锋心向党

“我们是中国海油青年先锋队，红心向党、冲锋在前、逐梦蓝海、砥砺青春！”2021年5月7日下午，中国海洋石油大厦208会场内不时传来热烈掌声，海油青年坚定有力的誓言，奋力拼搏的呐喊，沸腾全场。

在“百年征程心向党·逐梦蓝海正青春”中国海油庆祝建党100周年主题团日活动现场（图6-2），来自有限深圳、中海油服、中海炼化、有限天津、气电集团、有限湛江/海南等单位的金牌青年先锋队带来的一个个感人、振奋、激昂的青春故事，沸腾了海油青年的心。

图6-2　中国海油举办庆祝中国共产党成立100周年主题团日活动

会场外，来自中海炼化湖北阳光加油站的白登文一遍遍练习着“为了冲刺万吨站，我们青年先锋队，拼了！”208的舞台对于白登文而言并不陌生，但今天，他第一次把阳光加油站在疫情期间冲刺万吨站的故事讲给更多人。

2020年，白登文所在的武汉阳光加油站迎来新冠疫情和低油价带来的严峻考验，他带领阳光加油站青年先锋队发扬“爱国、奋斗、担当、创新”的新时代海油精神，打造阳光“家”油站，让更多人走进“阳光”，在大战大考前，以青春小我汇聚微光。

没有永远的青春，但是永远有人正青春。“时代在变，他们身上的那份坚守始终没变，正是一代代青年先锋队的努力，成就了今天的渤海油田。”来自有限天津渤海石油研究院的天然气勘探青年先锋队以穿越话剧的形式再现了一代代海油青年不忘初心使命，不断突破固有、打破勘探冷区的青春故事，展现出几代海油青年共同奋斗、共同冲锋的青春风貌。

在今年党史学习教育中，原石油工业部副部长、中国海油第一任总经理秦文彩的精彩授课让海油青年深受启发，海油青年提笔写信，秦部长通过视频深情寄语：“希望海油青年要听党的话、跟党走，一代代把海洋精神传承下去，祝福我们的海洋石油事业永放光芒。”

“我们是出于蓝胜于蓝的海油青年，我们奔腾向前，我们势不可挡！”活动尾声，几位海油青年以诗歌朗诵的形式充分阐释“出于蓝胜于蓝”的海油青年精神，将这次团日活动推向新的高潮。

“作为一名青年科研人，看完这场献礼百年的五四活动，我感到备受鼓舞。尤其是青年先锋队全情投入的演出让我们青年人干劲儿更足了。”中国海油研究总院工程研究设计院青年员工张定一说。

“他们的演出更激起了我们在基层干事创业的热情，一代人有一代人的担当，我们一定从老一辈手中接过接力棒，在基层岗位踏实奋斗。”中海炼化华东销售的青年员工胡瑜芝说。

气电集团团委副书记国天石倍感振奋：“新的百年征程中，我们青年必将赓续百年党史的精神传承，积蓄力量、克服困难，向青春榜样学习。”

“这次活动展现出了我们海油青年坚定的理想信念和勇于创新的精神，这些青年故事让我们干劲倍增，也让我们今后更好开展共青团工作有了动力和方向。”有限天津团委书记程路说。

（张妍）

红色家书品初心

破损的纸张，不再清晰的字迹，岁月流转，却不曾让这些年代久远的家书褪去色彩。毛泽东、周恩来、赵一曼……革命先辈们的红色家书，字字滚烫，句句感人，表达了共产党人为信仰而奋斗、为中国的未来美好而牺牲的强烈愿望。

2021年11月4日，一场精彩纷呈的“蓝海读书会”在海油工程举行，通过多种表现形式生动展现不同时代共产党员的红色家书及其背后故事。海油工程董事长、党委书记于毅，党委副书记、工会主席杨敬红，科技信息部高级顾问、全国三八红旗手朱晓环做客读书会现场，与80余名青年一起分享党史故事和个人成长经历。

蓝海读书会自2014年举办以来一直得到中国海油集团公司团委、集团公司新闻中心以及公司领导的大力支持，同时也深受公司广大青年朋友的欢迎和喜爱，逐渐成为公司团青品牌活动之一。

2021年，海油工程团委为了庆祝中国共产党成立100周年，特意为“蓝海读书会”赋予红色元素，推出“诵读红色家书，汲取奋进力量”专题读书会，通过丰富生动的表现形式展现出一段段感人至深的红色往事（图6-3）。

图6-3　海油工程举办庆祝中国共产党成立100周年专题读书会

随着第一位书信推荐人于毅的推荐，蓝海读书会像一副精美画卷缓缓打开。读书会以“锤炼自身能力”“扎根基层一线”“坚定理想信念”为主题，推出毛泽东、周恩来及赵一曼的3封家书，通过十几位青年的倾情讲述演绎，运用音频、视频、历史场景重现等多种表现形式，传承红色基因，彰显家国情怀。

低沉的诵读声中，毛泽东伏案疾笔的剪影投射在延安窑洞的窗户上，与此呼应的舞台另一侧，是两位远在莫斯科的热血青年，他们如饥似渴地默读着父亲的来信。这一期蓝海读书会真正实现了高于听觉的诵读模式，这是读书会首次以还原双场景的形式呈现在青年面前。

以书信入题，通过诵读人的情境化讲演，融讲述、表演于一体，大大增强了现场青年观众的代入感，真正把书信的表现形式上升为“沉浸式”的情感体验，红色家书的深情直抵青年内心。

“唯有一事向你们建议，趁着年纪尚轻，多向自然科学学习，少谈些政治。

政治是要谈的，但目前以潜心多习自然科学为宜，社会科学辅之。将来可倒置过来，以社会科学为主，自然科学为辅。总之注意科学，只有科学是真学问，将来用处无穷。”这是1937年毛泽东与失散的两个儿子恢复联系后所写书信中的一段内容。

对毛主席的这句话，于毅给出了自己的理解：“大家都知道是科学改变了中国，应该对‘自然科学’有自己的理解。通过学习‘自然科学’，我们的逻辑思维加强了，无论现在从事什么专业，青年们要多学习‘自然科学’，善于发现‘科学之美’，在科学实践中不断锤炼自身技术，努力把‘自然科学’和科研技术融入公司高质量发展中。”

“周总理和邓大姐确实是中国革命少有的好伴侣，是我们的楷模，”杨敬红通过周恩来和邓颖超的通信选集，给青年员工提出了恋爱观上的一些建议，“我们现在的择偶标准不可能像老一辈这样，这只能是我们的学习榜样、努力方向，但是我们有一点需要做到，那就是家庭和谐。择偶标准不要太高，适合自己的才是最好的！”

“听过赵一曼的故事，我深受感动，我觉得赵一曼对孩子的爱是非常崇高的。同样，我们所带的每一支队伍都像我们的‘孩子’一样，我们要用心去爱他们。在干旅大项目的时候只有12个人，人很年轻、资历不足，可是我们心往一处用，啃下‘硬骨头’，项目提前完工73天，创造效益1.42亿元。”听完赵一曼写给儿子的绝笔信，朱晓环给青年们分享了自己在旅大项目里艰苦奋斗的亲身经历。

青年代表也分享了他们的故事和感想，特种设备分公司宋凯讲述了他参加庆祝建党百年庆典活动的现场故事，使人仿佛又听到习近平总书记在天安门城楼上的庄严宣告。安装事业部张人公及法律合规部龙志分别讲述了基层管理工作和职业女性规划子女教育等内容。

“站在一百年后的今天，我们不禁要问，那些为中国革命的胜利而抛头颅洒热血的革命先辈，他们的愿望都实现了吗？”随着主持人的发问，表演区的舞台灯光猛然亮起，舞台上出现了杨靖宇、董存瑞、方志敏三位烈士，虽然他们都是演员扮演的，但那栩栩如生的造型和神态仿佛让现场观众一下穿越了时空。

“日本鬼子被打跑了吗？”“新中国到底是个什么样子？”“我想，未来的中国到处是活跃的创造……”随着烈士的发问，观众依次从观众席站起，他们掷地有声地大声报告：“今日之中国，自信自强，守正创新，我们彻底摆脱了绝对贫困，全面建成小康社会。我们实现从站起来、富起来到强起来的伟大飞跃，向世界展示中国力量。今日之中国如您所愿！”报告者洪亮的声音仿佛穿越了时空，穿越了硝烟，穿越了雾霭，将今日中国之盛景告慰那些不屈的英灵，彼时观众席上泪光晶莹。

“新时代，新征程，新青年，新希望，”一名青年从前排站起，随后全场青年起立，向英烈们发出铿锵誓言，“不负时代、不负韶华，以吾辈之青春，铸盛世之中华！”在高亢的《我爱你中国》旋律中，“蓝海读书会”圆满结束。

两个小时的读书会，青年朋友们接受了一次灵魂的洗礼、一次生动的党史学习教育，体会了革命先辈们为实现共产主义而奋斗的革命精神，以及他们革命理想高于天的坚定信念。在铭记历史的同时，肩负起时代赋予的使命，为新时代中国特色社会主义实践注入鲜活而强劲的动力，为实现中国梦奉献青春的智慧和力量。

（邱杨　马群　赵晓东　刘力炜）

第2节
学习百年党史，汲取奋进力量

党的历史是最生动、最有说服力的教科书。我们党的一百年，是矢志践行初心使命的一百年，是筚路蓝缕奠基立业的一百年，是创造辉煌开辟未来的一百年。回望过往的奋斗路，眺望前方的奋进路，必须把党的历史学习好、总结好，把党的宝贵经验传承好、发扬好。中国海油认真学习领会习近平总书记在党史学习教育动员大会上的重要讲话精神，组织部署党史学习教育，坚持集中学习和自主学习相结合，规定动作和自选动作相结合，通过举办党史学习教育大讲堂、开展党史学习教育知识竞赛、组织参观中国共产党历史展览馆、举办讲四史故事报告会等内容丰富、形式多样、特色鲜明的活动，教育引导广大干部员工学史明理、学史增信、学史崇德、学史力行，用党的奋斗历程和伟大成就鼓舞斗志、明确方向，用党的光荣传统和优良作风坚定信念、凝聚力量，用党的实践创造和历史经验启迪智慧、砥砺品格，从党的奋斗历史中汲取前进力量，以昂扬姿态奋力开启全面建设社会主义现代化国家新征程。

跟随80年党龄，“石油人”走进峥嵘岁月

2021年3月3日下午，中国海油总部大楼，一位白发苍苍、精神矍铄的老人缓缓走上讲台，站定后向台下微笑着挥了挥手。从他出现在大厅内那一刻起，会场上就爆发出了热烈、持久的掌声。

图6-4 中国海油举办党史学习教育大讲堂，原石油工业部副部长、中国海油第一任总经理秦文彩讲授第一堂专题党课

在大家期待的目光中，中国海油党史学习教育大讲堂开讲，迎来了第一堂专题党课的授课者——原石油工业部副部长、中国海油第一任总经理秦文彩（图6-4）。

中国海油党组书记、董事长汪东进，党组副书记、总经理李勇参加党课学习，党组副书记徐可强主持，在家的党组成员温冬芬、钟庆明、胡广杰、霍健参加党课学习。

秦文彩的经历令人肃然起敬：他是老党员，1941年加入中国共产党，迄今党龄已80余年；他是老战士，14岁毅然从军，抗日救国，投身革命事业；他是“老石油”，为祖国石油工业、特别是为海洋石油工业发展赤诚奉献，带领海油人为推动海洋石油工业对外开放合作贡献了智慧和力量。

开讲前，汪东进和秦文彩愉快地交谈。秦文彩义无反顾投身党和国家事业的人生经历就是一堂新时期的、精彩的党课，件件往事展开，亮出抉择，就像他在讲台上迈出的步伐一样：坚定向前。

“从土地革命、抗日战争、解放战争到社会主义建设，人民终于安居乐业，过上了幸福的生活。中国共产党是得民心、受到人民拥护的。”秦文彩讲述了从十几岁开始“听党话、跟党走”的亲身经历，表达了矢志不渝的坚定决心。在回忆起战争年代时，当时的场景仿若就在眼前，讲述到紧张动情处，他不禁挥舞起手臂，现场听众跟随他的讲述一起走进了那段峥嵘岁月。

正如习近平总书记给上海市新四军历史研究会百岁老战士们的回信中所说：“对中国共产党人来说，中国革命历史是最好的教科书，常读常新。”老一辈革命者亲历了中华民族从站起来、富起来到强起来伟大飞跃的历史进程，更懂得中

国共产党的初心和使命。

党龄逾80年，秦文彩对于入党当天的细节记忆犹新，“当时部队里的党员还处于秘密状态，我们通过暗号集合在村外的一个小房间里，宣读入党誓词，”说到这里，他表情严肃，一字一句地重温入党誓词，“我志愿加入中国共产党，严守党的纪律，保守党的秘密……为共产主义奋斗终身。”誓言铮铮，从革命年代到和平时期，从战士到石油工人，党旗所向，便是他行动所至。

1952年，秦文彩转业成为一名石油工人，为了尽快投入石油工业建设，在这个从来没接触过的领域扎下根：他带着大家考察学习，白天学专业，晚上学文化，这种状态持续了很多年，在他看来，干一行就要精一行。

作为老“石油人”，秦文彩对于第一次走出国门看世界，合力推动海洋石油工业对外开放的历程感慨万千：“当时广大石油人心里都憋着一股劲，想要大干一场，争分夺秒地建设我们的国家。”思想观念的转变绝非易事，作为改革开放的第一批实践者之一，感到肩负着党和国家的重托，他奔走呼吁，用实践证明有多大的勇气和决心就能顶得住多大的质疑和压力，推进事业发展。

从入党牢记初心、入伍立志救国到投身经济建设，这位96岁高龄的老党员、老战士、“老石油”思路清晰地讲述了他学党史、听党话、跟党走的人生历程。其间，他几次与死神擦肩而过，无畏无悔，一直坚守入党誓词。

这堂课持续了近一个半小时，他始终满怀激情。

授课结尾，他道出心里话：“认真学习党史，树立坚强信念，牢记只有共产党能够救中国，使中国富强，人民幸福地过上好日子。”

现场听众不禁再次爆发出掌声，向他深厚的爱党之情致敬，向他时至今日仍心系海洋石油事业致敬！掌声久久不息。

秦文彩为党和国家事业、石油工业奋斗的人生历程，对党忠诚、无悔青春的革命精神，以及肩扛重担、敢为人先的改革开放精神让所有聆听党课的海油人获得了精神的洗礼。

（刘建坤）

听96岁的秦爷爷讲故事

年近百岁期颐，入党八十春秋；与日军斗勇，与匪兵斗智；石油会战急先锋，改革开放弄潮儿。他叫秦文彩，原石油工业部副部长、中国海油第一任总经理。听党话，跟党走，他用八十年践行这一句誓言。聆听他的亲身讲述，一同重温中国共产党波澜壮阔的百年征程，感受海洋石油人矢志不渝的初心使命。

参加革命是唯一出路

1937年7月7日，日本侵略者向卢沟桥发动进攻，抗日战争全面爆发。时年12岁的秦文彩正在山西李家窑抗日民族革命小学学习。两位共产党员教师的言传身教，使他产生了朦胧的革命思想，积极参与到抗日宣传、请愿斗争的活动当中。

1939年12月“晋西事变”，阎锡山公开投降日本并向山西新军进攻，抗日形势愈发严峻，秦文彩的家乡也遭遇了日军扫荡。年轻的秦文彩目睹亲人被侵略者残忍杀害，毅然决定参加革命。“土匪要抢，日本人来了要烧杀，逼得我们非革命不行。”

秦文彩不辞而别，随山西新军212旅一同转移，七天七夜急行700华里，于1940年2月22日到达沁源县河西村、闫寨一带。在第一次整编中，秦文彩被分配到旅宣传队，从此成为一名革命军人。

入党！这事儿得保密……

抗日根据地是党领导军民夺取抗战胜利的战略基地。秦文彩参军入伍后，便跟随山西新军212旅驻扎在太岳根据地。经过近两年的历练，指导员马维周、排长闫宏义早就注意到了秦文彩这名有勇有谋的年轻人，决定发展他入党。

“他们轮流跟我谈过很多次话，后来我慢慢知道他们是要启发我的觉悟，就讲中国共产党是为人民的，是为中国解放的，是为老百姓、为穷人翻身不要过苦日子的。”秦文彩说。

当时，革命队伍中人员复杂，为了保护党员，党组织的各项活动都是在秘密状态下进行的。1941年12月6日，是秦文彩终生难忘的日子，这一天，党组织正式秘密批准他为预备党员，预备期满后便转为正式党员。

革命炮火的洗礼，进一步磨砺了秦文彩作为共产党员的革命意志，让他很快成长为一名优秀的中国共产党党员。

老百姓是水，我们是鱼

1940年，抗日战争进入最艰难的时刻，敌人频繁扫荡，太岳根据地的生活条件也日益艰苦，山西新军212旅饱受饥寒、伤病困扰，部队严重减员。秦文彩也接连得了伤寒和疥疮两场大病，“我很幸运的，是老百姓拿药救了我。伤寒病退了烧以后又长疥疮，老乡给我一盆火烧着，第二天结就好了。”

伤病痊愈后的秦文彩进入敌后武装工作队，在敌占区侦察敌情，并与人民群众保持密切联系。当时，太岳革命根据地是晋冀鲁豫边区的重要组成部分，为了阻断根据地物资供应，日军在塔儿山上修建了炮楼。依靠百姓的团结支持，敌后武工队打开了这条重要的塔儿山小道，把食盐、粮食和药品不断从敌占区运送到根据地。

部队的团结友爱和老百姓对革命队伍的拥护，让秦文彩亲身体会到党和人民骨肉相连、鱼水情深，越发坚定了他的初心：党是全心全意为人民服务的，只有共产党才能救中国。

打仗，靠武力也靠脑力

抗日战争全面爆发后，山西成为八路军总部和三大主力师的所在地，是中国共产党反击侵略者的前沿阵地。

为了更加深入开展敌后武装工作，秦文彩自学了日语，审查日军战俘。在一次审查中，他发现日军开始强征大学生入伍，便及时向上汇报日本存在兵源紧缺的情况，为最后的决战增添了信心和底气。

“主要的中心意思是日本缺兵源了，让大学生当兵。上面就知道日本兵源紧缺，最后决战就没有问题了。”秦文彩说。

1940年，阎锡山开始同日军代表接触，从联共抗日转为联日反共。山西新军既要抗击侵华日军，又要与阎顽部队作斗争。在一次下乡行动中，老乡通知秦文彩：村子里有几十个阎顽军正在院子里吃饭。面对这样人数更多、武器更精良的敌人，年轻的秦文彩手心里不禁捏了把汗。他急中生智，与老乡商定作战计划。

“老乡就喊话，你们缴枪吧，被八路军包围了，我们两个人的枪在门上晃了晃。所以他们乖乖把30多条枪放下，我们把枪给缴了，拿马车拉回部队，受到团里面嘉令通奖。”秦文彩说，“所以战士打仗确实要有勇有谋，不光是凭勇气，还要有智谋才行。”

冒着敌人的炮火，前进！

1945年8月10日，朱德总司令发动反攻命令；8月15日，日本天皇宣布无条件投降，抗日战争胜利结束。抗日战争刚刚胜利，阎锡山向晋东南根据地长治地区发动进攻。1945年9月24日，秦文彩所在的54团在黄家铺与阎顽军遭遇，激烈的黄家铺阻击战随之打响。

“我和副连长带着连队的人冲，手榴弹像下雨一样，把我的眼睛炸坏了，副连长也负伤了。”秦文彩回忆道。

在第二梯队猛烈狙击下，敌人终于被压制。黄家铺阻击战共毙伤敌800余人，俘虏1835人，缴获武器1000余件，创造了54团团史上史无前例的辉煌战果。

革命战争中，秦文彩先后担任连队文书上士、武工队副分队长、团政治处敌工干事、连队指导员、支部书记，后又任政治处保卫干事、特派员、保卫股长、师政治部保卫科长兼军法副处长，被评为团级模范工作者，并荣立二等功。

三过家门不入，忠孝难两全

离家参军后，秦文彩跟随部队在山西地区游击战斗，曾三次路过家门。尽管挂念家中母亲，但因为战争形势仍很严峻，秦文彩便没有与家里人联系。没想到第三次路过时，一个乡亲认出了身着军装的秦文彩，便赶忙联系了他的家人。

得知这一消息，秦文彩的母亲当即赶了5里路，才在墙根下找到正在随部队休整的秦文彩。这是8年来母子两人在路边匆匆的一面，也是8年来的第一次见面。

秦文彩相信，暂时的分离，是为了长久的团聚。

“后来搞石油了，我把她接到玉门住了一段时间，之后又要到四川搞石油会战，我说你回去吧，我要到四川去了，她就回去了。”秦文彩说，“朱德说了一句话，参加革命就很难照顾到家，那是革命需要，你没有办法。我觉得忠孝不能两全，你为国家尽忠就不可能尽孝。”

自古忠孝难两全。无数像秦文彩一样的中国共产党人，一生为党和国家的事业奋斗奉献，对母亲、对家人他们常感歉疚，但对祖国母亲他们问心无愧。

从解放军到石油工程第一师

1949年，中华人民共和国成立了。党中央根据形势发展的需要，提出将工作重心转移到经济建设上来，石油成为共和国急需的“血液”。

1952年8月1日，中央军委主席毛泽东发出关于成立“中国人民解放军石油工程第一师”的改编命令，第19军57师集体转业。这一支原本要走上抗美援朝战场的部队，踏上了另一个没有硝烟却同样艰辛的战场。

秦文彩回忆:“当时我们没有接触过工业，都不识字。做工业不识字怎么行?所以当时展开学文化运动，所有的战士全部学文化，还把营以上干部组织起来先到玉门参观。大家得到一个看法，就是石油是非常重要的，国家确实需要油。”

自14岁入伍，已从军13年的秦文彩由一名军人变成石油人。他与8000名将士转为中国唯一的一支石油师，踏上了为共和国寻找“血脉”的道路，为发展石油工业奋战。

“处长学生”

新中国成立初期，全国仅有陕北延长、甘肃玉门两个油矿，年产原油仅9万吨。1953年3月，秦文彩接受组织安排，奔赴玉门油田，担任酒泉钻探局副局长。从摸枪杆到握钻杆，秦文彩相信，只要肯学，就没有学不会的。

秦文彩回忆道：“有井里发生事故，大家说要‘捞鱼’。我就奇怪，这么一个小井怎么有鱼呢？实际上这是石油的术语，落到井里叫‘落鱼’，当时很多是不懂的。”

“三人行必有我师”，28岁的秦文彩广泛拜师学艺，在他的“老师”中，既有石油工程师，也有外国专家，还有普通的钻井工人。在他的带动下，石油师人与老师傅开展“师徒结对子”活动，现场举办学习班。

“每天白天工作，晚上要去夜校上课。我开会开得晚了，到食堂拿了一个凉馒头就上课去了。从这以后，别人就说我按时上课很守规矩，是‘处长学生’。”秦文彩说。

掌握了钻井技术的石油师官兵，充实到了玉门油矿各个重要的岗位上，在所有钻井队的队长中，石油师人占到75%以上，技术工人中石油师人占78%，90%以上的石油师人已经成为技术骨干。

“钻井专家”

作为我国当时最大的油田，玉门油田1952年产油仅有14万吨，占全国原油产量的98%。那时，钻井一般都沿用新中国成立前的“轻压、慢钻、小排量”的方法。秦文彩多方咨询专家建议，开始在油田推广“高压、快转、大排量”的“快速钻井”技术，大大提高了钻井技术和速度。

秦文彩回忆：“一天打了一百米，在全国都轰动了。后来我说争取一个月打一千米，这样‘日上百月上千’，在那个时候就产生了。”

秦文彩充分展示出一个专家型管理者的才能，他深入钻井一线，组织指挥并创造了很多石油钻井界的纪录，还撰写了多篇石油钻井管理的文章，总结出了一套“钻井流水作业法”。1955年夏，流水作业的钻井方法引起了上级领导的重视。

“习仲勋、陈云把我叫去西安作汇报，汇报以后就受表扬了，说这很好，应该在全国推广。后来我在大庆、辽河、胜利管打井管采油，所以这样的话，别人就说我是‘钻井专家’。”秦文彩说。

“灭火专家”

1970年1月，周总理应阿尔巴尼亚部长会议主席谢胡的请求，指示石油部派专家协助抢救天然气井喷着火事故，秦文彩受命带队前往阿尔巴尼亚。

秦文彩回忆：“三米高的这么一个坑，都喷成了漏斗，再加上亚得里亚海又是雨季，天天下雨，井上的淤泥有这么厚，上面着着火，都看不清这个井口是圆的还是扁的。”

经过现场反复勘察研究，中国专家们提出以大型封隔器橡胶筒作为“瓶塞”的抢险方案，奋战70天，顺利制服井喷。回国后，秦文彩带领的专家组受到了国务院、外交部的通报表扬。

“表扬了以后，把我留在了北京。在等待分配的时候，辽河有一个井又喷了，现场方圆十公里不准老百姓点火。我说你们怕什么，如果没有风，油直接就落地了，隔离一平方公里就够了。然后老百姓都高兴了，都可以‘解放’了。”秦文彩说。

经过一昼夜的奋战，秦文彩带领工人制服井喷，保护了人民的生命安全和油田的财产安全。因为在四川、辽河、渤海等抢险处理中的出色指挥，秦文彩又被大家称为“灭火专家”。

放眼世界，打开国门

20世纪50年代末，以莺歌海油气苗调查为起点，我国开始了向海洋石油进军的步伐。由于海洋环境特殊，海上石油勘探开发远非照搬陆地模式就能成功，必须探索出一条适合海洋石油发展的新路。

“1978年1月，我们就出发到美国去，访问了十几个城市，特别是重要的石油城市，还有重要的一些油田。我们当时已经有这么个印象：一个公司要在海上搞石油，花钱太多，风险太大，需要合作。”秦文彩说。

这是一次世界瞩目的中国走向改革开放的破冰之旅。同时也是全面接受新思想、新观念、新技术的学习之旅。1978年3月26日，在听取了考察团的汇报后，中央政治局当即作出重大决策：在不损害国家主权与民族利益的前提下，积极探索出一条与国外合作勘探开发海上石油的路子来。

一个关系到中国海洋石油工业前途命运的决策——对外开放，就这样出台了，犹如强劲的春风，将沉闷而寂静的中国海吹拂得生机勃勃。

中国海洋石油总公司成立

对外开放，对于长期闭关自守形成的传统观念，无疑是一个巨大的冲击。站在改革开放第一线，秦文彩面临着巨大的争论和压力，“有的人就公开讲，秦文彩你屁股坐在洋人怀抱里去了。”

以秦文彩为代表的先行者们得到了来自党中央的大力支持。1982年1月30日，国务院正式颁布《中华人民共和国对外合作开采海洋石油资源条例》，奠定了海洋石油对外开放合作的法律基石。1982年2月8日，经国务院正式批准，中国海洋石油总公司应运而生，秦文彩被任命为第一任总经理。1982年2月16日，秦文彩签发了中国海洋石油第一份招标通知书，开启对外合作的第一轮国际招标。世界最著名的跨国石油公司纷纷云集中国海域，自此，我国海上油气开发领域进入了大发展大繁荣的对外合作时代。

对外合作只是手段，振兴中国海洋石油工业才是目的。秦文彩肯定了合作、自营“两条腿走路”的发展方针，在对外开放合作的同时，开始了生机勃勃的自营勘探开发实践。截至1986年年底，中国海油共获得31个油气发现，专业技术服务队伍的能力大幅提升，为中国海洋石油走向国际化打下了坚实的基础。

（王梦月）

踢馆选手强势逆袭，4万观众云助威

“没有共产党就没有新中国……”2021年6月15日上午，在全场嘹亮的歌声中，中国海油党史学习教育知识竞赛决赛鸣锣开赛（图6-5）。

赛前，候场选手们摩拳擦掌，跃跃欲试，有人捧着厚厚的题册，做着最后的准备；台下观众手持加油牌，准备为支持的选手加油打气；线上，2万多人

图6-5　中国海油举办党史学习教育知识竞赛

在“未蓝”直播平台的直播间里，刷出满屏的弹幕，在全国各地为选手们“云助威”。比赛过程中，线上观战人数一度接近4万人。

在热烈的掌声中，从初赛、复赛一路过关斩将的8强选手昂首阔步走上讲台，站定在人字排开的8个答题台和计分器前，现场气氛紧张、热烈。

问答环节正式开始。选手们你追我赶，比分胶着，第一环节结束后，来自中海油服的刘美华以220分暂居首位。在第二环节快问快答中，选手们要在100秒内听题回答，来自有限天津的朱学柱反应迅速，对答如流，答对了14题，为全场之最，从末位上升为第4名。刘美华在这一轮依旧表现不俗，答对12题，总分保持领先。

就在这时，踢馆选手上场了。两位踢馆选手分别来自研究总院和中海实业，他们代表的参赛队伍在复赛中位列第9位和第10位，因此获得了一次挑战8强队伍的机会。按照规则，踢馆选手在“快问快答”环节若答对的题目数量超过场上选手的第四名（含并列）则踢馆成功，否则踢馆失败。如果踢馆成功，其余选手按照总排名进行末位淘汰，踢馆选手可直接继承被淘汰选手的竞赛台和既有分数。

来自研究总院的踢馆选手段玉超首先上场，她身材娇小，气势却不弱，只见她语声坚定，连答14题，全部正确，追平之前的本轮最高得分，引来全场的阵阵惊叹和掌声，排名第9位的参赛队和另一位踢馆选手则遗憾离场。

接下来的抢答环节中，因为增加了“答错扣分”规则，场上形势变得颇具戏剧性。前两轮中保持领先的刘美华在这一轮中大意失荆州，答错两题，无缘四强。踢馆选手段玉超在前几轮抢答环节中一直没有出手，就在大家以为“踢馆女杰”的英姿飒爽不过是昙花一现时，她仅凭主持人给出的第一个条件“1916年毕业于多伦多大学”就果断按下抢答器，回答出正确答案“白求恩”，得到了关键的20分，晋级四强。

最后的风险题环节，其他队伍均为两人参赛，段玉超作为踢馆选手独自出战，却直落两题，一举夺魁。整场比赛中，段玉超在参与的所有环节未有一题失分，一路稳扎稳打，实现逆袭。

比赛中，其他选手也都展示出了自己的风采，现场观众对参赛选手的知识面之广、反应之迅速、对党史之熟稔深感钦佩，纷纷表示要向选手们学习，在更加深入地学习党史知识的过程中，继承和发扬革命先辈的优秀品质，听党话、跟党走、守初心、担使命，为保障国家能源安全贡献力量。

（秦怡然）

追寻“铁人”足迹

从萨尔图机场到大庆油田铁人学院，沿途可见大小不一的磕头机，三步一岗五步一哨，像是在“点头”致意，欢迎八方来客。望着眼前宽阔的马路和齐整的高楼，脑海里想的是：老一辈石油人曾经在这片荒漠的土地上，住着干打垒的房子打赢了石油会战，将我国“贫油的帽子甩到太平洋里去了”。

2021年4月20日，中国海油党组直管干部首期石油精神培训班在铁人学院开班。

1977年，也是4月20日，全国工业学大庆会议在大庆油田开幕，大庆会战经验自此推向全国。

时空变换，精神永恒。从我国石油工业的脊梁回望初心，汲取力量，踏上中国海油高质量发展的新征途，海油人更加坚定，奋勇前行。

“下了火车，王进喜一不问吃、二不问住，先问钻机到了没有、井位在哪里、这里的钻井纪录是多少，恨不得一拳头砸出一口油井来……”在“石油魂”宣讲团娓娓道来的讲述中，“铁人”的形象生动地呈现在学员面前。

“宁肯少活20年，拼命也要拿下大油田！”王进喜用实际行动践行了铮铮誓言，走过了47年不平凡的人生。在铁人王进喜纪念馆里，学员们在一根拐杖前驻足许久。那是当年王进喜右腿受伤时用过的拐杖。1960年4月29日，1205钻井队在往第二口井搬家时，王进喜被滚落的钻杆砸伤。忍着剧痛，他带伤参加了随后举行的石油会战誓师大会，并坚持工作。正是在这种情况下，井喷发生了。他不顾腿伤，扔掉拐杖，带头跳进泥浆池，用身体搅拌泥浆，大家合力制服了井喷。那奋力一跳成为石油工业史上永恒的瞬间（图6-6）。

图6-6　中国海油党组直管干部参观铁人王进喜纪念馆

参观至此，学员们感慨良多。学员米立军说：“‘有条件要上，没有条件创造条件也要上’体现了干事创业的激情和主人翁责任感，激励我们在面对困难时要主动作为，敢闯敢拼敢亮剑。”学员陈海说：“20多年后再次来到大庆，对大庆精神、铁人精神有了更深的感悟，体会到新时代海油精神就是大庆精神的传承和发扬。”

在纪念馆的墙壁上展出的两页笔记十分引人注目，这是王进喜在石油会战中所记录的工作日常。大庆会战以“两论”起家，参加会战后，识字不多的王进喜以“识字搬山”的劲头刻苦学习文化知识。“我学会一个字，就像搬掉一座山，我要翻山越岭去见毛主席。”王进喜的这句话令学员马文玫印象深刻，“大庆油田的建设与发展是党建引领生产经营的生动案例，石油会战中大家在篝火旁学‘两论’，用理论武装头脑，统一思想。如今我们也要突出理论学习，加强政治引领，把党的建设落实到每一项工作中。”

中四采油队是“三老四严”作风的发源地，采油队的展馆中收藏着一个变了形的刮蜡片，它背后的故事源自大庆三矿四队的一个事故。

1962年的一天，新来的徒工小孙清完蜡没有注意检查刮蜡片是否起到井口就关了清蜡闸门，把刚换了几天的刮蜡片给挤扁了，事后还想让材料员帮忙隐瞒。队长辛玉和认为小孙缺乏一个石油工人的老实态度，严肃地批评了他。为了教育全队职工，队党支部召开了事故分析现场会，并开展了“当老实人，办老实事，说老实话，严格要求，严明纪律”的活动。之后，石油工业部将他们的工作经验概括为“三老四严”的革命作风，即对待革命要当老实人、办老实事、说老实话，干工作要有严格的要求、严密的组织、严肃的态度、严明的纪律。

由一个小小刮蜡片引申形成的“三老四严”作风令很多学员感触颇深，他们表示，虽然现在有很多技术手段可以帮助我们消除一些差错和隐患，但我们仍然要坚持严细的工作作风，这既是对企业负责，也是对自己负责。

“‘宁要一个过得硬，不要九十九个过得去’，要实现高质量发展，就要秉承‘干工作经得起子孙万代的检查’的精神。”学员陶维祥说。

在星火一次变电所，一组造型别致的塑像引发了大家浓厚的兴趣。这四座塑像，分别体现了变电所的塞尺精神、风扇作风、线圈原则和电容品格，激励着变电所职工传承、弘扬大庆油田“三老四严”“四个一样”的优良传统，认真践行岗位责任制，也使“星火精神”在油田基层呈现“燎原”之势。

在采收率研究室展馆，学员们了解了大庆油田采油技术的发展历程。正是在“超越权威、超越前人、超越自我”的“三超”精神激励下，大庆油田涌现出了以王德民、王启民、张景存等为代表的一代又一代勇于攻关的“三超”创业者，推动我国采油技术不断发展。参观过程中，部分学员就采油技术等问题与研究室钻采技术专家展开了深入交流。参观后，学员纷纷表示，“三超”精神在新时期丰富了大庆精神、铁人精神新的内涵，使大庆油田不断焕发新的生机。站在“十四五”开局的新起点，海油人同样需要发扬“三超”精神，坚持创新发展，攻克更多难关，超越更高目标。

伟大的事业需要伟大的精神。学员们表示，此次“寻根”，洗礼了精神，汲取了动力，未来定将所学所悟转化为奋发有为的实际行动，凝聚奋进的力量，书写海油新篇章，以优异成绩迎接建党100周年。

（刘瑶　黄威）

“80后”院士的生动一课

“中华民族传统文化中的民生大事——柴米油盐酱醋茶，‘柴’就是能源，排在第一位。”2021年12月17日，中国海油举办深入学习贯彻十九届六中全会精神专题讲座，内容紧紧围绕“能源的饭碗必须端在自己手里”展开，82岁高龄的中国工程院院士曾恒一开篇点题（图6-7）。

图6-7　中国海油举办深入学习贯彻党的十九届六中全会精神专题讲座，中国工程院院士曾恒一授课

作为我国海洋石油工程学科学术带头人之一，曾恒一解读了经略海洋、发展海洋的方向和路径，以科学视野展望能源转型发展的新趋势、新蓝图，并结合党史知识及中国海油发展进程，回顾海油团队对党忠诚、苦干实干、奋斗创新的实践，为广大党员干部上了生动的一课。

“我在我国海洋石油领域工作已50年，加入中国共产党60年。”深耕海洋石油工程领域数十载，曾恒一收获无数，但他更时刻牢记自己是一名“老海油”“老党员”的初心使命。

抻开来看，曾恒一的职业生涯，无不体现出海油人端好能源饭碗、矢志能源报国的壮志。

“渤海油田早期开发缺钻井装备。1974年，石油部决定建造10艘自升式钻井船。”曾恒一回忆称。

一穷二白的时代，科研环境和技术基础落后，秉持着老一辈海油人的担当精神，35岁的曾恒一毅然牵头组建团队，扛起我国首次自行设计自升式钻井船的重任，尽显“我为祖国献石油”的责任感。

回顾人生历程，曾恒一以“一个团队”“细节决定成败”两个理念和“理想、勤奋、机遇”这影响人生轨迹的3个参数，生动形象地通过一次次实践经历和科研探索，讲述海油人劈波斩浪的奋斗故事。

“团队是多学科多专业技术人员融合的载体，我们称项目是人才成长的摇篮，而团队是项目成功的基础。”“海上重大事故是在忽略细节中造成，人才的好素质是在注意细节中成长。”曾恒一掷地有声。

曾恒一认为，建设海洋强国、加快深海油气资源勘探开发，责无旁贷。多年间，他主持设计、建造了我国第一代海洋石油钻探船和FPSO，主持了“海洋石油981”的前期研究与概念设计，并积极推进海洋石油深水发展战略，组建了海洋石油深水工程重点实验室，为深水油气田开发、初步形成1500米水深工程技术能力发挥了重要作用。

从“海洋石油981”半潜式钻井平台的设计与规范细节，到“深海一号”超深水大气田投产的里程碑意义，再到我国首个海上智能油田项目“秦皇岛32-6”全面建成使用的智能化发展，虽已届耄耋之年，谈及海洋石油事业，这位皓首长者，依然目光灼灼。

退休以来，曾恒一一直致力于开发海洋资源和保障国家能源安全的国之大计，致力于推动全国人民形成关系海洋、认识海洋的良好氛围，生动诠释了何谓

“碧海丹心、能源报国”。

“我国能源低碳化转型期的战略思路‘清洁化用煤、天然气主导、安全利用核电、可再生能源+智能电网’。深水与极地是保证能源的饭碗必须端在自己手里的重要领域，建议加快组建‘深水与极地海洋工程技术中心’。”曾恒一以“国士”的高远格局，给出了“双碳”目标下能源发展建议。

课程接近尾声，曾恒一不忘为“后浪”加油打气：“中国海油是我国海上油气增储上产的主力军，希望你们敢挑重任，端好国家能源这个饭碗，为建设中国特色的海洋强国贡献智慧与力量。”

“曾院士给我们介绍了‘双碳’目标下，国家未来能源发展战略的方向，还讲到了我们海上装备未来的发展方向。我们要加强这方面的研究和思考，一方面紧跟国家的大方向，一方面保持我们的战略定力，以油气增储上产为立身之本、以科技创新为动力之源、以能源低碳转型为发展目标。”中国海油宣传工作部部长、新闻发言人刘俊山表示。

（曲艺　梁冰洁）

第3节

办实事解难题，惠民生聚民心

利民之事，丝发必兴；学史力行，实干为民。党史学习教育开展以来，中国海油以习近平新时代中国特色社会主义思想为指导，认真贯彻落实中央部署要求，把学习党史同总结经验、观照现实、推动工作结合起来，深入了解群众需求，集中解决突出问题，坚持守初心、担使命，在持续推动解决群众身边急难愁盼问题上下功夫；坚持敢担当、勇作为，在着力破解“硬骨头”问题上下功夫；坚持强组织、重合力，在推动实践活动出成果见实效上下功夫。围绕贯彻落实新发展理念、巩固拓展脱贫攻坚成果同乡村振兴有效衔接、服务保障国计民生需求办实事的同时，中国海油突出关心关爱基层一线员工、海上员工、海外员工、困难员工、青年及新员工等重点群体，在全系统重点办好加强海上平台网络建设、提高海贴标准、建立对海外员工及其家属的关心关爱机制、大力推进南油产业新城统筹更新改造项目、关心员工住房条件改善、加强单身员工住房保障、加强技能队伍建设、提升员工医疗保障水平、强化员工心理健康服务、加强对军转干部的关怀等10件民生实事，广大干部员工的获得感、幸福感、安全感不断增强，“我为群众办实事”实践活动取得了重要成果。

信号，满格！

最近，绥中36-1油田CEPO平台上添了件稀罕事儿：一向沉默寡言的操作工陆文龙这两天吃啥啥美味，干啥啥带劲儿，逢人见面便是笑靥如花。

细细盘问才知道，原来是平台上覆盖的4G信号，平添了陆文龙心中的蜜意。

2021年，中国海油提出要在全系统重点办好10件民生实事，并将其作为一项重要政治任务，强调把惠民利民政策办好、办实、办到员工群众的心坎上。作为这10项“我为群众办实事”清单中的第一条，加强海上平台网络建设工程现已全面完成。

以往，海上平台通信主要依赖卫星通信，一分钟电话需要支付一美元。出海前，平台员工们都会做好充足的思想准备：过上28天“与世隔绝”的日子。原因很简单，一旦去到海上平台，手机里永远残存着若即若离的微弱信号。按陆文龙的话来说，这叫“能接到电话是缘分，看不到信息是本分”。

“这一现象倒也不难解释，”中国海油集团公司科技信息部副总经理陈溯分析说，“卫星通信利用人造地球卫星作为中继站来转发无线电波，从而实现两个或多个地球站之间的通信需求。一颗卫星从研制到发射再到运行维护费用极其高昂，但一颗卫星的通信能力仅相当于一个4G手机通信基站的通信能力。多数平台上的网络带宽仅有几兆，还要优先满足海上平台的生产需求，留给平台员工学习、生活用的带宽寥寥无几。”

信息沟通不便早已成为平台员工们头痛但不得不接受的事实。但凡谁有个特殊情况，也只能无奈地抓耳挠腮、捶胸顿足，拿着手机到处碰碰运气捕捉信号。

“再过不到10天，家里就要添新丁，怀有身孕的妻子一个人在家，我的心真是天天悬着！”上一个海班，只要下班时间一到，陆文龙便“操持”着火箭般的速度冲回生活楼，加入搜索手机信号的大军中。

这一幕，是中国海油上百个平台上的寻常一幕。

海上平台网络建设进程缓、通信信号差，智能油田建设难以提速，员工的幸福指数也难以提升。这个难题中国海油党组看在眼里，也记在心上。

2019年8月，中国海油集团公司科技信息部在公司党组的指导下主动作为，推动海上通信优化提升，在渤海和南海海域开展海陆干线带宽提速、KA卫星接入、平台组网优化、员工上网覆盖、新技术研究应用等项目实施工作，以提升中国海油海上通信保障能力。

分析难题、剖析思路、找准靶点，中国海油集团公司科技信息部精准分析不同海域内平台通信建设的特点、难点和重点，逐个攻破技术难题，搭建出一条条便捷、高效的通信高速路。

而今，多措并举、效果初现，海上平台通信带宽和通信稳定性均有了大幅提升，海上油田数字化、智能化转型进程大大加快，北斗海上应急搜救系统试点、5G专网建设及应用试点等新技术应用探索也取得了阶段性成果。

渤海海域辽东作业区现已完成15个中心平台网络改造，实现海陆干线带宽3倍提速，平台带宽从原来的5~10兆提升至30兆；南海西部完成了20个平台和9条钻井平台网络改造及互联网覆盖，实现海陆干线带宽3.5倍提速，带宽从443兆提升至1.6G，互联网出口总带宽达960兆；南海东部完成20个平台网络改造及互联网覆盖，带宽从72兆提升至172兆，实现海陆干线带宽2.5倍提速。此外，通过在海上平台安装385台接收终端和343台显示终端，通过多媒体发布系统及终端设备部署，实现全海域海上设施和陆地终端全覆盖。

在大海中央品尝“精神食粮”，这既是落实中国海油党组领导提出的“视频宣传要到海上”指示精神的重要举措，同时还延伸了中国海油集团公司党建宣传的阵地。

战功赫赫，胜利的果实也在绥中36-1油田CEPO平台上传递。2021年6月10日晚上，绥中36-1油田CEPO平台4G信号“全线开通”，工作带宽也有大幅提升（图6-8）。陆文龙激动地在楼道里欢呼：“4G来啦！4G来啦！信号满格！”当视频通话里出现爱人的笑脸时，陆文龙那颗悬着的心终于落

图6-8　绥中36-1油田海上平台员工与家人视频通话

了地："有了满格的4G信号，我们再也不用与世隔绝了，这件民生好事真是办到了咱心坎儿上！"

为员工解决通信需求，是加强海上平台网络建设成绩单上的"冰山一角"。

"海上平台网络建设到位，还将带来一种生产模式的转变。带宽得到保证后，我们只要在各种海上生产设备中加上传感器，就像赋予了它们生命，可以随时随地把控相关信息，这也将大大推动智能油田的建设速度。"陈溯说道。

按原定计划，中国海油集团公司科技信息部还将在渤海依托其现有的岸电项目，将光电复合缆铺设到位；此外，他们还将对新建的一条条信息高速路进行集中管理，保障相关制度体系建设完备。

海上平台网络建设走实走心，为群众办实事才能出新出彩，这项关乎中国海油一线员工的民生工程，今日信号满格！

（王晓蕾　张轲　贾骏　高叶宁）

幸福的距离

从西藏昌都到浙江宁波，距离有多远？次云桑姆好像从来没有考虑过这个问题。

桑姆只知道，每到夏日来临时，家乡辽阔的牧场上会开遍象征美好与幸福的格桑花；寒冬腊月，阿妈煮上一锅咸甜可口、香气四溢的酥油茶，那便是她对幸福的全部理解。

在中国海油入职培训的二十多天里，那些绽放在宁波街头的，她叫不上名字的小花，以及队伍里来自四面八方，操着各地方言的小伙伴们，打开了她新世界的大门。

"今天，有图可发！"桑姆精心挑选了六张培训时的照片发在朋友圈。照片里，她和队伍里的小伙伴们笑靥如花。

2021年4月，在拉萨举办的中国海油西藏毕业生专场招聘会上，桑姆与中国海油结缘。现在，她已经成为大榭石化的一名新员工了。

根据党史学习教育的要求，今年中国海油开展了"我为群众办实事"实践活动，明确了十大民生工程，持续加大社会招聘工作力度正是其中一项重要内容。

为此，中国海油党组根据党中央、国务院关于稳就业、保民生工作决策部署，积极践行央企社会责任，扎实做好稳就业工作，努力服务经济社会发展稳定大局。

增加招聘数量、优化招聘结构、拓展招聘渠道，为了做好就业这项大民生，中国海油人力资源部整合出指引今年招聘工作的风向标。

“我们积极落实中国海油干部人才队伍建设‘3+1’工程，遵循‘科学合理、精干高效’的用人政策，围绕主业发展、重点工作和关键岗位的急需情况，合理增加招聘数量，保证岗位稳定。”中国海油人力资源部工作人员告诉记者，2021年，中国海油通过实施就业优先战略和更加积极的就业政策，招聘数量较2020年增长了10%。

拓展基层岗位，增强科研力量，中国海油人力资源部积极优化招聘结构。

到基层、学基层、为基层。2021年，中国海油人力资源部大幅增加基层岗位招聘工作力度，进一步优化招聘标准，加强宣传力度，增强基层一线岗位吸引力。同时，严格规定毕业生招聘应向主业倾斜、向一线倾斜，2021年新就职的员工必须深入一线墩苗壮骨，增加基层历练。

中国海油人力资源部还按照中国海油“1534”总体发展思路和干部人才队伍建设“3+1”工程要求，研究制定高层次人才引进工作方案，明晰引才需求，启动“蓝海计划”，吸收一批海外优秀毕业生投身海洋石油事业。

通过教育部留学服务机构、驻外使馆、各海外高校中方学者联合会等渠道，与美国常青藤大学联盟、英国G5高校联盟开展研学合作，目前，共收到海外人才简历逾千份，签约31人。

在总结上年度招聘工作的经验基础上，中国海油人力资源部优化校园招聘组织工作，集中开展中国海油统一校园宣讲，进一步加强校企联系，提升校园招聘品牌影响力、提升毕业生招聘质量。

2021年，中国海油在中国石油大学（北京）等十二所重点石油石化类院校，成功举办了20余场校企座谈会和校园招聘宣讲会；根据招聘工作进展和毕业生求职情况，分别于2020年11月和2021年4月集中组织中国海油校园招聘统一考试，吸引4万余名应届生参加。

2021年4月，中国海油人力资源部深入领会习近平总书记关于“要促进各民族像石榴籽一样紧紧拥抱在一起”的要求，积极开展“就业援藏”，在拉萨组织中国海油西藏毕业生专场招聘会，提供55个内地专项岗位，为促进中华民族大团结贡献力量。作为首家进藏组织专场招聘会的中央企业，中国海油受到了国务院国资委、西藏自治区政府的高度评价。

引得进，还要留得住、用得好。2021年，中国海油人力资源部贯彻落实中国海油《优秀年轻干部队伍建设工程实施方案》，实施“选苗育苗”计划，为青年员工提供系统的职业生涯发展解决方案，为新员工铸造全过程、全方位、可持续的发展平台，明确员工职业发展渠道；同时，改革新员工薪酬体系，调整薪资结构和薪资标准，为单身员工提供公寓，增强新员工生活条件保障。

“从西藏昌都到浙江宁波，到底有多远？”在刚刚挂断的视频电话里，面对阿妈投来的疑问，兴高采烈的桑姆回答说，她无暇考虑这个问题，现在的她正在宁波与幸福零距离接触：“我憧憬在这里的工作和生活，相信我能很快适应这里的环境，不久之后也一定会在岗位上找到自己合适的位置。总之，我会好好加油的！”

（王晓蕾　卢丽莎　严沛雄）

上海户口，办下来了！

“太好了，这下我们家糖豆儿终于可以顺利进入幼儿园了。”2021年5月20日，海油发展工程技术上海分公司测试工程师姜玉峰看到孩子入园的线上审核通过后，马上给人事主管李启翠打电话报喜，“多亏了咱们的‘员工落户咨询台’，户口办下来时正好赶上孩子入园。”他的心情如同两个月前看到上海市落户公示名单一样激动。

图6-9　海油发展工程技术上海分公司党委积极践行“我为群众办实事”，帮助员工成功落户

党史学习教育开展以来，海油发展工程技术上海分公司党委积极践行“我为群众办实事”，“员工落户咨询台”就是其中的品牌项目之一。作为项目负责人的李启翠倍感自豪，项目运行以来，已成功为9名员工办理落户（图6-9），目前有1人正在市级审核阶段，6人正在筹备落户材料，即将开始办理，另有20余人存在潜在落户需求。

在海油发展工程技术上海分公司，面临结婚、生子、子女教育的“沪漂”青年超六成，落“沪”成为这些员工迫在眉睫的问题，能否落户逐渐成为影响组织效率和员工稳定的重要因素。

上海设有“人才引进”“居住证转户口”等8种落户渠道，每种渠道对申请人条件要求不同，且落户政策时有更新。海油发展工程技术上海分公司党委精准把握员工需求、对症下药，破解“落户难”问题，“员工落户咨询台”应运而生。

为把“员工落户咨询台”项目运行好，李启翠每周都会登录上海市人力资源保障局网站掌握最新政策。为提升工作效率，她年初就找出本年度符合落户条件的员工，建立工作群，实时在线为员工落户提供政策解读等支持服务。

与此同时，她还针对不同员工不同条件，协助员工选择最优落户途径。李启翠介绍：“上海市落户政策很细，同一政策下也有不同渠道。比如有两位员工都是通过‘居住证转户口’成功落户，但一人符合‘持居住证满7年转户口’政策，另外一人则因有高级工程师职称直接申报落户。”

正在办理落户手续的钻井监督张凯不禁感叹：“启翠一次次帮我审核、提交材料，我真的特别感动，‘员工落户咨询台’不仅解决员工的实际困难，也让我们感受到组织的温暖。”

2021年5月，李启翠汇编了《海油发展工程技术上海分公司“居转户”指南》，将申办条件、申报流程、操作指南等一一列明，易出错的关键环节做上标记，并附上正确填写示例，避免同事走弯路。

完井工程师唐鹏磊于2013年入职，是符合今年落户条件的员工之一，目前正在积极筹备落户材料。他说：“指南太到位了，跟着流程一项项过，节省了我们不少时间和精力，感觉落户也变得容易了。”

“有助于员工成长的，立即开展；能助力公司高质量发展的，马上实施；超出管理权限的，正确引导。努力提升员工幸福感、获得感，为公司高质量发展奠定坚实的人才基础。”海油发展工程技术上海分公司党委书记蒋慰兴说。

（王冰）

关注“心里”那些事儿

“大家情绪不好、压力很大的时候，都怎么发泄？”

“跑步。”“买东西。”“读书。”“吃东西。”“玩游戏。”

“大家提到的这些，都是很好的缓解压力的方式，但是有些方式也要注意适度，切忌沉迷……”

为深入开展“我为群众办实事”实践活动，2021年9月6日，中国海油举办首期心理健康大讲堂活动。活动由中国海油集团公司工会工作委员会、质量健康安全环保部联合主办，全系统员工踊跃参与。

北京师范大学教授郑日昌围绕“压力应对与情绪管理”进行授课，课上员工积极参与讨论，讲座气氛十分热烈。

“强化员工心理健康服务”是中国海油集团党组“我为群众办实事”实践活动的一项重要内容。海洋石油工业拥有工作地点特殊、工作环境艰苦等行业工作特点，员工容易出现一些心理健康问题。集团党组高度重视此项工作，指导督促尽快建立一套完整的员工心理健康咨询服务体系，心理健康大讲堂就是其中一项。

心理压力即精神压力，现代社会中每个人都有所体验。心理压力总的来说由变化快、竞争烈、选择多、欲望高等因素引起。压力过大、过多会损害身体健康。现代医学证明，心理压力会削弱人体免疫系统，因此，缓解压力变得越来越重要。

“上有老、下有小、工作也不少，工作和家庭的平衡很难保持，一旦有问题马上压力倍增。”“入职时间不长，很多事情都不清楚，在大城市打拼说实话有点迷茫，觉得压力还挺大。”谈起参加讲座的原因，参会员工纷纷说出了自己的压力源。

心理健康大讲堂首期主要内容是帮助员工了解常见压力及新冠疫情下的压力来源，掌握应对压力的方式；了解情绪与健康的关系，掌握自我调整情绪的技巧；提升员工心理素质，促进其更好地投入生活与工作中。“这次活动设置了27个线上分会场，方便更多一线员工参与。我们计划将心理健康大讲堂变成一项常态化工作，每季度举办一次。期望通过大讲堂活动的开展对员工身心健康有所帮助。”活动组织者介绍。

“压力分为‘暴风骤雨型’‘阴风连绵型’‘山雨欲来型’3种类型。面对压力，我们的应对方式包括通过行动来改变现状，通过调整心态来应对，当然也可以向家人、朋友、同事等寻求帮助。”关于应对压力的方式，授课老师提出了3个方案，这其中又包含了宣泄、转移、幽默、放松等12种心理调节方式。

与以往讲座不同，此次大讲堂抓住“压力”这个关键词，设计了很多情景式、互动式环节，“大家认为幽默应该是什么样的”“我们一起做10分钟冥想放松”“请大家跟着我体验一下呐喊宣泄”……通过真实案例分析、充分互动讨论、现场参与体会，参加大讲堂的员工对纾解压力有了更深的认识，掌握了一些适合自己的情绪管理方法。

“应对压力，是工作生活中一项非常重要的技能，但大家往往很容易忽视压力，忽视其带来的危害，我觉得这堂课有效解决了这个问题。”

“课程具有较高的理论指导性，让我对工作生活中出现的情绪问题不仅知其然，更知其所以然，对自己情绪的疏导也更加有的放矢。”

活动结束后，员工们收获满满，纷纷表示要把所学内容应用到工作生活中，传递给身边人，让大家摆脱压力，从更好的情绪管理中获得新动能。

中国海油集团党组高度重视员工心理健康，将心理健康工作纳入中国海油贯彻落实健康中国行动重大决策部署，尤其注重提升现场作业人员的心理健康管理工作。2021年以来，中国海油扎实推进“我为群众办实事”实践活动，从全面开展心理健康测评、扎实推动心理健康咨询、广泛开展心理健康促进与教育、全面推动重点人群心理健康服务和全面实施心理危机干预等5个方面对中国海油集团公司心理健康工作进行了全面部署，不断推进员工心理服务阵地建设，加强人文关怀和心理疏导，提升全员心理健康素质。

2021年9月1日，中国海油集团总部员工24小时心理健康咨询热线服务启动，通过电话和网络形式，聚焦解决员工情绪、工作压力、人际沟通、职业发展、工作与家庭平衡、婚恋情感、子女教育等方面的各种心理困扰。

同时，各所属单位也积极在原有心理健康服务体系基础上，统筹协调多方面的心理健康服务，努力为员工提供心理援助。全系统充分利用心理咨询和心理健康大讲堂，为员工提供心理干预和咨询平台。在各方共同努力下，全方位、立体化、全覆盖的心理干预和疏导机制正在形成。

员工是公司可持续发展的源动力，中国海油一直秉承“以人为本、关爱员工”的理念，未来将持续开展“我为群众办实事”实践活动，在全方位保障员工身心健康方面不断发力，切实提升员工获得感、幸福感、安全感。

（刘晶晶）

耐火路加油站指示牌立起来了

2021年1月13日，在天津市城区主干道的辅路两侧，新增了两块中国海油加油站的指示牌（图6-10）。

图6-10　耐火路上的中国海油加油站指示牌

按照指示牌的指引，排着队前往中国海油耐火路加油站的车辆可真不少！

“指示牌立起来之后，加油站的汽油日均销量从去年10月的18.8吨，增长到目前的27吨，高峰日能达到32.1吨。”说起变化，耐火路加油站经理王学松的脸上满是笑容。

这变化，从何而来？

那还得从2020年10月中国海油党组书记、董事长汪东进到耐火路加油站现场办公说起。

耐火路加油站作为中国海油在天津城区投入运营的第二座加油站，是中国海油和天津交通集团有限公司大力推动的一个合作项目，也是中海油销售天津有限公司（简称销售天津公司）租赁的一座中心城区站。

该站于2019年5月31日正式营业，面向周边约2000家住户，以网约车、出租车司机为主要客源。不过，由于该站背靠月牙河，周边被老旧小区环绕，门口仅有一条170多米的狭长小道通往外界，养在“深闺”，过路司机很难发现，限制了日均销量的稳步增长。

2020年10月13日，汪东进在耐火路加油站现场办公时，就加油站“酒香也怕巷子深”的问题，提出在站外城区主干道辅路上设立指示牌的引流方案。

别看只是小小的指示牌，需要协调各方，难度不小。

董事长亲自打前站，销售天津公司闻令而动，第一时间与天津市相关部门进行对接。多次沟通后，2020年12月，两块指示牌立在了城市主干道辅路两侧。它们犹如伸出“巷”外的揽客之手，招徕新客户无数，效果立竿见影。

自此以后，王学松几乎每天都忙得不亦乐乎：“最忙的一天，我在这条小道上连续四个半小时疏导进出车辆，加油工提加油枪的次数超过1200次，连一口水都顾不上喝。”

面对节节攀升的销量，过去每天一次的油品补充，已无法应对晚上下班后的客流高峰，这也成为发展的一个“短板”。加油站创新发展思路，通过办理危化品运输日间行车证，加大了全天的储卸油频次，进一步拓宽了销量的增长空间。

随着客流量的大幅增长，周边车辆加油需求也在不断变换“口味”。经与天津市相关部门近百次的沟通对接，耐火路加油站又迅速完成“柴改汽”审批，改变了单一的92号汽油销售品种，新增95号汽油并实现了日均销售增量近3吨。

积极通过“线下推广、线上推送”的方式，着力打造非油产品中的特色产品，实现客户引流和服务升级，也是董事长现场办公时提出的要求。王学松利用午饭时间走访周边店面，通过试吃、上门配送等方式，推广非油商品，成功打开销路，仅盘锦大米月均销售就超过200袋。

“过去这个大院有些冷清，如今由于我们加油站热度大涨，加油站对面之前搬走的一家本地公司，现在又搬了回来。”王学松笑道。

“3个月前，董事长对我们提出建成中国海油北方第一座万吨级纯汽油站的奋斗目标，从目前情况来看，我们已经有了非常大的信心。”销售天津公司党委书记、总经理徐慧民说，销售天津公司正加快加油站网络布局和建设，为消费者提供优质产品和优良服务，擦亮中国海油品牌，助力当地经济发展。

（张妍　郝艳军　冯哲　杜明育）

小小驿站，大大温暖

如果你曾在7月去过浙江宁波，那你一定忘不了那种闷热、暴晒的感觉。公路两旁连绵不绝的“绿山”中，嵌着星星点点的白色，那是浙江LNG接收站内一辆辆等待充装LNG的槽车。

7月，华东地区用气量攀升，槽车作为目前LNG液态外输的最优工具，已经逐渐进入最繁忙的时候，“哧哧”的刹车声不绝于耳……槽车司机的工作往往就是要在接收站和卸载点之间“两点一线”地循环，等待成为他们绕不过的“必选题”。

贺晓继是其中一名槽车司机，他的妻子陈亚文是押运员，像这样的“夫妻驾”是近几年最流行的槽车搭档模式。

浙江LNG槽车充装站副经理赵来看到安检站一排排等候充装的槽车，立刻吩咐增开充装橇位，加快进度。

贺晓继听见了赵来的话，便加快步伐向安检站大厅走去，他知道过不了多久，自己刚过安检的槽车就会被叫进站内充装。

充装环节大约需要1小时左右，以往这段时间押运员只能坐在休息室干等着。“记不得从什么时候开始，我倒希望能充得慢一点，现在每次来这儿都能办好多事呢。”今天陈亚文着急的原因是怕赶不上接收站为槽车司机免费提供的测血糖、血压活动（图6-11）。

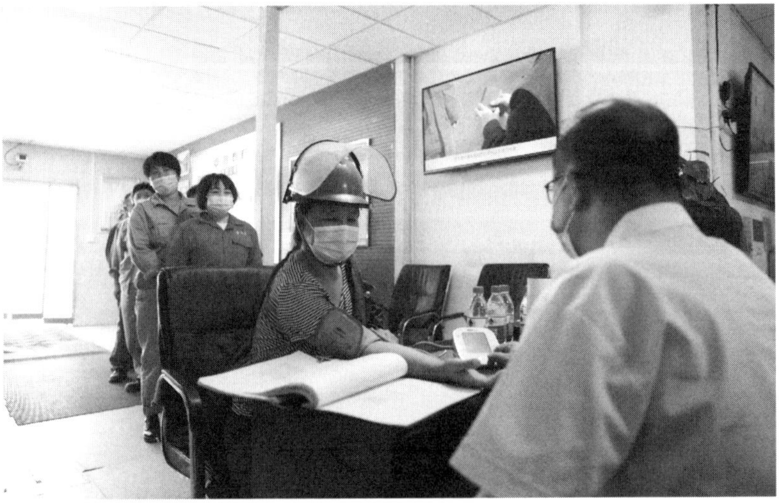

图6-11　浙江LNG接收站免费为槽车司机提供测血糖血压服务

一到休息室，好多等候充装的槽车司机已经在排队，陈亚文一看这情况，索性也不急了，出门左转先去隔壁的“驿站”把盼了好久的快递取走。

说起浙江LNG这个“暖心快递驿站”，不论是槽车司机还是海油员工，都会显得有些激动。

有别于其他家庭，网购、收快递这样寻常且便利的事对于“以车为家”的槽车司机来说，其实是件麻烦事。接收站作为他们常来常往且较为固定的收货地址，顺理成章地成为网购邮寄的首选。

浙江LNG接收站位置偏僻，超出快递配送范围很远。起初，接收站将快递点设置在市区的海油大厦，但槽车属于重型卡车，不允许进入市区，接收站就主动帮他们运送快递。

“那时候，综合管理部的员工们隔三岔五下了班帮着签收、整理快递，再一一搬运到50分钟车程外的接收站，但这样的方式不免会让快递变成‘慢递’，后来快递量巨增至每天上百件，我们也意识到做好事的心意虽然到了，但方式方法上确实还有待改进。”浙江LNG党务经理潘峰峰介绍道。

经过长达2个月与快递驿站、街道办事处及槽车管理部门的沟通与协商，之前“曲折”的快递路径变得“笔直”——自2020年6月起，菜鸟驿站为接收站的槽车快递开通了“绿色通道”，几乎做到了每日一送。

“碰上双十一、618这样的快递爆仓期，押运员们还会在等候充装的空隙主动帮我们整理别人的快递。”赵来每次说起这些温暖瞬间都滔滔不绝……

清凉的空调，便利的自动购物机，免费的热水机、淋浴房，便利的快递驿站……

越来越多的暖心事，越来越走心地办实事。党史学习教育开展以来，浙江LNG切实推动“我为群众办实事”实践活动落地见效，在提高槽车充装效率的同时也注重改善槽车司机的等候体验。

“对于一年都在路上的他们来说，这里即便比不上家里，也是个来了还想多待会儿的地方。”赵来说这话时，脸上是满满的骄傲。

（徐昕联）

第4节
对标“两优一先”，弘扬海油精神

一名党员就是一面旗帜，一个党组织就是一座堡垒。在海洋石油工业发展壮大的历程中，各条战线涌现出一大批优秀共产党员、优秀党务工作者和先进基层党组织。在党的百年华诞之际，中国海油多名个人和多个基层党组织荣获全国及中央企业“两优一先”荣誉称号，他们中有开山辟路、不忘重托的技术先锋，有敢于担当、坚定前行的科创达人，也有团结奋进、攻坚克难的基层党组织。他们的先进事迹和崇高精神，鲜明昭示了党的理想信念宗旨，继承发扬了党的光荣传统，充分展示了党的事业和党的建设取得的丰硕成果，生动彰显了新时代共产党人的先锋形象。

“这份荣誉属于全体海油人！”

2021年6月28日，全国“两优一先”表彰大会在北京人民大会堂举行。中海油田服务股份有限公司湛江分公司党委书记、总经理郝振山荣获“全国优秀共产党员”称号。

参会前，郝振山特意向大会申请穿着工服参加颁奖，获批准后他非常高兴。“这份荣誉属于组织，属于中国海油！属于全体海油人！”谈到参会感受时，郝振山说，“我会第一时间将大会精神带回海上一线，和同志们一起学习贯彻，共同为保障国家能源安全贡献力量。”

党的十一届三中全会后，中国海油率先开启对外合作。1989年，郝振山加入中国海油，成为“南海六号”钻井平台的一名甲板工。

当时，钻井平台上的关键岗位（如司钻等）均由外国人把控。“为什么外国人能干的事情，中国人就不能干？”

怀着这份“赤心向党能源报国”的信念，郝振山开始见缝插针“偷师学艺”，瞄准关键技术刻苦钻研，仅3个月就掌握了1600多个专业英文单词，并逐步熟悉了300多台设备和工具（图6-12）。

图6-12　郝振山正在作业

1994年，25岁的郝振山成为“南海六号”钻井平台上，第一个接替外方司钻的中国人。

2005年年底，郝振山率领“南海二号”钻井平台出征缅甸，这是中国半潜式钻井平台首次在国外亮相。

郝振山带领团队提前10多天高质量完成钻井计划，打出了缅甸第一口海上高产气井，紧接着打的两口井也获得高产油气流，改写了缅甸油气工业的历史，“南海二号”因此被缅甸国家历史博物馆展出介绍。

此后，“南海二号”南征北战，累计完成300口钻井任务，钻井总进尺超90万米，相当于钻穿110座珠穆朗玛峰，助力我国文昌、崖城、恩平、涠洲等油气田的高效开发。

同时，“南海二号”培养出600多名钻井人才，其中深水人才超120人，为我国深水油气资源勘探开发做出了重要贡献。

2017年，郝振山组织“南海八号”钻井平台取得中国钻井平台第一个极地证书，使我国成为全球第四个具备极地钻探能力的国家。

从2018年担任全国政协委员开始，郝振山主动履职尽责、勇于发声建言，一直致力于推动“蓝色国土”的保护和开发工作，积极倡导在保护中开发、在开发中保护的理念。在2019年的全国两会上，郝振山提出“和谐用海”的提案，为保护海洋环境，科学开发海洋石油做出了贡献。

2020年是决战决胜脱贫攻坚之年。广东省湛江市路西村是中国海油南海西部地区的定点帮扶对象，郝振山号召党工团各级组织形成合力，助力脱贫攻坚。

6月，路西村80户贫困家庭全部实现脱贫，减贫脱贫退出率达100%。

扎根海洋石油一线30余年来，郝振山始终不忘初心、牢记使命，以一名共产党员的赤子之心，奋力书写新时代奋斗者之歌！

（陈强　李彦昭　王子君　段瑞芳）

“就算是个冰溜子，我们也要给它焐热！”

2021年2月22日，“渤海再获亿吨级油气田发现”的消息被《人民日报》、央视等中央各大主流媒体报道，并登上新浪微博热搜，受到公众的广泛关注。

这是继渤中19-6千亿立方米大气田之后，中国海油在渤海海域收获的又一重大勘探发现，对于保障国家能源安全意义重大。这些重大油气发现的背后离不开一批勘探人员的接续奋斗，而中国海油天津分公司渤海石油研究院渤西勘探室党支部书记、主任李慧勇就是其中之一。

2012年，李慧勇被派到了已处于勘探低谷十多年的渤西探区，成为当时最年轻的室主任。那一年，正是渤西探区青黄不接的时候，由于受到三维地震资料碎片化等客观条件制约，已经十多年没有商业发现，成为公认的勘探“冷区”。李慧勇心里明白，只要找到油气田，冷区就能变热土。

业界普遍认为渤海湾盆地是个典型的油型盆地，近60年勘探没有发现一个大气田。但寻找大气田，是任务也是使命，李慧勇必须拼尽全力！面对这一世界级难题，李慧勇不畏挑战、潜心攻关，集中攻关的那段日子，他经常天不亮出门，凌晨才回家，为了不打搅老婆孩子休息，干脆把行军床搬到单位，加完班直接睡在办公室（图6-13）。

图6-13　工作中的李慧勇

在大量研究、论证的基础上，李慧勇和团队最终颠覆了“渤海湾天然气先天条件不足”的传统论断，实现了渤中凹陷深层天然气勘探理论的重大突破，指导完成了渤中19-6气田的评价，向国家提交天然气探明地质储量1700亿立方米、凝析油探明地质储量17700万立方米。这一重大发现将对包括雄安新区在内的华北地区生态文明建设和京津冀绿色协同发展做出积极贡献。该理论技术及其应用成果获2019年度国家科技进步奖一等奖、中国海洋石油集团公司科技进步奖特等奖。

2020年年初，面对疫情防控和国际原油价格断崖式下跌的双重挑战，他发挥党员先锋作用，从春节到全面复工期间主动留守值班，李慧勇始终冲在第一个。

面对渤海海域几十年未获商业发现的勘探“禁区”——覆盖型潜山，“没有条件创造条件也要上”，他打破常规，牵头成立青年先锋队，带领年轻党员连续奋战200余天，提出多项创新认识和技术方法，有力指导了渤中13-2亿吨级油气田成功发现，实现了海域勘探又一领域性突破，打开了渤海油田深层勘探新局面。

近5年，李慧勇带领团队累计发现三级石油地质储量9亿吨油当量。面向未来，在中国海油“七年行动计划”和渤海油田上产4000万吨的新征程中，李慧勇表示，将继续开拓进取，勇于创新，寻找更多的油气田，以优异成绩为中国海油高质量发展和保障国家能源安全贡献更大力量!

（郭婧）

“中国的地层必须用中国人的仪器来看清！”

2021年1月7日，中国海油对外宣布，我国自主研发的旋转导向和随钻测井系统中的高速率脉冲遥传技术在渤海油田南堡区块实现重要突破，传输速率同比提升24倍，同比提高钻井时效20%，标志着我国自主研发的旋转导向和随钻测井系统成功突破“限速”，正式跻身世界前列，为大规模产业化应用插上了腾飞的翅膀。

这项技术研发带头人正是中央企业优秀共产党员尚捷。这位毕业自清华大学的博士，现任中海油服油田技术事业部党委书记、总经理，他充分发挥党员先锋模范作用，向“卡脖子”关键核心技术“亮剑”，带领团队历经8年艰辛，打破了20年来我国对国外油气勘探开发高端技术的依赖，使我国成为全球第二个拥有随钻测井及旋转导向钻井系统技术的国家。

随钻测井及旋转导向钻井系统技术被誉为“石油钻井技术皇冠上的明珠”。

多年来，西方石油公司只租不卖，中国石油企业每年都要向其支付高昂的租赁费用。很多国内科研机构攻关十多年，却鲜有成果，而尚捷勇敢接下这个“烫手山芋”。

2007年，他带着七八个科研人员从零起步，在一个废旧的“车库”中摸爬滚打，突破最关键的10余项关键技术瓶颈，自主设计建造试验测试装置近100种，研发出40余种高温电路、数千个机械液压部件、上百万行程序代码。推出样机后，尚捷往返于燕郊、塘沽和新疆实钻基地进行测试，终于在2011年，新疆实钻试验验证了全部设计功能，研发周期较行业龙头缩短4年，让世界见识了“海油速度”！

从概念到成型仅仅是起步，从成型到性能稳定的产品才是关键。在这个更为艰难的过程中，他带领团队建立了一套周密的故障档案机制，从制造、作业、维保各方面收集仪器故障，无论大小，全部汇集到试验台，重现故障，推演分析，精准定位，整改提升，投放应用，跟踪效果，确认故障不再出现才算关闭。就这样，他们累计解决了300多个故障，跨越了高温、高压、超高振动、超长工作时间这四座“大山”，一次入井成功率从初期的49%提升至86%，朝着90%的国际一流水准迈进。

怀揣“自强不息，报效祖国”的信念和“中国的地层必须用中国人的仪器来看清！”的理想，尚捷加大了科技创新体系的建设。他主持完善技术研发体系，以“开放合作”的态度积极引入全球优质研发资源共谋大业，建立了精准激励机制，推动科研活力持续提升。如今，自研随钻测井和旋转导向技术正在现代化科研管理体系中不断升级，装上了地层测压等19种高端“武器”，将中国人脚下的地层描绘得越来越清晰，将中国海油测井定向井行业排名由2008年的第10，推升至现在的第4。

凭借一系列新成果，该自主技术获得国家授权专利798件，获得9件关键技术国际专利，先后亮相国家“十二五”科技创新成就展、2020中国海洋经济博览会。

回首十余年的研发之路，尚捷带领团队与清华大学、电子科大、石油大学、中科院等30余所科研院所建立了广泛深入的合作，建立了3个高校联合实验室，累计带动超过200名硕士研究生和博士研究生的课题培养任务，带动了我国相关科研学科的进步发展，为我国石油科技领域后备人才队伍的培养做出了贡献。

面对成绩，作为共产党员的尚捷自豪而不自满，他有一张图表，清晰标识着和世界一流的差距；他有一本账本，记录着技术产业才能支撑国家创新大战略；他还有一个梦想，矢志不渝、自立自强，全面融入国家创新大潮，当好突破关键核心技术的先锋队，扬起科技报国帆，不超一流终不还！

（柴先伟）

“钳”进！超越平凡

“在富岛工作的13年里，我始终在向着这座山的山顶攀登，因为我相信，只有‘钳’进才能超越平凡！”

侯中文口中的这座山，是指钳工这一工种。钳工是机械制造中最古老、最平凡的工种，工作不仅脏、累、险，每当抢修设备故障时，连续二十多小时“连轴转”也是家常便饭。作为中国海油富岛有限公司的一名钳工，侯中文坚持扎根检修一线，凭着对钳工专业的痴迷和执着，勤学苦练，在平凡岗位做出不平凡的业绩，让青春在基层绽放出绚丽之花，并因此荣获2021年“中央企业优秀共产党员”称号。

2008年大学毕业后，侯中文入职富岛公司。那时候，富岛公司的驻地还很偏僻，不但交通闭塞，周围连个像样的超市都没有，买些日用品都要在土路上往返两千米。艰苦的工作条件，加上海南湿热的环境，让他感觉前路迷茫。

幸运的是，他的师父是全国劳模施时楷，帮他系上了入职以后的第一颗扣子。“小侯，咱们钳工是个常见工种，但也是万能工种！老人们常说‘大修火车头，小修独辘牛’，钳工发展的上限很高，但能取得多高的成就在于你自己。爱一行就要钻一行，只有荒凉的环境，没有荒凉的人生！”

是的，与其抱怨环境、不如去战胜困难！想通了师父的话，就看清了自己要走的路，侯中文留在了海南，沉下心来钻研钳工技术。

怀着对工匠精神的信仰，侯中文扎根基层，坚守平凡岗位磨炼初心、淬炼本领，把工作中的苦与累当作考验意志和锻炼自己的最好方式。工作13年来，他经历的大修和抢修难以计数，连续30多天的装置大修、动辄24小时的不眠不休，对他来说都是家常便饭。然而，他始终认真对待每一次检修。从简单的小机泵到复杂的压缩机组，他在实战中积累了丰富的经验，练就了一身过硬的本领（图6-14）。

图6-14　正在厂区巡检的侯中文

氨冷冻压缩机组是化肥二期合成氨装置的核心动设备，多年来由于轴端气封泄漏造成机组运行效率低，制约了装置的长周期运行。为此，侯中文带领党员技术骨干查阅大量资料，从设备本体结构到轴端气封辅助系统，进行了彻底排查，抽丝剥茧找到了故障的根本原因。故障消除后，该机组实现了不停车连续运行629天，助力化肥二期装置创造全国以天然气为原料的同类型装置长周期运行新纪录。

作为一名青年技术骨干，侯中文有着跳出传统思维定式、不断探索新方法的创新意识。他先后主持了64个技术改造项目，获得地市级以上创新成果奖3个，国家级技术创新成果奖4个，获国家专利2项，为公司创造经济效益约850万元。

高压洗涤器是公司年产80万吨尿素装置的重要高压静设备，每次拆装上、下封头螺栓都离不开专用工具——液压拉伸器，每套拉伸器重达40公斤。每次封头拆装需要反复拆、装液压拉伸器216次，检修人员徒手拆装不仅耗时费力，还存在安全隐患。侯中文根据现场情况反复研究论证，设计制作了一种液压拉伸器拆装专用托架，填补了行业内液压拉伸器无拆装专用工具的空白，降低了劳动强度，消除了安全风险，检修时间缩短了一半。

作为一名班组长，侯中文深知“当家人”的责任，他坚持精细化、人性化管理，营造了积极向上、充满活力的工作氛围。近年来，他带领班组成员和党员突击队完成重点机组设备检修50余台次，一台台故障设备在他精心组织的检修下重新焕发活力。他带领的班组先后获评全国“安康杯”竞赛优胜班组、“海南省质量信得过班组”、全国石油石化系统“岗位创新创效创优——优秀职工小家”等荣誉称号。

“并非完成一件惊天动地的大事才叫成功，事业都蕴含在平凡的小事中，只有全力以赴做好每一件小事，在平凡的岗位上做出不平凡的事业，才能成就精彩。”侯中文说。未来，他将向着更高的目标，“钳”进！

（刘金城）

“难啃的骨头就是留给我们的”

“关键核心技术是要不来、买不来、讨不来的”，中国海油天津化工研究设计院有限公司膜与膜过程实验室主任陈赞对习总书记这句话深有感触。

作为一名科研人员，工作十余年来，他将研究能源高分子与膜材料、深水天然气开采、CCUS过程中相关“卡脖子”系统装备技术作为主攻方向，用科技报国的情怀、精益求精的执着，不断创造着助力国家绿色低碳产业发展，全力接轨碳达峰、碳中和战略目标的科技价值，荣获2021年中央“企业优秀共产党员”称号。

刚接触工作不久陈赞就意识到，自己热爱的海洋石油事业在关键核心技术上处处遭受着垄断，从那时起他便攥紧拳头，全身心投入水资源、能源、环境、传统产业改造等领域的先进膜材料与高端装备技术研发中，一桩桩难题不断被解开，一个个瓶颈不断被突破。

2015年，由于在相关领域的突出贡献，陈赞相继获得多项科技领域重要荣誉，科技成果转化创造效益超2亿元，并被天津市人才工作领导小组评为天津市“131”创新型人才培养工程第一层次人才。

“咬定青山不放松，不达标准不罢休”，这是他对科学的态度；“追求极致”“甘受重压”“愈挫愈勇”“三点一线”，这是同事贴在陈赞身上的标签，对待科研他已经到了痴迷的程度。在团队中，陈赞主张营造风清气正、敢于担当、乐于奉献的科技创新环境，自己始终冲在科研一线，他的身上既洋溢着汹涌澎湃的热情又散发着暗流涌动的冷静，这些都源于他对科研的热爱。

作为带头人，陈赞带领团队积极承担国家科技支撑计划项目、国家重大科技专项子课题等重点科研项目10余项，不断取得突破性进展。2020年疫情期间，面对国外天然气膜分离纯化技术封锁，陈赞带领团队咬紧牙关，每天钻研百余篇国内外文献，反复修改实验参数。整个团队数不清经历了多少次失败，却从没有一丝气馁，攻坚阶段陈赞经常连续每天在实验室工作14个小时以上，经过长达6个月连续奋战，他们终于成功打破了技术封锁。

正是这种钻牛角尖式的科学态度，让陈赞成为中国膜材料领域“永动机”式的专家，对各个关键环节了如指掌，发现问题一针见血，确保了团队自主研发的特种高分子与高性能膜材料关键制备技术、分子筛膜材料及分离纯化系统装备技术，均达到国内国际领先水平。特别是海上稠油热采锅炉给水系统装备技术，完美解决了锅炉补给水中离子含量、硬度、含氧量等多项苛刻条件限制，成功攻破渤海油田海水泥沙含量大、膜更换频次高等技术难题，标志着我国在海上稠油开发进程中迈出了关键一步。

作为党支部书记，陈赞将形势任务教育作为激发支部党员、群众干事创业热情的必修课，时常教育支部党员“难啃的骨头就是留给我们的”。

旅大21-2热采平台海水淡化系统，是我国首套海上稠油热采锅炉给水系统装备，其建设技术难度之高、风险之大难以想象，自2018年5月项目启动以来，作为项目总负责人，陈赞把黄岛建造现场当成自己的第二个家，他已记不清自己在这里度过了多少不眠之夜、闯过了多少工程建设的难关，前进的每一步都充满了挑战、凝结着创新。2020年夏天，陈赞在连日酷暑下一直坚守岗位，连续工作72个小时。经过几十个日日夜夜的刻苦攻关，项目顺利通过工艺、设备、建安等5个专业组的验收，按期完成工程建造任务。在2020年年底召开的项目年度总结会上，与会专家纷纷感叹项目建设的“海油速度”：“很难想象你们在疫情期间完成了如此大量的工作！”

（孟民冈）